Matthias Falke

Kristall in fernem Himmel

D9E
DIE NEUNTE EXPANSION

Erster Teil - Der Schwamm

Als Manuel auf die Brücke kam, bot sich ihm folgendes Bild: Am Platz des Navigators die zusammengesunkene Silhouette Guardes'. Derek redete erregt auf ihn ein. An einem der anderen Plätze saß Cooper, den Sessel zurückgeschwenkt. Im Gesicht das übliche Grinsen, aber noch maskenhafter als sonst. In der Hand ein Thermobecher mit Kaffee, an dem er hin und wieder mechanisch nippte.

Auch Manuel hatte sich einen Kaffee geholt und versuchte mühsam, seinen Organismus auf Touren zu bringen.

Nola war noch nicht da. Auch Butch und Morton fehlten. Nastow stand vorne am Hauptbedienplatz und diskutierte über Guardes hinweg mit Derek.

Er hätte mehr Zucker in den Kaffee geben sollen. Das Koffein allein half ihm nicht hoch. Was nützte es, das Gaspedal durchzutreten, wenn die Maschine keinen Sprit bekam? Er quälte sich damit, die Benommenheit nach dem monatelangen Kryoschlaf abzuschütteln. Irgendetwas stimmte nicht. Aber sein Kopf war völlig leer. Langsam nur drang in sein Bewusstsein, was er nun schon mehrere Minuten aus dem Augenwinkel wahrgenommen hatte. An allen Konsolen und Bedienplätzen blinkten Eingabeaufforderungen. Die Monitore glühten vor Warnhinweisen. Die großen Frontscheiben waren noch polarisiert und dunkel.

Nein, waren sie nicht. Mit titanischer Anstrengung zog er eines der ausfahrbaren Displays an sich und rief den Status des Schiffes ab. Die Panoramafenster waren entpolarisiert.

Er spürte einen fremden Blick auf sich. Cooper beobachtete ihn schon die ganze Zeit, seit er auf die Brücke gekommen war. Mit pfiffiger Miene sah er ihn über seinen dampfenden Kaffeebehälter hinweg an.

WURDACK

BÜCHER FÜR LEUTE MIT FANTASIE

Science Fiction

FSC

Das Buch wurde auf FSC-zertifiziertem Papier gedruckt und leistet damit einen aktiven Beitrag zur nachhaltigen Bewirtschaftung der Wälder rund um den Globus.

www.wurdackverlag.de

Lektorat: Wolfgang Brandt, KLG
Covergestaltung: Ernst Wurdack unter Verwendung von Bildmaterial von FlexDreams/Shutterstock

ISBN 978-3-95556-012-6

»Stimmt was nicht?« Es kostete ihn übermenschliche Kräfte, die paar Worte zu formen. Wie hatte er es geschafft, aus der Koje zu kommen? Er musste sich angezogen haben. Danach hatte er sich beim System angemeldet und einen Kaffee aus der Küche geholt. Aber die Erinnerung an all das war undeutlich wie bei einem Morgentraum, der im Begriff war, sich zu verflüchtigen.

Dereks Redeschwall wurde lauter. Ebenso Nastows giftige Entgegnungen.

Was war hier los?

Er trank noch einen Schluck, stellte den Becher ab, fuhr sich mit der Hand übers Gesicht und drückte sich dann mit der Rechten von der Sessellehne hoch. Über das Geflimmer der Instrumente hinweg starrte er in den Raum.

Kaum Sterne. Und die waren fern und verschwommen.

Endlose Telemetriedaten fielen wie Sturzbäche über die Monitore, wurden gelöscht und begannen erneut herabzuregnen. Eine Scheibenwischerfahrt bei Gewitter. Nur dass der Regen rot war, rot wie Blut.

»Wo sind wir?«

Cooper hatte ihn nicht aus den Augen gelassen.

»Das versucht Derek seit zehn Minuten aus unserem Navigator herauszubekommen.« Er fuhr sich mit der Zungenspitze über die dünnen, ewig rissigen Lippen. Dann, als habe er einen Witz mit einer abwegigen Pointe gemacht: »Bislang ohne Ergebnis.«

Vorne wurde das Geschrei der Streitenden immer lauter.

»Lass ihn in Ruhe!«

»Ich will ja nur wissen, was hier los ist!«

»Der Navigator ist allein dem Kommandanten unterstellt!«

»Was geht's dann dich an?«

Er ließ sich schwer in den Sessel zurückfallen. Sein Gesicht war immer noch pelzig. Sein Hirn mahlte träge. Etwas Rohes lag in seinem Mund, zu groß, um es herunterzuschlucken, zu zäh, um es auszuspucken. Es war seine Zunge, aber sie war fremd und tot. Er hatte nichts damit zu schaffen.

War er noch in der Koje? Es war schon vorgekommen, dass er geträumt hatte, er wäre erwacht und aufgestanden, und dabei lag er noch in der Kryobox und schlief. Etwas Teigiges war um alle Dinge und ein seltsamer Sog, der ihn in den Schlaf zurückzuziehen schien.

Wie lange waren sie im Schwamm gewesen? Welches Datum hatten sie? Er konzentrierte sich wieder auf das Display und versuchte den Status abzufragen. Aber alle Zeichen verschwammen ihm vor den Augen.

»Wenn du kotzen musst, sag vorher Bescheid, okay!«

Cooper ließ kein Auge von ihm. In seiner Miene waren Sarkasmus und Besorgnis durcheinandergerührt.

»Mensch, Kleiner. Du siehst echt aus, wie ich mich fühle.«

»Leck mich!«, wollte Manuel sagen, aber er brachte nur ein unartikuliertes Lallen heraus.

Was war mit dem Schiff? Eine der nachgelagerten Routinen seines Geistes, die mit rätselhafter Emsigkeit arbeiteten, stellte die Hypothese auf, dass die *Scardanelli* bei der Rückkehr aus dem Mengerraum verunglückt war. Vielleicht waren sie in einem Zwischenreich gestrandet? Das würde zumindest seine anhaltende Übelkeit erklären.

Er besann sich auf das, was sie ihm auf der Akademie beigebracht hatten. Gesichtsmassage. Die Augenbrauen so weit hochziehen, wie es ging. Den Mund weit aufsperren. Die Ohren durchblasen. Tiefe Bauchatmung. Die Fäuste ballen und wieder öffnen. Arm- und Beinmuskulatur anspannen.

»Ah, ein bisschen Gymnastik«, höhnte Cooper. »Das tut gut und bringt den Kreislauf in Schwung.«

»Was ist mit dem Schiff«, brachte er hervor. Noch ein Schluck Kaffee, auch wenn der bitter schmeckte wie Erbrochenes. Dann musste es gehen. Ihm war jedes Mal ein bisschen komisch, wenn er aus der Koje kam, aber so schlimm war es noch nie gewesen.

»Das Schiff ist okay!« Cooper warf die Arme in die Luft. »Wir haben Druck, wir haben Strom.«

Warum hielt er nicht einfach die Klappe!

Nola kam. Wie schön sie war! Sie strich ihm im Vorbeigehen über die Wange. Sah er wirklich so schlecht aus, dass sie ihn tätscheln musste wie ein kleines Kind? Aber sie hatte keinen Blick für ihn, sondern ging mit festen Schritten nach vorn zum Hauptbedienplatz.

Sie war einige Augenblicke vor ihm aus der Koje gestiegen. Aber sie hatte die Nasszelle aufgesucht und eine kalte Dusche genommen. Das war vernünftig. Scheiß auf den Alarm!

Hatte es Alarm gegeben? Oder waren sie zum programmierten Termin geweckt worden? Er hätte es nicht mehr sagen können.

Auch Morton war da. Er musste mit Nola gekommen sein, unbemerkt von Manuel, der nur Augen für sie hatte.

Die beiden nahmen ohne ein Wort ihre Plätze ein und begannen damit, die Systeme zu checken.

»Dienst nach Vorschrift, ja!« Cooper hatte Nola mit den Blicken verschlungen, als sie an ihm vorbeigegangen war. Er stand auf und folgte ihr in den vorderen Bereich der Brücke. Auch die Streithähne Derek und Nastow ließen voneinander ab und musterten die beiden Offiziere argwöhnisch wie eine rätselhafte und unheimliche Erscheinung.

»Hast du 'ne bessere Idee?«, erwiderte Morton, ohne von seinen Instrumenten aufzusehen. »Hysterisch rumschreien und uns die Köpfe einschlagen?«

»Wenn du darauf bestehst!« Derek hatte anstelle von Cooper geantwortet. Für einen Augenblick vergaß er sogar den armen Guardes anzubrüllen. Stattdessen baute er sich drohend auf und verschränkte die bulligen Unterarme vor der Brust. Er wechselte einen Blick mit Cooper. Als Morton nicht auf die Provokation einging, ließ er die Arme wieder sinken.

Manuel war zu sehr mit der Bearbeitung der eingegangenen Warnmeldungen an seiner Konsole beschäftigt, um etwas von den Streitereien mitzubekommen.

Das Adrenalin, das Nolas Auftritt in ihm freigesetzt hatte, machte ihm den Kopf frei. Er widmete sich den Systemen, deren Statusabfrage noch eine Weile dauern würde. Nicht alle Einheiten waren online. Aber das hatte nicht allzu viel zu bedeuten. Die *Scardanelli* war ein altes Schiff, das nicht annähernd in dem Rhythmus und mit der Gründlichkeit gewartet wurde, die den Beanspruchungen durch ihre Einsätze entsprochen hätten.

Von den Modulen, die Daten lieferten, standen mehr als die Hälfte auf Rot. Eigentlich wäre zu erwarten gewesen, dass Alarm schrillte und das Schiff sich in relativistischen Gezeitenstürmen wand. Aber es war nichts von dem zu hören und zu spüren.

Butch tauchte auf. Auch er sah schlecht aus. Das Gesicht grau und teigig. Am Hals hing die Haut schlaff herab und machte ihn hagerer, als er eigentlich war. Die Augen waren trübe wie nach einer durchzechten Nacht. Der Pullover muffig, als habe er darin geschlafen.

»Status.« Seine Stimme klang rau.

»Das musst du den da fragen«, bellte Derek. Er hatte sich wieder neben Guardes aufgebaut.

Der Navigator reagierte nicht.

Butch ging an die Frontscheibe und sah hinaus. Wenige Sterne, trübe und verschwommen, keine bekannten Konstellationen. Seit einer Stunde quälten sich die Instrumente damit ab, verwertbare Telemetriedaten zu bekommen.

»Auf deinen Posten, Mann. Wie siehst du überhaupt aus?«

Derek war barfuß, trug nur eine Hose und oberhalb des Gürtels das gerippte Unterzeug, welches seine muskulösen Arme zur Geltung brachte.

»Ich war als Erster auf der Brücke«, gab Derek sachlich von sich. »Seitdem versuche ich etwas aus diesem Haufen verfaulten Fleisches herauszubekommen.«

»Das ist nicht deine Aufgabe!« Vor Wut lief Butch puterrot an. Er brüllte, dass alle auf der Brücke vor Schreck zusammenfuhren. »Geh mir aus den Augen und zieh dich vernünftig an.«

»Mensch, Butch, beruhige dich.«

»Verschwinde!« Der Kommandant schrie mit Stentorstimme. Es war beeindruckend, wo er auf einmal diese Kraft hernahm. »Das ist ein Befehl!«

Derek warf Cooper einen Hilfe suchenden Blick zu. Aber der zuckte nur mit den Achseln. Derek stapfte den Mittelgang hinunter und verschwand in der Schleuse, die zu den Unterkünften führte.

Genau so schnell, wie er sich aufgeregt hatte, bekam sich Butch wieder in den Griff. Er ließ seine Blicke über die Brückencrew schweifen. Morton, Nola und Manuel waren tief über ihre Konsolen gebeugt. Nur Cooper saß da und feixte.

»Hast du nichts zu tun, Coop?«

»Komm schon, Butch. Wir haben alle mal 'nen schlechten Tag!«

Der Kommandant der *Scardanelli* ging darauf nicht ein.

»Versuch dich irgendwie nützlich zu machen.«

»Soll ich dir einen Schnaps bringen?«

Butch ließ ihn stehen und wandte sich wieder nach vorne. Mit trauriger Miene musterte er den in sich zusammengesackten Navigator, nur noch ein Wrack eines einst hochbegabten Menschen.

»Also, was haben wir?«

Obwohl sein Blick auf Guardes weilte, ließ er offen, ob er den Status des Schiffes oder den Zustand des Navigators meinte.

Nastow wich nicht von Guardes' Seite, den er gegen Derek wie eine Löwin ihr Junges verteidigt hatte. Und Nola war es, welche die Initiative ergriffen hatte, um die Daten abzufragen und die Diagnose durchzugeben.

»Sein Zustand ist stabil, denke ich. Nicht anders, als bei anderen Mengerpassagen auch. Blutzucker und Serotoninspiegel extrem niedrig, Entzündungswerte hoch, ebenso Säure und andere Abfallstoffe.« Sie sah von der Konsole auf. »Ich würde sagen, der Mann ist am Ende.«

»Das ist er wirklich.« In dem verwaschenen Pullover, in dem Butch sich über den Navigator beugte, sah er aus, als betrachte er sein deformiertes Spiegelbild.

»Soll ich ihm Adrenalin geben?«

»Nein, lass ihn.« Der Kommandant wirkte gequält, als hätte man ihm selbst die Tortur angetan, die ein Flug durch den Mengerschwamm jedes Mal für den Navigator darstellte. »Lass ihn schlafen und gib ihm was gegen die Entzündungen.«

Nola nickte und betätigte einige der virtuellen Felder ihres holographischen Displays.

»Vor morgen früh bekommen wir so oder so nichts aus ihm heraus«, sagte Butch noch.

Nola und Butch beobachteten den für sie normalen Vorgang, wie die Lehne des integrierten Sessels nach hinten gefahren wurde. Die ganze Liege löste sich automatisch aus dem Konsolenbereich des Hauptbedienplatzes, mit dem Guardes mehrere Monate lang als lebendes Bauteil verwachsen gewesen war, und rangierte aufgrund der Enge der Brücke, bis sie durch den Mittelgang hinausfahren konnte. Der massige Körper des schlafenden Mannes schwankte und schwabbelte, als die Liege seitlich ausscherte und an ihnen vorbeiglitt. Durch die Schläuche, die überall aus der Apparatur hervorwuchsen und wie gierige Symbionten an den absonderlichsten Stellen in den menschlichen Organismus eindrangen, flossen Flüssigkeiten in den Farben von Nährlösung, Urin und Blut. Ein übler Geruch stieg vom geschundenen Körper Guardes' auf.

»Armes Schwein.« Butch wirkte müde und abgespannt.

»Was glaubst du, was passiert ist?« Nola überwachte konzentriert, wie Guardes in die Medizinstation gefahren und an das dortige Überwachungssystem angeschlossen wurde. »Er befindet sich jetzt in einer künstlich erzeugten Bewusstlosigkeit«, sagte sie, als die Systeme meldeten, dass sich Guardes' Zustand stabilisiert hatte.

»Es war zu viel für ihn.« Der Kommandant hob die Schultern. Es schien halb Gleichgültigkeit, halb schlechtes Gewissen zu sein. »Was passiert ist?«, griff Butch die Frage seiner Pilotin auf. »Vielleicht hatte er einfach nicht mehr gekonnt. Er ließ uns in den Normalraum zurückfallen, wo wir gerade waren, weil er den Mengerflug nicht länger stabilisieren konnte.«

Auf der Brücke der *Scardanelli* herrschte betretenes Schweigen.

Nola atmete hörbar durch und sah über das Labyrinth der Monitore hinweg in den Raum, wo fremde Sterne trübe leuchteten.

»Vielleicht hat er uns gerettet«, warf Nastow ein. »Etwas ist aufgetreten, vielleicht ein Wirbel im Mengerschwamm, und er hat sich geopfert, um uns in einer letzten Anstrengung, die über seine Kräfte ging, in den Normalraum zurückzubringen.«

»Das müssten die Protokolle enthalten«, sagte Butch.

»Die Logs sind größtenteils zerstört.« Morton hatte auf dieses Stichwort gewartet. »Es wird ein paar Tage dauern, sie zu rekonstruieren und auszuwerten.«

»Wir haben Zeit.« Der Kommandant wirkte nicht gerade beunruhigt. »Status?«

Morton schob die Unterlippe vor. »Das Schiff ist stabil. Die Systeme arbeiten.« Er zögerte, ehe er hinzufügte: »Einwandfrei im Rahmen der gewohnten Toleranzen.«

Cooper ließ ein verächtliches Prusten hören.

»Die äußeren Strahlungswerte sind gering, sogar auffallend gering.«

»Das ist ein ziemlich totes Gewässer, in dem wir hier auf Grund gelaufen sind.« Auch Nola konnte sich ein Schmunzeln nicht verkneifen. Es stand ihr gut.

»Weiter«, forderte Butch.

»In der Reichweite unserer Scans keine Erfassung. Das Radar läuft. Kollisionen sind extrem unwahrscheinlich.«

»Also gut. Dann an die Arbeit. Ich will wissen, was passiert ist und wohin es uns verschlagen hat.«

Und die ganze Zeit über sah Manuel, der blasse, hübsche, blutjunge Systemoffizier mit großen Augen von einem zum anderen, als ginge ihn das alles gar nichts an.

Bereits mehrere Stunden waren sie damit beschäftigt, sich einen Überblick über den Zustand aller Systeme des Raumschiffes zu machen. Morton hatte recht gehabt: Die Protokolle waren stark zerstört. Ob es nun im Mengerschwamm selbst eine heftige Turbulenz gegeben hatte, die die subatomaren Strukturen des Schiffes in Mitleidenschaft gezogen hatte, oder ob bei der Rückkehr in den Normalraum etwas aufgetreten war, was der Kybernetik so schwer zusetzte, ließ sich kaum rekonstruieren. Hinzu kam, dass die Software der *Scardanelli* ebenso zusammengeflickt war wie ihr rissiger Rumpf und die schrottreife Ausrüstung.

»Das macht richtig Spaß, nicht wahr!« Selbst Cooper hatte sich irgendwann dazu herabgelassen, sich an der Detektivarbeit zu beteiligen, nicht ohne sie alle paar Minuten zu unterbrechen, um einen deftigen Sarkasmus vom Stapel zu lassen. Niemand ging darauf ein.

Derek war irgendwann, angezogen und mit Schuhen an den Füßen, wieder auf der Brücke erschienen und hatte sich mit Trotz in der Stimme zum Dienst gemeldet. Butch schickte ihn ins Magazin der Neumann-Sonden. Clarke und Papadopoulos, die etwas später im Durchgang auftauchten, um sich ihren Tagesbefehl abzuholen, wurden ebenfalls ins Magazin kommandiert, um Derek zu helfen.

Wenig später hatte Butch sich auf seine Kabine zurückgezogen.

»Du übernimmst, Morton! Lasst mich wissen, wenn ihr was gefunden habt.« Nastow war bei Guardes in der Medizinstation, um die Maschinen zu überwachen, die die Lebensfunktionen des Navigators überwachten. Eigentlich wäre es seine Aufgabe gewesen, die Protokolle auszulesen. Aber anscheinend hatte er eine Affenliebe zu dem Mann entdeckt, der Opfer seiner unzuverlässigen Kybernetik geworden war.

Nola zog die schmalen Augenbrauen hoch, als Nastow sich von seiner eigentlichen Pflicht entband, aber Morton zuckte nur die Achseln. Und Cooper setzte ein Gesicht auf, als habe er sowieso nichts anderes erwartet.

Als Butch gegangen war, machten die vier Personen, die auf der Brücke zurückblieben, was alle Angestellten machten, wenn der Chef den Raum verlassen hatte: Sie nahmen den Blick und die Hände von ihren Konsolen, drückten das Kreuz gerade und atmeten einige Male tief durch.

Nola warf Manuel, der schräg hinter ihr saß, einen Blick über die Schulter zu.

»Wie geht es dir, mein Kleiner?«

Er nickte, zum Zeichen, dass er okay war.

»Du bist blass.«

»Es geht schon.«

»Iss doch mal was, Kleiner«, äffte Cooper, der sein Grinsen nicht lassen konnte.

»Coop hat recht.« Nola ging auf den ätzenden Tonfall des Kollegen nicht ein.

»Ich glaube, du bist unterzuckert«, sagte sie. »Geh in die Küche und mach dir was mit viel Kohlenhydraten.«

Er stand auf, ein bisschen zu schnell, wodurch das pelzige Gefühl wiederkehrte.

»Und trinken! Du musst viel trinken.«

Er nickte und wankte durch die Schleuse. Das war es. Er hatte zu wenig getrunken. Nach dem Kryoschlaf war man dehydriert, was sich in Schwindel und Antriebslosigkeit ausdrückte. Aber man empfand keinen Durst. Er wusste, was zu tun war. Aber er hatte es verdrängt. Das erste Mal Pinkeln nach dem Wecken war einfach zu schrecklich!

Manuel ging in die vollintegrierte Küche und ließ sich von den Synthetisatoren einen Fantasiedrink mit viel Zucker, Proteinen und Koffein mixen. Es schmeckte wie Cola mit Eischnee, aber es tat gut. Dann zwang er sich noch, einen ganzen Liter eines isotonischen Mineralgetränks hinunterzustürzen.

Er ging auf die Toilette und unterzog sich der Qual des ersten Wasserlassens nach dem Mengerflug. Es war, als würde er Glassplitter pissen. Der Urin hatte die Farbe von Blutorangensaft und brannte wie Feuer. Nach dem zweiten oder dritten Mal, das lehrte die Erfahrung, würde es langsam besser werden.

Plötzlich gab der Boden unter ihm nach. Er sackte durch und raste nach unten. In Zeitlupe sah Manuel an sich herunter und hatte das Gefühl, als ob seine Beine länger und länger wurden. Der enge Toilettenraum war zu einem kaminartigen Schacht geworden, der sich in unergründlichen Tiefen verlor. Dabei taumelte er langsam um seine Längsachse wie eine Flasche, die in einen Wasserstrudel geraten war.

Die Bordkommunikation sprach an und stieß ein unheimliches tiefes Grollen aus, das an ein zorniges Mammut erinnerte. Nach einer Weile kam Manuel dahinter, dass es Mortons Stimme war, die bis an die Grenze des Infraschalls verlangsamt war.

»Schwerkraftanomalie«, sagte sie mit gewittrigem Rumpeln. »Könnt ... gleich ... gewöhnen!«

So schnell, wie er gekommen war, war der Spuk vorbei. Manuel atmete einige Male tief durch. Er lockerte den Griff seiner Hände, die sich unwillkürlich um den Rand des Waschbeckens gekrallt hatten. Aber es war kein schlotartiger Abgrund mehr, über dem er hing, sondern die gewöhnliche, zwei Schritt im Quadrat messende Toilettenzelle der *Scardanelli.*

Er stand vor dem Spiegel, wusch sich das Gesicht mit kaltem Wasser und betrachtete sein Spiegelbild. Er probierte ein Lächeln, das gequält daherkam, und musste selbst über die Schwäche seiner Physis schmunzeln. Immerhin war es erst sein dritter Überlichtflug. In ein paar Wochen wurde er 21.

So sah ihn also Nola, wenn sie ihm gegenüberstand. Er war nicht unzufrieden damit, auch wenn er sich nach wie vor blass und verschlafen vorkam.

Er musste an die vorletzte Mission denken. Der erste Einsatz, den er auf der *Scardanelli* mitflog. Nach dem Wecken hatte die integrierte Med-Box der Schlafkoje ihm den üblichen Cocktail aus Adrenalin, Koffein, Serotonin, Traubenzucker und Testosteron injiziert. Die Dosis war auf einen durchschnittlichen gesunden männlichen Erwachsenen berechnet. Für Manuel und seine zarte Konstitution war sie natürlich viel zu stark. Er bekam eine schmerzhafte Dauererektion. Ihm blieb nichts anderes übrig, als sich Nola anzuvertrauen, die in Ermangelung eines eigenen Bordarztes für medizinische Belange zuständig war. Sie lotste ihn an den grölenden Kameraden vorbei auf die Medizinstation. Dort verabreichte sie ihm ein krampflösendes Mittel, das aber nicht anschlug. Daraufhin überzeugte sie sich, dass die Tür verriegelt war, und behob das Problem auf die gute alte grobmechanische Weise. Beide kannten sich erst ein paar Wochen. Es war ihr erster gemeinsamer Flug. Und Manuel hätte sich nicht träumen lassen, dass er so anfangen würde! Die Überdosis Testosteron machte ihn ausdauernd. Sie liebten sich drei Mal hintereinander. Danach ließ der Krampf allmählich nach. Er liebte die schönste Frau des Universums, und in seiner Brust brannte ein Glück, das er in diesem Dasein nie vergessen würde.

Manuel schüttelte die Erinnerungen ab, die ebenso selig wie schmerzhaft waren, und kehrte auf die Brücke zurück. Nola lächelte ihm zu, als er seinen Platz wieder einnahm.

»Alles okay?«

Er nickte.

Daraufhin wandte sie sich erneut den widersprüchlichen Daten zu, die sie auf dem Schirm hatte, und sprach sich halblaut mit Morton ab, der neben ihr saß.

Das gab ihm einen Stich. Vor allem nervten ihn die Blicke Coopers, die unermüdlich zwischen ihnen hin und her flitzten, und das süffisante Grinsen, das er dabei auf seinen rissigen Lippen produzierte.

»Hast du nichts zu tun?«

»Oh, jede Menge!« Das Grinsen des Nachrichtenspezialisten wurde noch eine Spur triumphierender.

»Dann mach!«

»Was hast du denn, Kleiner?«

»Nichts. Ich kann es nur nicht haben, wenn man mich so von der Seite anglotzt!«

Cooper legte den Kopf schief wie ein Vogel, der einen zappelnden Wurm fixiert.

»Und ich bin auch nicht dein Kleiner!«

»Wessen Kleiner denn?«

Nola hatte kurz aufgesehen und die Streiterei verfolgt. Dann widmete sie sich weiter ihren Anzeigen.

Auch Manuel zwang sich, sich auf die Arbeit zu konzentrieren. Aber er wurde aus den Daten einfach nicht schlau. Der Flug durch den Mengerraum ließ sich nicht mit dreidimensionalen Vektoren rekonstruieren. Der Schwamm war ein Überraum. Selbst ein vollständiges Aktivitätsprotokoll des Schiffes hätte ihnen nicht verraten, wo sie sich befanden. Aber die internen Logs waren gestaucht und zerrissen, als wären die Daten Dutzende Male hin- und herkopiert worden, wobei jeder Vorgang unsauber durchgeführt und vor der Zeit abgebrochen worden war, um abermals überschrieben zu werden.

Eine Viertelstunde lang arbeiteten alle schweigend und konzentriert. Auf einmal war wieder das charakteristische Durchatmen und Wirbelknacken zu hören.

»Was haltet ihr davon?« Nola war aufgestanden und rieb sich die Augen.

»Es ist alles noch sehr viel vertrackter, als ich gedacht habe«, sagte Morton ruhig. »Wir müssen die Protokolle Satz für Satz abtragen und rekonfigurieren. Das kann Wochen dauern.«

»Und wenn wir SCARDY damit beauftragen.« Cooper grinste verschlagen.

»Du kannst es Butch ja vorschlagen!« Nola spitzte die Lippen zu einem spöttischen Lächeln.

Manuel musste sich korrigieren. Manchmal war sie doch zu so etwas wie Ironie fähig. Und wie über alle Maßen süß sie dann war!

»Das werde ich schön bleiben lassen«, sagte Cooper.

Sie schmunzelten jeder vor sich hin, wie jemand, der mit anderen ein gemeinsames Wissen teilt.

SCARDY war die Bordintelligenz des Prospektors, eine integrierte KI vom Karman-Typ. Aber wie alles an Bord der *Scardanelli*, sowohl im Bereich der Hardware als auch dem der Software, war das System nie vernünftig gewartet und gepflegt worden, sondern immer wieder notdürftig zusammengeflickt und repariert. Auf seinem ersten Flug hatten sie Manuel einmal mit der KI kommunizieren lassen. Er hatte das für keine große Sache gehalten. Schließlich hatte er es auf der Akademie gelernt! Und dass der Bordkalender das Datum des 1. April zeigte, hatte er auch nicht beachtet. So schoss er seine erste Frage auf die blinkende Entität ab.

Es war, als unterhalte man sich mit einem Geisteskranken, wobei man am Ende glaubte, selbst der Wahnsinnige zu sein.

Der Scherz hatte sich hinter Butchs Rücken zugetragen, der sich kategorisch weigerte, die KI instand setzen zu lassen. So etwas kostete Geld, das er lieber in Whisky oder Drogen anlegte.

»Wir können Manuel damit beauftragen«, schlug Cooper vor.

Er wehrte ab. »Nicht noch einmal. Und außerdem haben wir, wenn nicht alle Uhren falsch gehen, November!«

Für ein paar Augenblicke verharrten alle in der Erinnerung an den schönen Streich. Doch dann wurden sie wieder ernst.

»Ich fürchte, wir werden nicht darum herumkommen, den guten Guardes einer peinlichen Befragung zu unterziehen.« Coopers Stimme hatte den gewohnten ätzenden Klang angenommen. Es war so, als schliffe er lange Messer gegeneinander.

»Das wäre sein Tod«, sagte Nola rasch.

Cooper hob die Achseln. »Wenn wir hier festsitzen, sind wir alle tot.«

»Wir brauchen ihn für den Rückflug«, gab Nola zu bedenken.

»Das Auslesen der Daten kann zu einer völligen Zerstörung der Hirnstruktur des Navigators führen.« Den Satz hatten sie ihnen während der Ausbildung immer und immer wieder eingebläut. »Immer mit der Ruhe«, sagte Morton sonor. »Wir haben alle Zeit der Welt. Irgendwie werden wir die Protokolle schon ausgelesen bekommen, ohne dem armen Guardes den Schädel zu verdampfen.«

»Ich würde mit Vergnügen selbst den Hebel umlegen!« Coopers Blick war lauernd.

»Er kann doch nichts dafür.« Morton bot durch seine ruhige Art und das gepflegte Äußere den größtmöglichen Gegensatz zu Cooper mit seinem fettigen Haar und den ewig aufgesprungenen Lippen. »Nastow hat recht: Vielleicht hat er uns sogar gerettet, unter Aufopferung seiner selbst!«

Cooper wischte das weg. »Keine Heldengesänge bitte!«

Alle vier schwiegen vor sich hin.

»Vielleicht kann Guardes wirklich nichts dafür!«

Sie zuckten zusammen. Niemand hatte gehört, wie Derek durch den Gang gekommen war, der von den Maschinenräumen zur Brücke führte.

»Wie meinst du das?« Nola hatte sich als Erste wieder gefangen. Und Dereks Äußerungen ließ sie schon aus Prinzip nicht unkommentiert.

»Habt ihr vergessen, was der Alte bei der Missionsbesprechung gesagt hat?« Er ließ die Schultern sinken und die Arme schlaff nach unten hängen, um die lasche Körperhaltung des Kommandanten nachzuahmen. »Ein Geheimtipp, ein ganz neuer Claim! Wir werden die Ersten sein! Diesmal stoßen wir uns gesund, ein für alle Mal!«

Ein mitleidiges Lächeln malte sich auf Nolas Gesicht, als sie diese Parodie ihres Chefs am Vorabend des Aufbruchs vorgespielt bekam.

»Und wenn schon.« Morton stieß verächtlich die Luft durch die Nase. »Hat irgendjemand von euch daran geglaubt?«

»Natürlich nicht.« Für Nola war die Sache nicht weiter der Rede wert.

Manuel überlegte, welche Meinung er dazu vertrat. Dieser gemeinsame Abend vor dem Abflug. Butch war betrunken gewesen. Er hatte sich immer mehr in die Vision eines großen Schatzes hineingesteigert, der irgendwo dort draußen lag und nur darauf wartete, von ihnen entdeckt zu werden. Niemand hatte es ernst genommen. Nicht einmal er, der Youngster der Crew. Doch auch er hatte immerhin schon zwei Missionen mitgemacht. Beides Fehlschläge. Von irgendeinem Asteroiden hatten sie ein paar Tonnen unreines Exonium gekratzt. Das reichte nicht annähernd aus, die Kosten der Unternehmung zu decken. Butch hatte das Schiff an ein Konsortium verkauft und auf Kredit zurückgepachtet. Er setzte alles auf eine Karte.

»Wir haben diese Ansprache zig Mal über uns ergehen lassen. Hat irgendjemand zugehört?«

Manuel sah vor seinem geistigen Auge die Bilder, als sie den hoffnungslos zugedröhnten Kommandanten ins Shuttle bugsiert hatten, welches Nola daraufhin in den Orbit steuerte. Dort war die *Scardanelli* in den letzten Tagen betankt und notdürftig ausgerüstet worden. Sie hauten sich noch ein paar Stunden aufs Ohr, und am nächsten Morgen ging es los.

Doch dieses Szenario lag hinter ihnen.

»Ich habe ganz genau zugehört«, verkündete Derek. Er stand kerzengerade und wölbte die fassartige Brust vor. »Dieses Mal war es etwas anders. Diesmal hat er daran geglaubt!«

»Jeder Säufer glaubt an sein Geschwätz, spätestens nach dem dritten Glas.« Nola war unerbittlich.

»Diesmal waren seine Träumereien ...« Der Maschinist suchte nach einem passenden Wort. »Präziser!« Er überlegte. »Er hatte da wirklich was. Ob er einen Tipp bekommen oder gekauft hatte? Oder ob er selbst recherchiert hatte? Was ich ihm nicht zutraue.«

»Und wenn?« Nola wich nicht einen Deut von ihrer Meinung ab.

»Na ist doch klar«, hörte man Cooper mit schneidender Stimme sagen. »Er hat einen Kurs gesetzt, der das Schiff und den Navigator überforderte. Er hat Guardes in den Ruin getrieben!«

Morton setzte eine Miene auf, die besagen sollte, dass er nicht überzeugt war. »Das ist alles bloß Spekulation.«

»Hat er dir gesagt, wo es hingeht?«, fragte Derek sofort.

»Nein, aber ...«

»Und du bist der Erste Offizier, Mortimer!«

»Ich weiß nicht.« Morton stand auf und ging zu Nola hinüber.

Manuel sah mit Entsetzen, wie Nola eine Hand auf Mortons Schulter legte.

»Solche Verdächtigungen bringen uns nicht weiter«, sagte sie. »Wir müssen zusammenhalten. Schließlich sitzen wir ...«

»In einem Boot!«, äffte Cooper. »In einer lausigen Schrottmühle von einem museumsreifen Scheißkahn!«

»Na, na.« Der Kommandant! Keiner wusste, wie lange er schon im Durchgang stand. Er ging auch gar nicht weiter darauf ein. Er roch nach Whisky, doch sein Blick war klar. Seine Haltung aufrecht, sein Gang fest.

Er ging durch die Gasse seiner Crew, an der Aussparung vorbei, in der Guardes' Liege geparkt war, und trat ans Fenster.

Draußen dieses wattige Schwarz. Kaum Sterne, fern und verschwommen. Die Telemetrie arbeitete seit Stunden, um Spektren oder Konstellationen zu identifizieren und diese in den Katalogen abzuspeichern. Allerdings waren die Kataloge lückenhaft. Die Hegemonie hatte ihre Karten nicht mehr gut in Schuss. Und beim letzten Neuaufspielen des Systems war ein Teil der Daten verloren gegangen.

In der näheren Umgebung schien nichts zu sein, sonst hätten die Systeme längst angeschlagen. Nichts, was größer als ein Kieselstein wäre, im Umkreis von einigen Lichtstunden, den sie mit konventionellem Antrieb erreichen konnten.

Nichts.

»Hast du Angst, Derek?« Der Kommandant sprach ruhig und fast unhörbar leise.

Für einige Sekunden war es totenstill auf der Brücke.

Dann brach das Unwetter los.

»Das hör ich mir nicht an!« Derek lief rot an, seine Lippen blieben blass. Er schleuderte die mächtigen Arme wie ein Silberrückenmann beim Imponiergehabe. »Wir sitzen Gott weiß wo, am Arsch der Galaxis, keine Position, null Telemetrie, unserem Navigator ist das Hirn durchgebrannt, jeden Moment kann ein Komet in uns reinrauschen oder ein Schwarzes Loch. Oder wir sind auf Hondh-Gebiet und wissen es nur nicht.« Er rang nach Luft. »Ich lasse mich nicht Feigling nennen.«

»Das hat niemand getan, Derek.« Butch weidete sich an seiner Überlegenheit. »Ruhig Blut!«

»Leck mich am Arsch. So eine Scheiße!«

»Reg dich nicht auf.«

»Ich hab viel mitgemacht, vor allem an Bord dieses Scheißhaufens von einem Schrottschiff, aber so was ...« Er winkte ab. Ihm fehlten die Worte.

»Es wird sich alles klären.« Butch betrachtete seinen Maschinisten aufmerksam. Er hatte ihn provoziert wie ein Experimentator, der Säure in eine Lösung tropft. Er sah sich das Resultat an.

»Schön!« Der Wutausbruch war echt, aber auch nicht ganz spontan. Etwas Gespieltes war dabei. Er wollte provoziert werden und hatte sich bereitwillig darauf eingelassen.

Nola wechselte einen Blick mit Morton und ging hinaus, obwohl Butch dies nicht gestattet hatte. Im Vorbeigehen streiften ihre Finger über Manuels Brust.

»Was machst du, Nola?«, fragte der Kommandant.

»Ich seh' mal nach Guardes.«

Die fünf Männer blieben auf der Brücke zurück.

»Muss sie den auch von seinem Steifen kurieren?«, kicherte Cooper halblaut.

Niemand ging darauf ein.

Als die Schritte der Pilotin im Gang, der zur Medizinstation führte, verhallt waren, wich der abwartende Ausdruck schlagartig aus Butchs Miene.

»Was machst du eigentlich hier?« Er wandte sich frontal an Derek, der unwillkürlich die Fäuste vor die massige Brust hob. Die Mundwinkel des muskulösen Mannes zuckten. Er hatte eine Bemerkung auf den Lippen. Aber er schluckte sie hinunter.

»Ich wollte mich bei den Kameraden erkundigen, wie es um die Positionsbestimmung steht!«

Das Wort »Kameraden« triefte vor Erniedrigung.

»Was geht es dich an?« Butch blieb so ruhig, dass es Manuel dabei unbehaglich wurde.

»Entschuldige bitte!« Derek gab sich wieder empört.

»Bist du Captain, Offizier, Pilot?!«

»Na hör mal!«

»Musst du dir Gedanken um Positionsdaten oder Vektoren machen?«

»Ich bin Teil dieser Crew.«

»Du hast auf der Brücke nichts verloren, wenn der Kommandant dich nicht ausdrücklich rufen lässt.«

»Jetzt blas' dich nicht so auf, Butch!«

»Dies ist mein Schiff, und ich werde nicht zulassen ...«

»Wir alle wissen, dass das nicht so ist.«

Derek hatte sein Ziel erreicht. Butch verlor die Kontrolle.

»Die *Scardanelli* steht unter meinem Kommando!«, brüllte er. »Und ich werde nicht zulassen, dass jeder meint, er kann hier tun und lassen, was er will!«

Derek grinste nur.

»Hattest du nicht einen Auftrag.« Butch versuchte zu einem normalen dienstlichen Ton zurückzukehren.

»Bin schon weg.« Derek hob die Hände und schickte sich an, an Butch vorbeizugehen. Er verließ den fiktiven Ring als Sieger.

»Status des gesamten Maschinendecks«, fragte der Kommandant. »Ich will wissen, wie die Anlagen die Passage überstanden haben.«

»Den Status kann ich dir auch so sagen.« Derek war einen Schritt hinter ihm stehen geblieben und drehte sich in aufreizender Langsamkeit zu ihm um. »Wenn du bei einem Schrotthändler vorfährst, drückt er dir aus Mitleid vielleicht noch einen Zehner in die Hand!«

»Das ist dummes Zeug!«

»Nicht ein System, das einwandfrei funktioniert.«

»Wir wissen beide, dass das so nicht stimmt, Derek.«

»Unser Fuhrpark ist Schrott, Butch! Wie das Schiff, wie die Crew, wie du selbst!«

»Die Neumanns sind nagelneu.«

Derek unterdrückte ein Lachen. Auch Cooper musste unwillkürlich prusten. Und sogar Morton konnte sich ein feines Schmunzeln nicht verkneifen.

Manuel sah einen Asteroiden vor sich, ein paar Kubikkilometer Fels, potthässlich und vollkommen wertlos.

»Einigen wir uns auf: Sie sind unbenutzt.« Butch ließ sich auf die Stimmung seiner Leute ein.

»Sie sind seit drei Flügen nicht zum Einsatz gekommen«, hielt Derek dagegen.

»Ja, verdammt, als ob ich das nicht wüsste!«

»Durchs Rumliegen werden die Maschinen nicht besser. Und ein Mengerflug entspricht zehn Jahren Lagerzeit.«

»Deshalb will ich wissen, wie sie in Schuss sind!«

Derek hob die Augenbrauen.

»Das ist ein Befehl!« Butch gab sich ruhig. Aber Manuel spürte, dass es seine letzte Drohung war.

»Mach es uns beiden nicht so schwer«, sagte der Kommandant noch.

Eine rote Linie. Danach würde er zu ernsthaften Konsequenzen greifen. Als Kommandant und De-facto-Eigner vertrat er das Gesetz an Bord.

Derek verließ die Brücke in Richtung Maschinenraum. Butch wartete, bis sich das schwere Schott hinter ihm geschlossen hatte.

»Das können wir jetzt nicht brauchen.« Er rieb sich die Augen und wechselte einen Blick mit Morton, seinem Ersten Offizier. »Wir sind keine sechs Stunden da, und die Leute fangen an, uns auf der Nase rumzutanzen.«

Manuel fiel auf, dass Cooper in sich hineingrinste. Butch bemerkte es nicht, oder er ging nicht darauf ein.

Während Cooper in die Küche ging, um sich noch einen Kaffee zu holen, Butch und Morton sich halblaut über die bisherigen Ergebnisse austauschten, vertiefte er sich wieder in die Analysen. Die Hälfte der Detektoren war ausgefallen. Manuel war lange genug auf der *Scardanelli*, um sich darüber nicht mehr zu wundern. Die andere Hälfte lieferte jedoch Daten, mit denen er genau so wenig anfangen konnte. Die

Sensoren waren aktiv, aber sie schienen völlig verrückt zu spielen.

Manuel war einige Male aufgestanden und an die Scheibe getreten, um sich mit eigenen Augen ein Bild von der Lage zu machen. Natürlich konnte er so keine Spektralanalyse durchführen. Aber er konnte sich vergewissern, ob dort etwas war oder nicht. Selbst das schien mit den Ergebnissen der automatischen Telemetrie nicht übereinzustimmen.

Es waren nur einige Hundert Sterne sichtbar. Eigentlich hätten es Hunderttausende sein müssen. Außerdem ein paar Radio- und Röntgenquellen. Die Computer der *Scardanelli* quälten sich damit ab, bekannte Signaturen zu identifizieren. Das eine oder andere Charakteristikum war entdeckt worden. Aber die Resultate wollten sich zu keinem Bild zusammenfügen. So hatte Manuel einen Stern mit einem unverwechselbaren Spektrum ausgemacht, das einige Nanometer rot verschoben war. Der elektromagnetische Fingerabdruck eines anderen war zum Ultravioletten hin verzerrt. Das konnte heißen, dass die *Scardanelli* sich von dem einen weg und dabei sehr schnell zu dem anderen hinbewegte. Aber die Sterne lagen nebeneinander, bei einem Abstand von wenigen Bogengrad. Das würde heißen, dass das Schiff sich auf demselben Vektor mit nahezu Lichtgeschwindigkeit in einander entgegengesetzte Richtungen bewegte!

Als Nola von Guardes zurückkam, der in tiefem Heilschlaf lag, machte Manuel sie auf seine Resultate aufmerksam. Sie hob die Schultern.

»Das ist die Physik des Menger-Schwamms.«

»Dass man sich sowohl in die eine als auch in die andere Richtung bewegt?«

»Dass es keine Richtungen gibt.«

»Aber wir sind nicht mehr im Menger-Schwamm!« Manuel war weder Pilot noch Navigator. Aber er ließ sich ungern vorführen.

»Weißt du's?«

»Wir könnten nicht herumlaufen und uns unterhalten, wenn wir noch im Schwamm wären.«

Morton war auf die beiden aufmerksam geworden. Auch Butch kam herüber und ließ sich Manuels Daten auf dem Schirm zeigen.

»Aber der Junge hat recht«, sagte der Kommandant. »Die Systeme schaffen es nicht, ein Bezugssystem zu konfigurieren, das als Basis für die Telemetrie dienen könnte.«

Morton nickte: »Zu jedem Bezugspunkt haben wir ein völlig anderes Profil, was Position, Vektor und relative Geschwindigkeit betrifft.«

»Wir driften«, warf Cooper mit meckernder Stimme ein. »In alle Richtungen gleichzeitig.«

»Wir sind nicht mehr im Mengerraum«, sagte Nola. »Aber wir sind auch nicht im Normalraum.«

Morton und Butch wechselten einen Blick.

»Guardes hat die Passage nicht vollständig abgeschlossen«, fuhr die Pilotin fort. »Wir sind in einem Zwischenbereich hängen geblieben.«

»Na toll«, war Cooper zu vernehmen. »Und jetzt liegt der Typ da drin und schläft den Schlaf des Gerechten.«

»Der Menger-Schwamm bildet Wirbel.« Morton versuchte die Diskussion auf ein sachliches Niveau zurückzuholen. »Projiziert man die darin wirkenden Kräfte auf eine Einsteinmatrix, entsprechen sie den Strudeln einer Akkretionsscheibe unmittelbar am Ereignishorizont einer Singularität.«

»Wir fliegen durch ein Schwarzes Loch!«, rief Cooper aus. »Prima, das wollte ich immer schon mal ausprobieren.«

»Es ist nur eine Projektion«, gab Morton zurück.

Butch war anzusehen, dass es ihm zu dumm war, auf die ständigen Einwürfe seines Nachrichtenspezialisten einzugehen. Er beugte sich über Manuels Konsole und ließ sich einzelne Vektoren anzeigen.

»Eine Tatsache erscheint mir noch rätselhafter«, sagte Morton. »Wenn wir die Spektren entzerren, was immer nur für einzelne möglich ist, nie für alle zugleich, versetzt uns das in eine Raumregion, die außerhalb aller Einsatzgebiete für Prospektoren liegt.« Er ließ eine Pause entstehen. »Und weit jenseits der maximalen Reichweite der *Scardanelli*.«

Cooper biss sich auf den rissigen Lippen herum.

»Das ist alles Spekulation.« Butch hatte sich wieder aufgerichtet. »Auf dieser Datengrundlage können wir gar nichts sagen.«

»Es ist physikalisch unmöglich, dass wir da sind, wo wir sind«, beendete Morton seine Ad-hoc-Analyse.

»Irgendwo müssen wir ja sein«, brummte der Kommandant. »Mach du mich nicht auch noch mit diesen Hirngespinsten verrückt!«

Morton hielt seinem Blick einige Sekunden lang stand und kehrte an seinen Platz zurück.

»Wir müssen warten, bis Guardes wieder ansprechbar ist«, sagte Butch.

»Falls er es je wieder wird!« Cooper produzierte ein billiges Feixen.

»Wenn ihr etwas Verwendbares gefunden habt, ich bin in meiner Kabine!«

Ohne eine Reaktion abzuwarten, verschwand er in Richtung der Unterkünfte.

»Das gefällt mir gar nicht«, meinte Nola, als sie wieder unter sich waren.

»Wir sind auch nicht hier, um Spaß zu haben«, warf Cooper ein, »oder, Nola?«

»Halts Maul, Coop«, riefen Morton und Manuel wie aus einem Mund.

»Oh, wow«, grinste der Nachrichtenspezialist. »Zwei Treffer mit einem Schuss!«

Nola ging auf all das mit keiner Regung ein.

»Wenn wir tatsächlich der exotischen Physik des Mengerraumes ausgeliefert sind, können wir nicht auf herkömmliche Weise navigieren. Ich würde mich weigern, das Schiff bei konventionellem Antrieb zu steuern.« Sie sah die anderen an. »Unter den relativistischen Bedingungen des Menger-Schwamms kann nur Guardes die *Scardanelli* fliegen. Und von ihm ist nicht mehr allzu viel übrig!«

»Bingo«, sagte Cooper. »Dem Ersten, der heute etwas Positives zu vermelden hat, gebe ich einen aus!«

»Es sind Sonnen. Viele Sonnen. Millionen, Milliarden, tausend Milliarden Sonnen. Aber man kann sie nicht zählen! Alle zugleich, alle hier und jetzt, alle in meinem Kopf!«

Guardes war wach geworden! Die Nachricht hatte sich schlagartig im Schiff verbreitet. Alle stürmten in die Medizinstation, wo Nola und Nastow um den Navigator bemüht waren.

»Was ist passiert?«, fragte Morton.

»Ich weiß es nicht.« Die Pilotin, die behelfsmäßig das Amt der Bordärztin versah, studierte panisch und ratlos die Anzeigen der Überwachung, an die Guardes angeschlossen worden war.

»Hast du ihn geweckt?«

»Nein, er ist von selbst zurückgekommen!«

»Umso besser.«

»Frag ihn!« Derek stand in der Tür, die er mit seinen breiten Schultern und den bulligen, vor der Brust verschränkten Oberarmen vollständig ausfüllte.

»Langsam.«

»Was?«

»Er braucht Zeit!« Nola nahm einige Modifizierungen vor.

»Wir haben keine Zeit!«

»Lass ihn in Ruhe.« Nastow hatte sich schützend vor dem Navigator aufgebaut, als Derek drohend ein paar Schritte auf ihn zugegangen war.

Auch Morton hob abwehrend die Hand. »Keine Hektik jetzt. Wir müssen sehen, was wir aus ihm herausholen können!«

Derek schnaufte ungeduldig, ließ aber von Guardes ab. Er vergrub trotzig die Fäuste in den tiefen Taschen seines Arbeitsoveralls und drückte sich in die Ecke der winzigen Medizinstation. Auch Manuel und Cooper waren anwesend und streckten neugierig die Köpfe durch die Tür.

»Alle Richtungen«, seufzte der Navigator. »Aber es gibt keine Richtungen. Zehn Dimensionen! Ihr könnt euch das nicht vorstellen!«

»Ich will mir das gar nicht vorstellen«, keckerte Cooper.

»Sag uns einfach, wo wir sind«, entgegnete Derek.

Die Lehne der vollintegrierten Liege, an die Guardes gefesselt worden war, fuhr langsam hoch und brachte den Navigator in eine sitzende Position. Zahllose Schläuche, Kabel und andere Verbindungen traten an den abenteuerlichsten Stellen aus seinem unförmig aufgedunsenen Körper hervor oder verschwanden darin. Gelbe, rote und schlammfarbene Flüssigkeiten wurden ihm eingeflößt oder aus ihm abgepumpt. Signale leuchteten, Anzeigen flimmerten. Der fassartige Mann schien von alldem nichts wahrzunehmen. Verzückt sah er durch sie alle und die wenige Quadratmeter große Station hindurch. Sein Geist weidete sich noch immer am Anblick der unbeschreiblichen Wunder des transdimensionalen Kosmos des Mengerraumes, der den gewöhnlichen Sterblichen auf ewig verborgen bleiben würde.

»Es ist so unbegreiflich! Herrlich! Wunderbar! Es ist so – schön!«

Er seufzte schwer wie ein Kunstenthusiast, der einem Blinden nahezubringen versuchte, was es mit einem Tizian auf sich hat.

»Es ist alles zumal, verstrickt in meinem Jetzt!«

»Ihm ist diesmal endgültig die Birne abgeraucht«, knurrte Derek. »Verdammt, Guardes, reiß dich zusammen!«

»Ahhh…« Die drei Zentner molluskenartigen Fleisches entspannten sich, verloren den letzten Rest an Form.

»Was hast du gemacht?«, fragte Morton.

»Ein bisschen was zur Entspannung.« Nola grinste freudlos und studierte ihre Anzeigen.

»Schade, dass wir keinen richtigen Arzt haben«, lästerte Cooper.

»Für so was hat der Chef kein Geld.« Derek ergriff das Wort.

»Ja schade. Oder wenigstens 'ne hübsche Krankenschwester, die dem guten Guardes ab und zu die Pickel am Arsch ausdrückt!« Coopers blickte Nola dabei lauernd an.

»Du denkst wohl eher an deinen Arsch«, warf Derek ein.

»Oh, und nicht nur an den!«

»Haltet doch einfach das Maul, alle beide!« Morton versuchte Nola zu assistieren. Die beiden verfolgten, wie die Hirnströme des Navigators abflachten, aber immer wieder bedrohlich aufflackerten. Dabei liefen jedes Mal Konvulsionen und Spasmen durch die verunstaltete Kreatur, die breit und teigig auf der Liege ruhte.

Guardes schien mit seinen Augen visionär in unsichtbare Fernen zu starren. Manchmal verschwammen die Bilder wieder, als erfasste ihn ein Schwindel, oder sie kippten ins Weiß wie bei dem Anfall eines Epileptikers.

»Was hast du ihm gegeben?«

»Dopamin.«

»Das dämpft.« Morton wirkte zufrieden.

»Ihr sollt ihn lieber auf die Beine bringen«, warf Derek ein.

»Gib ihm Kaffee«, schlug Cooper vor. »Adrenalin. Tes-to-s-te-ron!«

Er musterte Manuel, der unschlüssig in der offenen Tür stand und erwartungsgemäß errötete.

»Er ist aufgeputscht genug«, sagte Nastow, der sich an Guardes' Betreuung beteiligte. »Die Serotoninwerte sind über der Skala!«

Nola nickte. »Es ist wie ein schwerer psychotischer Schub. Wir müssen ihn behutsam herunterholen.«

Sie dachte nach. »Das ist, wie wenn ein Spieler im Finale den entscheidenden Punkt gemacht hat! Realitätsverlust, Größenwahn, Unsterblichkeitsgefühle.«

»Ich würde mal sagen, er hat den entscheidenden Punkt vermasselt!«, brummte Derek in sich hinein.

»Da weiß man nicht, wohin mit seiner Kraft!« Nola blickte den Maschinisten scharf an. »Das Gefühl müsstest du doch kennen!«

»Was soll ich sagen, Nola!« Derek wölbte herausfordernd die mächtige Brust.

»Wenn jemand in diesem Zustand ist, kann man normalerweise nicht vernünftig mit ihm reden!«

Cooper unterdrückte ein Kichern. »Touché!«

Derek demonstrierte mit einem breiten Grinsen seine Unverwundbarkeit, was solche verbalen Attacken anging.

»Ohhh«, stöhnte Guardes wieder. »Eure kleinen Hirne können es nicht ermessen!«

»Was siehst du?«, fragte Nola einfühlsam.

»Das kann ich euch nicht sagen. Ihr könnt es nicht verstehen. Ihr könnt es doch nicht sehen!«

»Wo sind wir?«

»Wir? Hier! Wir sind hier!«

»Reiß dich zusammen, Guardes!« Morton versuchte es eine Spur eindringlicher als die Pilotin, die neben ihm stand.

»Es ist immer jetzt. Und wo wir sind, ist immer hier!«

»Damit können wir nichts anfangen«, sagte Nola geduldig. »Versuch dich zu besinnen. Wo hast du uns hingebracht?«

»Ahh, ich war ... geblendet! Aber es ist wunderbar! So viel Licht!«

»Wir verlieren ihn«, deutete Morton resigniert an.

»So schnell gibst du auf?« Nola wirkte verwundert.

»Es ist so über alle Maßen herrlich!«

»Eine Überdosis«, stellte Cooper sachlich fest. »Er hat den Goldenen Schuss gekriegt.«

»Was machst du?«

Nola fuhr herum, als Nastow sich an den Einstellungen zu schaffen machte.

»Tranquilizer«, sagte der Kybernetiker ungerührt. »Wir müssen ihn von diesem Peak da runterholen!« Er deutete auf die hohen Spitzen der Erregungswerte, die wie ein Himalaja über das Niveau des normalen Mittels hinausragten.

Der Navigator stieß einen Seufzer aus. Seine ekstatischen Züge nahmen einen friedlichen Eindruck an. Seine Füße, die in dicken, sensoriellen Socken steckten und die nicht mehr in der Lage wären, sein Gewicht zu tragen, kippten nach außen.

»Lasst ihn nicht abnippeln!«, warf Cooper warnend ein.

»Keine Sorge.« Nola hatte sich neben Nastow positioniert. Gemeinsam versuchten sie, den wilden Cocktail an Hormonen und Dämpfern, der durch Guardes' Metabolismus floss, in den Griff zu bekommen.

Der Navigator ächzte und stöhnte. Seine schwammigen Hände rutschten von seinem Bauch. Morton fing sie auf und versuchte sie zu fixieren. Dem gepeinigten Mann, vor dessen geistigen Augen sich hyperdimensionale Räume entfaltet hatten, drohten die physischen Augen zuzufallen. Ein Schnarchen entwich aus seinem offenstehenden Mund. Ein Speichelfaden rann über sein Kinn hinab.

»Herrgott, was macht ihr denn?« Derek schien entschlossen zu sein, die Sache selbst in die Hand zu nehmen.

»Bleib, wo du bist.« Morton wehrte ihn ab.

Aus Guardes drang nur noch ein wohliges Säuseln.

»Ich fürchte, da ist einiges über den Jordan gegangen.« Cooper wirkte besorgt.

»Mengerschwamm«, hauchte der Navigator. »Mengerschwarm, Mengerschaum ...«

»Klingt wie einer, der gerade im Champagner ersäuft.« Derek war davon wider Willen fasziniert, als beneide er Guardes um die unerreichbaren Sphären, in denen er schwebte.

»Champagner«, flüsterte der Navigator verächtlich.

»Er hört uns!« Nola hob den Arm zu einer Geste gesteigerter Aufmerksamkeit. Mit ihren Blicken hing sie regelrecht an den fülligen Lippen des Kolosses, auf denen sich immer wieder Blasen bildeten, als er fast unhörbar und unter großer Anstrengung sprach.

»Ihr habt keine Ahnung. Es ist Millionen Mal herrlicher! Groß! Unendlich. Und da ist Licht! Und Musik!«

Die Worte versanken in einem Strudel des Stöhnens, der kaum noch menschlich war.

»Wie einer, der sich um Sinn und Verstand gevögelt hat.« Cooper zuckte die Schultern.

Der Navigator keuchte tatsächlich, als würde sein Geist von einem Übermaß aus Schmerz und Lust gepflügt.

»Eure Gedanken sind schmutzig«, brachte er hervor. »Aber dort ist alles rein! Es ist wie ... Gott!« Er seufzte. Zuckende Bewegungen liefen über seinen Körper.

»Jetzt kommt es ihm«, sagte Cooper beinahe andächtig.

Nola brachte ihn mit einer Geste zum Schweigen.

»Du hast Gott gesehen?«

Der Navigator schüttelt unwillig den Kopf.

»Ein Zipfel seines Gewandes, vielleicht. Seinen Anblick könnte man nicht ertragen.« Er stöhnte. »Selbst ich könnte das nicht!«

»Ich glaube, du hast schon das nicht ganz vertragen, was du abgekriegt hast.« Nolas Stimme hörte sich warm und mitfühlend an. Sie strich Guardes das schwarze, struppige, seit Monaten ungewaschene Haar aus der Stirn.

»Es war sehr stark, diesmal«, sagte der Navigator.

»Was ist geschehen?«

Im Durchgang tauchte Butch auf. Der Kommandant wollte sich einen Weg zu Guardes bahnen. Doch er erfasste die Situation und blieb zwischen Manuel und Derek stehen. Er machte Nola ein Zeichen, mit Guardes' Befragung fortzufahren.

»Was ist passiert?«, hakte die Pilotin nach, einen Hauch eindringlicher.

»Ich …« Der Navigator wand sich. Ein Ruck ging durch seinen Körper. Er richtete sich auf und öffnete die Augen.

Über seine Schulter hinweg wechselte Nola einen Blick mit Nastow, der zufrieden grinsend an den Anzeigen der Überwachung spielte. Er reckte den Daumen der rechten Hand.

»Ja.« Die Pilotin richtete ihre volle Aufmerksamkeit auf den Navigator, der auf einmal aufrecht saß, die Hände zusammenfaltete und sie ruhig anblickte.

»Ich kann es dir nicht sagen, schöne Nola«, sagte er schlicht.

»Versuch dich zu besinnen.« Die Pilotin bot alles auf, was sie an Geduld mobilisieren konnte.

»Kann sein, ich habe mich gehen lassen.« Guardes produzierte so etwas wie ein kleinlautes Lächeln.

»Was war los?«

»Guardes«, fuhr Butch dazwischen. »Herrgott, reiß dich zusammen!«

Der Navigator blickte gelassenen, beinahe mitleidig den Kommandanten an und wand sich wieder Nola zu. Er sah sie an, offen und vollkommen leer.

»Hast du die Kontrolle über das Schiff verloren?« Die Pilotin versuchte ihm die Worte in den Mund zu legen. Als er merkte, Auskunft über das geben zu müssen, was während der Passage durch den Mengerraum vorgefallen war, sank er in Passivität zurück.

»So stellt ihr euch das vor?«, fragte er nach einer Weile. »Ein Boot, das ich über einen Weiher stake?«

»Du hast die Kontrolle«, sagte Nola warm. »Wir alle vertrauen uns dir an. Vergiss das nicht.«

»Das ist kein Teich, über den man rudern kann. Auch nicht einfach ein Strom. Das sind Katarakte, Niagarafälle, tausend auf einmal, von allen Seiten zugleich. Und ihr Tosen ist wie …«

»Musik«, ergänzte Derek plötzlich. »Das wissen wir schon!«

Nola machte ihm hinter dem Rücken ein Zeichen, dass er den Mund halten solle.

»Ein Engelschor?«, soufflierte sie ratend.

»Lauter Harmonien!«

»Ein paar Dissonanzen waren wohl diesmal auch dabei!« Cooper verfolgte das Drama mit einer Mischung aus Interesse und Sarkasmus.

»Worte reichen nicht hin.« Guardes drohte wieder zurückzufallen.

»Guardes, ich flehe dich an!« Nola hob die Stimme. Sie packte den Navigator am Arm, ein massiger Wulst aus Fett und Fleisch, den sie mit ihrer Hand nicht umspannen konnte.

»Ich kann nicht!«

»Was ist passiert!«

»Ich war geblendet!«

»Das hatten wir schon!« Derek wurde immer ungeduldiger.

»Schscht!« Nola forderte absolute Ruhe..

»Was hat dich geblendet, Guardes?«

»Licht. So viel Licht!«

»War es anders als sonst?«

»Genau so. Und ganz anders!«

»Wo kam das Licht her?«

»Von überall!«

»Das hast du schon gesagt!«

»Ich sage doch, ihr könnt es nicht verstehen!«

Plötzlich stürmte Derek nach vorne. »Ich hab die Faxen dicke!« Der Maschinist hob drohend die Faust. Butch versuchte ihn festzuhalten. Nastow sprang todesmutig zwischen den Navigator und den Angreifer.

»Derek«, rief Nola panisch aus. »Das bringt doch nichts!«

»Ich höre mir das nicht länger an!«

»Lass ihn in Ruhe!«

»Dieses Gewäsch!«

»Lass ihn«, sagte auch Nastow.

»Was geht dich das an?« Derek wollte den zierlichen Kybernetiker aus dem Weg schieben.

»Er braucht Ruhe. Wir lesen die Protokolle aus.«

»Es wird eine Lösung geben«, sagte Morton.

Aber Derek war nicht mehr zu bremsen. Er schüttelte Butch ab, der ihm in den Arm gefallen war, und schleuderte Nastow wie ein kleines Kind beiseite.

»Sag mir, wo wir sind!«

Guardes schien einfach durch ihn hindurchzusehen.

»Sonst prügele ich es aus dir heraus!«

»Was für eine Show!«, gluckste Cooper entzückt.

Manuel stand im Durchgang und schaute mit großen Augen zu, wie Derek mit erhobener Faust auf den Navigator zustürmte.

Guardes zeigte keine Spur von Angst.

Derek schlug zu.

Nastow war der Erste, der sich auf ihn warf und ihn von dem Navigator wegzerren wollte. Der Maschinist schüttelte ihn erneut ab. Diesmal mit so viel Schwung, dass der kleine Kybernetiker quer durch die Station flog und mit dem Kopf gegen die Kante eines Instrumentenschrankes prallte.

Derek konnte Guardes eine zweite Gerade verpassen, bis Butch und Morton ihn unter Kontrolle bringen konnten.

»Herrgott, bist du wahnsinnig?«, keuchte der Kommandant schwer atmend.

Ihre Blicke richteten sich auf den Navigator, der mit seitlich wegknickendem Schädel in seiner Liege hing.

»Du hast ihm das Genick gebrochen!«, rief Butch entsetzt.

»Dann muss ich mir wenigstens sein Geschwätz nicht mehr anhören.« Derek gab sich unbelehrbar.

»Wir brauchen ihn!«

»Er ist zu nichts mehr zu gebrauchen!«

Der Maschinist rang mit den beiden Männern, die rechts und links an seinen mächtigen Armen hingen. Zu zweit konnten sie ihn kaum bändigen.

Manuel war zu Nastow geeilt, der sich mühsam aufrichtete. Blut strömte aus einer langen Platzwunde. Es sah aus, als wäre sein Kopf der Länge nach gespalten. Zum Glück stellte es sich heraus, dass es sich dabei nur um eine oberflächliche Verletzung handelte. Der Kybernetiker sah sich Hilfe suchend in der Medizinstation um und entdeckte ein Selbstheilpad, das er auf die Wunde pressen konnte.

»Ist er tot?«, fragte Cooper mit Blick auf Guardes. Der Nachrichtenspezialist wirkte gespannt, als wohne er einem Holodrama bei.

»Nein«, sagte Nola ruhig. Sie studierte die Anzeigen der Überwachung. »Nur ohnmächtig.«

»Verdammt noch mal.« Butch ließ Derek los. Morton folgte seinem Beispiel, behielt den muskulösen Kameraden jedoch misstrauisch im Auge. Sie alle wussten, dass sie in einem Kampf Mann gegen Mann keine Chance gegen den Maschinisten hätten, der ein trainierter Ringer und Boxer war.

»Verflucht!« Derek betrachtete verwundert seine blutverschmierte Faust.

Nola war unterdessen um Guardes besorgt. »Ich brauche hier Hilfe!«

»Was ist denn das für eine Scheiße?!« Derek sah ungläubig auf seine Hand, in der eine tiefe Schnittwunde klaffte. Er ging zu den Materialvorräten im hinteren Teil der Station. Nastow reichte ihm mit tödlicher Verachtung in der Miene ein Pad, das er sich um die Faust wickelte. Danach stapfte er zur Liege des Navigators, an welcher Nola, Butch und Morton standen. Manuel hielt sich abseits.

»Was ist das bloß für eine Scheiße!« Derek schob die anderen aus dem Weg und betrachtete den bewusstlosen Guardes, dessen linke Schläfe sich in einen Brei aus Fleisch, Blut und Knochen verwandelt hatte.

Butch bedachte ihn mit einem vernichtenden Blick. »Bei Gott, Derek. Wenn wir ihn verlieren ...«

»Was?«

Der Kommandant winkte ab.

Dereks Aufmerksamkeit war von etwas anderem gefesselt. Nola schlug seine Hand weg, als sie Guardes' Verletzung versorgte, aber er ließ sich nicht beirren. Seine Finger, die blutig aus dem Selbstheilpad hervorragten, tasteten sich an der Stirn des Navigators entlang. Derek zog ein paar Hautfetzen zur Seite und berührte vorsichtig etwas Langes, Spitzes, das aus dem zertrümmerten Matsch hervorstach.

»Sein Schädel ist gesplittert«, sagte Nola nüchtern. »Ich weiß nicht, ob ich das mit unseren Mitteln flicken kann.«

»Das ist kein Knochensplitter.« Derek schüttelte den Kopf.

»Lass ihn doch einfach in Ruhe.« Nastow versuchte ihn abzudrängen. Ohne Erfolg. Der Größere schob ihn erneut weg.

»Was ist das, bitte?«, fragte Derek in die Runde.

»Nicht!«, schrie Nola noch. Aber es war schon zu spät.

Derek hatte die rasierklingenschmale Struktur bereits mit den Fingerspitzen gepackt und mit einem scharfen Ruck aus der tiefen Fleischwunde des Navigators gezogen.

»Ein Implantat«, sagte Nastow rasch. »Was willst du. Guardes ist Navigator.«

»Oh nein.« Der Maschinist hob den daumennagelgroßen Chip triumphierend in die Höhe. »Damit kenne ich mich aus. Das ist kein gewöhnliches Schläfenimplantat!«

Nastow versuchte ihm das Bauteil aus der Hand zu reißen, doch Derek war nicht nur sehr viel kräftiger als der schmächtige Kybernetiker, sondern auch erstaunlich schnell.

»Gib her«, sagte Butch.

»Leck mich.« Derek ließ sich von niemandem mehr etwas sagen.

»Das ist ein Befehl«, beharrte Butch. »Ich bin der Kommandant.«

Der Maschinist sah seinen Vorgesetzten voller Verachtung an. »Du bist ein Trottel, Butch.« Alle hielten den Atem an. Selbst Nola, die Guardes' Wunde zu reinigen versuchte, sah erschrocken auf.

»Du bist ein Versager!« Derek ließ den blutverklebten Chip in einer Tasche seines Overalls verschwinden. »Ich weiß nicht, was hier gespielt wird«, sagte er drohend. »Aber ich werde es herausfinden!« Schweren Schrittes entfernte er sich in Richtung des Maschinendecks.

Der Schock kam mit einigen Minuten Verspätung. Er stürzte in die Nasszelle und erbrach sich über dem Waschbecken.

All das Blut! Und der offene Schädel mit dem glasartig zerkrachten Knochen. Das schmatzende Geräusch, mit dem Derek das elektronische Bauteil aus Guardes' Kopf gezogen hatte!

Manuel ließ das Wasser laufen, das den ausgekotzten Kaffee in der Absaugvorrichtung verschwinden ließ. Dann spülte er sich den Mund aus und wusch sich das Gesicht. Aus dem optischen Spiegel glotzte ihn ein hellgrünes Gespenst an, unter dessen staunenden Augen sich dunkle Ringe abzeichneten.

Als er den Geschmack von Magensäure losgeworden war, trank er ein paar Schlucke Wasser.

Trotzdem hörte der Schwindel nicht auf. Er wurde sogar wieder schlimmer! Das Schiff drehte sich! Dann sackte es durch wie ein Passagierflugzeug in einem Luftloch. Es krängte um 20 Grad nach Backbord und stabilisierte sich ächzend.

Manuel spürte, wie sein Magen erneut rebellierte. Er schluckte einige Male und biss sich auf die Zungenspitze. Die Tür zur Nasszelle sprang auf, als sich der Korpus der *Scardanelli* in den Turbulenzen verwand. Manuel taumelte auf den Gang hinaus.

»Was ist da los?!«, brüllte Butchs Stimme aus Richtung der Medizinstation.

»Schwerkraftanomalie!« Das war Morton. Er musste auf der Brücke sein. »SCARDY hat uns abgefangen.«

Ein zweiter, leichterer Schwindel lief über ihn hinweg wie ein Echo des ersten. Dann richtete er sich auf, nicht ohne sich rechts und links an den kühlen Kunststoffverkleidungen des schmalen Ganges abzustützen.

»Bleib, wo du bist«, rief der Kommandant vorne. »Die Brücke muss besetzt sein!«

Während der Auseinandersetzung um Guardes war sie verwaist gewesen.

»Wo ist denn der Kleine?«, brüllte Butch.

»Hier!« Manuel meldete sich mit krächzender Stimme aus dem Mittelgang.

»Ist gut.« Der Kommandant schien zufrieden. »Du löst Morton in zwei Stunden ab, okay?«

»Aye!«

Damit war er fürs Erste entlassen. Er warf noch einen Blick auf die Medizinstation, wo Nola, Nastow und Butch weiterhin um den Navigator besorgt waren, den sie nach der Attacke erst einmal wieder in ein künstliches Koma versetzt hatten, und schlenderte durch das Schiff.

Alle paar Minuten tosten Störungen durch den Stahlleib, der sich kreischend verwand. Dann sackte die *Scardanelli* scheinbar wieder durch. Ein Gefühl, als würde sie in freien Fall übergehen, sich dabei langsam nach rückwärts überschlagen und zugleich über die Längsachse rollen. Als wäre das Schiff ein Spielball der Lüfte, ein welkes Blatt, das von den Herbstwinden hin und her gestoßen wurde. Nur dass die Böen aus schierer Energie bestanden, relativistische Verwerfungen irgendwo am Übergang von Mengerschwamm und Normalraum, an dem sie gestrandet waren wie ein Schoner an einer Klippe einige Meilen draußen vor der Küste.

Ohne dass er einen Grund dafür hätte angeben können, landete Manuel im Maschinendeck. Hier waren die Laufwege noch schmaler. Die Verkleidungen bestanden aus besonders strapazierfähigem schwarzen Kunststoff. Es war dunkel. Nur an den Kreuzungen und Abzweigungen brannte fahl die Notbeleuchtung.

Von irgendwo hörte er Stimmen. Obwohl ihm eigentlich nicht nach Gesellschaft zumute war, ging er weiter, magisch angezogen von dem Durcheinander menschlichen Raunens und Flüsterns. Einige Sekunden später stolperte er in den Maschinenraum. Derek und Cooper, Clarke und Papadopoulos saßen auf ein paar Kisten beieinander und unterhielten sich halblaut. Wie sie um ihre heruntergedimmten Arbeitslampen saßen, dampfende Kaffeebecher in den Händen, und die titanischen Zylinder der Neumanns über ihnen in die Dunkelheit ragten, hätten sie gut das Bild einer Schmugglerbande abgegeben, die sich im Gebirge auf einen nächtlichen Übergang vorbereitete.

Als Manuel näher kam, hatten sie ihr Gespräch eingestellt. Der junge Offizier blieb zögernd im Durchgang stehen.

»Komm her, Kleiner«, sagte Clarke munter. »Willst du was trinken?«

Er bemerkte, dass ein paar Flaschen des leichten Cidre-Bieres herumstanden, das während der dienstfreien Zeiten an Bord getrunken werden durfte. Außerdem bot die hagere, aber stets muntere Technikerin ihm von den stahlharten Standardkeksen an, die zu den Überlebensrationen gehörten. Crewmitglieder aller Nationen nannten sie seit Jahrhunderten liebevoll »Panzerplatten«.

Manuel winkte dankend ab, nahm sich einen der Kaffeebehälter, deren mehrere auf Vorrat bereitstanden.

»Feind hört mit, eh?« Cooper musterte ihn aufmerksam.

Manuel schüttelte nur den Kopf.

»Lass ihn«, lachte Clarke. »Der Kleine ist okay.« Sie betrachtete ihn beinahe verliebt. »Schließlich haben wir ja nichts zu verbergen, oder?«

Cooper grinste vor sich hin.

»Was machen sie?«, fragte Derek mit einer vielsagenden Geste nach »oben«.

Manuel fiel auf, dass sich die Techniker auch schon auf den früheren Flügen stark von der Brückenbesatzung abgesondert hatten. Aber diesmal war die Trennung von den Offizieren besonders deutlich und feindselig. Er erzählte kurz und knapp, was den Status von Guardes und des Cockpits anging.

Unwillkürlich richtete Manuel seine Aufmerksamkeit auf die Kommunikationseinheit über ihren Köpfen, als Derek in besonders drastischen Worten Butch gescholten hatte. Aber Cooper, der ihn die ganze Zeit aufmerksam im Auge behielt, wackelte verneinend mit dem Zeigefinger.

Die Anlage war offline oder er hatte sie anderweitig geblockt.

»Keine Sorge«, sagte Derek, als er den lautlosen Dialog bemerkte. »Der alte Säufer und Schuldenmacher kann uns nicht hören.«

Clarke lachte ordinär und trank einen Schluck Bier.

Der Maschinist, der Anführer der kleinen Verschwörung war, wurde wieder ernst.

»Diesmal hat er uns richtig in die Scheiße geritten!«

Er zeigte den Chip herum, den er inzwischen gesäubert und ausgelesen hatte.

»Das sind Karman-Routinen«, sagte er. »Guardes ist ein verdammter Cyborg!«

Die Gesichter der anderen drückten nicht gerade die Bestürzung aus, die Derek sich versprochen zu haben schien.

»Er ist ein Navigator.« Manuel fiel auf, dass es in der Regel Clarke war, die widersprach. »Die haben immer irgendwelche Implantate.«

Derek schüttelte den Kopf. »Du hast nicht zugehört. Es sind Karman-Programme, was sich hier drauf befindet.«

»Was heißt das?«, fragte Papadopoulos. Der Sondenmechaniker hockte auf einer Materialkiste und spielte nervös mit einem Kaffeebecher.

»Sie haben ihn aufgemotzt.« Cooper leckte mit der Zungenspitze über die rissigen Lippen. »Sie haben ihm Fragmente einer KI eingebaut.«

Der kleinwüchsige dicke Grieche, den sie alle nur Papa nannten, zuckte die Schultern.

»Und?« Auch Clarke war alles andere als beeindruckt.

»Na ist doch klar!« Derek warf einen skeptischen Blick auf Manuel, aber er schien zu der Auffassung zu gelangen, dass der blasse Leutnant ungefährlich war. »Sie hatten etwas Außergewöhnliches vor. Butch hatte im Vorfeld ständig Andeutungen gemacht. Aber natürlich nichts verraten.«

Die anderen glotzten immer noch verständnislos.

»Butch muss ein Ziel im Auge gehabt haben, das er auf normale Weise nicht erreichen konnte. Er hat Guardes frisiert, ihn ein bisschen gepimpt, versteht ihr!«

Clarke stieß schwer die Luft aus, sagte aber nichts.

»Aber es ist schiefgegangen.« Cooper klang, als wäre es ein Triumph. »Dem guten Guardes sind die Sicherungen durchgeschmort. Er war überfordert.«

»Oder das Ding war überlastet!« Derek hielt wieder das Corpus Delicti in die Höhe.

»Oder das Mensch-Maschine-Interface«, rief Cooper ungeduldig. »Ist ja egal. *Etwas* hat nicht funktioniert.« Er sah vielsagend von einem zum anderen. »Vermutlich haben sie es genau so zusammengepfuscht wie alles andere auf diesem Scheißhaufen von einem Schiff auch.«

Ein verschwörerisches Grinsen breitete sich in der Runde aus. *Galgenhumor*, durchfuhr es Manuel.

»Und jetzt?«, fragte er schlicht.

Derek reagierte verstimmt, dass sein Auftritt so verpuffte.

»Jetzt?«, grollte er. »Jetzt werden wir herausfinden, wer dahintersteckt, und es ihm heimzahlen!«

»Was heißt das?« Manuel fühlte sich in der Einschätzung bestätigt, dass Clarke diejenige war, mit der man noch am ehesten vernünftig reden konnte.

»Dann werden wir ihm die Hammelbeine lang ziehen.«

Manuel hatte auf der Zunge, zu fragen, was das bringen solle. Er verkniff sich die Bemerkung. Aber der listige Cooper hatte es trotzdem bemerkt.

»Das gefällt dir nicht?« Er kaute auf seinen schmalen Lippen herum. »Willst du hoch zu deinen Freunden gehen und uns verpfeifen?«

Der junge Offizier zuckte die Achseln. »Wir haben doch ein gemeinsames Interesse, hier wieder rauszukommen.«

»Jetzt sag ich dir mal was, Bürschchen!« Derek war kurz vor dem nächsten Ausraster. »Wer hier welche Interessen hat. Weißt du, was ich im Erfolgsfall bekomme? Fünf Prozent! Ja, du hast richtig gehört: lausige fünf Prozent!«

Manuel überlegte, was in seinem Vertrag stand. Mehr war es jedenfalls nicht.

»Wir sind eine große Crew«, sagte er laut. »Und Butch gehört das Schiff!«

»Es gehört ihm nicht«, hielt Derek dagegen.

»Wir stehen unter seinem Kommando.«

Er wusste ehrlich gesagt nicht, worüber sie eigentlich stritten. Auch wunderte er sich selbst darüber, dass er sich so für den Chef ins Zeug legte.

Was ging ihn der Lebenskünstler Butch an?

Trotzdem fuhr er darin fort, den Anwalt des Kommandanten zu spielen.

»Er trägt das Risiko. Wenn die Mission fehlschlägt, ist er pleite.«

»Und wir stehen auf der Straße!« Derek war nicht gewillt, in Mitleid zu seinem Vorgesetzten zu verfallen.

Manuel fiel auf, dass Papadopoulos stumpf in seinen Becher starrte, während Clarke mit einem spöttischen Lächeln an ihm hing. Irgendwie machte die Aufmerksamkeit der kleinen Technikerin ihm Mut.

»Das ist aber alles egal, wenn wir hier nicht wegkommen«, sagte er noch.

»Ich zeig euch was.« Derek angelte ein Lesegerät aus dem Wust. Er steckte den Chip hinein und wartete, bis die Daten aufbereitet wurden. Eine Projektion entstand zwischen ihnen, die die Menüstruktur des Implantats wiedergab. Programme, Routinen, Pfade, Kontrollinstanzen. Die Informationen waren lückenhaft. »Zum Teil gehen diese Verluste auf mechanische Einwirkung zurück«, sagte Derek mit primitivem Stolz. »Das Ding hat ja nun einiges abgekriegt.«

Manuel fiel das Selbstheilpflaster auf, das die rechte Hand des Maschinisten bedeckte. Es war blutdurchtränkt. Der Schnitt musste recht tief sein.

»Aber zum Teil liegt das chaotische Bild, das die Daten abgeben, auch an der Struktur des Implantats selbst.«

Er sah mit dem zufriedenen Blick eines Mannes in die Runde, der eine Selbstverständlichkeit darlegt.

»Mit einem Wort: Pfusch!«

»Nach Art des Hauses«, keckerte Cooper.

»Hat Butch das gemacht?«, wollte Clarke wissen.

»Keine Ahnung«, sagte Derek. »Ehrlich gesagt traue ich es ihm nicht zu.«

»Der Alte ist kein KI-Spezialist.« Cooper blinzelte listig. »Wir haben noch etwas gefunden.«

Derek wählte einige Unterprogramme an und ließ sie vergrößern. Das Organigramm zoomte auf die nächste Ebene, und dann wieder auf die nächste.

»Ich kann mir nicht vorstellen, dass der Kommandant so etwas hinbekommt«, meinte er halblaut.

»Die Entität, auf die diese KI-Fragmente zugeschnitten sind, wird in den internen Protokollen als *Watson* geführt.« Cooper zog die Lippen über die Zähne und sah von einem zum anderen.

»Dann war es gar nicht für Guardes bestimmt?«, riet Clarke.

»Beinahe richtig. Aber nicht ganz.« Cooper weidete sich an dem Ratespiel.

Derek aktivierte eine der Subroutinen. Der Schriftzug WATSON leuchtete zwischen ihnen auf. Manuel und Clarke, die auf der anderen Seite der Holodarstellung saßen, lasen sie spiegelverkehrt.

»Ich werd' verrückt«, stieß die Technikerin aus.

»Sehr gut, Watson!«, grinste Cooper.

»Das ist schon auffällig, nicht wahr.« Auch Derek wirkte äußerst zufrieden.

»Versteh ich nicht«, murrte Papadopoulos, der angestrengt in die Projektion starrte.

»Watson – Nastow«, sagte Cooper.

»Nastow ist Watson?«, fragte Papadopoulos verwirrt.

»Guardes ist Watson«, warf Derek ein.

»Und was beweist das?« Auch Clarke schien durcheinander zu sein.

»Na, dass Nastow die Finger im Spiel hat.« Cooper stach triumphierend in die Luft.

»Ich weiß nicht«, sagte Manuel.

»Das erklärt auch, warum er sich so für ihn ins Zeug gelegt hat.« Derek wollte sich die Pointe seines Detektivspiels nicht verderben lassen.

»Er wollte verhindern, dass du ihm den Schädel einschlägst«, korrigierte Manuel. »Daran ist für mich nichts Verdächtiges!«

»Sehr gut, Kleiner«, rief Clarke dazwischen. »Gib's ihm!« Die Technikerin grinste spöttisch.

Manuel hob die Schultern.

»Von Anfang an hat sich Nastow doch vor Guardes gestellt, als wäre er sein Baby«, führte Cooper aus.

»Das überzeugt mich nicht«, beharrte Manuel.

»Nastow hat an Guardes rumgepfriemelt«, fuhr Cooper fort. »Vermutlich in Butchs Auftrag.«

»Und wenn schon.« Manuel stand auf. »Es nützt doch nichts, wenn wir uns hier in Anschuldigungen ergehen.«

»Willst du uns verpfeifen?«, fragte Derek drohend. »Geh nur zu unserem sauberen Kommandanten und erzähl' ihm alles!«

Manuel ließ einen müden Blick über ihn gleiten. »Ich vermute mal, das wirst du selber tun, Derek.«

Damit ging er hinaus.

Eine Viertelstunde vor Beginn seiner Wache fand er sich auf der Brücke ein. Morton begrüßte ihn freundlich.

»Du kannst gleich übernehmen, wenn du willst.«

Manuel nickte zustimmend.

»Wir hatten bis jetzt 21 Ereignisse, bei denen das Schiff auf etwas reagiert hat, das wir nicht definieren können. Schwerkraftanomalien, leichte bis mittelschwere Raumzeitverkrümmungen.« Morton hob die breiten Schultern. »Wir haben die Korrekturdüsen gezündet und lagen in der Regel nach einigen Sekunden wieder stabil.« Er deutete auf die Protokolle der Schiffsaktivitäten, die wie ein funkelnder Regen über die großen Monitore des Hauptbedienplatzes flossen. Dann stand er auf.

»Zwei Stunden. Nola wird dich ablösen.« Der groß gewachsene Offizier überlegte. »Oder Butch, wenn er es bis dahin noch schafft.«

»Was muss ich tun«, fragte Manuel.

»Nichts.« Morton sah ihn gleichmütig an. »SCARDY erledigt alles für uns.« Sein Blick wurde lauernd. »Du kannst dich ja ein bisschen mit ihm unterhalten.«

»Das werde ich schön bleiben lassen«, entgegnete Manuel lachend.

Morton hatte sein breitestes Dressman-Grinsen aufgesetzt. Manuel fragte sich, wie es einen Vorzeige-Offizier auf einen solchen Seelenverkäufer wie die *Scardanelli* verschlagen haben mochte. Vermutlich auch nicht anders als ihn selbst, oder Nola, oder alle anderen, die hier gestrandet waren.

»Gibt es noch etwas, das ich wissen muss?«

Morton schaute über ihn hinweg zu den Panoramascheiben, die diese verschwommene Aussicht zeigten.

»Es ist, als ob wir einer Drift unterliegen würden. Das Schiff verhält sich so, als ob es seine Position gegen eine starke Strömung zu halten versuchen würde. Das sind dann diese schweren Anomalien.« Er gab sich wieder unbeeindruckt. »Woher die Automatik diese Position konfiguriert, ist mir allerdings ein Rätsel.«

»Ist gut«, sagte Manuel. »Wenn was ist, melde ich mich.«

»Wenn was ist, gibt es Alarm, und wir sind in drei Sekunden hier.« Morton ging durch die Schleuse zum Mittelgang.

Manuel gefiel die Herablassung des Älteren nicht. Aber er musste sich wohl damit abfinden, dass niemand an Bord ihn richtig ernst nahm.

Er meldete sich beim System als Wachhabender Brückenoffizier an und begann damit, die Protokolle der letzten Stunden zu studieren.

Morton hatte recht gehabt. Das Schiff unterlag einer Drift. Als wäre es bei der Fahrt über ein Katarakt an einem Felsen hängen geblieben, wo die vorbeiströmenden Wassermassen an ihm zerrten. Die Kräfte, die an ihm rissen, wirkten in beide »Richtungen« gleichzeitig, soweit es Sinn hatte, bei diesen transdimensionalen Vorgängen das Konzept der Richtung in Anwendung zu bringen.

Manuel wusste, dass der Mengerschwamm einen Sog entfaltete, wenn man einmal eine gewisse Schwelle überschritten hatte. Aber diesseits der Schwelle gab es ebenfalls einen Sog zum Einsteinraum. Wie eine Kugel, die auf einer Bergspitze balancierte, hing die *Scardanelli* auf einem Riff, von dem aus es in allen »Richtungen« nach »unten« ging. Und der Sturm toste um dieses Riff.

Eine schwere Erschütterung lief erneut durch den dreihundert Meter langen Stahlleib. Das Schott zum Mittelgang stand auf. Indem Manuel die Längsachse des Schiffes hinunter sah, war es, als rolle das Schiff sich auf. Das Heck bog sich nach oben. Der ganze Gang schien sich zu einer überdimensionalen Schnecke einzukringeln. Das entgegengesetzte Ende des Laufweges, der sich im fahlen Dämmer der Notbeleuchtung zwischen Serviceschränken und Schleusenöffnungen verlor, kam dabei rasch auf ihn zu. Als werde das Schiff gleich einer Ziehharmonika zusammengeschoben.

Instrumente reagierten. Düsen sprachen an. Die Automatik leitete Maßnahmen ein. Obwohl Manuel sich nicht zu erklären vermochte, welche Kurskorrekturen und Ausweichmanöver angesichts der exotischen Geometrie ihrer Umgebung wirksam sein mochten, lag das Schiff nach einigen schrecklichen Augenblicken wieder ruhig und stabil, als wäre nichts gewesen.

Die Protokolle verzeichneten nüchtern das 22. Vorkommnis dieser Art.

Die Übelkeit hielt noch eine Weile vor. Ein Schwindel, der an die ersten Trainingseinheiten zum Thema Schwerelosigkeit erinnerte. Er biss sich auf die Zungenspitze, atmete durch die Nase, bewegte Hände und Füße und versuchte einen möglichst weit entfernten Punkt zu fixieren.

»Alles okay?« Das war Butchs Stimme. Sie kam aus der Medizinstation.

»Aye!«, rief er zurück.

Er stand auf und ging ein paar Schritte umher. Der Datenregen auf den Schirmen verwandelte sich in einen Monsun. Ganze Teams von Physikern würden sich monatelang damit herumschlagen können. Die für ihn entscheidende Information war die, dass das Schiff auch dieses Ereignis unbeschadet überstanden hatte. Die äußere Integrität war ungefährdet. Die Systeme arbeiteten einwandfrei, soweit man das bei einem alten Klepper wie der *Scardanelli* sagen konnte.

Wenig später war wieder Tumult in der Medizinstation. Dereks drohender Bass und dazwischen Coopers aufreizendes

Gekecker trugen dazu bei. Manuel fühlte sich unbehaglich. Aber seine Wache war noch nicht zu Ende.

Butch brüllte etwas, das man nicht verstand. Danach erneut Derek, äußerst aggressiv.

Als Nola spitz aufschrie, hielt Manuel nichts mehr auf. Er übergab an die Automatik und stürmte die paar Schritte den Mittelgang hinunter zur Medizinstation.

Als er eintraf, fiel sein Blick auf Guardes und Nastow. Der Navigator lag, halb aufgerichtet, in seinem Netz aus Kabeln und Schläuchen, immer noch bewusstlos. Neben ihm stand der kleine Kybernetiker, hochrot vor Zorn. Beide hatten ein Selbstheilpad an der gleichen Stelle, der linken Schläfe. Sie könnten wie Zwillinge oder Klone aussehen, wenn der aufgedunsene Guardes nicht wenigstens die dreifache Leibesmasse wie der schmächtige, rothaarige Nastow hätte.

»Was machst du hier?«, fuhr Butch ihn an, als er sich in die Station drückte.

»Auf der Brücke ist alles im grünen Bereich«, sagte er schnell. Im Gegensatz zu hier, sollte das heißen. Er glaubte in der Miene des Kommandanten zu lesen, dass dieser ganz froh um die Verstärkung war. Immerhin schickte Butch ihn nicht zurück, was ihm einerseits schmeichelte und ihm andererseits sagte, dass es ziemlich ernst sein musste.

»Diese Anschuldigungen sind vollkommen haltlos«, sagte Nastow gerade.

»Das glauben wir nicht«, zischte Cooper.

»Was werft ihr uns eigentlich vor?« Butch war bemüht, die Auseinandersetzung auf eine sachliche Ebene herunterzuholen.

Manuel bedauerte, dass er den Anfang verpasst hatte. Immerhin schien Dereks erste Attacke abgewehrt.

»Ihr steckt alle unter einer Decke«, sagte der muskulöse Maschinist. »Wir wollen wissen, was hier gespielt wird!«

»Wir stecken in der Klemme«, gab Butch zu. »Wer wollte es leugnen. Aber ...«

»Zu dir kommen wir später!« Derek bügelte seinen Kommandanten einfach ab und sah Cooper an, der sich Nastow vornahm.

»Du hast gehört, was wir herausgefunden haben!«

Der Kybernetiker strengte sich an, so herablassend wie möglich aufzutreten. Die physische Bedrohung durch die beiden Angreifer hatte ihn eingeschüchtert. Aber er legte Wert auf seine geistige Überlegenheit.

»Ja und?«, blaffte er. »Guardes hat Implantate. Wie alle Navigatoren auf allen Schiffen diesseits und jenseits der Hegemonie.«

»Es ist nicht irgendein Implantat!«, grollte Derek.

»Und darauf ist ein Kürzel, das ein Anagramm meines Namens darstellt. Mein Gott!« Er verdrehte die Augen. Aber es gelang ihm nicht ganz, seine Nervosität zu überspielen.

»Das ist wirklich albern«, versuchte Butch seinen Kybernetiker aus der Schusslinie zu holen. »Paranoia bringt uns nicht weiter.«

»Halts Maul!« Derek fiel ihm abermals brutal ins Wort.

»Du sprichst mit unserem Kommandanten«, rief Morton.

»Ein Kommandant, der uns alle verraten und verkauft hat.« Coopers Art, die Worte einzeln zwischen den trockenen Lippen zu formen, war noch unheimlicher als Dereks brachiale Gewalt.

»Eins nach dem anderen«, knurrte der Maschinist. Er hatte erneut den Chip in der Hand. Wie ein Beweisstück in einem vertrackten Fall hielt er ihn Nastow unter die Nase: »Hier ist eine Karman-KI drauf. Und du hast sie programmiert!«

»Das stellt niemand in Abrede«, sagte Nastow achselzuckend.

»Er ist der Kybernetiker dieses Schiffes!«, gab Morton zu bedenken.

»Wir wollen wissen: warum?!« Cooper und Derek hatten den Satz wie aus einem Munde vorgebracht.

»Warum, warum«, äffte Nastow. Aber man sah ihm an, dass er sich immer unbehaglicher in seiner Haut fühlte.

»Weil es sein Job ist!« Butch versuchte, noch aus der Defensive heraus Einfluss auf das Geschehen zu nehmen.

»Halt die Schnauze!« Derek ließ sich von Cooper ein Lesegerät reichen. Dann schloss er es demonstrativ an ein Glasfaserkabel an. Mit dem anderen Ende in der Hand, auf der immer noch das blutgetränkte Selbstheilpad prangte, ging er auf die Überwachung zu.

»Lass mich in Ruhe«, kreischte Nastow.

Derek steckte den 20-Pol-Stecker in die Medizineinheit, die Guardes' Lebensfunktionen steuerte.

»Ich tu' dir doch gar nichts«, sagte er, an den Kybernetiker gewandt.

Alle Augen waren plötzlich auf den kleinen rothaarigen Mann gerichtet, der seinem Versprecher hinterher schaute wie einem Glas verschütteter Milch.

»Lass Guardes in Ruhe«, schniefte er kleinlaut.

Er wollte sich mit schaufelnden Armbewegungen eine Gasse durch das Gedränge auf der winzigen Station bahnen, aber Cooper war blitzschnell neben ihm und hielt ihn fest. Obwohl er kaum größer als der zierliche KI-Spezialist war, war er doch wesentlich zäher.

Butch machte einen Schritt nach vorne. Aber er musste an Derek vorbei, dessen gewaltiger Bizeps bedrohlich zuckte. Der Kommandant blieb mühsam beherrscht an Ort und Stelle.

Manuel versuchte Mortons Blick aufzufangen. Warum schritt der Erste nicht ein? Aber scheinbar waren sowohl Morton als auch Nola, die sich nach wie vor an seiner Seite hielt, zu der Überzeugung gelangt, dass die Sache bis zum Ende durchgestanden werden musste.

»Und *go*!« Derek hatte das Lesegerät mit dem Karman-Chip in die Überwachungseinheit gestöpselt und zugleich die Weckfunktion für den Navigator aktiviert. Die Rückenlehne der vollintegrierten Liege fuhr in eine aufrechte Position. Die sedierten Hirnströme fingen heftiger zu pulsen an.

Guardes schlug die Augen auf. »Lasst mich los«, sagte er. »Ich habe euch nichts getan!«

Seine Stimme war rau und heiser. Derek nahm eine Modifikation an dem Lesegerät vor.

»Wir tun dir gar nichts«, sagte er ruhig.

»Lass mich, Coop!«, zischte Guardes zornig.

Er klang - seltsam. Das schien er in diesem Augenblick selbst zu bemerken. Er hob die schwammigen Hände und saht irritiert an sich hinunter.

»Was macht ihr mit mir?«

»Oh mein Gott!«, entfuhr es Nola. »Das ist nicht Guardes!«

»Sag was, Guardes«, ermunterte Derek in falscher Vertraulichkeit den Navigator, der vor ihm auf der Liege saß und verloren ins Leere starrte.

»Ich, ich kann nicht«, krächzte die aufgedunsene Gestalt. »Cooper drückt mir die Luft ab.«

»Das ist Nastows Stimme«, stöhnte Nola. Sie hatte sich von Mortons Seite gelöst und kam fassungslos von der anderen Seite an die Liege heran.

»Das ist ein Trick«, sagte Butch. Er versuchte, an den Chip und das Lesegerät heranzukommen. Aber Derek hielt beides unerreichbar in der rechten Hand, während er den Kommandanten mit dem linken Arm abwehrte.

Er machte Cooper ein Zeichen, von Nastow abzulassen. Der Kybernetiker keuchte ein wenig, als sein Widersacher mit der Malträtierung aufhörte.

Gleichzeitig atmete Guardes einige Male tief durch.

»Viel besser«, seufzte er und führte unwillkürlich die pfannkuchenförmige Hand zum Hals.

»Und wenn wir es anders herum versuchen ...« Derek streckte die zu einer Kralle geöffnete Faust vor und drohte sie um Guardes' Gurgel zu schließen.

»Lass mich«, kreischte Nastow wieder aus der Ecke. »Ich habe euch nichts getan!«

»Seltsam, nicht wahr«, sagte Cooper triumphierend.

Zwischen den anderen Crewmitgliedern gingen ratlose Blicke hin und her.

»Das beweist überhaupt nichts«, knurrte Butch. Er versuchte erneut an das Lesegerät zu kommen. Aber Derek ließ ihn nicht an sich vorbei.

»Dass du ihn verteidigst, macht ihn erst recht verdächtig«, schnauzte der Maschinist.

»Du hängst mit drin«, keckerte Cooper, der eine Hand in täuschender Kameradschaft auf Nastows Schulter liegen hatte.

»Ich habe keine Ahnung, was das alles soll!« Die Verzweiflung des Kommandanten klang echt.

»Du hast aus Guardes einen Bauchredner gemacht«, stellte Morton sachlich fest. »Was willst du damit andeuten?«

»Nicht ich habe das getan«, sagte Derek schnell. »Sondern der da!« Er zeigte auf Nastow, der vor Zorn und Ohnmacht dunkelrot geworden war.

»Also gut!« Derek gab sich wieder versöhnlich. »Ihr haltet das für einen Trick?«

Mit einem Ruck zog er die Glasfaser aus der Überwachungseinheit. Ein Spasmus lief durch Guardes' unförmigen Leib. Wie in einem zweiten Erwachen schaute er sich ungläubig um.

»Wo bin ich?«, fragte der Navigator.

»An Bord der *Scardanelli*«, sagt Derek in gespielter Ruhe.

»Und wo sind wir?«

»Das frage ich dich!«

»Haben wir unser Missionsziel erreicht?«

»Was war denn unser Ziel?«

»Darüber haben wir Stillschweigen vereinbart.«

»Wer ist *wir*?«

Guardes sah sich immer noch staunend um.

»Warum bin ich auf der Medizinstation?«

»Kannst du dich an nichts erinnern?«

Nola nahm den Navigator ins Gebet.

»Was ist das Letzte, an das du dich erinnern kannst, Guardes?«

»Ich weiß nicht.« Er überlegte. Aber dann schaute er wieder verwirrt um sich. Die Situation erschien ihm völlig unerklärlich. Er konnte sich nicht erinnern.

»Haben wir unser Missionsziel erreicht?«, insistierte die Pilotin.

»Ich muss auf die Brücke«, sagte Guardes. »Ich brauche die Konsole. Meine Instrumente.«

Er hob hilflos die elefantösen Arme und schwenkte die Kabel und Schläuche, die daran hängen. Wie eine Marionette, deren Fäden durchgeschnitten wurden.

»So bin ich doch blind!«

»Worin bestand unser Missionsziel?«, Derek schob sich nach vorne.

»Ich, ich«, stammelte der Navigator. Er sah Derek offen an, sein Blick vollkommen leer. »Das kann ich dir nicht sagen.«

»Genug jetzt!« Butch versuchte wieder einmal, die Initiative zurück zu erlangen. »Das reicht!«

»Ihr macht ihn ganz verrückt.« Nola pflichtete ihrem Kommandanten bei. »Er braucht Ruhe.«

Ihre Empörung prallte an Dereks unerschütterlicher Miene ab. Aber so schnell gab sie nicht auf. Über die Liege des Navigators hinweg funkelte sie den Maschinisten drohend an.

»Herrgott Derek! Guardes ist ein Mensch, und er ist krank. Er ist doch kein Computer, bei dem man auf Reset drückt und das System neu booten ...«

Sie kam nicht dazu, ihren Satz zu beenden. Dereks Grinsen war abwartend und abschätzig.

»Wir werden sehen, wie viel Mensch noch an ihm ist und wie viel Maschine.« Während er das mit eisiger Ruhe vorbrachte, hielt er plötzlich ein Messer in der Hand. Nola kreischte auf.

Derek packte Guardes mit der Linken an der Gurgel, während er sich anschickte, mit der Rechten das Messer in seine Schläfe zu stoßen.

»Was da wohl noch alles zum Vorschein kommt!«

Der Navigator ruderte hilflos mit den Armen in der Luft. Sein Oberkörper wurde unter Dereks massiger Brust begraben.

Butch gab Manuel ein Zeichen, dem Maschinisten in den Arm zu fallen. Auch Morton stürmte vor. Sich auf der anderen Seite der Liege befindend prallte er mit Nola zusammen, die in Panik einen Satz nach hinten gemacht hatte.

Die Messerklinge blitzte bedrohlich im hellen Weißlicht, das die Medizinstation erfüllte.

Urplötzlich schrie Nastow in seiner Ecke hysterisch auf.

»Lass!«, stöhnte er immer wieder. »Lass mich in Ruhe.«

Derek hielt das Messer weiterhin hoch in die Luft. Es war eine Demonstration von Überlegenheit und Stärke.

»Ich kann nicht mehr!« Nastow rang nach Luft, und das dadurch entstandene Geräusch hatte nichts mehr Menschliches. Er verdrehte die Augen. Schaum flockte aus seinem Mund. Ein Röcheln, und dann ein Knirschen, als biss er sich im Krampf selbst alle Zähne aus. Der rote Haarschopf sackte nach unten weg, als alle Glieder des zierlichen Körpers gleichzeitig ihre Spannung verloren.

Danach lag der Kybernetiker am Boden. Die Augen flackerten weiß. Aus seiner Kehle drang ein Knurren wie von einem Hund, der sich in etwas verbissen hatte. Seine Beine traten ins Leere, wobei er sich langsam um seine Achse drehte.

»Genug jetzt«, sagte Morton.

Er ging mit energischen Schritten um Guardes' Liege herum und hob den zuckenden Leib vom Boden auf. Schlaff und konvulsivisch sich aufbäumend wirkte Nastow in Mortons Armen wie ein ohnmächtiges Kind, das von seinem Vater davongetragen wurde.

Butch und Manuel hatten sich auf Derek gestürzt. Aber der ließ von Guardes ab. Mit der eleganten Handbewegung eines Kleinverbrechers klappte er das Messer zusammen und verstaute es in einer der vielen Taschen seines Overalls.

Nola hatte eine zweite Liege bereit gemacht, auf die Morton den bewusstlosen Körper Nastows bettete. Sie schlossen den Kybernetiker an die Überwachung an.

»Ein schwerer psychotischer Schub, der in einen Schock ausmündete, begleitet von epileptischen Erscheinungen.«

Dafür, dass Nola nur notdürftig angelernte Bordärztin war, kannte sie einige medizinische Fachbegriffe, fand Manuel.

»Ausgelöst durch was?«, fragte Morton.

Die schöne Pilotin hob die Schultern. »Er identifiziert sich mit Guardes.«

»Also hat Derek recht!«, warf Manuel ein. Er hatte ihnen nicht erzählt, dass er bei den Technikern gewesen und die Entstehung ihrer Verschwörungstheorie miterlebt hatte. Aber Dereks Auftritt hatte für sich gesprochen.

»Er ist der Kybernetiker«, sagte Nola ausweichend. »Guardes ist ihm unterstellt, ein hochgezüchtetes Wesen, auf der anderen Seite hilflos wie ein kleines Kind.« Sie zog den Mund schief. »Natürlich ist er Nastows Baby. Aber was beweist das?«

Morton deutete ein Kopfschütteln an. Er war mit den Ausführungen seiner Kollegin nicht ganz einverstanden.

»Halten wir uns an die Fakten«, sagte er.

»Was haben wir denn?«, wollte Manuel wissen.

»Eine ganze Menge.« Morton lächelte in seiner überlegenen Art. »Nehmen wir Dereks Vorwürfe ruhig einmal ernst.«

»Hast du den Chip?«, fragte Nola.

»Den Chip nicht.« Morton grinste noch eine Spur selbstgefälliger. »Den hat Derek wieder an sich genommen.«

Manuel tat dem Älteren den Gefallen und sagte: »Aber?«

»Er hat ihn eingelesen. Und über den Bordrechner habe ich natürlich auch Zugang auf die Protokolle der Medizinstation und der Überwachung.«

»Clever!« Nola klimperte in gespielter Ergriffenheit mit den langen Wimpern. »Diese Techniker!«

»In der Sache hat Derek recht«, führte Morton aus. »Der Chip enthält Fragmente einer Karman-KI, die auf einen gewissen Watson zugeschnitten und für ihn profiliert sind.«

»Und?«

»Ich glaube aber, dass Watson gar nicht Guardes ist, sondern Nastow selbst.«

»Was soll das heißen, Morton?« Nolas Geduld näherte sich ihrem Ende.

»Es sind nicht nur Karman-Fragmente, sondern auch Nastow-Fragmente.«

Nola hatte zuvor noch die Augen verdreht und Manuel zugeschmunzelt, als wolle sie sich über den Ersten lustig machen. Ihr gefror die Grimasse mitten in der Bewegung. Ihr Blick wirkte wie versteinert.

»Du meinst, er hat – sich selbst ...«

»Es könnte sein.« Morton zog sich vornehm einen Schritt zurück.

»Er hat Teile seiner eigenen – Persönlichkeit auf den Chip heruntergeladen?«, riet Manuel.

Morton nickte.

»Denkbar wäre es.«

»Er wollte ein neuer Karman werden!«, rief Nola aus.

»Es war wohl ein Experiment«, sagte Morton. »Und wir konnten uns davon überzeugen, dass es erstens noch nicht abgeschlossen ist.«

»Und zweitens ist es grandios gescheitert!« Nola schüttelte den Kopf. »Er wollte sich selbst in Guardes herunterladen, um einen völlig neuen Navigator-Typ zu schaffen.«

»Aber er ist nicht fertig geworden.« Morton sah sie an.

»Oh mein Gott!« Manuel wusste nicht, ob er lachen oder heulen sollte. »Wir sind mit einem zusammengepfuschten Prototypen in den Mengerraum geflogen!«

»So sieht es aus.« In Mortons Zustimmung lag so etwas wie Anerkennung für die Auffassungsgabe des Jüngeren.

»Aber warum?«, fragte Nola.

»Warum er nicht fertig geworden ist?« Morton hob die kräftigen Schultern. »Etwas ist ihm dazwischen gekommen.«

»Butch«, sagte Manuel leise. »Der Missionsbefehl.«

»Richtig«, antwortete Morton. »Der neue Marschbefehl muss ihn überrumpelt haben, der Komplexität, der Reichweite, der Plötzlichkeit nach. Irgendetwas hat ihn gehindert, die Sache zu Ende zu bringen.«

»Der Schlüssel liegt bei Butch«, sagte Nola finster. »Manuel hat recht.«

Der junge Systemoffizier atmete tief durch. Auch Morton nickte düster.

»Er muss endlich die Karten auf den Tisch legen!«

Ein Frösteln lief über Manuels Nacken und verteilte sich kribbelnd auf seinem Rücken. »Und nun?«, sagte er.

»Knöpfen wir uns unseren Kommandanten vor«, knurrte Morton. »Er muss uns Rede und Antwort stehen!«

»Das ist Meuterei!«, brüllte Butch. »Ich lasse euch alle hinrichten!«

Der Kommandant der *Scardanelli* schlug mit der Hand auf den Tisch, dass die sich darauf befindlichen Kaffeebecher bedenklich ins Schwanken kamen.

»Die Todesstrafe ist in der Hegemonie seit Langem abgeschafft«, versetzte Morton nüchtern.

»Ich lasse euch auspeitschen, einsperren, den Hondh zum Fraß vorwerfen!«, wütete Butch weiter.

»Wir wollen nur wissen, was hier los ist.« Nola spielte wieder ihren Part.

»Das will ich auch, verdammt noch mal!«

Der Kommandant starrte wild vor sich hin. Seine Augen waren trüb und gerötet. Sie alle fragten sich, wie lange er noch durchhalten würde.

»Im Übrigen«, brachte Morton trocken vor, »könnten wir dich des Betrugs überführen, wenn es hart auf hart kommt.«

»Dazu müssten wir erst einmal hier wegkommen«, sagte Butch mit dem Trotz eines kleinen Kindes.

»Eben«, warf Manuel ein.

»Dann sind wir uns ja einig.« Nola lächelte friedlich.

»Lass uns vernünftig miteinander reden«, mahnte Morton. »Oder willst du, dass Derek das auf seine Weise regelt?«

»Derek ist geliefert«, grollte der Kommandant. »Er hat sich wiederholt meinen Anweisungen widersetzt, mich bedroht, Besatzungsmitglieder tätlich angegriffen.« Er sah auf. »Ihr alle seid meine Zeugen!«

»Das sind wir«, beeilte Nola sich zu sagen.

»Aber du musst kooperieren«, wandte Morton ein.

»Was wollt ihr, Kinder?«

»Wir wollen wissen, was passiert ist. Und warum?«

»Das will ich auch«, erwiderte Butch beinahe väterlich. »Glaub mir, das will ich auch!«

Er schien den Impuls zu unterdrücken, Manuel die Wange zu tätscheln wie einem kleinen Buben. Eine Weile lag sein Blick mit einem sonderbaren Ausdruck auf dem blassen Offizier, ganz nackt, offen, schutzlos.

»Ich … äh«, versuchte Butch wieder in Tritt zu kommen. »Was soll ich sagen.«

Er sah Morton an. »Was du da über Nastow und Guardes erzählt hast, könnte plausibel sein.« Er dachte eine Weile nach. »Aber ihr dürft nicht glauben, dass ich das angeordnet hätte.«

»Das sagen wir ja gar nicht«, sagte Nola. »Wir denken auch, dass das auf Nastows Mist gewachsen ist.«

Butch hob die Arme, die massig und schwer in seinen runden Schultern hingen, als seien sie viel zu schwer für sie.

»Es muss mit dem Missionsziel zu tun haben«, wagte Morton sich einen Schritt weiter vor.

»Der Aufbruch kam überstürzt«, rief Manuel ihnen ins Gedächtnis. »Wir dachten, wir hätten noch ein paar Tage, vielleicht eine Woche ...«

»Ich hatte einen Tipp gekriegt«, sagte Butch lapidar.

Das hatte er auch bei jenem gemeinsamen Essen am Abend vor dem Start gesagt. Nola erinnerte ihn daran. »Du wolltest uns sagen, wo es hingeht, wenn wir dort sind.«

Butch nickte versonnen.

»Wo sind wir?«, fragte Nola.

»Es war ein Geheimtipp erster Sahne«, folgte Butch seinem Gedankengang. »Hat mich eine schöne Stange Geld gekostet. Ich durfte einfach nichts riskieren. Die Zielkoordinaten kenne nur ich und Guardes!«

Der Kommandant schien zu überschlagen, wie tief er in diesem Moment in den roten Zahlen stand.

»Herrgott, das ging doch nicht gegen euch!«, sagte er nach einer Weile. »Ihr wisst genau, wem ich hier nicht vertrauen kann.«

Er deutete eine Kopfbewegung in Richtung des Maschinendecks an.

»Es war einfach zu gefährlich«, murmelte Butch bedauernd. »Vor dem Einflug in den Menger-Schwamm durfte ich die Daten nicht preisgeben.«

»SCARDY kennt sie auch«, sagte Morton trocken.

»Aus SCARDY bekommt niemand was heraus.« Butch musste unwillkürlich lachen.

»Aber nun sind wir hier«, versuchte Nola zum Thema zurückzukommen.

»Wo auch immer«, seufzte der Kommandant.

»Wo wären wir, wenn wir dort wären, wo wir sein sollten?!« Manuel musste wider Willen schmunzeln über die schiere Anhäufung von Konjunktiven, zu denen Butchs Geheimniskrämerei ihn zwang.

»Butch, bitte!« Auch Nolas Geduld schien sich allmählich dem Ende zuzuneigen.

Der Kommandant vollführte eine rollende Bewegung mit seinen Hängeschultern. »Was wollt ihr? Meint ihr, ich habe die Daten im Kopf?«

»Irgendwo hast du sie«, stellte Morton nüchtern fest.

»Und ich hoffe, nicht nur in Guardes' Gehirn«, warf Nola ein. »Davon ist nämlich nicht mehr allzu viel übrig.«

»Ich habe sie«, sagte Butch leise. »Keine Sorge.« Er hob die Hand zu einer Geste des Lauschens, als sei ihm gerade etwas in den Sinn gekommen, was er nicht zu fassen bekam.

»Sagtest du Guardes?«, wandte er sich schließlich an Nola. »Du meinst wohl Nastow?!«

Er starrte Morton verwirrt an. »Nastow hat sich in Guardes heruntergeladen, sagtest du.«

»Zum Teil«, nickte Morton. »Aber eben nicht ganz.«

»Es war der Nastow in Guardes, der die Passage versemmelt hat«, stellte der Kommandant jetzt fest. »Das Nastow-Fragment, das in Guardes steckte. Aber Nastow ist kein Navigator. Er hat keine Erfahrung mit dem Menger-Schwamm!«

Die anderen sahen ihrem Kommandanten aufmerksam zu.

»Der Nastow-Teil, der in der KI integriert war, wurde beim Einflug in den Mengerraum geblendet und verwirrt. Die verschiedenen Persönlichkeiten gerieten in Clinch miteinander. Da sind ja auch noch Karman-Routinen, da ist Guardes selbst!«

»Es ist ein ziemlich wilder Cocktail«, stimmte Morton zu. »Und die einzelnen Fragmente hatten nicht die Zeit, sich zu amalgamieren.«

»Nastow hat's verbockt.« Der Kommandant erhob sich ruckartig. »Der Trottel!«

»Wo willst du hin?«, fragte Nola unschuldig.

»Ich knöpf' ihn mir vor!«, knurrte Butch.

»Er schläft«, sagte die Bordärztin. »Ebenso wie unser Navigator.«

»Warte!« Morton sprang ebenfalls auf und packte Butch am Arm, der im Begriff stand, zur Medizinstation zu laufen. Morton schlug die Tür des Besprechungszimmers wieder zu und baute sich vor seinem Kommandanten auf.

»Du hast uns noch immer nichts über das Missionsziel gesagt!«

»Leck mich mit der Mission«, grunzte Butch wegwerfend. »Ihr wisst, was ihr wissen müsst!«

»Butch, Herrgott!« Mortons Dressman-Lächeln war zu einer Nussknackermiene erstarrt. »Derek probt den Aufstand! Die sind vier, und wir sind vier. Die beiden anderen haben wir ja ins Koma befördern müssen!«

»Wir holen sie zurück«, säuselte Butch in gespieltem Triumph.

»Sei nicht albern.« Auch Nola war aufgestanden, um den Druck auf ihren Vorgesetzten zu erhöhen. »In einem Kampf haben wir keine Chance.« Sie ließ einen Blick über ihr Grüppchen schweifen. »Weder wirst du mit Derek fertig noch Manuel mit Cooper oder Papa.« Sie lächelte gequält. »Ich weiß nicht einmal, ob ich mit Clarke klarkäme. Ich glaube, sie ist ziemlich zäh!«

»Es sei denn, wir sind bereit, die Rädelsführer zu erschießen!« Butch hatte die Stimme gesenkt. Eisiges Schweigen folgte seinen Worten.

»Du musst uns vertrauen«, sagte Manuel.

»Geht es um so viel?«, fragte Nola verzweifelt.

Morton ließ den Kommandanten los, der mit giftiger Miene die Stelle seines Oberarms massierte.

»Ihr wisst, was ihr wissen müsst«, sagte er mechanisch. »Alles Weitere, wenn wir da sind.« Aber dann schien er sich doch eines Besseren zu besinnen. »Dort draußen sind riesige Vorkommen an Exonium!«

Mortons Seufzen unterbrach unsanft die gebannte Stille.

»Von wem auch immer du den Tipp hast«, sagte Nola, »woher soll der es wissen?!«

»Die Quelle ist sicher«, sagte Butch. Eine irrsinnige Mischung aus Triumph und Gier glitzerte in seinen vom Whisky feuchten Augen. »Millionen Tonnen! Vielleicht Milliarden!!«

»Dort draußen ist überhaupt nichts«, sagte Morton. »Nicht einmal das Vakuum des Normalraums. Nur das Dimensionschaos des Menger-Schwamms.«

»Es wird sich alles klären!« In Butch loderte der aberwitzige Enthusiasmus eines Manikers.

Der Erste atmete schwer durch. Manuel und Nola standen ratlos beieinander. Sie gaben Butch den Weg frei. Der Kommandant stürmte durch die Tür und überwand mit wenigen tappenden Schritten die Entfernung zur Medizinischen.

»Ihm nach«, sagte Nola müde. »Vielleicht können wir das Schlimmste noch verhindern.«

Als sie den Raum betraten, hatte sich Butch bereits an der Überwachung des Navigators zu schaffen gemacht. Nastow ignorierte er.

»Warte!« Morton war in zwei Schritten neben dem Kommandanten und half ihm, die Aufweckprozedur vorzubereiten.

Der Erste Offizier holte sich die Protokolle der Überwachung auf einen Schirm. Nachdem er sie einige Sekunden lang überflogen hatte, wirkte er zufrieden.

»Die anderen Implantate, die er trägt, haben sich rekonfiguriert. Das sind Unterstützerprogramme, wie alle Navigatoren sie benutzen. Im Grunde auch ausgelagerte Karman-Routinen, aber ohne eigene Spontanität. Reine Hilfsalgorithmen.«

Er studierte wieder die Daten.

»Wie es aussieht, hat sich auch der biologische Teil seines Gehirns im Heilschlaf regeneriert. Er dürfte das Trauma überwunden haben.« Morton grinste »Schätze mal, er hat einige echt eklige Albträume gehabt. Aber jetzt dürfte er wieder der Alte sein!«

»Nehmen wir ihn in die Mangel«, sagte Butch entschlossen.

»E-i-n-f-ü-h-l-s-a-m«, buchstabierte Nola. »Am besten, ihr lasst mich reden!«

»Mach, wie du denkst!« Butch hob die Hände.

Morton gab die Rückholfunktion frei. Einige Zeit später schlug Guardes die Augen auf.

»Schon wieder hier!« Er blickte sich verwundert um. »Oder immer noch?«

Aber er schien bei sich zu sein. Seine ozeanblauen Augen blickten klar und neugierig.

Nola gab dem gestaltlosen Mann ein paar Schlucke Wasser zu trinken. Dann wusch sie ihm das Gesicht und die Hände mit einem Tuch.

»Wie geht es dir?«, fragte sie sanft, als sie den Eindruck hatte, dass Guardes ansprechbar war. »An was kannst du dich erinnern?«

»Es ist schwer«, sagte das unförmige Wesen auf der vollintegrierten Liege. »Da war dieser andere, diese Stimme. Sie redete mir immer hinein. Sie wollte die Kontrolle!«

Er sah sich in der Medizinischen um, bis er Nastow bemerkte, der immer noch bewusstlos auf seiner Liege ruhte.

»War er das?«, fragte er.

»Ja«, sagte Nola ruhig. »Er wollte dir helfen, dich unterstützen.«

Butch wollte etwas einwenden, aber Nola, welche dies aus den Augenwinkeln wahrgenommen hatte, brachte ihn mit einer verdeckten Handbewegung zum Schweigen.

»Ihr habt das Schiff gemeinsam gesteuert?«, fragte sie.

»Anfangs ging es gut«, berichtete der Navigator. »Ja, er hat mir geholfen. Er nahm mir vieles ab, was mich sonst immer so angestrengt und ausgelaugt machte.«

»Und dann?«

»Dann wurde er aufdringlicher. Aggressiver. Er wollte das Steuer an sich reißen.«

»Er wollte das Kommando übernehmen«, soufflierte die Pilotin.

»Er war irgendwann keine Hilfe mehr.« Guardes nickte.

»Frag ihn nach dem Kurs«, zischte Butch.

»Ihr habt miteinander gerungen?«, riet Nola.

»Er war stärker«, sagte der Navigator. »Was soll ich sagen: gerissener.«

»Armer Guardes.« Nola strich ihm das struppige Haar aus der Stirn. »Was hat er dir angetan?«

»Er war einfach – fieser, als ich es mich getraut habe.« Der Navigator verzog das Gesicht. »Ich dachte an das Schiff. Ich hatte die Verantwortung für die Crew.« Er sah Nola offen an. »Für euch!«

»Das wissen wir zu schätzen«, sagte sie.

»Ihm war das egal. Er wollte die Kontrolle. Ohne Rücksicht auf Verluste.«

»Und er erlangte sie?«

»Ich musste sie ihm überlassen, ja.«

Im Hintergrund hörte man Butch stöhnen.

»Und dann? Was ist dann geschehen?«

Manuel beneidete den unförmigen Guardes um die Hingabe, mit der Nola um ihn bemüht war.

»Er riss das Ruder an sich. Aber er konnte es nicht halten.« Der Navigator wirkte verzweifelt. »Er war überfordert.«

»Was ist geschehen?«, fragte Nola.

»Da war dieses Licht!«, führte Guardes weiter aus. »Es blendete. Selbst mir hätte es zu schaffen gemacht.«

»Und er?«

»Ich versuchte, ihn zu unterstützen. Gemeinsam hätten wir das Schiff auf Kurs halten können.«

»Aber?«

»Er wollte sich nicht helfen lassen. Er dachte, ich wolle ihm wieder das Kommando streitig machen. Dabei ging es mir nur um das Schiff.«

»Und dann?«

»Mehr weiß ich nicht mehr.«

»Dann sind wir auf eine Klippe aus dimensionsverkrümmter Raumzeit aufgelaufen«, brachte Morton die Erzählung an Guardes' Stelle zu Ende.

»Sitzen wir fest?«, fragte der Navigator.

»Das fragen wir dich«, sagte Nola.

»Ich kann nichts sehen. Ihr müsst mich auf die Brücke bringen.«

»Das werden wir tun.«

»Frag ihn nach dem Kurs«, zischte Butch von hinten.

»Wir haben den Kurs verloren, Kommandant«, sagte Guardes standhaft. »Es tut mir leid. Der Mengerraum ist – kompliziert.«

Butch ging um Morton herum und sah ernst auf seinen Navigator herab, der seinem Blick tapfer standhielt.

»Ich kann dir nicht einmal sagen, an welcher *Stelle* wir vom Kurs abgekommen sind. Im Menger-Schwamm gibt es keine Stellen, keine festen Koordinaten. Er ist komplex. Und er verändert sich.« Fast schien es, als ob Guardes in die alte Faszination zurückfallen wolle.

»Er rekonfiguriert sich pausenlos. Es ist, als würde man einen Strom befahren, der permanent sein Flussbett verlegt. Ihr könnt es euch nicht vorstellen«, sagte er ebenso bedauernd wie euphorisch. »Aber der Menger-Schwamm – lebt!«

Derek kam durch die Tür, die nur angelehnt war.

»Schon wieder dieses mystische Geschwätz!«

»Hallo Derek«, sagte Morton munter. »Mal wieder nach dem Rechten sehen?«

»Du hältst den Rand, Mortimer«, fauchte der Maschinist. Er hielt ein schweres Werkzeug in der Hand, ein scharfkantiges Stemmeisen.

Hinter ihm drückte sich Cooper durch die Tür, von den rissigen Lippen platzte ein hämisches Grinsen ab.

»Wir haben alles mit angehört«, plärrte er. »Ausflüchte sind sinnlos.«

Auch er trug als Waffe einen schweren mechanischen Schraubenschlüssel in der Hand.

Auf der Medizinstation waren alle erstarrt, als die Verschwörer die Tür aufgestoßen hatten. Morton hatte die Fäuste geballt. Er gab sich angriffslustig. Auch die anderen gingen unwillkürlich in Verteidigungsstellung. Nur Guardes reckte sich neugierig auf seiner Liege. Seine blauen Augen waren offen und furchtlos wie bei einem Kind.

»Raus jetzt mit der Sprache«, grollte Derek. »Was wird hier gespielt?«

Manuel sah, dass auch Clarke und Papadopoulos im Gang Position bezogen hatten. Auch die beiden Techniker trugen Werkzeuge, die sie als Waffen einsetzen konnten.

»Ich bringe euch alle an den Galgen«, knurrte Butch leise. »Das ist Meuterei!«

»Halts Maul«, sagte Derek. »Du hast uns verarscht!«

Er hob drohend das schwere Stemmeisen.

Butch sah ihn ruhig an und unternahm nichts, um sich dem drohenden Angriff zu widersetzen.

»Wir haben einen Vertrag!« Cooper schob sich geschmeidig in den Vordergrund. »Reden wir über das Kleingedruckte!«

»Wir waren gerade dabei«, versuchte Morton, der Attacke den Wind aus den Segeln zu nehmen.

Einige Sekunden lang standen alle nur da und starrten einander an.

»Gut«, sagte Cooper. »Reden wir über den Vertrag.«

Er schlug den massiven Schraubenschlüssel aufreizend mit der Rechten in die Handfläche seiner Linken und ging dabei langsam um Guardes' Liege herum.

»Wo sind wir, Guardes?«, fragte Cooper. Von seinen Lippen lösten sich trockene Hautfetzen. »Wo *sollten* wir den Anweisungen unseres Kommandanten zufolge sein?«

Guardes wechselte einen Blick mit Butch, aber der Kommandant der *Scardanelli* hob nur die Schultern und ließ sie resigniert wieder fallen.

»Raumregion Epsilon III«, sagte der Navigator. »Azimut 15 Punkt 1. 23 Komma 7 Parsek hinter dem Schweif des Einhorns.«

Cooper pfiff durch die Zähne.

»Wir sind im Einhorn.« Nola konnte es nicht glauben.

»Siebzig Lichtjahre jenseits des Einhorns, um genau zu sein.« Der Navigator legte Wert auf die exakte Information.

»Das ist mehr als das Doppelte unserer normalen Reichweite!« Morton hatte einige Mal tief durchatmen müssen, ehe er den Satz herausbrachte.

»Oh mein Gott«, hörte man Clarke winseln.

»Was hast du dir dabei gedacht, Butch«, fragte Nola.

»Man muss auch einmal etwas wagen«, gab der Kommandant grimmig zurück.

Cooper legte den Kopf schief wie ein intelligenter Vogel. »Im Einhorn, ja.«

»Jenseits des Einhorns«, beharrte Guardes.

»Und was gibt es hier?«

»Was hast du getan«, stöhnte Nola, an Butch gewandt. »Du hast uns alle in die Irre geführt. Und *Irre* ist noch ein sehr wohlwollender Ausdruck für das, wo wir gelandet sind!«

»Wir sind am Arsch der Galaxis!«, sagte Morton.

»Es ist nicht unmöglich.« Guardes fühlte sich berufen, das Handeln seines Kommandanten zu verteidigen. »Wir konnten eine Tiefenströmung des Menger-Schwamms ausnutzen. Außerdem haben wir einige Modifikationen vorgenommen, was die Eintrittsgeschwindigkeit und die relativistischen Vektoren anging.« Der Navigator schien beinahe von Stolz erfüllt. »Wir waren gut unterwegs.«

Derek erwachte aus der Schockstarre. »Ist das nicht Hondh-Gebiet!«, rief er erschrocken.

Mortons Plakatgesicht verzerrte sich zu einer mitleidigen Grimasse. »Wir sind etliche Parsek jenseits aller von den Hondh beanspruchten und kontrollierten Gebiete ...«

»Na, dann ist es ja gut«, keckerte Cooper. Er sah fröhlich von einem zum anderen. »Bleibt die alte Frage: Was ist hier?!«

Aber Butch winkte lächelnd ab.

»Ich hab' euch doch gesagt: Das wird der Trip unseres Lebens!«

»Was gibt es hier?«, insistierte Cooper.

»Exonium«, flüsterte Butch.

»Natürlich«, warf Derek ein. »Das ist unser Job!«

»Unermesslich viel Exonium.«

»Wie viel?«

Butch stieß verächtlich die Luft aus, als würde man von ihm verlangen, die Masse des Matterhorns zu bestimmen oder den Wert des Mondes.

»Viel«, sagte er schlicht.

Cooper zog skeptisch die Augenbrauen hoch.

Der Kommandant sah ihn an.

»Wenn der Tipp stimmt«, begann er. »Und ich zweifle nicht daran: Dann reicht ein Prozent des Vorkommens aus, die *Scardanelli* auszulösen!«

»Also *viel!*« Das war Dereks Resümee.

»Verdammt viel«, entgegnete Cooper. Es kam selten vor, dass er beeindruckt war.

»Woher hast du den Tipp?«, fing Nola wieder an. »Was soll das für ein Vorkommen sein?«

Butch hob entwaffnend die Hände und lächelte sie an.

»Ihr könnt mich in kleine Streifen schneiden«, sagte er heiter.

Derek nickte resigniert. »Sieht aus, als müssten wir es glauben.«

»Wir sind ja so oder so schon an Bord.« Cooper gab sich philosophisch.

»Gut«, sagte Derek plötzlich. Seine Faust straffte sich wieder um das Stemmeisen. »Dir ist klar, dass wir nachverhandeln müssen!«

»Was immer du willst, Derek!« Butch machte auf konziliant. Er wirkte beinahe erleichtert, dass die Katze endlich aus dem Sack war.

»Mit den lausigen fünf Prozent kannst du uns nicht mehr abspeisen!«

»Was willst du?«

»Du hast uns hinters Licht geführt! Du hast unser Leben in Gefahr gebracht! Wir haben das Recht auf einen Risikozuschlag ...«

»Was immer du willst!«

»Mit fünf Prozent ...« Derek war durch Butchs neue Strategie, ihn ins Leere laufen zu lassen, verunsichert. »Was hast du gesagt?«

»Wie viel verlangst du?«, fragte Butch.

»Ich.« Derek fing an zu stammeln. »Ich, ich weiß nicht.« Er dachte fieberhaft nach. Man konnte die Ziffern über seine Stirne tanzen sehen. Sechs, sieben, acht?

»Was hältst du von zehn Prozent?«, schlug Derek vor.

»Du Trottel«, rief Cooper seinem Mitverschwörer zu. »Warum hast du nicht zwanzig verlangt?«

Er sah Butch in die Augen. Sein Blick zoomte ihn regelrecht heran.

»Wenn du uns wieder aufs Kreuz legst, machen wir dich fertig!«

Der Kommandant lachte nur. Zum ersten Mal, seit sie aus den Kojen gekrochen waren, hörte man ein menschliches Lachen an Bord der *Scardanelli*.

»Einigen wir uns auf *Jeder so viel er will!*«

Er schüttelte sich.

»Er verarscht uns«, sagte Derek tonlos.

»Nein wirklich«, japste der Kommandant, der kaum noch Luft bekam. »Ihr könnt alle so viel haben, wie ihr tragen könnt. Wie wir ausbeuten können. Wie wir nach Hause bringen können!«

»Das muss wirklich ein Wahnsinns-Tipp sein«, warf Morton ein.

»Ich hoffe nicht, dass du deine Seele dafür verkaufen musstest«, sagte Nola.

»Keine Sorge!« Butch hatte sich wieder im Griff. »Macht euch um mich und meine verfluchte *Seele* keine Gedanken.«

Er sah munter von einem zum anderen.

»Kinder, dort draußen ist etwas, das ist für uns alle zu groß.« Er musterte seine Crew aufmerksam. »Wir werden davor stehen wie zehn kleine Mäuschen vor einem Berg aus Käse!«

»Noch sind wir nicht da«, brummte Morton halblaut.

»Wir werden hinkommen«, sagte Butch unbeeindruckt. »Guardes wird uns hinbringen!«

»Was machen wir mit ihm«, erkundigte sich Nola, als sich die Medizinstation allmählich leerte. Sie hatte Guardes für den Transfer fertiggemacht. Der Blick ihrer schönen Augen ruhte auf Nastow, der in bewusstlosem Zustand auf seiner Liege fixiert war.

»Wir lassen ihn in Suspension«, sagte Butch unbeeindruckt. Immer noch flackerte eine ausnehmend gute Laune um seine Mundwinkel wie Funken um ein Feuer, das man nicht gründlich genug ausgetreten hatte. »Wir haben genug Spinner an Bord. Einen Schizoiden kann ich im Moment definitiv nicht gebrauchen!«

»Er wird sich wund liegen«, stellte die Bordärztin nüchtern fest. »Und je länger er im Heilschlaf bleibt, um so größer können die mentalen Schäden sein, wenn wir ihn zurückholen.«

»Wenn«, brummte Butch bedeutungsschwer. Dann zwinkerte er wieder listig. »Das ist nicht mein Problem.«

»Butch!«

»Hör mal«, sagte der Kommandant aufbrausend. »Er hat uns alle in Gefahr gebracht. Er wollte die Kontrolle erlangen, während wir so selig geschlafen haben, wie er jetzt dort schläft. Diese ganze Scheiße hier haben wir ihm zu verdanken!«

Nolas ebenmäßiges Gesicht zeigte keine Regung, als sie sagte: »Das gibt uns nicht das Recht, uns zu seinen Richtern aufzuspielen.«

»Das tun wir auch nicht. Wir werden ihn einem ordentlichen Gericht vorführen. Wenn wir wieder unter Menschen sind.« Er wandte sich zum Gehen. »So lange bleibt er, wo er ist.«

Die Pilotin verkniff sich eine letzte Erwiderung. Der Kommandant hatte gesprochen. Weitere Diskussionen waren sinnlos.

»Im Augenblick sind die Kryos sowieso nicht einsatzbereit.«

Nola fuhr herum. Sie hatte gar nicht bemerkt, dass Derek noch da war.

»Warum?«, stieß sie überrumpelt hervor.

»Ich muss sie erst checken. Die Anomalien könnten die Sensoren beschädigt haben.«

»Aha.« Für einen Moment wusste sie nicht, was sie sagen sollte.

»Tut mir leid, Nola. Aber vorerst muss dein Patient bleiben, wo er ist.« Derek sah sie durchdringend an, um sich zu vergewissern, dass sie die Informationen geschluckt hatte. Wirkte sie so verdattert? Dann ging er in Richtung Maschinendeck davon.

»Ist ja gut«, brummte sie vor sich hin, als sie Nastow seinem Schicksal überließ. »Dann muss es eben so gehen.«

Manuel war der Letzte, der hinter ihnen die Medizinstation verließ, als sie auf den Gang hinaustraten. Die anderen waren bereits auf der Brücke, um das Hochfahren der Generatoren vorzubereiten.

Manuel folgte Butch und Nola, die den schmalen Mittelgang nach vorne marschierten. Guardes' vollintegrierte Liege war wieder in die Aussparung des Cockpits eingefügt worden. Derek und Morton waren damit beschäftigt, die Verbindung zu den Bordsystemen herzustellen. Ein ganzer Kabelbaum aus optimierter Glasfaser verschwand im Rückenteil der Überwachung, die die Körperfunktionen des Navigators steuerte. Silberne Drähte krochen wie dünne Tausendfüßler den Hals und den Nacken des Mannes hinauf, dessen struppiges Haar man mit einer Art Duschhaube zusammengefasst hatte. Die Drähte bohrten sich hinter dem Ohr und am Schädelansatz in das weiße schwammige Fleisch des Navigators.

Man hörte ein wohliges Seufzen. Dann ein zufriedenes Räuspern.

Das Rückenteil der Liege fuhr zurück. Guardes ruhte flach, die Augen geschlossen, die fetten Hände auf dem Bauch gefaltet, in den virtuellen Schlingen der Bordelektronik.

Morton nahm den Platz des Ersten Offiziers ein. Derek ließ sich auf dem Sessel des Maschinisten nieder, der im hinteren Backbordbereich der Brücke installiert war. Alle warteten auf Butchs Kommando.

Guardes' Bewusstsein verschmolz mit der kybernetischen Entität des Schiffes. Er sah mit seinen Sensoren, sein Wille bewegte alle beweglichen Teile von den Lautsprechermembranen bis zu den Steuerdüsen, den Korrekturraketen und dem Plasmatorus des großen Fusionsreaktors, der nun langsam angefahren wurde. Guardes aktivierte das Haupttriebwerk wie ein gewöhnlicher Mensch einen Muskel anspannt, um einen Schritt zu tun oder nach einem Gegenstand zu greifen. Er *war* zu diesem Zeitpunkt die *Scardanelli*.

»Du hast Starterlaubnis.« Butch saß im breiten Sessel des Kommandanten, der zentral im vorderen Bereich der Brücke stand. »Bring uns aus dieser Scheiße raus!«

Manuel hatte sich, sowie sie auf die Brücke gekommen waren, rasch an seine Konsole gesetzt und die Standardabfragen getätigt. Er verfolgte auf dem Schirm, wie Guardes allmählich die Systeme anfuhr, und assistierte ihm dabei. Widerstrebend ging eine Anzeige nach der anderen auf Grün. Aber es waren noch längst nicht alle.

Manuel sah kurz auf. Auch die anderen blickten gespannt auf ihre Monitore. Es herrschte die kollektive Konzentration unmittelbar vor dem Start. Aufbruchstimmung!

»Ionenfluss okay«, meldete Nola.

»Plasmakern stabil«, sagte Morton. Er klang, als würde es ihn wundern.

Nach und nach gingen sie die komplex miteinander verzahnten Module des Schiffes durch. Guardes hüllte sich in Schweigen.

»Sprich mit uns«, sagte Butch, an den Navigator gewandt. »Sag uns alles, auch wenn etwas nicht stimmt!«

»Es ist – nicht so einfach«, kam die elektronisch aufbereitete Stimme von der Decke.

»Wo klemmt's?«

»Ich – kann nichts sehen!«

»Wieder so eine Alles-ist-voller-Licht-Kacke?«, äffte Derek von hinten.

»Es ist tatsächlich so, Derek«, sagte der Navigator. »Etwas blendet mich!«

»Was heißt das?«, fragte Butch, um den Maschinisten nicht weiter die Initiative zu überlassen.

»Ich bin geblendet«, wiederholte Guardes schlicht. »Und zwar ...«

Auf den holographischen Anzeigen seines Bedienplatzes konnte Manuel verfolgen, wie Guardes die Frequenzbänder scannte. Das optische Spektrum gab erwartungsgemäß nichts her. Mikrowellen? Radio- und Röntgenstrahlen?

»Es tut mir leid«, sagte Guardes. »So kann ich das Schiff nicht steuern. Ich müsste blindfliegen, in einem Raum mit völlig unbekannter Geometrie. Das wäre viel zu gefährlich.«

»Wir werden den Fehler eliminieren«, sagte Nola.

Für einige Sekunden herrschte konzentrierte Stille auf der Brücke der *Scardanelli.* »Ich registriere erhöhten Gravitonenfluss«, gab Nola nach einiger Zeit durch.

Manuel ging weiter auf der Skala nach unten. Alpha-, Beta-, Gammastrahlung.

»Neutrinos«, rief er, als er am Ende des Spektrums angelangt war. »Etwas stimmt mit der Neutrinodichte nicht!«

»Du könntest recht haben«, sagte Guardes.

Manuel sah, wie sich die anderen die Daten auf die Schirme holten.

»Da stimmt was nicht«, pflichtete Nola ihm bei.

»Sehr gut, Junge«, brummte der Kommandant. »Jetzt findet raus, was los ist.«

Alle auf der Brücke krochen buchstäblich in ihre Monitore hinein, während der Navigator weitere Aktiv- und Passivscans über die gesamte Bandbreite laufen ließ.

»Es funktioniert nicht«, sagte Manuel schließlich resigniert. »Ich bekomme kein klares Bild.«

»Ja«, meldete sich auch Guardes. »Etwas ist komisch.«

»Die Pulse sind sehr stark«, berichtete Nola. »Dann reißen sie wieder ab. Moment!«

Sie schickte die Daten durch die integrierte Bibliothek der astrophysikalischen Phänomene. Nach wenigen Sekunden kam der negative Bescheid.

»Es ist kein kosmisches Vorkommnis dokumentiert«, sagte die Pilotin, »das solche Pulsraten in der Neutrinofluktuation hat.«

»Was heißt das?« Selbst der Kommandant klang verwirrt.

»Zwei Möglichkeiten«, sagte Morton zackig. »Entweder haben wir ein grundlegend neuartiges Phänomen entdeckt.«

»Negativ«, schaltete Guardes sich augenblicklich ein. »Ich habe Passagen wie diese schon Dutzende Male geflogen. Zugegeben, wir sind an einer äußerst ungünstigen Stelle stecken geblieben. Aber ich glaube ausschließen zu können, dass hier *prinzipiell* unbekannte Dinge auftreten.«

»Oder«, sagte Morton schwer, »der Fehler muss woanders liegen.«

»Die Detektoren«, stellte Manuel fest. Er hatte in der Zwischenzeit ein paar Selbsttests über die Batterie der vorderen Sensoren gejagt. Das Resultat war verheerend!

»Die Neutrino-Detektoren liefern keine vernünftigen Daten«, meldete er.

Der Kommandant stand auf und kam mit wuchtigen Schritten neben ihn. In Butchs Augen loderte Stolz auf seinen blutjungen Systemoffizier. Er beugte sich über den Schirm und ließ sich von Manuel die Datenlage erläutern.

»Wir kriegen kein vernünftiges Bild«, stellte er fest. Er drückte das Kreuz wieder gerade und richtete den Blick grübelnd in die Ferne. »Das kann im Grunde nur eins heißen.«

»Die Detektoren sind im Arsch«, sagte Derek.

»Sie sind unzuverlässig.« Guardes brachte eine sanfte Korrektur an.

»Und nun?«

»Wir müssen sie überprüfen«, sagte der Kommandant schlicht. »Mechanisch überprüfen.«

»Jemand muss aussteigen«, gab Morton zu bedenken. »Die Neutrino-Detektoren sitzen am vorderen Ausleger. Da kommen wir mit dem Kran nicht ran.«

Butch nickte. Diese Konsequenz war ihm mittlerweile auch klar.

»Ich gehe«, sagte Manuel.

Die Reaktion auf diesen Vorschlag hatte er so nicht vorhergesehen. Alle Augen richteten sich auf ihn, und sie waren von Heiterkeit erfüllt. Die Crew der *Scardanelli* lachte ihn aus!

»Das wirst du schön bleiben lassen, Junge.« Der Kommandant war völlig unzweideutig.

»Es ist viel zu gefährlich«, sagte Nola. »Wir wissen nicht, welche Physik da draußen herrscht.«

»Jemand muss es ja machen«, sagte er trotzig.

»Ja«, antwortete Butch, der noch immer dicht neben ihm stand. »Aber nicht du!«

Aus dem Augenwinkel nahm Manuel wahr, wie Morton den Rücken straffte und sich auf einen Marschbefehl des Kommandanten gefasst machte. Aber Butch hatte schon eine andere Entscheidung getroffen.

»Derek wird gehen«, sagte er. »Er ist der Maschinist.«

Der Angesprochene nickte. Alle auf der Brücke dachten, dass es ein Manöver des Kommandanten war, sich des Rädelsführers zu entledigen. Aber niemand sagte ein Wort.

Zwei Stunden später war Derek bereit zum Aussteigen. Die Manufaktoren des Schiffes hatten einen doppelten Satz Neutrino-Detektoren hergestellt. Die einzelnen Sensoren waren nicht sehr groß und sahen wie herkömmliche Scheinwerfer aus. Hinzu kamen diverse Spezialwerkzeuge und anderes Material, das an einem intelligenten Polymergestänge befestigt war. Es würde Derek die Sachen während des Einsatzes in der Reihenfolge zureichen, in der er sie benötigte.

Im Vorraum der Schleuse warteten Cooper und Butch, um Derek beim Fertigmachen zu helfen.

»Alles cool, Mann«, grinste der Nachrichtenspezialist, der für die Aufrechterhaltung der Kommunikation während der EVA verantwortlich zeichnete.

»Yap«, meinte Derek nur. Es gelang ihm trotz allem nicht, seine Anspannung zu verbergen. Je abgebrühter er sich gab, umso mehr schien durch, dass auch er Nerven hatte.

»Damit hab ich dich immer online«, sagte Cooper und zog die trockenen Lippen breit. Er wies auf das Modul der Engstrahlverbindung, das den Kontakt per fokussiertem UV-Laser herstellen würde.

Derek nickte. Er setzte die Ausrüstung ab und zog sich bis auf die Unterwäsche aus.

Butch stand im Eingang des Vorraums und sah den beiden zu.

»Wir können dich auch an die Nabelschnur legen«, schlug Cooper vor.

»Quatsch«, machte Derek. »Wir sind doch hier nicht bei Apollo 13!«

»Wie du meinst.«

Der Maschinist begann damit, sich in den schweren Raumanzug zu quälen. Es war nicht der leichte, anschmiegsame Dress, das man bei Shuttleflügen oder manchmal als reine Vorsichtsmaßnahme auf der Brücke trug, bei Atmosphäreneintritten etwa. Sondern ein klobiges Ding, das tatsächlich etwas von einem Raumanzug der ersten Generation hatte.

Der vollintegrierte Anzug besaß eine komplette Überwachung. Wichtig erwiesen sich dabei die Schwerkrafterzeuger. Gekoppelt waren sie mit den Magnetsohlen in den klobigen Stiefeln.

»Wir können dir auch eine Lifeline legen«, sagte Cooper, als Derek sich mit sichtlicher Anstrengung in die zentnerschweren Schuhe mühte.

»Leck mich am Arsch mit deiner Lifeline«, grollte der Maschinist mit rotem Kopf. »Ich hab doch die hier!« Er nestelte an der Feineinstellung der Stiefel, die er an seine riesigen Füße anpasste.

»Du musst uns nichts beweisen«, sagte Butch vom Durchgang her. »Sicherheit geht vor. Es ist keine Schande, wenn einem bei einem solchen Einsatz etwas mulmig ist.«

Derek reagierte nicht.

»Ich hätte Schiss.« Die Miene des Kommandanten verriet nicht, ob das aufrichtig gemeint war oder ob er den Mann, der eben noch eine Meuterei gegen ihn angezettelt hatte, provozieren wollte.

Er wartete auch eine Reaktion gar nicht ab, sondern begab sich wieder auf die Brücke.

Cooper verfolgte auf seinem Display, wie die einzelnen Systeme des Anzugs nach und nach online gingen.

»Dir ist klar, Alter«, kicherte er, »dass ich jetzt alles mitkriege. Auch wenn du furzt oder dir in die Hose scheißt!«

»Ihr könnt mich alle miteinander am Arsch lecken«, knurrte Derek. Dann verschwand er unter dem zeltartigen Oberteil, das sich nach und nach um ihn zusammenfaltete.

Auf der Brücke waren die übrigen Crewmitglieder bereit, den Weltraumspaziergang zu verfolgen.

Guardes' Liege stand wieder in einer aufrechten Position. Der Navigator war wach und blickte mit seinen tiefblauen Augen neugierig um sich. Er rieb erfreut die mit Alkohol desinfizierten Hände und gab sich dem seltenen Vergnügen hin, etwas zu essen. Die Syntheks der Küchenzeile hatten ihm auf besonderen Wunsch ein paar Salzkeske hergestellt. Daran labte er sich wie an einem unfassbar köstlichen Genuss, während er in kleinen Schlucken ganz normales Wasser dazu trank.

»Okay«, sagte der Kommandant, als er auf die Brücke gestiefelt kam. »In fünf Minuten geht es los.«

»Aye, Sir«, bellte Morton.

Manuel und Nola wandten sich von Guardes ab und beeilten sich, zu ihren Plätzen zu kommen.

»Irgendwelche besonderen Vorkommnisse?«

In diesem Moment traf ein weiteres Anomalie-Ereignis das Schiff.

Die *Scardanelli* bockte, als sei sie bei voller Fahrt gegen ein Riff geprallt.

»Schwerkraftlinse«, sagte Guardes mit müder Routine. Er schloss die Augen und verband sich mit dem Schiff. »Autsch!«, brüllte er dann. In einem hilflosen Reflex presste er die Hände vors Gesicht. Aber es waren schon seine künstlich erweiterten Sinne, die einen starken Schmerz empfanden.

»Aaahhhrr Gott!«, stöhnte der Navigator. Er sah aus, als habe ihm jemand einen langen spitzen Gegenstand ins rechte Auge gebohrt. Seine Stimme erklang aus den Lautsprechern: »Eine Gravitationslinse auf zwei Uhr! Direkt vor uns auf Steuerbord!«

Der Navigator zündete die Korrekturdüsen, um dem Hindernis aus verklumpter Raumzeit auszuweichen. Die Crewmitglieder wurden nach vorne geworfen. Nur die integrierten Sessel und ihre Schwerkraftgurte verhinderten, dass die Brückenoffiziere gegen die Bugscheiben geschleudert wurden.

Auch Butch hatte sich im letzten Moment in den Kommandantenstuhl geworfen, dessen Kraftfeldgitter aus modifizierter Gravitation ihn davor bewahrte, sich bei einem unkontrollierten Sturz waagerecht über die volle Länge der Brücke das Genick zu brechen.

»Uff«, stöhnte jemand.

»Was ist das?«, schrie Nola auf.

Die anderen folgten ihrem Blick. Dann mussten sie fassungslos mit ansehen, wie eine unsichtbare Faust sich um den vorderen Steuerbordausleger krallte und ihn zusammenknüllte, als wäre er aus Papier. Dutzende von komplexen Sensoren und Instrumenten, die an dem zwanzig Meter langen Turm aus überhartem Titanstahl befestigt waren, gaben in einem einzigen Feuerwerk den Geist auf. Von dem Ausleger selbst blieb ein verkrümmter Stängel übrig, der an ein abgebranntes Streichholz erinnerte.

Das Schiff schwankte noch einmal, als sei es von einem schweren Brecher getroffen. Dann war der Spuk vorbei.

»Aua«, sagte Guardes. Er hatte seinen Geist so weit aus den Systemen der *Scardanelli* zurückgezogen, dass er deren Daten nur noch als Informationen und nicht mehr als physischen Schmerz abbekam. Dennoch tastete er mit seinen aufgedunsenen Händen die Umgebung seines rechten Auges ab, als rechne er damit, auf Blut zu stoßen. »Das hat jetzt aber echt wehgetan!«, stöhnte er in komischer Verzweiflung.

Morton forderte die Schadenmeldungen an, soweit die Elektronik dazu in der Lage war.

»Sag Derek, dass er noch ein paar Dinge zusätzlich mitnehmen muss.«

»Erst mal sehen, wie es denen geht«, knurrte Butch. Die Monitore waren schwarz. Er öffnete einen Kanal der internen Kommunikation.

»Brücke an Schleusenkammer. Alles Okay bei euch?«

Sie hörten ein Ächzen und Stöhnen. Dann war Coopers keckernde Stimme zu hören. Sie klang irgendwie – platt.

»So okay man sein kann, wenn ein Derek in voller Montur auf einem liegt!«

Die Besatzung der Brücke musste unwillkürlich lachen. Nach und nach kamen die abgestürzten Systeme wieder. Dann sahen sie aus der Perspektive der Deckenkamera, wie Derek und Cooper ihre Gliedmaßen entknoteten. Der Stoß hatte sie übereinander geworfen, wobei der schmale Cooper das Pech hatte, unter dem bulligen Maschinisten zu landen, der in seinem Anzug wenigstens drei Zentner wog.

»Ist gut«, rief Butch in die Übertragung. »Bevor du gehst, Derek. Der Vorfall hat den Schaden beträchtlich vergrößert. Wir brauchen eine ganze Menge weiterer Ersatzteile. Morton gibt dir gleich die Liste durch.«

Der Maschinist überlegte.

»Negativ«, sagte er dann. »Ich werde hiermit schon eine ganze Weile beschäftigt sein. Wenn ich auf die anderen Sachen warte, verlieren wir zusätzlich Zeit.«

»Auch wieder wahr«, stimmte der Kommandant zu. »Also gehst du jetzt gleich und kümmerst dich um den Ausleger und die Detektoren. Solange machen wir den Rest. Die übrigen Sachen reichen wir dir dann durch die kleine Schleuse raus.«

»Mein Gott«, stöhnte Nola auf der Brücke. »Er geht tatsächlich dort hinaus.«

Sie stand an der großen, leicht nach innen gekrümmten Frontscheibe und sah über die Schnauze der *Scardanelli* hinweg zu dem traurigen Rest des Steuerbordauslegers. Einzelne

Funken sprühten noch von den zerstörten Instrumenten ab, die die Gravitationslinse in kürzester Zeit zu Schrott verwandelt hatte.

»Ein echter Held«, sagte Butch tonlos. »Sehen wir zu, was wir für ihn tun können.«

Manuel trat neben Nola an das Panoramafenster und betrachtete die kläglichen Überbleibsel der Sensorbatterie auf der Steuerbordseite.

»Na«, meinte Nola. »Magst du immer noch raus?«

Der junge Systemoffizier hob die Schultern.

»Unterm Strich ist es auch nicht gefährlicher als hier.«

»Nicht ganz«, sagte Morton. »Die Abschirmung und die Schwerkrafterzeuger geben dem Schiff eine gewisse innere Stabilität.«

»Auch bei so was?« Manuel nickte zu dem zerknickten Ausleger, der wenige Meter vor ihnen ins Nichts ragte.

Der Erste Offizier setzte ein Pokerface auf. Dann konzentrierte er sich wieder auf die Schadensmeldung, die die Bordsysteme inzwischen erstellt hatten. Er wandelte sie in eine Anforderung um, die er an die Manufaktoren im Maschinendeck sandte. Clarke und Papadopoulos würden die Herstellung der weiteren Ersatzteile überwachen, während Derek draußen mit den Reparaturarbeiten begann.

»An eure Plätze«, sagte Butch. »Es geht los!«

Nola legte das Bild der Schleusenkammer auf den großen Schirm. Sie sahen, wie Cooper im Vorraum blieb, während Derek in die Druckkammer marschierte.

»Hat Derek ein Go?«, fragte Butch.

»Bei mir ist alles grün!«, hörten sie Coopers unangenehme Stimme, die durch die Übertragung noch schneidender klang. Der Nachrichtenspezialist hob den Daumen in Richtung der Deckenkamera, ohne den Blick von seinem Display zu nehmen.

»Derek, alles klar bei dir?«

»Ich bin okay, Butch!«

»Noch kannst du's dir überlegen?«

»Lass uns die Sache über die Bühne bringen«, hörten sie Dereks rumpelnden Bass. »Und dann reden wir über meine Beteiligung!«

»Das ist das, was ich hören wollte«, schmunzelte Butch. »EVA freigegeben.«

Die Schleusenkammer hatte sich bereits geschlossen. Die Atmosphäre wurde abgepumpt. Nach ein paar letzten Tests, die vor allem dem einwandfreien Funktionieren des Anzugs galten, öffnete sich die Luke, und Derek stieg aus.

»Es wäre mir recht«, sagte Butch auf der Brücke halblaut zu Guardes, »wenn du online auf die Bordsysteme gehst. *Falls* wir etwas unternehmen müssen.«

»Aye«, sagte Guardes. Sein Geist tauchte wieder in die kybernetische Welt des Schiffes ein.

Butch sammelte seine Konzentration auf den großen Schirm. Das Bild war von der Schleusenkammer auf eine der Außenkameras umgesprungen. Sie sahen, wie Derek umständlich aus der Luke krabbelte und dabei das Instrumentengestänge hinter sich herzog, das wie ein zwei mal zwei Meter großes Stück Gartenzaun aussah, an dem allerlei bizarre Geräte hingen. Das intelligente Material der Konstruktion passte sich selbsttätig den Gegebenheiten an. Es folgte Derek an einer dünnen Nabelschnur.

Der Maschinist vergewisserte sich, dass seine Magnetschuhe Kontakt hatten, dann ließ er den Handgriff an der Seite der Schleuse los und richtete sich auf. Waagerecht in den Raum ragend, als sei die Steuerbordflanke der *Scardanelli* das Promenadendeck, ging er langsam in Richtung Bug. Er schritt aufrecht dahin, die ungewohnte Bewegung mit den Armen auspendelnd, und setzte dabei klackend einen Fuß vor den anderen.

Als er sich von den hinteren Sektoren her nach vorn arbeitete und dem Bereich der Wohnkabinen und endlich der

Brücke näher kam, konnten sie den Rhythmus der anhaftenden und sich wieder abstoßenden schweren Metallsohlen sogar durch die Stahlhülle des Schiffes hören.

Derek ging ein paar Meter unterhalb der breiten Panoramascheiben entlang und erklomm den stromlinienförmig zulaufenden Bug des Prospektors. Wenige Schritte später stand er an der Basis des Auslegers. Neben der Figur des Astronauten, die auf einmal gar nicht mehr wuchtig, sondern erschreckend klein und verloren aussah, wirkte der Turm erstaunlich groß und klobig. »Pass bloß auf«, sagte Nola leise.

»Keine Sorge, Süße!« Dereks Antwort kam ohne die geringste Verzögerung.

Er verankerte das Materialgestänge an der Basis des Auslegers. Dann stemmte er, vielleicht einen Tick zu fotogen, die Fäuste in die Seite und besah sich den Schaden.

»Hier ist nichts mehr zu retten«, stellte er fest. »Am besten, wir buchen den ganzen Turm unter Verlust und bauen einen neuen.«

»Negativ«, sagte Butch auf der Brücke. »Das würde Tage dauern. Und jeden Moment kann uns wieder eine Anomalie treffen.«

»Das ist mir auch klar«, knurrte Derek, der in einem Winkel von dreißig Grad, als werde er von einer steifen Brise zur Seite gedrückt, auf der Schnauze der *Scardanelli* stand und ratlos zu der kaum noch drei Meter hohen Ruine des Instrumentenkrans hinaufsah.

»Wir müssen improvisieren«, sagte der Kommandant.

»Meine Zustimmung«, kam Guardes' Stimme aus dem System. »Oberste Priorität hat die Wiedererlangung der Manövrierfähigkeit, damit wir in den Normalraum zurückkehren können. Dort können wir ohne weitere Störungen die übrigen Sensoren reparieren.«

»In Ordnung«, sagte Derek. »Dann sag mir, wie du's gerne hättest.«

»Hier kommt die Liste.«

In einer Randspalte des großen Schirms erschien eine Aufstellung der benötigten Systeme.

»Das ist alles kaputt?«, stöhnte Nola ungläubig.

»Auf dieser Seite, ja«, sagte Guardes aus den Tiefen der Bordelektronik. »Und ich kann nur halbwegs vernünftig steuern, wenn ich ein räumliches Bild habe.«

Von der Brücke aus konnten sie sehen, wie das Innere von Dereks Helm rubinrot aufleuchtete, als Guardes ihm die Prioritätenliste und die Montageanleitung als Hologramme vor das Visier projizierte.

»In Ordnung«, sagte der Techniker. »Ich kann die Detektoren hier verschrauben. Das verkürzt deine Basis um ein paar Meter, aber ich denke, es sollte reichen.«

»Gib mir eine Sekunde, ich rechne das durch.«

Es war ein gespenstischer Anblick: die weiße Gestalt unter der zerknickten Gitterkonstruktion des Turmes, vor dem Hintergrund des seltsam matten, fast sternenlosen Raumes. Die Szenerie war nur schwach durch ein paar Deckscheinwerfer erleuchtet sowie durch ein wenig Restlicht, das aus der Brücke auf das Vorderdeck der *Scardanelli* fiel. Umso schärfer hoben sich die roten, orangefarbenen und grünen Informationen ab, die hell auf der Innenseite von Dereks Helm brannten.

»Es müsste gehen«, sagte Guardes. »Du kannst sie zum Ausgleich um etwa zehn Grad mehr nach außen drehen. Den Rest kann ich intern ausgleichen. Wir machen nachher einen Test, dann fixiere ich die Algorithmen.«

Außer dem Funkverkehr des Maschinisten, dessen Atem hörbar schneller ging, und den elektronisch verzerrten Durchsagen des Navigators war es totenstill auf der Brücke.

»Mein Gott, das dauert ja alles ewig«, stöhnte Nola.

Morton schmunzelte wissend. »Außenbordeinsätze sind nichts für schwache Nerven!«

Die Pilotin ließ einen mütterlichen Blick über Manuel gleiten, sagte aber nichts.

»Du machst das großartig«, sagte Butch und zwinkerte in die Runde. »Lass dir Zeit. Wir haben alles unter Kontrolle!«

»Erspar mir das«, hörten sie Derek knurren. »Ich komme hier klar!«

»Ist gut, ist gut!« Butch hob entschuldigend die Hände, obwohl der Maschinist ihn nicht sehen konnte. »Du und Guardes, ihr macht euer Ding. Wir wollen euch nicht stören.«

»Danke.« Derek stöhnte. Der Job schien unerwartet anstrengend zu sein.

»Er schafft es nicht«, zischte Nola leise. Sie war aufgestanden, um besser zur delfinförmigen Schnauze der *Scardanelli* hinaussehen zu können.

»Er schafft es«, sagte Butch sonor. »Sonst braucht er sich gar nicht mehr blicken lassen!«

»Ihr geht mir vielleicht alle auf den Geist«, keuchte Derek. Er hatte den ersten Detektor aus der Verankerung gelöst, die selbsttätig zurückschwang, und besah sich den Befestigungsmechanismus.

»Scheiße!«

»Was ist los?«

»Das gibt's doch gar nicht!«

Das Gerät war ihm aus der Hand gerutscht und schwebte in aufreizender Langsamkeit davon. Derek angelte mit den Armen in der Leere herum, konnte das über ihm im Nichts taumelnde Instrument aber nicht mehr erreichen.

»Ich muss springen«, sagte er.

»Derek, mach keinen Scheiß!«, rief Butch augenblicklich.

»Negativ«, war im selben Moment Guardes zu hören. »Wenn du die Magnetschuhe abschaltest, kann ich nicht garantieren, dass ich dich wieder an das Schiff heranbringe.«

»Das geht schon.«

Bevor sie etwas unternehmen konnten, hatte Derek die Magnetfunktion seiner Stiefel deaktiviert. Er stieß sich behutsam vom Vorderdeck der *Scardanelli* ab und schwebte parallel zum Ausleger nach oben.

»Es – sind – nur – ein – paar – Meter«, hörte die Brückenbesatzung, die das Geschehen verfolgte.

»Das ist sehr riskant«, sagte der Navigator.

Derek schwebte zwei Meter über dem Boden. Er ruderte durch die Luft, wodurch er sich in ungewollte Richtungen zu drehen begann.

»Kannst du das Schiff nachführen«, fragte Butch, der dem Vorgang atemlos zusah.

»Negativ«, sagte Guardes. »Es ist alles viel zu kleinteilig. Und ich kenne die Physik hier draußen nicht.«

»Nola?«

»Keine Chance!«

»Dann muss er es allein schaffen.«

Auf der Höhe der abgeknickten Spitze des Auslegers erwischte Derek den Detektor mit den Fingern, bekam ihn aber nicht richtig zu fassen. Er gab dem Gerät sogar einen Stoß, sodass es noch schneller vom Schiff wegschwebte.

»So ein Mist«, keuchte er. Die Überwachung zeigte an, dass sein Puls und seine Atmung sich kritischen Werten näherten.

»Lass es sein«, rief Butch in die Übertragung. »Wir stellen einen neuen her!«

»Das dauert wieder Stunden«, fluchte Derek.

»Scheiß drauf«, sagte auch Morton. »Es ist nicht wert, dass du dafür dein Leben aufs Spiel setzt.«

»So ein Dreck«, tobte der Maschinist, der dreißig Meter vor ihnen im Raum hing und mit den Beinen strampelte. Dann schien er sich zu besinnen. »In Ordnung. Ich komm wieder runter.«

Er aktivierte seine Magnetkomponenten. Das Feld zog seine Beine nach unten. Aber es war nicht stark genug, die Massenträgheit des Mannes zu überwinden, der langsam nach oben schwebte, vom Vorderdeck und seinen zerfetzten Aufbauten weg in die unendliche sternenlose Finsternis.

»Mein Gott, so eine Scheiße«, knirschte Derek, der am Ende seiner körperlichen und mentalen Kräfte war. »Guardes!«

»Halt aus«, rief der Navigator.

»Hast du nichts für mich?«

»Un moment, s'il vous plaît!«, sagte Guardes. »Ich aktiviere die Schwerkrafterzeuger im vorderen Steuerbordsegment. Die müssten dich runterziehen!«

»Aber ganz vorsichtig.« Derek klang inzwischen ungewohnt kläglich. »Ich bin nämlich schon ziemlich hoch hier!«

»Keine Sorge.«

Gebannt verfolgten alle, wie der Navigator versuchte, über dem Bug der *Scardanelli* einen kontrollierten Bereich künstlicher Gravitation zu erzeugen, der den Maschinisten wieder nach unten holen sollte. Angesichts der exotischen Physik, die sie umgab, kein leichtes Unterfangen.

»Gleich hab ich's«, teilte Guardes mit. »Das ist doch verdammt noch mal gar nicht so einfach.« Er stöhnte. »Eine Sekunde, Derek.«

»Lass dir Zeit, Mann!«

»Jetzt. Oh Shit!«

»Was ist?«

»Das darf nicht wahr sein!«

»Was ist los?«

Aber dann spürten sie es selbst. Die Beleuchtung auf der Brücke flackerte. Das Schiff sackte durch.

»Gravitationslinse«, rief Guardes über das System.

Sie gingen zu Boden, als sie durch unerklärliche Schwerkräfte seitlich aus ihren Sesseln gekegelt wurden. Das Schiff krängte wie ein Schoner, der in einer seitlichen Dünung rollt. Für einige Sekunden wurde es ganz dunkel.

Sie sahen noch das winzige, schon erschreckend ferne rote Glimmen von Dereks Helm. Dann erlosch auch das.

Als sie sich einige Augenblicke später aufrafften und die Systeme stockend wiederkamen, war der Maschinist verschwunden.

Die Stimmung auf der Brücke war von purer Panik kaum noch zu unterscheiden.

»Jetzt ganz ruhig!«, dröhnte Butch, mühsam beherrscht.

Breitbeinig in dem Zwischenraum zwischen Guardes' Liege und den Bedienplätzen seiner Offiziere stehend, gab er das Bild eines Kapitäns im Sturm. Sein unrasiertes, vom Alkohol verunstaltetes Gesicht war dunkelrot. Die wässrigen Augen flackerten irr.

»Was haben wir?«

»Verdammte Scheiße«, stöhnte Morton. »Allmählich macht das keinen Spaß mehr!«

»Alle Systeme *off*«, sagte Nola trocken. »Uns fehlen mehrere Sekunden!«

»Derek!«, brüllte der Kommandant in die Übertragung. »Kannst du uns hören?!«

»Wir wissen nicht, um welchen Betrag das Schiff durchgesackt ist«, gab Nola zu bedenken.

»Ohne externe Peilung werden wir das auch nur schwer bestimmen können«, wandte Manuel ein.

»Wir haben die Trägheitsmesser«, sagte Morton.

»Toll!«, rief Nola gereizt dazwischen. »Bei dem, was hier an Anomalien durchrauscht, kannst du die so was von vergessen!«

»Ruhig Blut«, sagte der Erste Offizier. Aber selbst er wirkte alles andere als gelassen.

»Was haben wir?«, tobte Butch. »Meldung, Kinder! Lasst mich nicht hängen!«

Alle starrten auf ihre Monitore, die sich langsam und widerstrebend mit Zahlen und Symbolen füllten.

»Guardes«, rief der Kommandant. »Bist du noch bei uns?«

Schreckliche Sekunden des Wartens, in denen sich alle Blicke in den reglosen Körper des Navigators bohrten, der wie ein aufgebahrter Leichnam auf der Liege ruhte.

»Ähm!« Endlich ein Krachen. Es klang, als müsse Guardes sich erst einmal die virtuelle Gurgel frei husten, mit der seine kybernetische Existenz zu den anderen Besatzungsmitgliedern sprach. »Aye«, brachte er hervor. »Ich bin da.«

Die Anspannung ließ um eine winzige Nuance nach.

»Herrgott, Guardes«, grollte Butch. »Was sind das hier für Sachen?«

Die Stimme des Navigators klang noch immer, als wäre sie von einer mittelschweren Grippe beeinträchtigt.

»Das ist ein elender Ort für Außenarbeiten«, stöhnte es aus den Lautsprechern. »Ich hab's euch doch gesagt.«

»Wir hatten keine andere Wahl«, knurrte der Kommandant. »Hast du Kontakt zu Derek?«

Der Navigator schien seinen Geist auszudehnen und seinen geschundenen äußeren Körper abzutasten, der das Schiff war.

»Mir sind noch ein paar Systeme abgekackt«, sagte er.

»Das habe ich nicht gefragt«, schnauzte Butch.

»Nur falls es jemand interessiert.«

»Was ist mit Derek?«

»Negativ.« Guardes schwieg. Nur die Funktionsanzeigen, die seine internen Bemühungen dokumentierten, flimmerten auf den Schirmen. »Ich erlaube mir die Bemerkung, dass ich auf einem Auge blind und von einer ausgesprochen exotischen und feindseligen Umgebung eingeschlossen bin.«

»Hör auf zu jammern und gib mir Ergebnisse!«, knurrte der Kommandant.

Manuel hatte unterdessen einen akustischen Kanal zur Schleusenkammer geöffnet, da die Bildübertragung sich noch nicht wieder aufgebaut hatte.

»Bist du okay, Coop?«, fragte er den Nachrichtenspezialisten.

»Alles in Butter!« Das Stöhnen klang zwar nicht wirklich überzeugend, aber sie mussten es dabei bewenden lassen.

»Was ist mit der Engstrahlverbindung?«, fragte der Systemoffizier. »Kannst du sie nachführen?«

»Was glaubst du, was ich hier mache, Junge?« Der aggressive Ton war unverkennbar. »Aber ich stochere ziemlich im Nebel.«

Butch nickte Manuel anerkennend zu. Dann wandte er sich wieder an Guardes. »Wie sieht es aus?«

»Da ist nichts. Und hier? Nein. Und wenn ich es so probiere? Auch nicht ...«

Sie hörten, wie der Navigator mit sich selbst sprach. Abrupt sprangen die Anzeigen immer wieder um, wenn er mehrere Sensoren zu einem Verbund zusammenschaltete, komplexe Signale ausstieß und hochenergetische Aktivscans vornahm.

»Guardes«, presste Butch zwischen den aufeinander gebissenen Zähnen hervor.

»Ah doch«, hörten sie endlich. »Da könnte etwas sein.«

»Was hast du?«, rief der Kommandant erregt.

»Eine ganz schwache Peilung«, sagte der Navigator. »Ich gebe euch mal die Daten.«

Manuel und die anderen betrachteten verwirrt die in sich verschachtelten Vektoren, die sich auf ihren holographischen Displays aufzubauen begannen.

»Kompliziert, nicht wahr.« Fast hatte es den Anschein, als mache der Navigator sich über seine Kameraden lustig.

»Das ist höhere Mathematik«, stöhnte Manuel.

»Worauf du einen lassen kannst«, kicherte Guardes.

Nola stützte das Kinn in die Hände und widmete sich der Darstellung, während Morton seinen Sessel zurückfuhr und den Kopf schüttelte.

»Zehndimensionale Geometrie, um genau zu sein.« Der Navigator klang, als würde ihm die Sache Spaß machen. »Willkommen im Mengerraum!«

Der Erste Offizier warf seinem Kommandanten einen Blick zu, der jeden weiteren Kommentar überflüssig machte.

»Verdammt!« Butch schlug mit der Faust auf den Hauptbedienplatz. »Ist das alles?«

»Hm ...«

Das Schiff taumelte wieder ein wenig und zündete die Kontrolldüsen.

»Ich habe eine schwache Peilung«, sagte der Navigator. Er entriss Cooper die Kontrolle über den Engstrahl und richtete ihn auf einen imaginären Punkt. Mühsam baute sich ein einfacher akustischer Kanal auf. Es krachte und rauschte, als versuche man, sich bei einem starken Gewitter mit Funkgeräten zu verständigen. Aber dann war es eindeutig Dereks schwer gehender Atem.

»Geht doch!«, jubelte Butch. Dann rief er in die Übertragung: »Brücke an Maschinist, kannst du uns hören, Alter?«

»Ich bin nicht schwerhörig«, kam die Antwort fast augenblicklich.

»Ja wunderbar!«

»Das finde ich auch ...«

Die Übertragung war miserabel, der Kontakt schien jederzeit vom Zusammenbruch bedroht, und Dereks Stimme klang gepresst. Aber immerhin war eine Verständigung möglich.

»Wo bist du?«, rief Butch.

»Ich glaube, ich bin nirgends.«

»Nirgends gibt es nicht«, sagte Butch mit scharfem Tadel.

»Keine Ahnung, wirklich.«

»Kannst du uns sehen? Wir leuchten doch wie ein Christbaum!«

»Negativ. Ich sehe überhaupt nichts.«

»Aber Guardes funkt dich an!«

»Das ist sehr nett von ihm.«

Der Kommandant wandte sich wieder an seinen Navigator.

»Wenn wir Kontakt auf der Engstrahlverbindung haben, muss es doch möglich sein ...«

»Was glaubst du, was ich mache«, gab Guardes unerwartet grob zurück.

»Und?«

»Derek schwebt 580 Meter nahezu senkrecht über uns und treibt mit derzeit 6,7 Meter pro Sekunde von uns weg.«

»Was war daran so schwierig?«, fragte Butch.

Der Navigator schwieg indigniert.

»Viel schlimmer!« Nola griff wieder in das Geschehen ein. »Warum sehen wir ihn nicht?«

»Weil wir im Mengerraum sind«, stellte Guardes mit einer Spur von Müdigkeit in der Stimme fest.

»Leck mich Mengerraum«, polterte Butch. »Fünfhundert Meter!«

»Ich erlaube mir, dich daran zu erinnern, mein Kommandant«, sagte Guardes, »dass mehr als die Hälfte unserer Sensoren Schrott ist. Wir müssten wenigstens die Wichtigsten von ihnen instand setzen, um überhaupt ...«

»Da beißt sich doch die Katze in den Schwanz«, tobte Butch. »So sind wir in die ganze Scheiße reingeraten!«

Für eine Weile schwiegen alle erschöpft und starrten vor sich hin. Das mutlose Atmen und Keuchen auf der Brücke wurde von Dereks Stöhnen überlagert, das gespenstisch aus der krachenden Übertragung drang, ohne dass der verschollene Maschinist sich noch einmal in die gereizte Auseinandersetzung auf der *Scardanelli* eingeschaltet hätte.

»Jemand muss hinaus«, sagte Butch endlich ganz ruhig. »Mit dem kleinen Shuttle.«

»Ich gehe!« Manuel sprang auf, als habe er auf diesen Moment gewartet. »Wir können eine zweite Engstrahlverbindung aufbauen«, sprudelte er hervor. »So halten wir Kontakt. Und indem wir die beiden Peilungen nachführen, können wir ...«

Der Kommandant ließ ihn nicht ausreden.

»Das wirst du schön bleiben lassen, Junge.« Er baute sich vor dem schmächtigen Systemoffizier auf, dessen blasse Wangen unregelmäßig geformte rote Flecken bekamen. Für einen Moment sah es aus, als wolle Butch seinem jüngsten Besatzungsmitglied eine Ohrfeige verpassen. Er musterte ihn in einer seltsamen Mischung aus Zorn und Anerkennung.

»Warum willst du dich unbedingt in Gefahr bringen?«, fragte er leise. »Damit du bei den Großen mitspielen kannst?«

Seine Hand lag väterlich auf Manuels schmaler Schulter. »Das hier ist eine Nummer zu groß für dich, mein Junge.«

Der Kommandant schien plötzlich weit weg zu sein.

»Ich fliege«, sagte er. Er drückte Manuel mit seiner schweren Pranke in dessen Sessel zurück. »Das mit dem Engstrahl können wir trotzdem versuchen.«

Mit einem Ruck wandte er sich ab.

»Brücke an Maschinendeck«, rief er in die Übertragung. »Kleines Shuttle fertigmachen für Außenbordeinsatz.«

Mit einer knappen Geste übergab Butch die Brücke an den Ersten Offizier. Morton bestätigte durch ein angedeutetes Salutieren.

»Sir?« Das war Clarkes Stimme.

»Papa, Clarke«, rief Butch. »Ihr habt mitgekriegt, was vorgefallen ist. Das Shuttle klarmachen. Ich komme nach hinten.«

»Wir haben Mengerstatus«, warf Nola ein. »Das Shuttle kann nicht freigegeben werden.«

»Wir haben *Mann über Bord*«, dröhnte der Kommandant der *Scardanelli* im Ton eines alten Seebären. »Das setzt alle anderen Regelungen außer Kraft.«

Er ließ einen verächtlichen Blick über sie hingleiten. »Im Übrigen schert mich das einen feuchten Dreck. Wir sind doch hier kein Ausbildungsschiff!«

»Du kannst nicht navigieren!« Die Pilotin schrie beinahe.

Butch hob die Schultern.

»Ich werde es versuchen«, grunzte er. Dann stiefelte er schweren Schrittes davon.

Nola sah ihm verzweifelt nach. Ihre Lippen flatterten, als stehe sie kurz vor einem Nervenzusammenbruch.

»Bei der letzten Pause hat er einen zu viel genommen«, sagte Morton düster.

»Er ist der Kommandant«, meinte Manuel ergeben.

»Sehen wir, was wir für die beiden tun können.« Morton übernahm das Kommando und konzentrierte sich auf die Anzeigen.

»Es geht los!«

Das war Butchs Stimme, sie kam vom Maschinendeck.

Während der letzten Stunde hatten sie das kleine Shuttle für den Einsatz vorbereitet. Sie mussten erst die Steuerung der Klammern überbrücken, die das Fahrzeug während der Menger-Passage fixierten und die darauf programmiert waren, sich erst wieder zu öffnen, wenn das Schiff in den Normalraum zurückgekehrt war. Dann wurde das Shuttle in aller Eile betankt und den üblichen Selbsttests unterzogen. Butch trieb Clarke und Papadopoulos vor sich her wie ein römischer Latifundienbesitzer seine Arbeitssklaven. Er hatte auch Cooper aus der Schleusenkammer, wo er für den Moment nicht mehr gebraucht wurde, aufs Maschinendeck beordert, um sich Gedanken über die Kommunikation zu machen.

Cooper hatte die Manufaktoren angewiesen, einen Satz Relaisdrohnen vom Typ Argus herzustellen, die er in den Säter des Shuttles stopfte. Das Fahrzeug würde alle hundert Meter einen der augapfelgroßen Automaten ausstoßen und damit eine Richtfunkstrecke hinter sich erzeugen. Über gebündelte Engstrahlen sollte es dann möglich sein, sogar unter der exotischen Physik am Abhang des Mengerraumes eine notdürftige akustische Kommunikation aufrechtzuerhalten.

Einhundert Minuten, nachdem Derek über Bord gegangen war, glitt das kleine Shuttle aus seinem Hangar am Bauch der *Scardanelli* und schwebte antriebslos einige Dutzend Meter nach unten weg. Auf den Schirmen der Kameras, die automatisch nachgeführt wurden, schien es, als werde das Bild nach vierzig Metern trübe, als beginne ein feiner Nebel das Fahrzeug zu verschlucken. Manifestierte sich der Menger-

Schwamm als dünner, schiefergrauer Rauch? Das würde zumindest erklären, warum so gut wie keine Sterne sichtbar waren. Ihr Licht wurde nicht nur von der komplexen Geometrie des Hyperraums gebrochen und abgelenkt, sondern da schien auch etwas zu sein, das es absorbierte.

Der Kontakt zu Derek, der inzwischen etliche Kilometer entfernt war, war auf ein bloßes Peilsignal zusammengeschrumpft.

Butch zündete behutsam das kleine Triebwerk des Viersitzers und steuerte in respektvollem Abstand um das Mutterschiff herum.

Butch schwenkte oberhalb der *Scardanelli* in deren Vertikalachse ein und begann mit dem Aufstieg, als sei der Prospektor ein auf Grund gesunkenes U-Boot. In regelmäßigen Abständen warf das Shuttle selbsttätig die winzigen Argus-Relais aus, über die Cooper die Verbindung aufrechterhielt. Bei jedem Automaten dauerte es etwas länger und der Richtfunk schien etwas störanfälliger. Aber sie hatten bisher Kontakt zu Butch und konnten sich mit ihm unterhalten.

Als er sich zweihundert Meter über dem Mutterschiff befand, war der Sichtkontakt abgerissen. Das Shuttle verschwand von den Schirmen der optischen Sensoren, eingeschluckt von der unstofflichen schwarzgrauen Substanz, die die *Scardanelli* wie Rauch zu umgeben schien.

»Das ist kein Rauch«, sagte Morton, als sie mit unbehaglichen Empfindungen zusahen, wie das Bild des Shuttles grobpixelig wurde und dann verschwand. »Es ist überhaupt keine Materie.«

»Sondern?«, fragte Manuel.

»Feine Poren der Raumzeit«, antwortete Guardes aus den Tiefen der Bordsysteme. »Winzige, physikalisch gesprochen ausdehnungslose Membrane, wo der Menger-Schwamm sich zum Einsteinraum hin abschließt.«

»Das würde bedeuten, dass wir unmittelbar an der Grenze sind«, rief Manuel.

»Wir *sind* an der Grenze«, stimmte der Navigator zu. »Aber das ist nichts, was man in Metern oder Kilometern abmachen könnte.«

»Na, irgendwie haben wir die Zone doch jedes Mal bei Fluchtgeschwindigkeit durchstoßen«, wandte Morton ein. »Erst innerhalb des Mengerraums übernimmst du.«

»Ja und?«

»Das heißt, dass auch diese Zone etwas ist, das man von A nach B durchqueren kann.«

»Ja und nein.« Guardes hüllte sich in wortkarge Mystik.

»Philosophiert nicht rum da unten«, meldete sich Butch zu Wort, »sondern sagt mir lieber, wo ich bin.«

»Du bist drei Kilometer über uns«, rief Morton in den offenen Kanal. »Derek sollte in etwa zwei Minuten vor dir auftauchen, wenn du Richtung und Geschwindigkeit beibehältst!«

»Ist gut ... versuche ... Bestes.«

»Die Verbindung bricht zusammen«, stellte Nola nüchtern fest.

»Eigentlich solltest du das alles auf dem Schirm haben«, brüllte Morton.

Gleichzeitig wandte sich Manuel über das Bordsystem an Cooper. »Ist das alles, was du draufhast?«

»Ne ... tiv«, hörten sie Butch. »Des ... fra ... doof!«

»Ich tue mein Bestes, Junge«, blaffte Cooper auf der internen Leitung.

»Guardes«, rief Nola mit flehender Stimme.

»Glaubt mir Leute«, sagte der Navigator. »Ich gebe alles, was ich habe.«

Auf den Schirmen sahen sie, dass Guardes alle Energie, über die die *Scardanelli* verfügte, der Kommunikation zuführte.

»Es hat nichts mit dem Saft und der Kapazität zu tun«, sagte er gleichzeitig. »Das ist verdammt noch mal eine andere Geometrie da draußen, Leute!«

»Du wiederholst dich!«, schnauzte Morton.

»Wir verlieren sie«, stellte Manuel fest. Er erschrak über die Nüchternheit, mit der er das vorbrachte. Aber er konnte es nicht ändern.

»Derek ist weg«, sagte Nola.

Das letzte dünne Signal, das ihnen noch die Peilung des Maschinisten gegeben hatte, erlosch. Das Symbol, das auf dem großen Schirm seinen Status repräsentierte, schlug in glühendes Rot um.

»Verdammt«, knirschte Morton.

»Was willst du tun?«, fragte Nola.

»Wir können nichts tun«, sagte der Erste Offizier.

»Ihnen nachfliegen?«, schlug Manuel vor.

»Nein!« Die Antwort des De-facto-Kommandanten kam sofort, und sie war absolut kompromisslos.

»Wir pirschen ihnen hinterher«, versuchte Manuel vorzuschlagen. »Von einem Relais zum anderen. Eine Schnitzeljagd!«

»Es ist unmöglich«, sagte Guardes.

Wenige Augenblicke später verloren sie auch den Kontakt zum Shuttle, der während der letzten Minute nur noch aus heiserem Gurgeln und Krachen bestanden hatte. Nicht einmal die Software hatte darin noch Butchs Stimmmuster identifizieren können.

Auf dem Hauptschirm blinkten zwei rote Statuszeichen.

Es wurde ganz still auf der Brücke der *Scardanelli*.

Auf dem internen Kanal hörten sie das Schluchzen einer menschlichen Stimme. Wahrscheinlich war es Clarke.

»Nichts«, sagte der Navigator irgendwann. »Ich fürchte, wir haben sie verloren.«

Nola drückte das Kreuz gerade und streckte die Arme in die Luft, die Hände zu Fäusten geballt. Sie ließ ihren Monitor auf *Stand-by* gehen und erhob sich aus dem sanft nachschwingenden Sessel. Es sah aus, als mache sie Feierabend.

»Will jemand ’n Kaffee?«, fragte sie und ging in Richtung Küche, wobei sie die Hals- und Rückenwirbel einzeln krachen ließ.

»Oh ja«, sagte Morton. »Bitte!«

»Du auch, Kleiner?«

Im Vorbeigehen fuhr sie Manuel durch das Haar.

»Ja gerne«, sagte er.

Während sie fort war, starrten die beiden Männer vor sich hin und schwiegen. Auch von Guardes kam keine weitere Wortmeldung mehr. Auf dem großen Schirm war zu sehen, wie das Schiff weiterhin selbsttätig alle möglichen Frequenzbereiche scannte, aber die Sensoren blieben stumm.

Nach ein paar Augenblicken kam Nola zurück. Sie reichte jedem einen Becher Kaffee und widmete sich dem ihren, der frisch zubereitet war, aber trotzdem nicht besonders verführerisch duftete. Keiner verlor deswegen ein Wort. Der Zustand der Synthetisatoren war eine Sache, die im Moment auf der Prioritätenliste nicht allzu weit oben stand.

Nola setzte sich seitlich auf die Konsole des Hauptbedienplatzes, dessen holografische Anzeige daraufhin indigniert erlosch. Sie stützte sich mit dem linken Bein ab und ließ das rechte in der Luft baumeln.

»Was sollen wir tun?«, fragte sie, nachdem jeder die ersten paar Schlucke des höllisch heißen und so gut wie geschmacklosen Getränks geschlürft hatte.

»Wir können gar nichts tun.« Mortons Resümee kam ein bisschen zu schnell, fand Manuel. Vor allem war es übertrieben zackig und unsentimental. Der Erste fand sich rasch in die Rolle des Kommandanten, die ihm zugefallen war. Aber zu welchem Preis?

»Wir müssen sie suchen«, sagte Manuel, auch wenn er alle Einwände, die die anderen dagegen vorbringen würden, selbst hätte formulieren können.

Morton sah auch gar nicht auf, sondern blies nur die Luft aus wie ein Nachhilfelehrer, der allmählich die Geduld verliert.

»Bei konventionellem Antrieb können wir hier herumfliegen, bis wir schwarz werden«, sagte Nola. Sie sah ihn traurig an. Er kam sich wie ein dummer Junge vor. Dabei musste sie doch wissen, dass er wusste, dass es nicht ging. Dass es einfach nichts brachte. Warum hatte er es aber dann gesagt?

»Irgendwas müssen wir doch unternehmen«, brachte er trotzig vor.

»Überlicht kann Guardes nicht kontrollieren«, führte sie den Gedanken noch zu Ende. »Der Zustand des Schiffes gibt das nicht mehr her.«

Sie sah leer vor sich hin und nippte in winzigen Schlucken am Kaffee. Sie alle waren seit dreißig Stunden auf den Beinen und hatten keine Möglichkeit gehabt, sich zu entspannen oder Pause zu machen.

»Also sitzen wir hier fest?«, fragte Manuel ungläubig.

»Wir können in die Kojen gehen«, sagte sie müde.

Die Vorstellung, zu schlafen, war übermächtig. Manuel wollte sich diesen Sirenenklängen nicht aussetzen. Aber Nola sah aus, als habe sie schon resigniert. Butchs Verschwinden hatte ihr recht gegeben: Man konnte hier mit konventionellen Fahrzeugen nicht navigieren. Warum also nicht die Schlafkammern aufsuchen, das Licht ausschalten und auf schöne Träume hoffen?

»In tausend Milliarden Jahren findet man uns hier nicht«, brummte Morton ungehalten. »Wir sind im Mengerraum. Wir sind *nirgends*!«

Manuel winkte nur ab.

Die Stille wuchs zwischen ihnen wie eine Lache, die sich zu ihren Füßen ausbreitete.

»Selbstmord?« Es klang wie eine Frage, so wie Nola das Wort aussprach. Aber es war schon fast eine Feststellung.

»Wenn uns nicht bald etwas einfällt«, sagte Morton düster.

Manuel wehrte sich gegen die kalte Übelkeit, die sich in seiner Gurgel nach oben bewegte.

»Wie viel Zeit haben wir?«

»Vorräte meinst du?«, fragte der Erste herablassend. »Mehrere Jahre.«

Die Säule aus Magensaft sackte wieder ein paar Zentimeter nach unten.

»Also …« Er versuchte sich an einem Lächeln. Im Prinzip war es ja eigentlich doch nicht so schlimm. Sie hatten alle Zeit der Welt, doch noch einen Ausweg zu finden!

»Aber wir wissen nicht, wie lange das Schiff den Gravitationslinsen standhält!« Auch diese hauchzarte Regung von Hoffnung wurde von Morton sofort wieder zerstört. Der neue Kommandant kam Manuel wie ein Unhold vor, der in einem Garten herumtrampelte und jedes zarte Frühlingsgrün in die Erde stampfte. »Die Nächste reißt uns vielleicht den Druckkörper auf.«

»Dann ist es so oder so egal.« Manuel passte sich dem allgemeinen Defätismus an.

»Wäre das nicht sowieso das Beste?« Nola sprach mit tonloser Stimme zu sich selbst.

Manuel fragte sich, wo die optimistische und lebenslustige Frau geblieben war, in die er sich einmal verliebt hatte. Er wollte zu ihr gehen, den Arm um sie legen, sie fragen, wo ihre Kraft, ihre Zuversicht und ihr Lachen geblieben waren, die er so gemocht hatte. Aber er brachte es nicht fertig. Jeder blieb, wo er war, und starrte verloren vor sich hin.

»Was ist das?«

Nola stand auf und ging langsam um den Hauptbedienplatz herum zur Frontscheibe.

Manuel sprang auf und beeilte sich, neben Nola zu gelangen, die beide Hände an die einwärts gekrümmte Scheibe gelegt hatte und mit offenem Mund hinaussah.

Einige Meter vor ihnen schwebte eine der Relaisdrohnen. Der Argus verharrte an seiner Position, als hätte ihn ein Arbeiter bei einem Außenbordeinsatz verloren. Keine Bewegung kündete an, aus welcher Richtung er gekommen war.

Es sah aus, als wäre er schon immer hier in Vakuum und Schwerelosigkeit gehangen.

»Ist das eine von unseren?«, fragte Morton ungläubig.

»Aber ja doch!« Den Navigator schien die Sache ungeheuer zu amüsieren.

»Kannst du ihr Protokoll auslesen?«, rief Manuel. »Hast du sie kontaktiert?«

»Bin gerade dabei.« Guardes klang doch ein wenig eingeschnappt.

Einen Augenblick später rasselten enorme Datenmengen über den großen Schirm. Manuel trat zwei Schritte zurück, um sie besser studieren zu können. Aber der Flow war viel zu schnell. Er musste an seinen Platz gehen und die Informationen durch irgendeinen Filter jagen.

»Bevor ihr euch damit quält«, sagte Guardes, »78 Minuten Protokollzeit bei einer Taktfrequenz von 1 Punkt 2 Gigahertz von Hand durchzusehen, kann ich euch auch so die entscheidenden Informationen geben.«

»Machs nicht so spannend, Klugscheißer!«, fauchte Morton.

»Dies war Relais Nummer 12 bei einer Kette von 147 Stück, die Butch bis zum Abreißen des Kontakts ausgebracht hat. Sie befand sich 3,6 Kilometer *über* uns« – der Navigator betonte die räumliche Koordinate mit einem großen Ausrufungszeichen in der Stimme – »und ihre History dauert unwesentlich länger als unsere eigene. Dann brach die Funkstrecke zusammen und die Übertragung vom und zum Shuttle erlosch.«

»Und jetzt?« Morton starrte auf seinen eigenen Schirm, auf dem er sich vergewisserte, dass Guardes' Zusammenfassung sachlich richtig und vollständig war.

»Jetzt ist sie hier.« Die Antwort des Navigators hätte nicht lapidarer ausfallen können.

»Aber wie kann das sein?«, rief Manuel. »Ich meine, die Dinger haben doch keinen eigenen Antrieb? Oder doch?

War sie darauf programmiert, zum Mutterschiff zurückzukehren?«

Der Hauptschirm blinkte auf einmal im roten Schriftzug des Alarms. Die Sirene schrillte. In tausendfach trainierten Reflexen warfen sich alle auf ihre Sessel und spürten im selben Sekundenbruchteil, wie die Gurte aus komprimierter Gravitation sich um sie manifestierten. Die Tür zum Mittelgang schloss sich selbsttätig. Überall im Schiff hörten sie die Schotte krachen.

»Unbekanntes Objekt auf Kollisionskurs«, sagte die unpersönliche Stimme der Bordautomatik.

»Gravitationslinse?«, rief Morton.

»Negativ«, gab Guardes durch. Dann sagte er nur noch: »Achtung!«

Im selben Moment knallte es auch schon. Sie hörten einen metallisch peitschenden Schlag irgendwo tief im Inneren der *Scardanelli.*

»Schadensmeldung«, brüllte Morton. »Herrgott noch mal, was war das!«

»Autsch«, sagte der Navigator. »Das hat gesessen.«

»Guardes, verdammt! Verarsch uns nicht!« Morton tobte an seinem Platz herum wie Butch in seinen besten Tagen.

»Relaisdrohne«, sagte der Navigator schließlich. Manuel konnte sich des Eindrucks nicht erwehren, dass er Morton ein oder zwei Sekunden länger zappeln ließ, als unbedingt nötig gewesen wäre.

»Wo kommt das Scheißding her?«

»Von *unten*!« Guardes' Meldung troff unüberhörbar von Sarkasmus. »Willkommen im Mengerraum.«

»Das gibt's doch überhaupt nicht«, stöhnte Morton. »Wie viele von den Dingern, sagtest du, schwirren noch da draußen rum?«

»145«, sagte Guardes korrekt. »Diese hat uns mittschiffs erwischt, Aufprallgeschwindigkeit circa Mach 23. Und nein, ich kann ihre Daten nicht mehr auslesen.«

»Verdammt noch mal«, knirschte der Erste Offizier. »Jetzt werden wir von unseren eigenen Automaten bombardiert.«

»So ein Mist!« Nola hatte bemerkt, dass sie während des beherzten Sprungs in die relative Sicherheit der Schwerkraftgurte ihren Kaffee verschüttet hatte. Mit Aufhebung des Alarms löste sich einer der kleinen Reinigungsbots aus seiner Verankerung auf der Backbordseite und wieselte heran, um die Lache zu beseitigen. Nola drückte ihm auch den Becher aus selbsterhitzendem Material in die dreifingrigen Mandibel, und das rattengroße Helferlein verzehrte ihn geräuschvoll, während es sich wieder in seine Stand-by-Nische zurückzog.

Während der nächsten Minute hatten sie noch einige weitere Vorkommnisse dieser Art. Eine Drohne flitzte in zwanzig Meter Abstand an ihnen vorbei. Guardes versuchte sie mit den Schwerkrafterzeugern einzufangen, was aber nicht gelang. Er konnte einen Teil ihrer Protokolle auslesen, ohne dass diese dem bisherigen Bild etwas wesentlich Neues hinzugefügt hätten.

Zwei weitere Automaten prallten frontal gegen die Bugschilde, wenn auch nicht mit der Wucht desjenigen, der sie mit der Gewalt eines kleinen Torpedos an der Bauchseite getroffen hatte.

Danach kam der Drohnenregen ebenso unvermittelt zum Erliegen, wie er begonnen hatte.

»Scheiß drauf!« Morton erhob sich und übergab demonstrativ an die Automatik. »Das hat doch sowieso keinen Sinn hier!«

»Sie können ruhig Pause machen«, sagte die Bordintelligenz SCARDY zu ihrer aller Staunen unaufgefordert. »Die Brücke kann vorübergehend unbesetzt bleiben.«

Sie wechselten einen skeptischen Blick. Aber dann siegten die Müdigkeit und die Frustration.

»Schichtende«, sagte Morton. »Ihr findet mich in der Messe.«

Sie sahen ihm nach, wie er im Durchgang zu den anderen Stationen verschwand, der sich mittlerweile wieder geöffnet hatte.

»Toller Kommandant«, murmelte Manuel verzweifelt.

»Er ist es noch nicht ganz.« Nola erhob sich und ging zur Liege des Navigators. »Wie sieht es aus«, fragte sie in den Raum hinein, »sollen wir dich auch *offline* nehmen?«

»Das wäre eine Wohltat«, antwortete Guardes ohne zu zögern. Er aktivierte selbst die Rückholroutine und schlug wenige Sekunden später die Augen auf.

»Ganz schön was los hier draußen«, sagte er und zwinkerte Manuel listig zu.

»Können wir – ihm vertrauen«, flüsterte der Systemoffizier mit einem heimlichen Blick zum Hauptbedienplatz, an dem das Symbol der Schiffsautomatik blinkte.

»Unbedingt«, versetzte der Navigator. Und an der Grenze zur Unhörbarkeit fügte er noch hinzu: »Ich habe ihn ein bisschen – frisiert!«

Manuel musste ein Grinsen unterdrücken. Die Bordintelligenz SCARDY hatte eine Überholung wirklich längst einmal nötig gehabt. Aber dass Guardes in einer Situation wie dieser Zeit und Muße dafür gefunden hatte, war erstaunlich.

»Was soll werden?«, fragte die Pilotin.

»Ich weiß es nicht«, sagte Guardes. »Aber noch ist es zu früh, alle Hoffnung aufzugeben.«

»Stellt endlich diese gottverdammte Durchsage ab und macht die Hangartore auf!«

Butchs Stimme war überall. Sie füllte das ganze Schiff aus!

»Ihr braucht mich nicht mehr rufen, ich bin da! Gebt einfach die Schleusenkammer frei!«

Anzeigen sprangen um, als die Automatik die Funkverbindung herunterregelte. Alle Sensoren waren auf volle Leistung gestellt gewesen, sodass die Systeme beinahe durchbrannten.

»Oh mein Gott! Das ist Butch!« Nola kreischte auf wie ein Teenager, der die Möglichkeit hatte, sein Idol persönlich kennenzulernen.

Alle schnellten in die Höhe und rannten zum Maschinendeck. Dort hatten Clarke und Papadopoulos inzwischen die großen Tore geöffnet, die während des Bombardements durch die Relaisdrohnen geschlossen worden waren. Keine zwanzig Meter hinter dem Heck der *Scardanelli* schwebte das Shuttle mit Butch und Derek an Bord. Der Kommandant konnte sich vor Freude kaum beherrschen, und auch der Maschinist hob die Finger zum Victory-Zeichen.

Augenblicke später hatte das Fahrzeug in seiner Verankerung festgemacht. Der Druckausgleich wurde hergestellt. Die beiden Männer stiegen aus.

Butch ging breitbeinig und schwankend wie ein Cowboy, der ein Rodeo gewonnen hatte. Es war nicht ganz klar, ob er vor überschäumendem Kraftgefühl nicht gerade laufen konnte oder ob er noch mit dem Schwindel kämpfte. Vermutlich beides.

»Butch, du bist ein Held!« Nola fiel dem Kommandanten um den Hals und küsste ihn auf die unrasierte Wange.

Manuel fiel auf, dass die kleine Clarke dabei für einen Moment die Beherrschung verlor. Die Technikerin war völlig durcheinander und schaffte es nicht mehr, die Tränen zurückzuhalten.

Der dicke Papadopoulos musste Derek beim Aussteigen helfen. Der Maschinist war sichtlich erschöpft. Genauso offensichtlich war aber sein Wille, sich nichts anmerken zu lassen. Er sank auf einer Werkzeugkiste zusammen und ließ es geschehen, dass Cooper und Papadopoulos ihm aus dem Anzug halfen.

Butch hatte den seinen in einer unwirschen Geste von sich geschleudert.

»Leck mich am Arsch«, dröhnte er. »Ist das ein gottverdammter Scheiß da draußen!«

Er sah sich gierig auf dem Deck um, bis er in einem Winkel die Biervorräte der Techniker entdeckte. Clarke beeilte sich, ihm eine Flasche zu bringen, die er in einem Zug leerte.

»Ein Irrgarten ohne Wände«, rülpste er. »Aber man verläuft sich doch.«

Er blies die Luft aus und zog geräuschvoll die Nase hoch.

»So was ist mir in meiner ganzen Laufbahn nicht passiert. Zwei verdammte Stunden lang haben wir tatsächlich geglaubt, wir finden nicht zum Schiff zurück.«

»Jetzt seid ihr da«, sagte Nola warm, die mit Hingabe an der Seite des Kommandanten stand.

Butch wies Clarke, die verschmiert von Rotz und Tränen war, mit herrischer Geste an, ihm eine zweite Flasche zu bringen. Es war ein leichtes Cidre-Bier mit niedrigem Alkoholgehalt. Aber es schien ihm vorzüglich zu schmecken.

Gemeinsam gingen sie nach vorne auf die Brücke, die kurzerhand zum Besprechungszimmer umfunktioniert wurde. Nur Derek und Cooper blieben auf dem Maschinendeck zurück.

Butch begrüßte Guardes wie der Lokalmatador den Vorsitzenden seines Fanklubs.

»Na, Alter! Hättest nicht gedacht, mich noch mal zu sehen zu kriegen!«

Der Navigator schmunzelte. »Man soll den Tag nicht vor dem Abend loben.«

Der Kommandant ließ sich schwer in den Sessel des Hauptbedienplatzes fallen.

»Das ist ein verrücktes Zeug. Du fliegst in einer Richtung weg, und kommst aus der anderen wieder an.«

Er stieß einen Schwall Kohlesäure aus. Dann sah er listig von einem zum anderen.

»Aber ihr könnt von mir halten, was ihr wollt. Da oben war es heller als hier!«

»Mehr Sterne als hier?« Morton winkte demonstrativ in Richtung der großen Panoramafront, wo sich nur wenige trübe Lichtflecke von der saugenden Finsternis abhoben.

»Viel mehr.« Der Kommandant nickte. In seinen Augen glühte noch immer die Begeisterung über den geglückten Coup. Er wusste: Das würde ihm so schnell niemand nachmachen! »Und klarer!«

»Das ist unmöglich.« Es war der Navigator, der Butch Wasser in den Wein goss.

»Warum?«, schnauzte der Kommandant.

»Weil es hier kein unten und oben gibt.«

»Die Instrumente haben es registriert.«

»Ich werde die Protokolle lesen.«

Guardes vertiefte sich in die Daten, die vom Shuttle auf das Mutterschiff herübergeladen worden waren.

Butch verfolgte das Ganze mit der Miene eines Religionsstifters, der nicht von Häretikern verschont bleibt. »Es war wie beim Tauchen, wenn man sich der Oberfläche nähert und langsam wieder Sonnenlicht zu sehen ist.«

»Fliegen wir hin!« Manuels Vorschlag war ebenso schlicht wie entwaffnend.

»Aber wohin?«, fragte Morton. »Guardes hat recht, und Butch hat es selbst gesagt. Es gibt keine verlässlichen Richtungen da draußen.«

Der Kommandant schob das alles mit einer einzigen Bewegung beiseite.

»Wir haben die Protokolle des Shuttles. Und falls Guardes so freundlich ist, im Lichte unserer Erfahrungen noch einmal einen Blick zu riskieren ...«

Der Navigator hatte das Studium der neuen Daten abgeschlossen.

»Licht ist ein gutes Stichwort.«

»Was heißt das?«

»Ich wurde geblendet. Schon vergessen? Deshalb sind wir hier!«

Butch machte das Gesicht eines Mannes, der mit dem Elan, der Opferbereitschaft und dem Enthusiasmus eines ganzen Lebens auch nicht einen Millimeter weitergekommen war.

»Wir brauchen die Detektoren«, wandte Morton ein.

»Es ist zu kompliziert, es dauert zu lange, es ist gefährlich.« Die Sektlaune des Kommandanten drohte sich endgültig zu verflüchtigen.

»Wir können improvisieren«, sagte Guardes. Plötzlich war er es, der die Initiative übernahm.

»Mach eine Aufstellung!« Auch Manuel ließ sich anstecken. »Eine Minimalliste.«

»Was willst du tun?«, fragte Nola. »Derek übertrumpfen?«

»Aus Fehlern lernen, heißt nicht, sie zu wiederholen!« Es kam eine Spur zu großartig heraus. Aber er versuchte, das jungenhafte Grinsen dabei zu produzieren, von dem er wusste oder zu wissen meinte, dass sie es einmal gemocht hatte.

»Männer«, sagte Nola nur und wandte sich Hilfe suchend ab.

»Es könnte funktionieren«, überlegte Morton. »Guardes?«

»Schon bei der Arbeit!«

»Was machst du?«, fragte Clarke.

»Ich habe da so eine Idee!«

Sie gingen wieder zum Maschinendeck. Hinter ihnen sank Guardes' Liege in eine waagerechte Position, und der Navigator verband sich mit den Systemen der *Scardanelli*. Als sie bei den Hangars ankamen, sprangen die Manufaktoren an und begannen mit der Herstellung der Teile, die Guardes in der Zwischenzeit in Auftrag gegeben hatte.

Eine Stunde später war der Schlitten, eine drei Meter lange, zwei Meter hohe und ebenso breite Konstruktion aus intelligentem Polymer, fertig. Zur einfacheren Montage ruhte sie auf Kufen aus demselben Material. Aber der eigentliche Körper bestand aus einem länglich runden Gitter, an dem überall Detektoren befestigt wurden.

»Ich brauche Rundumsicht«, hatte der Navigator dazu bemerkt. »Aber wer sagt eigentlich, dass die Sensoren direkt am Rumpf des Mutterschiffs befestigt sein müssen?!«

Die Manufaktoren stießen Neutrinodetektoren, Gravitonen-Resonatoren, Quantenfeldscanner, Radarmesser und Infrarotaugen aus, zwölf Stück von jeder Sorte. Damit wurde der Schlitten bepackt, bis die künstliche Schwerkraft auf dem Maschinendeck reduziert werden musste, damit die luftige Konstruktion nicht unter ihrem Eigengewicht zusammenbrach. Clarke und Papadopoulos schufteten, bis sie kaum noch konnten. Cooper und Manuel führten die Selbsttests der neuen Geräte durch und verdrahteten sie. Derek war für den Schlitten als solchen zuständig. Nola und Morton stellten an einem anderen Manufaktor eine reißfeste, mit ultradichter Glasfaser gespickte Nabelschnur her. Sie wurde am Vorderende des Schlittens befestigt und über mehrere Umleitungen, die möglicherweise auftretende kinetische Energie absorbieren sollten, mit den Bordsystemen des Mutterschiffs verbunden.

Dann stand das Gefährt da, das wackelig und zerbrechlich wirkte. Es trug ähnlich viele Instrumente wie ein mittelgroßes Schiff.

Guardes ließ sich mit den einzelnen Einheiten verbinden und gab dann das Go. Der Schlitten wurde an die Heckklappe bugsiert und ausgeschleust. Dann schwebte er langsam von Bord, wobei er gerade genug Schwung bekam, um weiter nach hinten in die wattige Finsternis zu gleiten, bis sich die Nabelschnur straffte.

»Hundert Meter«, sagte Nola. »Das gibt ihm eine Windrose von 350 Grad. Und er hat noch die eigenen Sensoren auf der Backbordseite.«

»Ich komme klar, Schätzchen«, drang Guardes' Stimme aus den Deckenlautsprechern. »Woll'n doch mal sehen?«

Einige Sekunden vergingen, während derer der Navigator die gewaltigen Datenströme auf den Hauptrechner der *Scardanelli* legte und sie ihrer ungewohnten Perspektive entsprechend uminterpretierte.

»Es werde Licht!«

Keiner der Techniker und Offiziere, die plötzlich etwas verloren auf dem Maschinendeck herumstanden, wagte es, ein Wort zu sagen.

»Autsch, ist das hell!« Guardes' Stimme klang gequält.

»Kannst du es nicht herunterregeln?«, rief Manuel.

»Danke, Junge. Darauf wäre ich nicht gekommen.«

»Was siehst du«, fragte Morton.

»Ich *sehe* Licht«, sagte der Navigator gespreizt. »Ehrlich gesagt bin ich noch dabei zu überlegen, was das genau bedeutet.«

»Welche Quelle«, hakte der Erste Offizier nach. Seit Butchs Rückkehr hatte er wieder zu dem gewohnten geschäftsmäßigen Ton zurückgefunden. Er schien froh zu sein, in dieser kritischen Situation nicht das Kommando übernehmen zu müssen.

»Neutrinos.« Guardes schien die Frequenzbänder abzustimmen. »Auch Alphastrahlung.«

»Von wo?« Morton nahm den Navigator ins Verhör.

»Herrgott noch mal! Es gibt hier kein *Wo*. Wie oft soll ich das noch sagen?«

»Selbstverständlich gibt es Richtungen. Nimm das Schiff als Bezugspunkt. Die Detektoren weisen nach oben und unten, vorne und hinten, backbord und steuerbord. War das alles umsonst?«

»Leck mich, Mortimer«, grunzte Guardes. »Wenn ich Belehrungen brauche, rufe ich meine Mutter an.«

Aber dann schien er sich doch zu besinnen und die Daten auf ein dreidimensionales Vektorsystem zu übertragen.

»Vorne rechts«, sagte er irgendwann. »Wenn ihr es partout so haben wollt.«

»Brav«, nickte Morton.

»Das ist die Ecke, an der aber auch wirklich alles im Arsch war!«

»Flieg darauf zu.«

»Bist du bescheuert?«

Alle Blicke, die während der Unterhaltung auf Morton geruht hatten, nahmen einen betroffenen Ausdruck an.

»Flieg auf die Lichtquelle zu. Und erzähl mir nicht, dass es kein optisches Licht ist!«

»Klärst du mich auf?«

»Ich habe da so eine Theorie?«

»Damit kann ich nichts anfangen.«

»Ich denke, dass wir im Grunde schon mit einem Bein außerhalb des Menger-Schwamms sind.«

»Das geht nicht, man ist drin oder draußen ...«

»Vielleicht sogar mit anderthalb.«

»Du lässt dich nicht aus dem Konzept bringen. Sehr gut.«

»Wirf den Reaktor an.«

»Ist das ein Befehl?«

Morton warf Butch einen eindringlichen Blick zu. Der Kommandant hob die runden Schultern. »Keine Ahnung, was ihr vorhabt. Aber wenn Morton meint.«

»Na dann nehmt mal alle schön eure Plätze ein.«

Die Techniker suchten ihre gesicherten Positionen auf dem Maschinendeck auf, wo sie sich in die Sitze pressten, die von Gurten aus modifizierter Gravitation überwölbt wurden. Die Brückencrew marschierte abermals nach vorne. Unterwegs spürten sie, wie mit tiefem Brummen der Hauptreaktor der *Scardanelli* angefahren wurde. Das Schiff bebte und zitterte unternehmungslustig.

Als sie auf die Brücke einbogen, flimmerten schon die dreidimensionalen Displays vor ihren Plätzen. Es war wie an Weihnachten. Für jeden lag ein persönliches Geschenk bereit. Morton nahm den Platz des Ersten Offiziers ein. Er beugte sich über die Darstellung.

»Ich sehe, du hast verstanden.«

»Die Idee ist gut«, sagte Guardes. »Jetzt müssen wir sehen, ob es funktioniert!«

Wenige Augenblicke später flogen sie in eine Raumregion ein, die die Instrumente des Schiffes als Einsteinmatrize identifizierten.

»Das war's?«, grunzte Butch ungläubig, als er die Schwerkraftgurte abschaltete, die er erst Minuten zuvor aktiviert hatte.

»Wenn man die Lösung hat, ist es meistens ganz einfach.« Der Erste Offizier rekelte sich selbstgefällig in seinem Sessel.

»Mach nicht den Klugscheißer, Mortimer«, drohte der Kommandant.

»Er hat recht«, kam Guardes Morton zu Hilfe. »Wir haben Einsteinbedingungen. Als Navigator bin ich raus. Schöne Nola, du übernimmst!«

Die Unterlichtpilotin zauberte ein Lächeln auf ihr müdes Gesicht. »Aye, Guardes. Guter Job!«

Butch stand mit einem Ruck auf.

»Als Kommandant bin ich raus«, äffte er. »SCARDY, du übernimmst.«

Die Anzeige am großen Schirm sprang um, als die Bordintelligenz die Kontrolle über die *Scardanelli* in ihre eigene Verantwortung übertrug.

»Um die Fußnoten kümmern wir uns morgen«, gähnte Butch. »Acht Stunden Freizeit.«

Dagegen hatte niemand etwas einzuwenden. Die Brücke leerte sich so schnell wie ein Schulhof bei Ferienbeginn.

Mit wohligem Seufzen liefen die Reaktoren aus. Das Schiff dehnte sich schläfrig. Es war nach allen Richtungen von unfassbar vielen Sternen umgeben.

Zweiter Teil: Der Kristall

Er zog die Tür hinter sich zu und setzte sich auf die Bettkante. Die schwerkraftgesteuerte Matratze war noch ausgeschaltet und hart wie ein Brett. Gedankenverloren zog er Schuhe und Uniform aus. Dann saß er in dem selbstregulierenden Unterzeug da und starrte vor sich hin. Die Müdigkeit war übermächtig. Aber er wusste, dass er lange keinen Schlaf finden würde. Die Ereignisse der letzten 36 Stunden waren viel zu aufwühlend gewesen.

Auf der kleinen Ablage neben dem Kopfende hatte sich das Holo aktiviert, als er hereingekommen war. Das Bild, das Nola und er auf Luna III aufgenommen hatten, am Tag, nachdem sie zusammengekommen waren. Sie standen nebeneinander, er in Boxershorts, sie im verführerischen Bikini. Wie unglaublich schön sie war!

Wie er es vorausgesehen hatte, schlief er lange nicht ein. Sowie er die Augen schloss, narrte ihn die Empfindung des Schwindels, der sein Organismus während der zahlreichen Gravitationsanomalien ausgesetzt gewesen war. Und als er irgendwann aus schierer Übermüdung einnickte, fuhr er sofort wieder hoch, weil sein Unbewusstsein ihm Bilder der blutverschmierten Nastow und Guardes präsentierte.

Die Blase begann zu drücken. Das war ein gutes Zeichen. Sein Körper hatte die Folgen des Kryoschlafs verarbeitet, der hauptsächlich die Nierenfunktion beeinträchtigte. Andererseits war es lästig, denn er musste aufstehen und auf den Gang hinaus. Nur die Kabine des Kommandanten verfügte über eine eigene Nasszelle. Alle übrigen Crewmitglieder mussten sich eine teilen, die sich am Mittelgang, schräg gegenüber von Küche und Messe befand. Aber vielleicht war es auch kein Fehler, noch einmal hinauszugehen und die im Halbschlaf drohenden Traumgesichte abzuschütteln.

Die lange Unterwäsche erwärmte sich selbsttätig, als er die Decke zurückschlug und auf den Gang hinaustrat. Das Schiff lag in tiefem Frieden. Er tappte zum Sanitärbereich. Clarke kam ihm entgegen, nahm aber keine Notiz von ihm, als sie sich auf dem schmalen Mittelgang aneinander vorbeidrückten. Er ging auf die Toilette und urinierte. Es brannte immer noch, aber nicht mehr so schlimm wie unmittelbar nach dem Wecken.

Plötzlich stutzte er. War das wirklich Clarke gewesen, die er gesehen hatte? Die kleine, hagere Sondentechnikerin war barfuß, nur mit einem Slip und einem verwaschenen Sport-BH bekleidet, das Bündel ihrer sonstigen Sachen vor die Brust gepresst, an ihm vorbeigeschlichen. Wo war sie hergekommen? Oder war es eine Erscheinung gewesen? Hatte seine übernächtigte und überreizte Psyche ihm einen Streich gespielt? Er hätte nicht mehr zu sagen vermocht, ob die Begegnung sich in der Realität oder nur in seiner Fantasie abgespielt hatte.

Er trank kaltes Wasser und wusch sich das Gesicht. Dann machte er sich auf den Rückweg zu seiner Kabine. Wo der Gang zu den Offiziersunterkünften abzweigte, wäre er beinahe in Nola hineingelaufen. Auch sie war barfuß, trug nur Uniformhose und das sensorielle Oberteil, während sie Schuhe und Jacke in der Hand hatte. Das ging ja zu hier wie in einer Jugendherberge!

»Wo kommst du her?«, fragte er verschlafen.

»Geh ins Bett, Manuel.« Sie wollte sich an ihm vorbeischieben, aber er versperrte ihr den Weg.

»Stimmt es doch, was alle sagen?«

»Ich bin sehr müde.«

»Warst du bei ...« Der Richtung nach, aus der sie kam, konnte es nicht anders sein. Aber er brachte den Namen nicht über die Lippen.

»Lass das jetzt, ja?« Sie drückte ihm einen flüchtigen Kuss auf die Wange, ging an ihm vorbei und verschwand in ihrer

Kabine. Er konnte sogar hören, wie sie die Schuhe zu Boden fallen ließ.

Er fand zu seinem eigenen Zimmer, das ihm in seiner Leere unanständig geräumig vorkam. Während der Ausbildungsflüge hatten sie sich eine Sechserkabine teilen müssen, deren Grundfläche kaum mehr als zwei Meter im Quadrat betragen hatte. Dreistöckige Betten, winzige, in die Wand integrierte Fächer, man durfte genau zwei Kubikdezimeter an persönlichen Gegenständen mitnehmen. Es war eng wie auf einem U-Boot aus dem Zeitalter der Weltkriege, und die Gespräche der zusammengepferchten jungen Männer drehten sich unermüdlich um ein einziges Thema. Verglichen damit war selbst eine Einmann-Kabine auf einem klapprigen Prospektor wie der *Scardanelli* purer Luxus!

Am nächsten Morgen, die Borduhr zeigte sieben Uhr, fanden sich alle mehr oder weniger erholt und ausgeschlafen in der Messe ein. Die Syntheks fauchten und spien, was die Rohstoffe für Kaffee, Orangensaft und »frische« Brötchen hergaben.

»Und was war nun so schwer«, fragte Butch gerade, als er in die Messe kam.

Nola lächelte ihm zerstreut zu und reichte ihm einen Thermobecher. Er vermied es, sie auf die nächtliche Begegnung anzusprechen. Inzwischen kannte er sie auch gut genug, um zu wissen, dass sie selbst das Ereignis niemals von sich aus zur Sprache bringen würde. Also warum darauf herumreiten?

Er drückte sich an Morton vorbei und programmierte den ihm am nächsten stehenden Synthetisator darauf, ein Butterhörnchen und eine Portion Orangenmarmelade herzustellen.

»Die Frage ist eher: Warum ging es plötzlich so leicht?« Derek hatte einen riesigen Berg fettiger Würstchen und Rühreier vor sich aufgetürmt, den er sich nun mit schlingenden Geräuschen einverleibte.

Alle Blicke richteten sich auf den Ersten Offizier, der aber unbeteiligt tat und liebevoll sein Roastbeef mit Petersilienblättern garnierte.

»Das kann Guardes, glaube ich, besser erklären«, sagte er, nachdem er hineingebissen hatte, mit vollen Backen.

Der Navigator befand sich zwar auf der Brücke, wenn auch in Wachposition, nahm aber über das Bordsystem an der Frühstückunterhaltung teil.

»Aye«, kam seine gut gelaunte Stimme über die audiovisuelle Leitung. »Mortimer hatte wie immer recht. Wir waren die ganze Zeit hautnah dran.«

»Woran hat es gelegen?« Butch kratzte sich am Kopf. Sein Haar stand wirr in alle Richtungen. Er hatte zwar geduscht, offenbar aber keinen Sinn dafür gehabt, sich vernünftig abzutrocknen und zu kämmen.

Manuel suchte sich einen freien Platz an dem winzigen Tisch und begann seinen Kaffee zu schlürfen. Dann widmete er sich seinem Hörnchen und der Marmelade.

»Strahlungswind«, sagte Guardes schlicht.

»Aha.« Wie alle anderen mampfte auch der Kommandant mit gutem Appetit.

»So etwas wie ein Sonnenwind«, führte Guardes auf der Brücke weiter aus. Vor sich hinkauend hörten ihm alle zu und hatten die Blicke dabei auf den Monitor geheftet, als studierten sie über ihr Frühstück hinweg die Sportnachrichten oder die Börsenkurse.

»Hier ist weit und breit keine Sonne«, wandte Nola ein.

»Etwas in der Art, schöne Nola.« Guardes konnte es nicht lassen, mit der attraktiven Pilotin zu scherzen. »Die genaue Zusammensetzung muss ich in einer ruhigen Minute noch analysieren.«

»Eine Schockfront«, riet Nola. »Wie nach einer Nova?«

»Eine Dimensionsfront, an der zwei verschiedene Physiken aufeinanderprallten. Die eine Seite wollte uns ausstoßen. Der Austritt aus dem Schwamm erfolgt normalerweise ganz glatt.

Wobei ich in diesem Kreis nicht darauf hinweisen muss, dass es keine Seiten gibt und dass da auch nichts weht. Es waren zwei grundverschiedene *Arten* von Kräften, die sich just dort die Waage hielten.«

»Schon verstanden. In deinem nächsten Leben wirst du Dozent auf Athena.«

»Vielen Dank, schöne Nola. Ich buche das als Kompliment.«

»So war es auch gemeint!«

»Dann ist jetzt alles gut?« Butchs Bemerkung hing zwischen Frage und Feststellung, wie die *Scardanelli* 36 Stunden lang zwischen Menger-Schwamm und Einsteinmatrize gehangen war. Er stopfte sich noch einen der Panzerplattenkekse in den Mund und begann krachend darauf herumzubeißen.

»Wir sind im Normalraum«, sagte Guardes schlicht.

Die Nüchternheit dieser Antwort ließ Manuel aufhorchen.

»Wir sind dort, wo wir hinwollten«, grunzte Butch kategorisch. »Plus – minus!« Über den ausgestreckten Daumen hinweg peilte er mit einem Auge ins Ungefähre.

»Der Horizont ist frei.« Auf seiner Liege produzierte der Navigator sein Äquivalent eines Kopfnickens.

»Wunderbar!« Der Kommandant stürzte ein Glas Wasser hinunter.

»Was tun wir als Nächstes?«, fragte Guardes.

Nola hatte ihr Frühstück beendet und die Überreste in den Recyclingschacht geschoben.

»Ein Strahlungswind, sagst du?« Sie erhob sich und strich die blendend weiße Uniform glatt.

»Etwas in der Art«, antwortete Guardes. »Die partikuläre Zusammensetzung kann ich dir draußen auf den Schirm geben.«

»Sind wir ihm immer noch ausgesetzt?« Die Pilotin drückte sich an Mortons und Dereks Rücken vorbei und schickte sich an, die Messe in Richtung Brücke zu verlassen.

»Selbstverständlich!«

»Und wo kommt er her?«

Die beiden setzten die Unterhaltung fort, während Nola die wenigen Schritte zu ihrem Arbeitsplatz zurücklegte. Die anderen folgten dem Gespräch weiter vom Frühstückstisch aus.

»Das, schöne Nola«, sagte Guardes gerade, »das ist deine Aufgabe für heute!«

Sein riesiger Schädel füllte den Monitor der audiovisuellen Übertragung vollständig aus. Manuel versuchte, in den aufgedunsenen Zügen des Navigators etwas zu erkennen. Und er fand, dass der völlig verunstaltete Mann, der physisch gesehen das Opfer seiner Profession geworden war, endlich zufrieden aussah. Nola hatte die Frage gestellt, auf die er die ganze Zeit gewartet hatte.

Nach und nach fanden sich alle auf der Brücke ein. Butch hatte sich noch einen Vorrat an Keksen in die Brusttasche seines Dienstpullovers gesteckt, auf die er von Zeit zu Zeit krachend biss. Morton nahm den Platz des Ersten Offiziers ein. Manuel vertiefte sich in den Zustand der Systeme. Es war besorgniserregend. Die *Scardanelli* hatte sich waidwund, wie ein angeschossenes Tier, mit gebrochenen Läufen und einem ausgestochenen Auge aus dem Mengerraum geschleppt und lag nun hier und leckte ihre Wunden.

Was die Selbstreparaturroutinen bewerkstelligen konnten, hatten sie während der letzten Stunden getan. Auch Guardes war die halbe Nacht auf den virtuellen Beinen gewesen, um den Dateiensalat und das Programmwirrwarr zu bändigen. Die Systeme waren so weit stabil. Die Software des Schiffes funktionierte, auch wenn sie auf kaum noch 40% ihrer ursprünglichen Kapazitäten lief. Eigentlich hätte man eine Werft anfliegen und ein komplett neues System aufspielen müssen, nicht ohne vorher eine Wagenladung an Prozessoren und Speicherplatten auszutauschen. Aber sie lagen in einer Raumregion, die um das Doppelte ihrer normalen

Reichweite von der Hegemonie entfernt war und in der vermutlich seit dem Hegemoniekrieg kein menschliches Schiff mehr gekreuzt hatte – wenn überhaupt!

Noch wesentlich schlimmer sah es bei der externen Hardware aus. Fast alle Sensoren waren beschädigt oder zerstört. Derek hatte sich unmittelbar nach dem Frühstück aufs Maschinendeck begeben, um einen Wartungsausstieg vorzubereiten. Der improvisierte Schlitten aus Polymergestänge war an seiner intelligenten Nabelschnur um das Schiff herum dirigiert worden und lag nun längsseits zu den großen Angeln und Auslegern am Bug der *Scardanelli*. Derek stieg über die Personenschleuse aus und begann damit, die neuen Detektoren anzubringen, während Cooper in der Schleusenkammer saß und überwachte, wie die Instrumente nach und nach online auf den Bordrechner gingen. Das konnte noch eine ganze Weile dauern, vermutlich sogar mehrere Tage. Aber mit jedem Gerät, das angeschlossen wurde, verbesserte sich das Bild, das sie von ihrer Umgebung hatten.

»Also Kinder, was habt ihr für mich?« Butch hatte es nicht lange am Hauptbedienplatz ausgehalten. Solange das Schiff auf Stand-by war, war es auch nicht erforderlich, die Schwerkraftgurte zu aktivieren. Also war er wieder aufgestanden und stiefelte nun, die Hände in Goldgräberstimmung reibend, auf der Brücke herum.

»Schwer zu sagen.« Morton wand sich, wo es darum ging, eine hieb- und stichfeste Aussage zu formulieren.

»Was ist los?«, rief der Kommandant übermütig. »Wir haben Einsteinstatus, wir haben Telemetrie!« Er feixte wie ein Vater, der seinem Sohn im Übermut ein Spielzeug kaputtgemacht hatte: »Okay, ich gebe zu, das Schiff ist ein bisschen ramponiert. Aber die technische Crew ist dran. Nicht wahr, Derek!«

Der Maschinist, der zwanzig Meter vor ihnen in schweren Magnetschuhen auf dem Vorderdeck stand, reckte über die Schulter hinweg den rechten Arm in die Höhe und fuhr den Daumen aus. Dann konzentrierte er sich wieder auf die Montage eines neuen Neutrino-Detektors.

»Wo sind wir?« Butchs überbordend gute Laune erhielt einen winzigen ersten Kratzer. »Warum dauert das alles so lange?«

»Bis die Außenarbeiten abgeschlossen sind, können wir sowieso nichts unternehmen«, sagte Nola ausweichend.

»Ihr sollt mich nicht hinhalten«, knurrte Butch.

Sie zuckten ein wenig zusammen. Alle wussten, dass die euphorischen Zustände des Chefs nicht nur selten waren, sondern auch trügerisch und brüchig. Von einem Moment auf den anderen konnten sie sich zu einem handfesten Tobsuchtsanfall entwickeln.

Morton beeilte sich daher, Meldung zu machen.

»Es ist so, Butch«, sagte er, wobei er sich in seinem schwerkraftgefederten Sessel nach hinten drehte, da der Kommandant gerade im Mittelgang auf und ab marschierte. »Wir haben noch keine abgeschlossene Telemetrie, weil ...«

»Ja, ich weiß«, grollte Butch. »Weil wir warten müssen, bis alle Detektoren ausgetauscht und online sind.« Er beschrieb mit der rechten Hand eine kreisförmige Bewegung, als drehe er wie verrückt an einer Kurbel. »Weiter!«

»Nichts weiter«, sagte Nola. »Und ich glaube übrigens auch nicht, dass es an den Detektoren liegt.«

»Was?«, blaffte der Kommandant. »Ich will wissen, ob wir die Zielkoordinaten erreicht haben, Herrgott! Ihr habt sie ja nun mit vereinten Kräften aus mir rausgeleiert!«

»Negativ«, sagte die Pilotin für den Unterlichtflug beharrlich. »Wir haben Positionsdaten. Demnach sind wir noch circa drei Komma sechs AE spinwärts von den Koordinaten, die deine Quelle dir genannt hat!«

»Dann nichts wie hin.« Butch sah aus, als wolle er mit einem Hechtsprung den Stuhl des Kommandanten einnehmen.

»Leider negativ!«

Manuel begann Nolas Mut zu bewundern. Einem derart aufgekratzten Butch wieder und wieder in den Arm zu fallen, hätte er sich nicht getraut, mochte die Datenlage sein, wie sie wollte.

Freilich hatte er Nola beim Scan der Datenlage virtuell über die Schulter gesehen und wusste daher, worauf sie hinauswollte.

»Wir haben nur rund 85% der Telemetriedaten, die wir haben müssten.«

»Was heißt das?«, fragte Butch dann endlich gequält.

»Wir sehen 15% weniger Sterne, als wir eigentlich sehen sollten«, erklärte Guardes. »Quasare und sonstige externe Fixpunkte mit einbezogen.«

Der Navigator war wach und saß hoch aufgerichtet auf seiner Liege. Ein kleines Frühstück aus Milch und Keksen war in seinem formlosen Leib verschwunden. Teile davon klebten in Form von Krümeln noch auf seiner Brust. Er hatte eine gewöhnliche Datenbrille übergezogen, wie auch Manuel sie benutzte, und beteiligte sich an der Interpretation der Sachlage.

»Ich bin auch nicht hier, um Astronomie zu treiben«, brüllte Butch, mit dessen guter Laune es definitiv vorbei war.

»Darum geht es nicht«, warf Nola ein.

»Die Daten werden ja wohl reichen, um zu navigieren«, herrschte der Kommandant sie an, der sich direkt an seine Unterlichtpilotin wandte, als bereite sie die nächste Meuterei vor.

»Wir haben Probleme, die herrschende Physik zu interpretieren«, sagte sie, ohne sich aus der Ruhe bringen zu lassen.

»Immer noch diese Menger-Scheiße?!«

»Es tut mir leid, Butch. Du musst deine Ungeduld noch ein paar Stunden im Zaum halten!«

Der Kommandant atmete einige Male tief durch. Nolas unaufgeregte Art hatte ihm den Wind aus den Segeln genommen.

Morton nutzte die Pause, um zur sachlichen Analyse zurückzukehren.

»Offenbar haftet dem umgebenden Raum noch ein Rest an Menger-Physik an.«

Butch reagierte nicht, woraufhin der Erste Offizier einen Frosch im Hals hinunterschluckte und mit der Meldung fortfuhr.

»Ein Teil des Lichtes, das uns erreichen sollte, wird von irgendetwas absorbiert.«

»Wovon?«, fragte Butch schnell.

»Das können wir noch nicht sagen.«

»Ist es gefährlich?«

»Sorry, Chef, aber ...«

»Ist gut, Mortimer.« Nach zwei weiteren Runden den Mittelgang hinauf und hinunter blieb er stehen, als sei ihm der rettende Einfall gekommen. »Hat es was mit diesem Strahlungswind zu tun?«

Mortimer seufzte.

»Möglicherweise«, sagte er gedehnt, während er demonstrativ zum Bug hinaussah, wo Derek gerade einen weiteren scheinwerferförmigen Gravitonen-Resonator installierte.

»Verstehe«, seufzte Butch resigniert.

»Was den Strahlungsdruck angeht«, warf Guardes sich wieder in die Bresche, »könnten wir die Zeit ja nutzen, dieses Phänomen ein wenig unter die Lupe zu nehmen.«

Butch presste Daumen und Zeigefinger der rechten Hand auf seine Tränendrüsen und blinzelte dann einige Male, als sei ihm etwas ins Auge geflogen.

»Ja«, sagte er müde.

»Es ist ein starker und auffallend gleichmäßiger Partikelstrom einer nicht leuchtenden Quelle.«

»Neutronenstern«, riet Nola. Ihr war deutlich anzusehen, dass sie sich unbehaglich fühlte bei der Vorstellung, im Umfeld einer kollabierten Sonne zu navigieren.

»Könnte sein«, sagte Guardes ausweichend. Er hatte die Datenbrille abgezogen und sah mit seinen ozeanblauen Augen von einem zum anderen.

»Was seltsam ist«, führte er weiter aus, »ich habe zwei deutliche Anomalien in der Spektrometrie.«

»Spektrallinien?«, fragte Butch.

»Unterhalb des optischen Bereichs«, sagte Guardes. »Die Quelle ist dunkel. Aber im Prinzip vergleichbar.«

Er ließ eine künstlerische Pause eintreten.

»Und?« Der Kommandant antwortete eher pflichtgemäß. Er war in Gedanken nicht bei der Sache.

»Es sind Hinweise auf hochenergetische Ionen. Und zwar Isotope von Silizium!«

»Ja?« Butch schien aufzuhorchen.

»Und Exonium!«

»Ha!« Der Kommandant war hellwach. Er schlug die zur Faust geballte Rechte krachend in die Linke. »Ich habe es euch doch gesagt!« Er blickte wild um sich. Am liebsten hätte er »Segel setzen!« geschrien oder am besten selbst an irgendeinem Tau zu zerren begonnen.

»Exonium!«, donnerte er. »Der Tipp war echt!«

Nola und Morton tauschten einen Blick. Also hatte der Chef doch nicht so ganz daran geglaubt.

»Derek«, schrie er außer Rand und Band in die externe Verbindung, »wie lange brauchst du noch da draußen?!«

»Zwei Stunden, Minimum. Und dann müssen wir erst noch die Tests drüberlaufen lassen.«

»Mach hin, Mann!«

»Ich tue, was ich kann.« Der Maschinist hatte sich auf dem Vorderdeck aufgerichtet und neugierig zur Brücke hingesehen. »Ist es ernst?«

»Todernst«, brüllte Butch. »Sowie du deinen Krempel verschweißt hast, fliegen wir zu Ali Babas Höhle!«

Raumkoordinaten erschienen auf dem großen Schirm sowie auf allen individuellen Monitoren. Ein Blick genügte, um zu erkennen, dass es die Daten waren, die Butch ihnen auch schon mündlich genannt hatte. Nur dass sie wesentlich präziser waren, auf Bogengrad und -minute genau.

»Bitteschön«, grunzte Butch. »Dieser Tipp hat mich meine letzten verbliebenen Rentenpapiere gekostet. Wenn er faul war, brauche ich gar nicht erst nach Hause fliegen.«

Es war Morton, der sich als Erster ein Herz fasste, wie es seinem Rang als Erster Offizier zukam.

»Es tut mir leid«, sagte er mit hörbarem Frosch im Hals. »Aber da ist nichts.«

Der Kommandant wischte auch diesen Einwand weg.

»Diese Daten«, sagte er herablassend, »haben einen langen Weg hinter sich, bis sie vor euch erscheinen können. Ich gehe nicht davon aus, dass sie auf die Sekunde stimmen!«

»Ein Parsek hin oder her«, schmunzelte Guardes in dem Versuch, das ganze ins Lächerliche zu ziehen.

Niemand ging darauf ein.

»Da ist *weit und breit* nichts«, sagte Nola betreten, als sie von ihrer Anzeige aufsah.

»Papperlapapp«, machte Butch nur. »Dieser Strahlungswind muss doch irgendwo herkommen!«

Er stemmte die Fäuste in die Seite und sah demonstrativ auf seine Untergebenen herab, die sich eingeschüchtert wieder in ihre Konsolen verkrochen.

»Negativ«, seufzte Morton nach qualvollen Sekunden. »Die Quelle ist dunkel, und ich glaube ehrlich gesagt nicht, dass es sich um ein punktförmiges Datum handelt.«

»Eine grobe Richtung?«, riet der Kommandant genervt.

»Natürlich«, beeilte der Erste Offizier sich zu sagen. »Und wenn wir deine Daten dagegen projizieren ...«

»Es ist ein verdammt großes Raumgebiet, da draußen«, warf Nola ein. »Bei konventionellem Antrieb können wir jahrelang herumsuchen.«

»Die Strahlungsquelle dürfte eher feldförmig sein.« Guardes schaltete sich wieder in die Diskussion ein. »Ich könnte mir vorstellen, dass es eine Art Dunkelwolke ist, die von einer dahinter liegenden Energieemission aufgeheizt und angeregt wird.«

»Fliegen wir hin!«, sagte Butch.

»Diese Strahlung ist hochenergetisch«, wandte Nola ein. »Sie war stark genug, uns gegen die herkömmliche Physik in den Mengerraum zu drücken.«

»Ja«, rief Butch vergnügt. »Und genau in diese Richtung wirst du uns jetzt bringen, Schätzchen.«

»Ich bin nicht dein Schätzchen«, knurrte sie.

Manuel hatte sich wieder in die Daten der Spektrometrie und Telemetrie vertieft. Ohne, dass er bewusst in diese Richtung gedacht hätte, kam in seinem Kopf plötzlich ein Gedanke auf. Eine ganz bestimmte Unterrichtseinheit auf der Akademie stand vor seinem geistigen Auge. Es war, wie wenn ein massives Programm sich entpackt und hochkomplexe Darstellungen und Abläufe zu emendieren beginnt.

»Ahm«, sagte er und ärgerte sich darüber, wie heiser seine Stimme klang. »Ich will ja wirklich nicht als Miesmacher dastehen, Chef.«

»Was hast du, mein Junge«, sagte Butch in übertrieben väterlichem Ton. »Nachdem alle mir in den Rücken gefallen sind, nun auch noch du?«

»Es ist nur so«, brachte Manuel hervor. »Wenn ich dieses Spektrum sehe: Silizium und Exonium.«

»Ja?!«

»Dann denke ich an eines.«

Aus dem Augenwinkel sah er, wie die anderen hellhörig geworden waren. Aber er hielt den Blick fest auf den Kommandanten gerichtet.

»Hondh!«

Auf dem Maschinendeck ging es zu wie in einer Fabrikhalle. Pausenlos stießen die Manufaktoren neue Sensoren und Detektoren aus. Clarke und Papadopoulos kamen kaum nach damit, Cooper die Kennungen durchzugeben und sie dann auszuschleusen. Inzwischen hatten sie drei, jeweils mehrere Hundert Meter lange intelligente Nabelschnüre erzeugt, die sich an Steuer- und Backbord sowie unter dem Rumpf der *Scardanelli* nach vorne spannten. Die neuen Instrumente bewegten sich selbsttätig an ihnen zu den vorherbestimmten Positionen, wo Derek sie in Empfang nahm und sie montierte. Auf seinem mehrere Meter weit ausgefalteten Holoschirm überwachte Cooper wie sie online gingen und in das Sensorium des Schiffes integriert wurden.

Ein neuer Auftrag war noch über die bis zur Erschöpfung schuftenden Techniker hereingebrochen.

»Ist gut«, sagte Butch. »Ihr habt mich weich gekocht.«

Er atmete schwer durch wie jemand, der eigentlich mit den Nerven am Ende war und sich doch immer wieder zusammenriss.

»Auf die Stunde kommt es dann auch nicht mehr an.«

Sie waren nach hinten gegangen, um der technischen Crew zu helfen.

Die Produktion neuer Sensoren war so gut wie abgeschlossen, und da es einen Rückstau bei der Ausbringung und Montage gab, konnten sie einen der Manufaktoren getrost für etwas anderes nutzen.

»Wenn ihr meint, dass das nötig ist«, seufzte der Kommandant. Er gab die Daten frei, ohne noch groß auf Reaktionen zu warten.

»Es wäre mir lieber«, sagte Nola mühsam beherrscht. »Wirklich, Butch!«

»Ist ja gut.«

Alle waren erschrocken, als Manuel das H-Wort ausgesprochen hatte. Aber Nola war blass geworden, als werde sie von einer Ohnmacht gestreift. Die pure Nennung der alienen Rasse machte sie fassungslos. Sogar Butch musste einsehen, dass er ihr in diesem Zustand nicht das Kommando zum Losfliegen erteilen konnte.

»Wir gehen auf Nummer sicher«, sagte er. Man merkte ihm an, dass er sich Mühe gab, als verantwortungsvoller Vater seiner Crew dazustehen.

Der Manufaktor fing an zu arbeiten. In rascher Folge stieß er Zylinder aus, die ebenso lang und auch in etwa so stark waren wie ein menschlicher Arm. Manuel und Morton beeilten sich, sie auf den Polymerschlitten zu montieren, den sie dazu modifizierten. Die Gitterkonstruktion wurde in einen einfachen Sphäroid von einem Meter Durchmesser umgewandelt. Die Zylinder wurden in die Kescher gesteckt, die sich selbsttätig in dem intelligenten Material bildeten. Bald sah das Ganze wie eine stachlige Kastanie aus. Als zwei Dutzend Zylinder in der Kugel steckten und gleichmäßig nach allen Seiten herausragten, gaben sie Cooper ein Zeichen, der einen raschen Scan über die Vorrichtung laufen ließ. Dann hatte er die Kennungen sämtlicher Zylinder in seiner Erfassung. Es waren Spitzer-Sensoren, die empfindlichsten Automaten im Bereich der stellaren Erfassung, die die *Scardanelli* mit ihren Manufaktoren herstellen konnte.

»Los dalli!« Der Kommandant wandte sich den beiden Offizieren zu, die Clarke und Papadopoulos halfen, die Konstruktion über Bord zu werfen.

Die Polymerkugel glitt durch das Kraftfeld, das sie auf der anderen Seite ausstieß und ihr eine Drift mitgab. Sie schwebte vom Schiff weg, bis sie mit bloßem Auge nicht mehr auszumachen war. Ein metallener Igel vor dem Sternenhintergrund, der durch das Kraftfeld zu einem Flimmern verzerrt wurde.

»Achtung«, sagte Cooper nach einer Weile. »Jetzt nicht hinsehen!«

Alle wandten den Blick ab, als die zwischenzeitlich unsichtbar gewordene Kugel taghell aufstrahlte. Die Zylinder schossen nach allen Seiten weg, wobei sie für einige Sekundenbruchteile heller als die Mittagssonne leuchteten. Es waren Isotopenraketen, die durch nukleare Verbrennung kurzfristig eine Beschleunigung von mehr als 20 g erzeugten. Die Zylinder verteilten sich auf einer Kugelschale von mehreren Lichtsekunden Durchmesser, in deren Zentrum sich die *Scardanelli* befand. Dann setzten sie ihre Detektoren frei, Spitzer-Sensoren der Dritten Generation, die von den Manufaktoren automatisch auf das zu untersuchende Spektrum zugeschnitten wurden. Wie faustgroße Sprengköpfe schwebten sie weiter nach außen weg und bildeten dabei einen sich immer weiter aufblasenden Ball aus erweiterten Sinnesorganen, der das Schiff wie eine zweite, extrem empfindliche Haut umgab.

»Alles klar«, sagte Cooper nach anderthalb Minuten. »Die Sender sind jetzt online.«

»Okay«, stöhnte Butch, dem die Sekunden aus dem Leib zu tropfen schienen wie heiß pulsender Lebenssaft.

»Danke, Butch!« Nola schenkte dem Kommandanten ihr zartestes Lächeln. Dann begleitete sie ihn, als er den Rückweg zur Brücke antrat.

»Weitermachen«, schnauzte er noch in Richtung der beiden Techniker Clarke und Papadopoulos, die sich wieder der Produktion der Standard-Detektoren widmeten.

Mit einem schrillen Pfiff spornte er Morton und Manuel an, ihm nach vorne in den Bug der *Scardanelli* zu folgen. Die beiden tauschten einen Blick angesichts dieser Behandlung, sagten aber nichts. Wie zwei aufeinander eingeschworene Kameraden, die zusammen durch dick und dünn gegangen waren, fielen sie in Laufschritt, um ihrem ungeduldig davon stapfenden Chef nachzueilen.

Auf der Brücke erwartete sie ein aufgekratzter Guardes, der einerseits wach war und hoch aufgerichtet auf seiner Liege thronte, sich andererseits aber auch mit den Instrumenten des Schiffes verbunden hatte, deren Informationen über intelligente Glasfasern direkt in sein Rückenmark flossen.

»Das nenn' ich eine Aussicht!«, rief er verzückt und richtete den Blick der tiefblauen Augen in imaginäre Fernen.

Auf dem Hauptschirm sahen sie, wie die abgefeuerten Spitzer-Sensoren sich zu einem Sphäroid arrangierten, das so groß wie die Sonne war. Die Basis für die Telemetrie der

Scardanelli wurde millionenfach verbreitert. Die Auflösung ihrer künstlichen Sinne tausendfach verschärft.

»Ahhh.« Der Navigator weidete sich am Reichtum der hereinkommenden Daten. »Seht euch das an!«

Die anderen Crewmitglieder beeilten sich, ihre Plätze einzunehmen. Was Guardes unmittelbar wahrnehmen konnte, mussten sie umständlich den Monitoren und Holo-Displays entnehmen.

»Das ist schon eine ganz schöne Einöde hier«, sagte Nola, nachdem sie die Darstellungen eingehend studiert hatte.

»Ziemlich totes Gewässer«, pflichtete Guardes ihr bei.

»Bist du sicher, dass wir da sind, wo wir sein sollen?«, wandte Morton sich an Butch.

»Du hast die Koordinaten«, sagte der Kommandant kurz angebunden.

Manuel blendete eine Karte der Hegemonie ein, dann die mutmaßlich von den Hondh kontrollierten Gebiete, deren Astrographie zu einem Großteil auf Spekulation beruhte, dann ihre eigene Position. Sie waren weit jenseits aller jemals von Menschen oder anderen intelligenten Spezies befahrenen Regionen, in einem Seitenast eines Spiralarms der Galaxie, wo dieser sich seltsam einkringelte und eine Schleife bildete. Man konnte auch an einen Saugnapf am Fangarm eines Kraken denken. Dazu die immer noch ein wenig seltsame Physik.

»Als wäre es eine Blase oder Lichtung *innerhalb* des Schwamms«, dachte er laut nach.

Niemand ging unmittelbar darauf ein. Aber Nola verfolgte den Faden auf ihre Weise.

»Hier ist nichts«, sagte sie zu Butch. »Mehrere Lichtjahre bis zum nächsten Stern. Und das ist ein Irrläufer ohne eigenes System. Auf etliche Parsek im Radius ist hier – gar nichts.«

Der Kommandant atmete schwer durch und beugte sich über die Konsole seiner Unterlichtpilotin.

»Manuel könnte sogar recht haben«, führte sie noch aus. »Es scheint, als ob Normalraum und Menger-Schwamm sich hier irgendwie durchdringen, sich ineinander verschlingen und diese – Blase auswerfen.«

»Das ist Mystik«, sagte Guardes.

»Hast du eine bessere Erklärung?«, schnaubte Morton.

»Nein«, versetzte der Navigator schlicht. »Warten wir noch ein bisschen ab.«

»Warten, warten, warten!« Butch knirschte mit den Zähnen. »Hier muss etwas sein!«

Schweigend sahen sie zu, wie die Spitzer sich weiter von ihnen entfernten und dabei einen immer größeren Schirm um sie aufspannten. Parallel dazu verlängerten sich die Signallaufzeiten. Sie betrugen schon fast eine Minute.

»Hier ist gar nichts!« Morton musste wider Willen lachen. »Nicht einmal ein lausiger Asteroid!«

Der durchsuchte Raum, in dem die Merkurbahn Platz gefunden hätte, war tatsächlich vollkommen leer.

»Verdammt noch eins.« Butch starrte in die Übertragung, als wolle er durch Hypnose erzwingen, dass etwas darin auftauchte.

Die Sensoren wurden immer weiter auseinandergezogen, sodass jeder einzelne Billionen von Quadratkilometern der gedachten Kugeloberfläche bestreichen musste. Dementsprechend ließ die Auflösung der Darstellung unausweichlich nach. Noch ein, zwei Minuten, dann waren die Spitzer soweit voneinander und von der *Scardanelli* entfernt, dass die Aussagekraft ihrer Scans sich auf Null zubewegte.

»Ha!« Guardes zuckte zusammen, als sei er mit einer feinen Nadel in die Fingerspitze gestochen worden. Er nahm unmittelbar wahr, was die anderen mit einigen Sekundenbruchteilen Verzögerung von ihren Schirmen ablesen konnten.

»Ich werd' verrückt!« Butch stöhnte gepresst auf. Manuel fragte sich in diesem Moment, was den Kommandanten dem Herztod näher bringen würde: wenn sie nichts entdeckten oder wenn sie etwas entdeckten.

»Positive Rückmeldung von Spitzer 24«, sagte Morton für das Protokoll.

Auf den Schirmen war nichts zu sehen. Nur ein grünes Symbol, das um die Position des entsprechenden Automaten gezogen wurde und aufgeregt zu blinken begann.

»Was ist es?«, keuchte Butch.

»Noch keine Übertragung«, meldete Nola.

»Guardes?«

»Negativ.«

Manuel legte sich den Stream der Sonde auf die Datenbrille. Aber auch damit sah er nichts, nur wattige Finsternis. Weit entfernte Sterne, sonderbar unscharf und verschwommen, da die Sensoren auf etwas anderes zu fokussieren schienen. Oder es zumindest versuchten. Dann wischte etwas vor dem Hintergrund vorbei.

»Da!« Diesmal schrien sie alle wie aus einem Mund.

»Was ist es?«, brüllte Butch, der sich kaum noch beherrschen konnte.

Fieberhaft hämmerten alle auf ihre Konsolen ein, wedelten in den holographischen Darstellungen herum, kniffen die Augen zusammen, dachten nach und drehten an den Parametern.

»Leck mich am Arsch, da muss doch etwas sein?«, tobte der Kommandant.

»Schwierig«, sagte Guardes gedehnt. »Wir haben keine positiven Daten. Kein Radarecho. Sämtliche Aktivscans gehen ins Leere.«

»Aber da ist doch was!«

»Passivscans melden Verdeckungsereignisse von Hintergrundsternen. Wir sind dabei, sie zu triangulieren und die Erfassung nachzuführen.«

»Was dauert daran so lange?«

»Wir haben eine Signallaufzeit von anderthalb Minuten«, sagte Manuel. »Einfache Richtung.«

»Fliegen wir hin!«, rief Butch.

»Damit würde ich noch ein bisschen warten«, sagte Guardes nüchtern.

Der Kommandant sah auf, als habe er nicht richtig gehört.

»Was ist denn jetzt schon wieder?«

»Wir wissen nicht, was da draußen ist«, antwortete der Navigator. »Die Daten könnten darauf hindeuten, dass ...« Er hielt inne, als müsse er sich seine Worte ganz genau zurechtlegen.

»Was?«, schnauzte Butch.

»Es ist in der Tat seltsam«, kam Morton seinem Kameraden zu Hilfe. »Da scheint etwas zu sein. Aber es absorbiert alle unsere Scans oder leitet sie ab.«

»Ein Kohlebrocken!« Butch hob die runden Schultern. »Optisch dunkel, fast schwarz. Und die Oberfläche ist porös.«

Der Erste Offizier schüttelte den Kopf.

»Dann hätten wir trotz allem ein schwaches Radarecho. Hier ist einfach – gar nichts!«

Manuel fiel ein, wo er ein solches Gesamtbild schon einmal gesehen hatte. In der Unterrichtseinheit »Stealth und Tarnung«.

»Als ob das Objekt beschichtet wäre«, sagte er und sah den eigenen Worten nach, als hätte er einen bunten Gummiball in den Raum geworfen.

»Ein Schiff?«, fuhr es Nola heraus.

»Das habe ich nicht gesagt«, murmelte Manuel. Aber ihm war klar, dass seine Äußerung nur in dieser Richtung interpretiert werden konnte.

»Wir bekommen ein Bild«, sagte Guardes.

Die Spitzer-Sonden hatten genügend Verdeckungsereignisse von Hintergrundsternen gesammelt, um ihre Instrumente nachführen zu können. Da Aktivscans auf schwer erklärliche Weise von dem Objekt abzugleiten schienen wie Wasser von einer Imprägnierung, mussten sich die Automaten mit passiven Erhebungen begnügen. Hinzu kam, dass der am nächsten stehende Sensor mehrere Millionen Kilometer entfernt stand und sich sehr rasch auf einer Vier-Uhr-Position an dem Zielgebiet vorbeibewegte. Es blieben nur noch wenige Sekunden, um verlässliche Daten zu bekommen. Immerhin ermöglichte der Vorbeiflug, bekannte Hintergrundsterne anzuvisieren und deren Verdeckung zu antizipieren. Aus dem Ereignis konnte dann auf die räumliche Gestalt, die Oberflächenbeschaffenheit und mit Abstrichen auch auf das Spektrum, die Dichte und die chemische Zusammensetzung des Objekts gefolgert werden.

»Achtung«, sagte der Navigator.

Dann sahen sie mit an, wie sich auf dem großen Schirm das Bild aufbaute, langsam und umständlich, als müsse es Pixel um Pixel übertragen und zusammengesetzt werden.

»Oh mein Gott«, stöhnte Nola.

Was sich vor ihnen in aufreizender Langsamkeit aus der Dunkelheit schälte, war etwas wie ein Bündel langer hexagonaler Säulen und zerborstener Schäfte, als habe jemand einen Satz Bleistifte in die Schwerelosigkeit geschüttet.

Dann kam ihnen der Maßstab der Darstellung zu Bewusstsein.

Jede einzelne der Säulen war viele Kilometer lang.

»Was verdammt noch mal ist das?« Butch drehte die holographische Darstellung hin und her, als wende er ein rätselhaftes mattschwarzes Objekt in den Händen.

»Es scheint eher eine Wolke von Objekten als ein einzelnes Ding zu sein«, fasste Guardes den Stand der Erkenntnis zusammen. »Als Ganzes ist das Phänomen rund 22 Kilometer lang und hat an der breitesten Stelle einen Durchmesser von gut fünf Kilometern. Bis jetzt haben wir zwölf distinkte Objekte identifiziert. Aber ich vermute, dass es an die hundert sind. Die Auflösung ist einfach miserabel.«

»Ein Kristall«, sagte Morton schlicht.

Wie Butch das holographische Abbild ihrer Entdeckung in den Händen drehte, sah es tatsächlich aus, als halte er einen großen Rauchquarz oder Amethyst.

»Aber von dieser Größe?«, warf Manuel ein.

Butch hob die runden Schultern. »Vielleicht ein zerborstener Asteroid oder ein auseinandergebrochener Mond? Was weiß ich!«

»Könnte auch Basalt sein«, sagte Morton noch. »Die Struktur der hexagonalen Säulen, die an manchen Stellen auffallend regelmäßig, an anderen eher rudimentär ausgeprägt ist, erinnert an vulkanisches Ergussgestein, das sehr langsam abgekühlt und ausgehärtet ist.«

»Aber was soll das für ein Vulkan gewesen sein«, fragte Manuel. »Eine zwanzig Kilometer mächtige Lavaschicht.«

»Warum nicht?«

»Sicher«, versetzte der Systemoffizier nur. »Wenn man so denkt, ist alles möglich.«

»Halten wir uns an das, was wir haben«, sagte Guardes. Auch er hatte sich das Phänomen in die virtuelle Sicht geholt und wandte es darin hin und her. »Die Oberfläche ist porös und fast vollkommen opak.«

»Also doch eine Beschichtung«, fragte Nola verstört.

»Kann auch Ruß sein«, erwiderte der Navigator ausweichend. »Silizium bildet ähnlich wie Kohlenstoff regelmäßige Kristallgitter aus, die beim Verwittern flockige Strukturen ergeben.«

»Was hält es zusammen?«, hakte Morton nach.

»Wenn wir von Silizium und anderen Elementen der Kohlenstoffreihe ausgehen, dürfte seine Masse bei einigen Milliarden Tonnen liegen«, rechnete Guardes vor. »Hört sich viel an, ist aber zu wenig, um den Zusammenhalt der Wolke allein durch Eigengravitation zu gewährleisten.«

»Milliarden Tonnen?« Butch hatte nur Sinn für eine einzige Information. »Und die Zusammensetzung?«

»Wir haben in den Spektraldaten auch Hinweise auf Exonium«, sagte Morton schnell. »Aber die Informationen sind noch zu spärlich.«

Der Kommandant riss die hängenden Schultern nach hinten und straffte sich, als nehme er Haltung an.

»Wir werden es nicht erfahren, ehe wir nicht hinfliegen!«

»Solange wir nicht wissen, was es ist«, wandte Nola augenblicklich ein, »würde ich nur ungern näher herangehen.«

»Mach dir nicht ins Hemd, Kleines«, sagte Butch herablassend.

»Das Ding macht mir Angst!« Die Pilotin musterte die in ihrer Mitte schwebende Holodarstellung feindselig.

»Es ist ungefährlich, glaub mir.« Der Kommandant lächelte väterlich.

»Woher willst du das wissen?«

»Was soll da sein? Es ist tot! Wir empfangen keinerlei Emissionen!«

»Das macht es gerade verdächtig.« Nola sah sich Hilfe suchend auf der Brücke um. »Wenn es wirklich eine Art Schutzschirm ist.«

»Dann würden wir gar nichts sehen.« Manuel bereute seine Äußerung zum Thema Tarnung.

»Es ist ein zerborstener Asteroid«, stellte Butch kategorisch fest. »Guardes hat es gesagt. Vielleicht durch Gezeitenkräfte eines vorbeiziehenden Sterns zerrissen.«

»Negativ«, wandte der Navigator sofort ein. »Das Ding hat keinen erkennbaren Kurs. Ein solches Ereignis würde ihm irgendeine Drift gegeben haben. Außerdem hätte die Trümmerwolke sich über ein wesentlich größeres Raumgebiet verteilt. Ihre Masse allein ...«

»Das hatten wir schon.« Butch winkte ab.

Auf dem kleinen Schirm verfolgte Manuel, wie die Daten der Spitzer-Sensoren allmählich von denen der *Scardanelli* ergänzt wurden. Sowie die Erfassung des Objekts gemeldet worden war, hatten sich auch sämtliche Instrumente des

Mutterschiffs auf die entsprechenden Koordinaten gerichtet. Und Derek war inzwischen mit dem Ausbringen der neuen Detektoren fertig, sodass die *Scardanelli* über die volle Standardausrüstung an Instrumenten verfügte.

Doch auch diese Daten verfeinerten das Bild nur unwesentlich. Ein nicht leuchtendes, nicht reflektierendes poröses Objekt von wenigen Kilometern Abmessung über eine Entfernung von anderthalb Lichtminuten zu observieren – das war selbst für die hoch entwickelten Sensoren eines Prospektorenraumers wie der *Scardanelli* zu viel verlangt.

Guardes schien recht zu behalten. Die Trümmerwolke war in sich noch sehr viel zerklüfteter, nicht nur zu Dutzenden, sondern zu Hunderten einzelner Säulen, Türme, Dornen, Nadeln und Scherben zerborsten, eine im Raum schwebende Anhäufung von stark verwittertem Schutt. Die größeren Fragmente mochten kilometerhohe Rhomben oder kristallomorphe Kuben sein, wie gigantische Drusen aus Turmalin oder Andesit. Die Entstehung eines solchen Phänomens konnte im Moment nur ein Rätsel sein.

»Es ist mir egal«, zog Butch sein ganz persönliches Resümee aus der Debatte. »Wir fliegen hin und sehen es uns an.« Als er Nolas schreckgeweitete Augen sah, setzte er noch hinzu: »Ganz vorsichtig, natürlich!«

Ihm war anzusehen, dass er die Bedenken seiner Pilotin weder teilte noch nachzuvollziehen vermochte. Es schien ihn schon Kraft zu kosten, sich nicht darüber lustig zu machen.

»Und du wirst uns navigieren«, sagte er. Seine Mundwinkel zuckten, als er eine letzte Provokation nicht länger zurückhalten konnte. »Wer weiß, vielleicht begegnest du ja deinen Göttern!«

»Das ist nicht lustig!« Nola war aufgesprungen. Sie wurde erst blass, dann dunkelrot. Eine Entgegnung lag ihr auf der Zunge. Aber dann schlug sie die Hände vors Gesicht, um ihre Erschütterung zu verbergen, und lief auf den Mittelgang hinaus.

Butch sah ihr kopfschüttelnd nach und schob trotzig die Unterlippe vor.

»Hat das sein müssen?«, fragte Morton.

Dass Nola den Hondhisten angehörte oder mit ihnen sympathisierte, war eines der vielen offenen Geheimnisse an Bord, wie etwa die Tatsache, dass Butch Alkoholiker war, dass Derek Steroide schluckte oder dass Cooper einen an der Waffel hatte. Dinge, die man wusste, aber nicht offen ansprach.

»Kommt schon«, grunzte der Kommandant. »Wir sind hier nicht auf Wallfahrt. Dies ist eine Mission zur Ausbeutung von Exonium!«

»Eben«, sagte Morton schlicht.

»Und da draußen liegt es. Ihr habt's gehört. Milliarden Tonnen! Gehen wir hin und holen es uns!«

»Nola hat nicht verdient, dass du so mit ihr umgehst«, wandte auch Manuel ein.

»Ihr geht mir alle auf den Geist«, schnauzte Butch.

Er warf einen Blick zum Durchgang und lauschte. Nola war in der vorderen Nasszelle verschwunden.

»Es geht los«, sagte er dann. »Mortimer, du übernimmst!«

Morton zog die Stirn kraus und tauschte einen Blick mit Manuel. Dann vertiefte er sich in die Instrumente und bereitete die *Scardanelli* auf das Anfahren der Reaktoren vor.

Noch während der Startvorbereitungen kehrte Nola auf die Brücke zurück. Man sah, dass sie geweint hatte. Aber sie schien sich wieder im Griff zu haben.

»Tut mir leid«, schniefte sie und beeilte sich, den Platz der Ersten Pilotin einzunehmen.

»Es tut *mir* leid«, sagte Butch in einer Mischung aus Ungeduld und Nachdruck. Er fasste Nola am Oberarm und brachte sie dazu, ihn anzusehen. »Du brauchst dir keine Sorgen zu machen, Kleines.«

Sie nickte und entwand ihm ihren Arm wieder.

»Meinst du ich habe Lust, da draußen draufzugehen?!«

»Lass uns einfach fliegen, okay?«

»Das wollte ich hören.« Der Kommandant setzte eine zufriedene »Warum nicht gleich so«-Miene auf. »Also ihr wisst, was zu tun ist. Kurs liegt an. Kleine Fahrt. Ich würde sagen, wir gehen bis auf hunderttausend Kilometer ran.«

Dreißig Millionen Kilometer waren für ein Schiff wie die *Scardanelli* keine große Sache. Es war ein Bruchteil einer Astronomischen Einheit bis zu dem rätselhaften Fund, keine siebzig Lichtsekunden. Das Schiff hätte diese Entfernung in einem einzigen kurzen Aufbäumen überwinden können, wie eine alte Katze, die sich einmal kurz streckt, um ihren Lieblingssessel anzusteuern und sich dort zum Nachmittagsschlaf zusammenzurollen.

Je näher sie der rätselhaften Erscheinung kamen, umso mehr präzisierten sich die Daten, die permanent vor ihnen auf den großen Schirm gegeben wurden. Das galt nicht nur für die räumliche Gestalt der kristallomorphen Struktur, die sich immer noch mehr komplizierte, sondern auch für sämtliche astrographischen Informationen, die mit ihr verknüpft waren.

»Das Ding hat absolut keine Drift«, sagte Guardes irgendwann. Obwohl der Navigator eigentlich nur für den Mengerflug zuständig war, hatte er sich tief in die Systeme des Schiffes zurückgezogen, um Nola bei der Annäherung zu assistieren. Wie alle anderen auch brannte er vor Neugier, das Wesen des fremden Phänomens zu enträtseln. »Wir können in zehn Millionen Jahren wiederkommen, es wird seine Position zum umliegenden Sternenfeld nicht um einen Meter verändert haben.«

»Sind die Daten schon exakt genug, um solche Interpretationen zuzulassen?« Butch klang ungläubig. Für gewöhnlich hatten gerade abgelegene, nicht stellare Objekte gewaltige Geschwindigkeiten. Sie rasten auf stark exzentrischen Bahnen zwischen den Sternen herum oder wanderten sogar unabhängig von jeder Sonne als Irrläufer und Einzelgänger durch den Raum. Oft waren es davonkatapultierte Kometenkerne oder bei Kollisionsereignissen herausgeschleuderte Partikelwolken, die enorme kinetischen Energien in Relation zu ihrer näheren und ferneren Umgebung aufwiesen.

»Aye«, sagte Guardes. Der Smiley an der Statuszeile des Hauptschirms, der seine Aktivität repräsentierte, produzierte eine comicartiges Zwinkern. »Ich würde mich sonst nicht so weit aus dem Fenster lehnen.«

»Alles im Raum driftet«, gab der Kommandant zurück. »Wir müssen nur den Bezugsrahmen weit genug ansetzen.«

»Ja und nein.« Der Navigator gab sich ausweichend.

»Selbst ein Spiralarm wirkt kompakt und stationär, solange ich ihn nicht vom galaktischen Blazar aus betrachte.«

»Negativ«, versetzte Guardes, als habe er nur auf diese Gelegenheit gewartet. Die kleine Auseinandersetzung mit seinem Kommandanten schien ihm ungewöhnlich großen Spaß zu machen. »Der Spiralarm vollführt in sich eine höchst komplexe Bewegung. Die einzelnen Sterne driften helixförmig um seine gedachte Symmetrieachse.«

»Was heißt das für uns?« Wie immer, wenn es zu theoretisch wurde, klinkte Butch sich innerlich aus. Ihn interessierte stets nur die praktische Nutzanwendung. In einem Wort: Exonium! Wo? Wie viel? Welcher Reinheitsgrad? Alles andere waren für ihn fruchtlose akademische Debatten.

»Driftet es nun oder driftet es nicht«, mischte Morton sich an dieser Stelle ein. »Wenn ich eine Drift nicht mitmache, drifte ich ja auch, negativ zur Umgebung.«

»Sehr gut, Mortimer«, sagte der Navigator, der seine Belustigung über den Einwurf des Ersten Offiziers nicht zurückhielt. »Und genau das ist das Interessante. Der Kristall driftet *nicht.*«

»Das heißt?«

»Er sitzt genau im Zentrum aller in diesem galaktischen Sektor stattfindenden Bewegungen, ein virtueller Fixpunkt. Wie ein Bezugssystem an sich selbst.«

»Das verstehe ich nicht«, gab Nola unumwunden zu.

»Es ist, als habe ihn jemand hier abgestellt, um etwas zu markieren.«

Manuel fand, dass der Navigator seinerseits die Grenze zur Mystik überschritten hatte.

»Wie um einen Claim zu setzen?«, riet Morton.

»Vielleicht«, raunte Guardes aus den Tiefen der Kybernetik.

»Ihr wollt mir nur Angst machen!« Nola wedelte mit der Hand in der Luft herum, als wolle sie ein paar allzu aufdringliche Moskitos verscheuchen. »Ich denke, es ist kein Schiff.«

Der Smiley des Navigators zog das Maul breit und verwandelte sich in ein riesiges gelbes Froschgesicht.

»Was es ist, sehen wir, wenn wir dort sind«, sagte er. »Vielleicht. Bis jetzt geht es nur um die Frage, wo es herkommt.«

Die Pilotin dachte eine Weile nach.

»Jetzt verstehe ich«, sagte sie dann. »Wenn es keine relative Drift hat, kann man seine Bewegung auch nicht zurückverfolgen.«

»Eben, schöne Nola«, säuselte Guardes. »Es kommt nirgendwo her.«

»Sondern?« Manuel fand, dass der Navigator ein bisschen zu viel mit Nola flirtete, auch wenn der Mann, der seinen physischen Körper immer mehr aufzugeben schien, ihm nicht eigentlich gefährlich werden konnte.

»Es war schon immer hier!«

Für einige Momente herrschte beklommenes Schweigen auf der Brücke der *Scardanelli*. Es war die Pilotin, die die Stille brach.

»Konzentriert euch lieber auf das Schiff«, sagte sie barsch. »Ich würde gerne ganz langsam mit der Verzögerung beginnen.«

Butch nickte ihr zu. Solange nichts Unvorhergesehenes auftrat, konnte sie frei agieren. Sie steuerte den dreihundert Meter langen Raumer lässig und elegant, nur hin und wieder ein paar der virtuellen Felder ihres Holoscreens antippend, wie ein aerodynamisch durch den Raum gleitendes Shuttle.

»Minus Null Komma eins *g*.«

Nola zündete die vorderen Bremsraketen, die das Schiff sanft abfingen. An Bord war davon nichts zu spüren. Die integrierten Schwerkrafterzeuger kompensierten automatisch alle auftretenden Beschleunigungskräfte. Aber in diesem Fall hätte man sogar ohne technische Unterstützung aufrecht stehen und auf der Brücke umhergehen können.

»Brav.« Nola tätschelte ihre Konsole wie ein gutmütiges altes Pony, das von selbst in seine Box einbog.

Wenig später ging die *Scardanelli* in einer Entfernung von Null Komma drei Lichtsekunden längsseits zu dem kristallförmigen Objekt. Immer noch zu weit, um es mit bloßem Auge ausmachen zu können. Einen hellen Asteroiden dieser Größe hätten sie schon gesehen. Das offenbar völlig lichtlose Phänomen dagegen verbarg sich in der Finsternis des Raumes.

Auf dem Schirm hob sich schemenhaft die zerborstene Struktur ab, die zu leuchtschwach war, als dass sie im optischen Spektrum untersucht werden könnte. Ein schwarzer, in sich vielfach gespalteter und zersplitterter Bug. Wie ein riesiges Schiff, das auf eine kilometerhohe scharfkantige Klippe aufgelaufen war. Oder ein Bündel gigantischer Baumstämme, an denen titanische Arbeiter ohne Lust und System herumgesägt hatten. Ein durch den Raum treibendes Matterhorn, das von Frost, Vakuum und Gezeitenkräften in große und kleine Gesteinsfragmente zerlegt worden war.

»Infrarot bringt nichts«, kommentierte Guardes halblaut seine Aktivitäten. »Das Ding ist kalt, eiskalt.« Wieder produzierte sein Statuszeichen ein Zwinkern. »Von daher kann ich dich beruhigen, schöne Nola. Wenn in diesem Ding auch nur der Hauch einer energetischen Aktivität, überhaupt einer Aktivität wäre, würden wir es jetzt sehen.«

Die Pilotin hörte aufmerksam zu, reagierte aber nicht. Ihre Konzentration galt noch den letzten Feinabstimmungen des Schiffes, das auf seiner aktuellen Position gehalten und automatisch nachgeführt werden sollte. Die letzten winzigen Zündungen der Korrekturdüsen. Dann lag die *Scardanelli* vollkommen bewegungslos unter dem zerbrochenen Kristall von den Ausmaßen eines Gebirges, der allem Anschein nach so alt war wie das Universum selbst.

»Mikrowellen – auch nichts.« Guardes gefiel sich weiterhin in der Rolle des Vorturners. »Guardes!«, rief Butch seinen Navigator zur Ordnung.

»Entschuldige«, sagte die körperlose Stimme, ohne sich aus ihrer guten Laune bringen zu lassen.

Die Brücke verwandelte sich in eine Diskothek, als Guardes im Schnellverfahren die übrigen Frequenzbereiche durchging. Dann schaltete er wieder auf die trübe optische Darstellung, schwarz auf schwarzem Grund. Nur die dreidimensionale Struktur des großen Holoschirms, die den zerborstenen Schiffsbug des Kristalls ungut in die Brücke hinausragen ließ, als ob sie von einem fremden Schiff gerammt würden, teilte davon mit, dass da draußen tatsächlich etwas war.

»Nichts«, lautete das Resümee des Navigators. »Ich habe bis jetzt zwar nur Passivscans laufen lassen, aus Rücksicht auf die Nerven unserer schönen Pilotin. Aber ich denke, die Ergebnisse sind repräsentativ.«

Nola zeigte dem Smiley den Mittelfinger und widmete sich dann wieder ihren Anzeigen.

»Das Ding ist kalt. So kalt wie der Raum. Möglicherweise noch einen Tick kälter, denn im Gegensatz zum freien Kosmos sendet es nicht einmal eine Hintergrundstrahlung aus. Seine Temperatur dürfte daher bei ungewöhnlichen 2 Kelvin liegen.«

»Aktive Maßnahmen«, sagte Butch lakonisch.

»Aye!« Guardes ließ sich das nicht zweimal sagen.

Nola hatte kurz aufgesehen, angesichts der eindeutigen Datenlage aber keinen Einspruch erhoben. Selbst bei größtmöglicher Vorsicht war gegen die Fakten nichts mehr einzuwenden.

Die *Scardanelli* bestrich das Objekt mit Peil- und Suchstrahlen aller denkbaren Muster und Frequenzen.

Das Bild, das sie von ihm hatten, änderte sich dadurch nur wenig.

»Zäher Brocken«, meldete der Navigator anerkennend. Er klang wie jemand, der lieber gegen einen starken Gegner ringt als über einen schwachen einen billigen Sieg nach Hause zu tragen.

»Es ist tatsächlich völlig opak«, fasste er wenige Sekunden später zusammen. »Unsere Scans dringen nicht ein. Somit können wir über Dichte, Tiefenstruktur, chemische Zusammensetzung bla, bla, bla gar nichts sagen, was über die bisherigen, äußerst vagen Vermutungen hinausginge.«

Butch nickte grimmig und stand mit einem Ruck vom Hauptbedienplatz auf, als habe er nur auf dieses Stichwort gewartet.

»Gehen wir rein«, sagte er angriffslustig.

»Wie?«, stammelte Nola.

»Wir müssen physischen Kontakt haben«, knurrte der Kommandant. »Und wenn ich dem Ding mit der Spitzhacke zu Leibe rücken muss.«

»Mit der *Scardanelli*?«, fragte die Pilotin entsetzt.

Butch holte Luft, um etwas wie »Warum nicht?!« zu sagen. Aber Guardes fiel ihm augenblicklich ins Wort.

»Negativ!«, dröhnte es aus dem Bordsystem. »Wir haben keinerlei Radarecho, kein Mikrowellensonar. Nada!«

»Wir können auf Sicht navigieren«, schnauzte Butch. Dass man einen noch nicht einmal ausgesprochenen Befehl so unterlief, ging ihm gegen den Strich. »Wir gehen einfach nah genug ran, dass wir es mit den Scheinwerfern abtasten können.«

»Ich weiß nicht«, stöhnte Nola verzweifelt. Als Unterlichtpilotin würde es ihr zufallen, einen solchen Einsatz zu leiten.

»Negativ«, kam Guardes ihr zu Hilfe. »Auch wenn ich zugebe, dass die größeren der Zwischenräume vermutlich breit genug sind, um mit der *Scardanelli* einzufliegen, halte ich das Risiko für nicht vertretbar.«

»Ich kann mich nicht erinnern, dich um deine Meinung gefragt zu haben«, grollte der Kommandant.

»Die Brocken sind schwarz wie Kohle«, fuhr der Navigator ungerührt fort. »Optisches Licht schlucken sie genauso wie alle anderen Wellenbereiche. Sichtflug scheidet aus. Ebenso Instrumentenflug. Es ist möglich, dass es kleinere Partikel gibt, die selbst auf eine so geringe Entfernung die Auflösung unserer Instrumente unterlaufen.«

Butch starrte wild vor sich hin. Er sah aus, als ob er dem drei Schritte vor ihm liegenden Guardes am liebsten die Gurgel zugedrückt hätte. Andererseits war die Katze aus dem Sack. Der Kommandant kannte seine Crew gut genug, um zu wissen, dass sie ihm an diesem Punkt und im Lichte dieser Erkenntnis die Gefolgschaft verweigerte. Insbesondere Nola als Pilotin ließ erkennen, dass die *Scardanelli* nur über ihre Leiche noch näher an den Kristall heranfliegen werde.

»Ich fliege allein«, stieß er hervor. Es klang wie das Zischen eines krepierenden Überdruckventils.

»Was willst du machen«, entfuhr es Morton. »Uns über Bord werfen?«

»Mit dem Shuttle, Mortimer!«

»Das ist viel zu gefährlich, Butch.« Nola schwenkte ihren Sessel herum und hing mit flehender Miene an ihrem Kommandanten.

»Was wollt ihr tun«, giftete dieser. »Wieder nach Hause fliegen?«

»Wir müssen unsere Datenbasis verbreitern«, sagte Guardes ganz ruhig.

Butch atmete einige Male ganz tief durch.

»Ich nehme das kleine Shuttle«, sagte er dann, mühsam beherrscht. »Wir montieren einen Bohrer und einen Satz Schaufeln von den Neumanns an der Schnauze. Ich werde versuchen, Materialproben zu bekommen.«

»Ist gut«, erwiderte Guardes zum Erstaunen der übrigen Crewmitglieder. »Eine Sache würde ich aber doch zu gerne noch vorher probieren.«

Nachdem sie das weitere Vorgehen abgesprochen hatten, erteilte der Kommandant seine Zustimmung.

»Brücke an Maschinendeck«, rief er in die interne Übertragung. »Es gibt wieder einmal Arbeit!«

Doch Guardes hatte die Anforderungen schon überspielt.

Clarke und Papadopoulos legten sich sofort ins Zeug. Während Clarke die Generatoren der schweren Agrav-Lifte anfuhr, beschränkte ihr beleibter Kollege sich in der bewährten Weise darauf, herumzustehen und ihre Arbeit zu kommentieren.

»Beweg deinen fetten Arsch, Papa«, schimpfte die kleine, aber ungeheuer zähe Technikerin.

»Du kannst mich an demselben lecken, Clarke«, sagte ihr Kollege langsam und genießerisch.

»Halts Maul und pack lieber mit an.«

»Schwer, was, so 'ne Neumann-Sonde.«

»Nicht so schwer wie du«, keuchte Clarke. »Und wenn ich's mir recht überlege, werd' ich auch alleine damit fertig.«

Papadopoulos grunzte beleidigt. Für gewöhnlich überließ er Clarke alle körperlichen Arbeiten, aber eine Neumann war definitiv zu viel für sie. Clarke hatte eine in den Agrav-Kran gehängt, um sie zur Schleuse zu fahren, aber irgendetwas funktionierte nicht.

»Die Schiene«, stöhnte die drahtige Frau, die eine gute Marathonläuferin war. »Da klemmt was.«

Sie zerrten eine Weile an der Aufhängung herum.

»Du musst hochklettern«, sagte Papadopoulos schließlich. »Das Scheißding hat sich verkantet.«

»Ach, fick dich doch selber.« Sie packte eine der schwenkbaren Streben des Lastenkrans und begann sich daran nach oben zu hangeln.

»Ich dachte, du würdest das für mich besorgen.«

»Träum weiter, Papa.«

»Aber du bumst ja nur den Alten.«

Clarke war an dem großen Ausleger angelangt und hangelte sich daran wie ein Gibbon weiter auf den verkanteten Schlitten zu, unter dem in einem unsichtbaren Kraftfeld die tonnenschwere Neumannsonde baumelte.

»Ich bin jetzt da.« Sie zog sich mit einem Klimmzug von beeindruckender Leichtigkeit auf die Oberseite der Schiene und inspizierte die magnetische Laufspule.

»Ich sag dir«, schwätzte Papadopoulos am Boden weiter, »du musst aufpassen. Der Alte ist schwerer Alkoholiker, 20 Bypässe und was weiß ich nicht alles. Ein Infarktpatient aus dem Lehrbuch. Der krepiert, wenn du ihn zu sehr rannimmst.«

»Hier ist alles korrodiert, die Schiene leitet nicht. Wir müssen zurücksetzen und erst einmal die Spule freibekommen.«

»Was 'n Glück, dass die Aufhängung mechanisch unterfangen ist, hm? Sonst wäre uns das Ding am Ende noch auf die Flossen geknallt.«

»Wenn du den Agrav umpolst, müsste er Last abstoßen, dann krieg ich wenigstens den Schlitten wieder frei.«

»Aber Pfoten weg, das sind jetzt 20 Tonnen, mit denen ich auf gut Glück …«

Die Last machte einen Ruck und begann zu pendeln. Der Ausleger wurde mitgerissen und in eine schlingernde Bewegung versetzt. Clarke hielt sich darauf fest wie auf dem Ausguck eines Windjammers, der in schwere See geraten war.

»Ok, jetzt wieder ablassen. Gut so. Ja! Sie sitzt jetzt mit den Rollen auf.«

»Ja, die Konstrukteure haben sich was gedacht, als sie zur Redundanz noch Schienen eingezogen haben.«

»Das ist alles eine einzige große Scheiße, hier oben. Wir können von Glück reden, wenn wir den Kran wieder zum Laufen kriegen. Ich kann mir nicht vorstellen, dass die Erbauer sich ausmalen konnten, wie verwahrlost das hier alles ist.«

Papadopoulos ließ den Schlitten versuchsweise ein paar Meter vor- und zurückfahren, wobei er gleichzeitig die Pendelbewegung der Last auffing.

»Du machst das sehr geschickt!« Sie spuckte anerkennend aus. Ein schwarzgrüner Saftfleck platschte eine Handbreit neben seinem Stahlkappenschuh auseinander.

»Was kaust du da eigentlich immer?« Er wischte mit der Schuhsohle durch die kleine sternförmige Pfütze.

»Geheimnis!«, sagte sie. »Altes Indio-Rezept!«

»Du futterst Kokain? Hast du was dabei, oder hast du den Synthetisator gehackt, dass er dir welches herstellt?«

»Kokain ist eine Droge, die an Bord von Hegemonieschiffen verboten ist.«

»Versteh schon: Aber Koka ist erlaubt. Und die Maschine stellt es für dich her.«

Indem sie sich geschickt durch das Agravfeld nach unten gleiten ließ, kam Clarke neben ihm herunter. Sie klopfte die schweren Arbeitshandschuhe gegeneinander, von denen dicke Staubwolken aufstiegen.

»Unglaublich, wie verwahrlost das hier alles ist.«

»Koka ...« Halb angewidert, halb fasziniert hatte Papadopoulos sich über den Spuckefleck gebeugt und misstrauisch daran geschnuppert.

»Nicht, was du denkst. Es betäubt Hungergefühl, Erschöpfung und körperliche Schmerzen. Die Zeit läuft schneller. Da sind selbst Arbeitstage mit dir einigermaßen zu ertragen, Papa.«

»Gibst du mir das Rezept? Ich meine, die Anweisung für den Synthek?«

»Einen Typ wie dich würde es nur noch fauler und müder machen.«

»Willst du damit andeuten, dass ich hier nicht genügend arbeite?«

»Hast du heute überhaupt schon was getan, außer dummes Zeug zu schwätzen?«

Wenig später kam Derek aufs Maschinendeck gestiefelt.

»Also los, ihr Luschen. Unser Chef hat wieder mal eine Idee gehabt!«

Er studierte ungläubig die Systemanforderungen, die Guardes der technischen Crew durchgegeben hatte.

»Wir sind schon dran«, schnauzte Clarke. »Was glaubst du, was wir hier machen?«

»Interessant«, sagte Derek, der auf dem fest installierten Screen des Decks die Details der Vorgaben studierte.

»Ein volles Neumann-Gestänge an das kleine Shuttle«, keuchte Clarke, die immer noch mit dem störrischen Schlitten beschäftigt war. »Und auf den Neumann-Rumpf dafür ein Spitzer-Besteck.«

Sie benutzte Papadopoulos als Trittleiter, um sich in die Höhe zu katapultieren, und hängte sich dann mit ihrem ganzen Gewicht in die Kette, die Teil der mechanischen Transportvorrichtung war. Knarrend kam der völlig durchgerostete Schlitten wieder in Bewegung und glitt weiter, wenn auch nur einen Meter.

»Verficktes Ding!«

»Das nenn' ich Körpereinsatz, Clarke!«, höhnte Derek.

»Du könntest ruhig mit anfassen«, ächzte die Technikerin, die zwar zäh war, aber viel zu leicht, um die tonnenschwere Neumann-Sonde allein durch Muskelkraft zum anderen Ende des Decks zu bugsieren.

»Wo soll ich dich anfassen?«, lachte Derek, ohne von den Graphiken aufzusehen.

Cooper kam ohne übertriebene Eile auf die Station getrabt. Er sah Clarke eine Weile zu, die sich ohne rechten Erfolg mit dem mechanischen Transportschlitten quälte.

»Sehr gut, Clarke«, keckerte er dann und produzierte mit seinen trockenen Lippen einen tonlosen Pfiff.

»Fick dich, Coop«, giftete die Technikerin. »Entweder du packst mit an, oder du hältst das Maul!«

»Ach Clarke«, seufzte Cooper im vorderen Teil des Decks theatralisch. »So wird das aber nichts mit uns!«

»Worauf du Gift nehmen kannst«, zischte sie und warf einmal mehr alle Kraft ihres marathongestählten Körpers in die Kraftübertragung.

»Irgendwann«, sagte der Nachrichtenspezialist, der dazu ein versonnenes, nachdenkliches Gesicht aufsetzte. »Irgendwann einmal werde ich dich durchficken.«

»Schreckliche Vorstellung!«

»Und dann werde ich dich aufschlitzen!«

»Vorher oder nachher?«

»Währenddessen!«

»Du hast wieder zu lang auf deiner Bude gehockt und Splatterpornos gekuckt«, keuchte Clarke, ohne von ihrer Arbeit abzulassen. »Das bekommt dir nicht, Coop!«

»Clarke hat recht«, warf Derek grinsend ein. »Mach dich lieber nützlich!«

Er wedelte den anderen in Richtung der Manufaktoren, die inzwischen selbsttätig angesprungen waren. Sie produzierten einen Satz Spitzer-Sensoren. Als sie fertig waren, nahm Cooper sie aus den Trommeln, unterzog sie den üblichen Selbsttests und buchte ihre Kennungen dann im System der *Scardanelli* ein. Die Automaten waren *online* mit der Bordautomatik, bereit für ihren Einsatz.

Clarke und Papadopoulos hatten unterdessen den riesigen, konisch zulaufenden Rumpf der Neumann-Sonde mit einem lauten metallischen Dröhnen zu Boden gelassen. Sie lösten die mechanische Verankerung und brachten sie an der titanischen Schürfapparatur, die das obere Drittel der Sonde bildete, neu an. Nachdem sie die Sonde aktiviert und die Auswerfung des Gestänges freigegeben hatten, hoben sie es ab und fuhren es noch ein paar Meter weiter, wo sie es ebenfalls abließen. Übermannshohe Bohrer, Zangen und Schaufeln, die in einer späteren Phase der Arbeit an der stumpfen Schnauze des kleineren der beiden Shuttles montiert werden würden.

Clarke fuhr eine der mobilen Leitern an den Rumpf der Neumann-Sonde heran und kletterte hinauf. Cooper kam mit tänzelnden Schritten herbei und reichte ihr das Spitzer-Besteck, das sie oben auf dem Neumann-Konus montierte.

»Ich könnte stundenlang zusehen, wie du das machst.« Cooper legte den Kopf schief und fuhr sich mit der Zungenspitze über die rissigen Lippen.

Das Spitzerbesteck, einen halben Meter lange Zylinder, die in die kugelförmigen Instrumentenköpfe ausliefen, sahen seltsam aus, wie sie auf dem Torso der Neumann saßen, der Größe und der Form nach wie menschliche Unterarme, die in geballten Fäusten endeten, oder eben wie erigierte Phalloi, die unvermittelt aus dem Rumpf eines Giganten hervorwuchsen.

»Im Zuschauen bist du sowieso am besten«, knurrte Clarke. Sie vergewisserte sich, dass die Sensoren aktiv waren, und glitt dann von dem stumpfen Konus der Sonde herunter.

»Oh, du kennst meine wahren Qualitäten nicht.«

»Worum ich ehrlich gesagt sehr froh bin!«

Sie stieg die Leiter herunter und machte Papadopoulos ein Zeichen, sie wieder wegzufahren. Ohne ihn eines Blickes zu würdigen, ging sie an Cooper vorbei, dessen flache Hand nach ihrem Hintern zuckte. Mitten in der Bewegung fuhr sie herum, packte seinen Arm mit einer Kraft, die er nicht erwartet hatte, am Handgelenk, und drehte ihm die Hand auf den Rücken. Cooper knickte mit einem klebrigen Geräusch zusammen, als sie ihn in den Polizeigriff zwang.

»Denk nicht einmal dran, Coop«, zischte sie ihm ins Ohr.

»Ich denke an nichts anderes«, witzelte er kraftlos, weil er kaum noch Luft bekam, in den Schwitzkasten genommen von einer hageren Frau, die einen Kopf kleiner war als er.

»Wag nicht, mich anzufassen!« Clarke steckte die ganze Kraft, die sie eben noch an die tonnenschwere Sonde gewandt hatte, in den stählernen Griff, mit dem sie Cooper fast die Knochen brach. »Sonst werden wir sehen, wer hier wen aufschlitzt!«

Sie ließ ihn abrupt los, und er sank mit einem kläglichen Winseln in sich zusammen. Mit schmerzverzerrtem Gesicht rieb er sich das blaurote Handgelenk. Eine Bemerkung, die ihm auf den Lippen zu liegen schien, schluckte er herunter.

»Ich hab's dir gesagt«, gluckste Derek feixend. »Hände weg von Clarke.«

Er sah ihr amüsiert zu, wie sie an ihm vorbeimarschierte.

»Die ist einfach zu hart für dich. Das ist Kommandantenklasse!«

Sie zeigte ihm den Mittelfinger und ging an die Konsole.

»Maschinendeck an Brücke«, keuchte sie. »Wir wären dann soweit!«

»Danke Leute«, kam Butchs Stimme aus der Übertragung. »Ihr könnt für heute Feierabend machen.«

»Was denn?«, fragte Cooper ungläubig. »Heute keine Aktionen mehr?!«

»Hast du mal auf die Uhr gesehen, Coop?« Das Abbild des Kommandanten auf dem kleinen Schirm wirkte müde. »Wir sind seit 14 Stunden auf den Beinen. Und die Erkundung dieses Phänomens wird sicher eine Weile dauern. Das möchte ich lieber ausgeschlafen angehen.«

»Du bist der Boss«, keckerte Cooper. Im toten Winkel der Übertragung ahmte er die schlaffe Haltung des Kommandanten mit seinen runden Schultern und lasch herunterhängenden Armen nach.

»So sehe ich das auch!«

»Du kommst auf Turkey, hm?«

»Papa«, sagte Butch, ohne darauf einzugehen. »Ich würde die Neumann gerne morgen bei Schichtbeginn rausschicken und dann ein bis zwei Stunden später mit dem Shuttle fliegen, sowie wir vernünftige Daten haben.«

»Nimm einen Schluck und flieg jetzt gleich«, grinste Derek herausfordernd. »Ist doch schade um die Zeit.«

»Komm du mal in mein Alter«, versuchte der Kommandant das ganze ironisch zu nehmen.

»Papa«, fing Butch wieder an. »Hast du mich verstanden?«

»Aye«, sagte Papadopoulos. »Die Neumann muss nur noch betankt werden. Das machen wir morgen unmittelbar vor Schichtbeginn.«

»Das heißt, dass du morgen eine Stunde früher aufstehen musst, Clarke!«, sagte Derek.

Sie wiegte in einer Geste der Schicksalsergebenheit den Kopf und zuckte die knochigen Schultern.

»Dann mal los«, zischte Cooper noch und nickte in Richtung des Monitors, der Butchs erschöpfte Miene zeigte. »Die Nacht ist kurz!«

»Ihr könnt euch die Wache einteilen«, war noch zu hören. »Morton, du bist dafür verantwortlich, dass die Brücke besetzt ist.« Dann ging die Übertragung automatisch auf *Stand -by* und die Gespräche am anderen Ende des Schiffes waren nicht mehr zu hören.

Butch fiel aufs Kissen zurück und rang nach Luft. Er keuchte schwer, sein Gesicht war dunkelrot. Nach einigen rasselnden Atemzügen normalisierten sich die blauen Schläfenadern, die pulsend hervorgetreten waren.

Clarke kicherte. »Wird's denn gehen, oder soll ich den Defi holen?«

Butch wartete noch einige Zeit ab, bis er sich erholt hatte. Dann deaktivierte er den Rauchmelder, schaltete die Ventilation mehrere Stufen hoch und öffnete eine selbstentzündende Zigarette. Mit der Gier einer antiken Dampflokomotive saugte er die ersten Züge ein.

»Geb dir Defi!«

Er reichte Clarke das Päckchen. Sie entnahm ebenfalls eine Zigarette und ließ sie aufflammen. Genießerisch inhalierte sie und strich sich dabei das Haar aus dem Gesicht. Sie saß mit untergeschlagenen Beinen neben ihm, ihr hagerer Körper mit den kleinen Brüsten glänzte schweißnass, ihr asketisches Gesicht, von harter körperlicher Arbeit und wildem Sex gezeichnet, verzerrte sich zu einer Grimasse, als sie die Zigarette wie ein medizinisches Gerät in Richtung seiner schwabbligen Brust mit der schütteren Behaarung bewegte.

»Ba-bumm, Ba-bumm«, machte sie und lachte ordinär, wobei sie ungeniert ihre fehlerhaften Zähne sehen ließ.

»Bin ich eine von deinen Drohnen, dass du mir Stromstöße verpasst?« Butch kam langsam zu sich. Die ungesunde Röte wich aus seinem Gesicht, seine angestrengten Züge entspannten sich.

»Ein Stromstoß in den Arsch hat noch niemand geschadet!«

»Du bist mein Stromstoß!«

»Tut gut, ab und zu mal richtig durchgefickt zu werden, was?«

Butch seufzte und wandte den Blick ab. Clarke kratzte sich an der Innenseite ihrer Oberschenkel. Dann rauchte sie und sah leer über den massigen Leib des Mannes hinweg, der vor ihr lag.

»Die Andern wissen es«, sagte sie nach einer Weile.

»Was?«

»Na das!« Sie breitete die Arme über das Stillleben ihrer beiden nackten Körper aus.

»Mir doch egal.« Butch grunzte verächtlich. »Ich bin der Kommandant.«

Clarke wiegte beeindruckt den Kopf.

»Ich kann vögeln, wen ich will.«

»Ihr träumt doch alle von Nola.«

»Ich darf an Bord sogar rauchen!«

»Oder nicht?«

Butch ging darauf nicht ein. Die Zigaretten waren erloschen. Die ausgebrannten Halterungen verschwanden im Müllschacht der Kabine.

»Derek würde eine Meuterei anzetteln, um sie ficken zu können.«

»Das wird er sowieso bald tun.«

»Was?« Clarkes leere Blicke füllten sich wieder mit Leben. »Meutern oder sie vögeln?«

Butch stieß gelangweilt die Luft durch die Nase. Erst das eine, dann das andere, hieß das wohl.

»Oh, oh ...« Die Technikerin sah nicht so aus, als ob sie das beunruhigen würde.

»Nola schläft mit Morton«, sagte Butch irgendwann.

»Ich dachte mit Manuel.« Clarke richtete sich so ruckhaft auf, dass ihre hoch sitzenden Brüste wippten.

»Nicht mehr.« Butch musste sich zu jedem Wort zwingen, das schiere Reden bereitete ihm Schmerzen.

»Jetzt wird's interessant«, sagte Clarke. »Kann man mehr erfahren?«

»Frag sie doch selbst!«

»Gute Idee! Am besten bei der nächsten Missionsbesprechung. Hei Nola, welcher von den Jungs hat es dir heute Nacht besorgt?!«

Butch seufzte nur.

»Okay, ich nerve dich schon wieder. Noch 'ne Nummer, oder soll ich mich gleich verkrümeln?« Sie tätschelte die Fettpolster auf seiner Brust. »Also Ersteres natürlich nur, falls deine Pumpe das noch mitmacht!«

»Musst du nicht langsam nach den Neumanns sehen?«

»Ach fick dich doch selber.«

Er schwieg.

»Der Kleine kann einem leid tun«, sinnierte sie. »Also wenn es sich wirklich so verhält, wie du sagst, woran ja nicht zu zweifeln ist. Schließlich bist du der Kommandant, nicht wahr! Gerüchte in der Richtung gibt es ja schon länger. Auch bei uns von der arbeitenden Bevölkerung. Aber dass es wirklich so ist!«

Sie kratzte sich am Schienbein und verkrallte die Finger der rechten Hand in die Zehen ihres linken Fußes.

»Wo kommt er überhaupt her? Ich meine: Er passt in unsere Crew wie eine Nonne in eine Rockergang.«

Butch hatte die Augen geschlossen und gab grunzende Geräusche von sich, die ein unwilliges Murren oder auch ein Schnarchen sein konnten.

»Der Einzige von euch Kerlen, der eine Krawatte trägt. Und dieses Aftershave!«

»Würdest du ihn Mortimer vorziehen?«

»Na jederzeit!« Clarke lachte aufgesetzt. »Mortimer! Mir wäre er einen Tick zu sehr von sich selbst eingenommen. Abgesehen davon, dass er eine wie mich nicht einmal anschauen würde. Mein Kommandant ist da zum Glück ja nicht so wählerisch.« Sie gluckste. »Diese jungen Dinger kannst du noch formen. Er war bestimmt noch Jungfrau, als sie sich ihn geangelt hat. Ich stelle mir das grade so vor, so ein unbeschriebenes Blatt, dem du alles beibringen kannst!« Sie seufzte verträumt. »Noch einmal einen Zwanzigjährigen im Bett! Einer von diesen Buben, die nicht wissen, was sie tun. Aber sie tun es die ganze Nacht!« Sie heftete einen bösen Blick auf Butch. »Ohne dass man befürchten muss, dass sie einem dabei abnippeln!«

Der Kommandant reagierte nicht.

»Hat sie ihn eigentlich damals an Bord gebracht?«

»Sie hat ihn mir vorgestellt«, brachte Butch hervor, der über Abgründe von Müdigkeit und Unlust hinweg sprach. »Seine Zeugnisse waren hervorragend.«

Clarke kicherte schrill. »Seit wann braucht man an Bord der *Scardanelli* Zeugnisse?«

Butch legte die Hand über die Augen.

»Ist ja gut, ich lass dich gleich in Ruhe.« Sie setzte eine Miene beleidigten Schmollens auf, aber der Mann sah sowieso nicht hin. Nach ein paar Sekunden knipste sie die Schnute wieder aus. Sie dachte nach, auch das von einer einstudierten Pose begleitet, die von niemandem zur Kenntnis genommen wurde. Dann glitt Begreifen über ihr Gesicht wie ein Scheinwerfer über eine Bühne.

»Er erinnert dich an deinen Sohn!« Sie bohrte Butch den Zeigefinger in die Brust. »Oh Mann.« Sie rechnete halblaut nach. »Natürlich, er wäre jetzt in Manuels Alter, und du hast ...«

»Verschwinde!« Butch ging unvermittelt in einen Kommandoton über. »Raus hier!«

»Es tut mir leid, Butch!« Die Technikerin war zusammengezuckt. »Ich war wie vernagelt. Eigentlich hätte ich von selbst darauf kommen können. Man muss im Grunde nur zwei und zwei zusammenzählen.«

»Raus!«

Butch hatte sich drohend aufgerichtet. Durch seine Leibesfülle warf er die drahtige Technikerin über die Bettkante. Seine Augen funkelten zornig, und er konnte nicht verhindern, dass sie sich mit Tränen füllten.

»Ist ja gut, Mann.« Clarke sammelte ihre Kleider zusammen, zog sich an und drückte sich durch die Kabinentür.

Butch blieb allein zurück. Er atmete einige Male tief durch, bis er sich wieder in der Gewalt hatte, und fuhr dabei mit der Hand übers Gesicht. Dann stand er auf und ging in die Nasszelle, um zu urinieren und sich kalt abzuduschen. Ohne sich etwas anzuziehen, kehrte er zu der spartanischen Liege zurück. Unterwegs öffnete er die Bar, nahm eine Flasche billigen Whisky heraus, schenkte sich ein Glas voll und trank es in einem Zug aus. Er füllte es noch einmal und stellte es auf das winzige Nachttischchen. Unschlüssig hielt er die Flasche in der Hand, aber dann gab er sich einen Ruck und verstaute sie wieder in der Bar, die er mit der mechanischen Verriegelung abschloss. Er holte noch ein paar Mal tief Luft und ließ sich dann schwer aufs Bett fallen. Halb aufgerichtet am Kopfende sitzend, aktivierte er das Holopad des Schiffscomputers und rief die aktuellen Telemetriedaten ab. Mit regungsloser Miene navigierte er durch die Datenmassen und trank dabei von Zeit zu Zeit in kleinen Schlucken. Trotz der Ventilation war es heiß und stickig. Auch in dieser Nacht würde er kaum Ruhe finden. Aber vielleicht hatte der Fick seinen Körper so müde gemacht, dass er ein oder zwei Stunden schlafen konnte.

Clarke! Er musste unwillkürlich schmunzeln und den Kopf schütteln. Sie besorgte es ihm wirklich gut. Er brauchte sie, und irgendwie mochte er sie auch. Aber dieses Geschwätz! Wer konnte das ertragen?

Er dachte über das nach, was sie ihm vom Maschinendeck berichtet hatte. Sie war seine Agentin bei der technischen Crew. Derek und Cooper wussten, dass sie etwas mit ihm hatte, aber das hielt sie seltsamerweise nicht davon ab, die wildesten Szenarien vor ihr auszubreiten. Sie rechneten damit, dass sie ihm alles hinterbrachte. Also würde alles, was sie ihr gegenüber redeten, mit Vorsicht zu genießen sein. Coop war ein Fuchs, ein ausgekochter Hund. Mit allen Wassern gewaschen. Und dabei vollkommen skrupellos.

Derek war nur scheinbar der brutalere Typ. Er lag auf der Lauer. Aber im Grunde war er berechenbar. Als Charakter war er ganz naiv. Er träumte davon, den großen Coup zu landen, endlich von der *Scardanelli* abzuheuern und auf Athena ein neues Leben anzufangen. Aber davon träumten sie alle, auf die eine oder andere Weise. Derek war nicht raffiniert. Er kam so weit, wie er sich mit seiner rechten Geraden durchboxen konnte.

Coop war viel gefährlicher! Sehr viel intelligenter, durchtriebener, hinterfotziger. Ein Typ, der Splatterpornos kuckte, *authentische* Folter- und Vergewaltigungsholos, die auf den Asteroiden gedreht wurden. Sie entführten Leute von der Straße weg, brachten sie auf diese gesetzlosen Welten und stellten dort die perversesten Sachen mit ihnen an. Diesen Kerlen war alles zuzutrauen.

Butch überlegte, ob es die richtige Entscheidung war, allein zum Kristall zu fliegen. Wenn sie hinter seinem Rücken einen Aufstand anzettelten? Aber sie würden nicht putschen, ehe die Natur dieses Phänomens nicht bekannt war. Erst mussten sie herausfinden, womit sie es zu tun hatten und ob man es ausbeuten konnte. *Dann* wurde es gefährlich. Solange musste er die Fäden in der Hand halten und darauf achten, dass alle Informationen bei ihm zusammenliefen. Weder Nola noch Morton konnte er wirklich trauen. Er konnte sich vorstellen, dass auch sie ihre eigenen Pläne hatten. Vermutlich sahen auch sie sich in einem schmucken Häuschen am Stadtrand von Athena City, und Nola würde abstreiten, jemals einen »Manuel« gekannt zu haben.

Und der Junge? Er war naiv wie ein kleines Kind. Butch empfand einen Schmerz, wenn er daran dachte, dass er ihn auf dieses Schiff gebracht hatte. Es gab ihm einen Stich. Diese *Reinheit* … Und er war verantwortlich dafür, dass Manuel am Ende der Galaxis auf einem schrottreifen Schiff voller Halbkrimineller saß. Damals empfand er einen dummen väterlichen Stolz darauf, dem blassen Neunzehnjährigen diese »Chance« gegeben zu haben, als Nola ihn ein wenig verlegen vorstellte. Wenn er sich selbst gegenüber ehrlich war, war seine einzige Hoffnung, dass der Junge heil aus der ganzen Sache herauskam.

Ja! Es wunderte Butch, wohin es seine Gedanken auf einmal verschlagen hatte. Wenn er an den Kristall dachte, an die morgige Erkundung, an die Chance, die sich ihnen allen womöglich bot, dann dachte er nicht an sich, an die Hypotheken, an die *Scardanelli*. Er dachte allein an den Jungen.

Plötzlich musste er schmunzeln. Das war es. Er würde die Sache durchstehen, die Mission zu Ende bringen, Derek und Coop die Stirn bieten – für Manuel. Alles andere war nicht mehr von Bedeutung.

Vielleicht bliebe genug übrig, um sich hinterher ein kleines Häuschen zu kaufen. Am Stadtrand von Athena. Für ihn. Und vielleicht für Clarke. Aber das war nicht wichtig. Er holte sich doch noch einen Whisky. Am liebsten würde er gleich fliegen. Aber es war mitten in der Nacht. Der Tag war anstrengend gewesen, und der nächste würde es noch mehr sein. Er musste versuchen, wenigstens ein paar Stunden zu schlafen!

Dann schaltete er das Display auf die virtuelle Darstellung, die die Computer aus den spärlichen Daten der Spitzer-Sensoren und der Schiffsinstrumente zusammengestellt hatten. Langsam in den verknüllten Kissen zusammen rutschend, fixierte er die zerborstene Struktur, die sich rauchschwarz vor ihm durch das dunkle Zimmer erstreckte.

»Was bist du?«, zischte er.

Er hatte die erste Wache absolviert und sich auf seine Kabine zurückgezogen. Nola hatte die Brücke übernommen. In vier Stunden würde Morton dran sein und die Vormittagsschicht vorbereiten. Die Erkundung des Kristalls!

Bis dahin sollte er noch ein wenig schlafen. Aber er fand keine Ruhe. Dieser Blick auf die Uhr, und das Wissen, dass die Nacht in vier, fünf Stunden sowieso vorbei sein würde! Auf Kommando konnte er noch nie einschlafen. Es wunderte ihn, dass Butch sich nicht einen Ruck gegeben und wenigstens die Neumann-Sonde gleich rausgeschickt hatte. Der Alte musste wirklich kaputt sein, wenn er nicht in der Lage war, diese paar Stunden noch dranzuhängen, auch wenn der Tag zugegebenermaßen anstrengend gewesen war.

Er hatte die Schuhe ausgezogen, die Uniform aber angelassen. So lag er im Halbdunkel, während ein rauchgrau glimmendes Hologramm der seltsamen Kristallstruktur den Raum notdürftig erhellte.

Was mochte das sein?

Unbestimmte Zeit wälzte er sich herum. Schließlich stand er auf. Er ging hinaus und wanderte unschlüssig auf den fahl erleuchteten Gängen des Schiffes hin und her. Die *Scardanelli* lag in tiefem Schlaf. Außer ihm, schien es, war niemand mehr wach. Clarke war am Abend bei Butch gewesen. Er hatte gehört, wie sie irgendwann wieder aus der Kabine des Kommandanten gekommen und zu der ihren zurückgekehrt war. Also war ihre nächtliche Begegnung neulich doch keine Vision gewesen!

Irgendwann fand er sich auf der Brücke ein. Nola, die ihn um Mitternacht mit einem müden Lächeln abgeklatscht hatte, versah die Zwölf-bis-vier-Wache. Sie saß da und starrte leer vor sich hin.

Manuel bemerkte einen kleinen Schrein, den sie auf einer abgeschalteten Konsole neben dem Hauptbedienplatz errichtet hatte. Ein kleines Hologramm zeigte den Hondh-Tempel aus Tokyo. In einem kleinen Sandbehälter, der nach oben im kreuzförmigen Symbol der Religion auslief, steckte ein Räucherstäbchen, von dem sich ein rosafarbener, wohlriechender Rauchfaden kringelte. Eine Perlenkette, an der kleine Votivtäfelchen hingen, war in einer doppelten Schleife um die beiden Kultobjekte gewunden.

Nola sah auf und musterte ihn ruhig, während er das kleine Arrangement betrachtete. Er wusste seit Langem, dass sie bekennende Hondhistin war. Aber sie hatte den Glauben in seiner Gegenwart nie praktiziert. Das sah ja beinahe wie eine Andacht aus, was sie da während ihrer Nachtwache trieb.

»Geh schlafen«, sagte sie müde. »Morgen brauchen wir alle einen klaren Kopf!«

»Kann ich dich sprechen?«, fragte er.

»Was ist los?«

»Ich friere.«

»Was willst du damit sagen?« Sie sah weder ihn noch ihren kleinen Altar an, sondern richtete den Blick auf den Hauptschirm, der die zerborstene Kristallstruktur zeigte. Ein zertrümmerter Schiffsbug, der über ihnen aus dem Nichts hervorstach und ins Leere ragte.

»Dass mir kalt ist, Nola.«

»Zieh dir was Warmes an«, sagte sie desinteressiert. »Trink einen Tee, leg dich ins Bett.«

»Das ist es nicht.«

»Was dann?« Sie seufzte, holte sich dann aber die Daten der medizinischen Überwachung auf den Schirm, die auch die Protokolle seiner Anzugsteuerung umfasste, und checkte seine Werte. »Fieber hast du nicht.«

»Es ist so ...« Warum wollte sie ihn nicht verstehen?

»Uns allen ist nicht sehr behaglich, Manuel.« Wenigstens sah sie ihn an und quälte ein müdes Lächeln auf ihre Züge. Zwei Uhr nachts. Man glaubte eher, dass sie in einiger Zeit vierzig werden würde, als tagsüber, wenn sie frisch und ausgeschlafen war. Dennoch war sie wunderschön.

»Ich fühle mich einsam.«

»Manuel«, sagte sie bedauernd, »ich bin kommissarische Bordärztin. Ich kann Injektionen setzen und solche Dinge. Wenn du einen Psychologen brauchst, musst du warten, bis wir wieder in der Hegemonie sind.«

»Du könntest mich einmal in den Arm nehmen!« Er kam sich albern vor, wie er vor ihr stand und um ein wenig Aufmerksamkeit bettelte. War das alles, was von den Tagen und Nächten auf Luna III geblieben war? Dass er wie ein Hund um ein bisschen Zuwendung winseln musste?!

»Mein armer Junge!« Sie strich ihm über das Haar, wie eine Mutter, deren Sohn sich das Knie aufgeschlagen hatte. »Hast du Angst?«

»Nein«, sagte er, und das entsprach der Wahrheit. Ihm war ein wenig unbehaglich, wie sie das genannt hatte. Aber er war auch neugierig. Am liebsten wäre er mit Butch hinausgeflogen. Aber er wusste, dass der Kommandant es nicht erlauben würde. Der Chef würde die Kontrolle nicht aus der Hand geben. Der Kristall war seine Entdeckung. Er würde sie bis zum letzten Blutstropfen verteidigen.

»Und du?«

»Ich weiß nicht.«

»Ist es für dich ...« Ihm fielen nicht die rechten Worte ein. Sein Blick ging zwischen ihrem Rauchaltar und dem großen Hologramm hin und her.

»Wenn es ein Artefakt der Hondh ist, dürfen wir es nicht betreten«, sagte sie bestimmt.

»Woran erkennen wir das?«

»Wir werden es erkennen.«

»Was glaubst du, ist es?«

»Ich weiß es nicht, Manuel.« Ihr Lächeln wurde offener, wacher. »Und ich weiß nicht einmal, ob ich es wissen will.«

»Butch wird es ausbeuten wollen.«

»Natürlich«, sagte sie ruhig. »Dazu sind wir da.«

»Willst du es verhindern?«

»Er wird sich nicht hindern lassen.« Und sie wirkte nicht einmal resigniert, wie sie das sagte.

»Was willst du unternehmen?«

Sie musterte ihn lange. Überlegte sie, ob sie ihm vertrauen konnte?

»Warten wir ab, was die Neumann herausfindet«, murmelte sie dann. »Und jetzt ins Bett mit dir!«

Er seufzte. Eine Weile stand er noch da und sah sich auf der Brücke um, als ob es etwas zu tun gebe. Dann nickte er und trottete davon. In seiner Kabine war es so kalt und einsam wie zuvor.

Clarke war zwei Stunden vor Beginn der Frühschicht auf dem Maschinendeck und betankte die Neumann-Sonde. Das riesige Ungetüm, auf dessen stumpfen Zylinder sie das Spitzer-Besteck montiert hatten, sah merkwürdig aus. Als hätte man einem Nilpferd den Kopf eines Straußes aufgesetzt.

Nachdem die Neumann fertig zum Ausbringen war, kam sie allein nicht weiter. Sie aktivierte den Ruf für Papadopoulos und wartete, ein paar Koka-Blätter kauend, bis der dicke Techniker aufs Deck gewatschelt kam.

»Du musst mir helfen, Papa«, sagte sie. Ihr zäher Körper strahlte eine Mischung aus Erschöpfung und neuer Kraftanspannung aus. Wie ein Triathlet, der die Fahrradstrecke hinter sich hat und den Marathon in Angriff nimmt.

»Ich dachte, ich bin der Schichtführer und gebe die Kommandos!«

»Die richtige Antwort wäre gewesen: Danke, Clarke, dass du mir die Hälfte der Arbeit schon vor dem Frühstück abgenommen hast!«

»Ach, leck mich«, grunzte der Dicke schlaftrunken. Er stemmte die kurzen Arme in die fassförmige Seite und sah sich um. »Also was liegt an?«

Clarke erläuterte ihm, was zu tun war. Ächzend machten sie sich daran, die präparierte Neumann-Sonde mit dem Kran zur Schleuse zu bugsieren.

»Was soll überhaupt der ganze Aufwand?«, fragte Papadopoulos irgendwann. Schweiß lief ihm über das Gesicht.

»Die Spitzer können selbst nicht navigieren. Man kann sie nur mit den Isotopenraketen rausschießen, und dann folgen sie ihrer ballistischen Flugbahn.« Clarke presste ihre Sätze zwischen den Zähnen hervor, während sie sich mit der durchgerosteten Mechanik abquälte.

»Aha.«

»Die Neumanns haben einen eigenen Antrieb, und sie haben eine rudimentäre KI vom Karman-Typ, das heißt, sie können selbstständig Entscheidungen treffen.«

»Was du nicht alles weißt!« Papadopoulos klang nicht gerade beeindruckt.

»Und sie können Proben nehmen, schürfen, Vorkommen ausbeuten und sich replizieren.«

»Ist ja gut, Clarke! Weißt du auch was Sinnvolles?«

»Papa! Seit dreißig Jahren rangierst du diese Dinger hin und her und du weißt nicht, wozu sie gut sind?!«

»Soll ich dir was sagen, Clarke?«, brummte der übergewichtige Mechaniker. »Es ist mir scheißegal!«

»Ach komm, ein bisschen mehr Interesse für deinen Beruf!«

»Hör mal zu: Derek regt sich auf, weil er nur 5% kriegt. Weißt du, was in meinem Vertrag steht: 2%«

»2 Komma fünf«, korrigierte Clarke, ohne aufzusehen. »Ich bekomme 2, und wie wir gesehen haben, bist du mein Vorgesetzter!«

»Ja und, findest du das fair?«

»Was jetzt? Dass du nur rumstehst und mich schuften lässt und Jeremiaden hältst, dass du zu wenig verdienst?«

»Ach leck mich doch.«

»Pack lieber mit an. Wir müssen das Neumann-Gestänge noch ans Shuttle montieren.«

»Ich dachte, die Dinger machen alles selber.«

»Das hier wohl kaum, wo wir es seiner Extremitäten beraubt haben.«

»Was soll das dann?«

»Butch fliegt selber mit dem Shuttle raus und sieht sich die Sache an.«

Clarke war stehen geblieben und sah ihn komisch an. Konnte es sein, dass einer so gar nichts mitbekam?

»Kann es sein, dass sie diesmal alle extrem nervös sind?«, fragte Papadopoulos, um das Thema zu wechseln.

»Sie haben Schiss, ja.«

»Und du?«

»Das Ding ist einfach eine Nummer zu groß für uns.«

»Du hast Schiss um Butch, hm?«

»Oh wie einfühlsam du bist, Papa!« Die kernige Technikerin ging wieder an die Arbeit.

»Flieg mit«, sagte Papadopoulos leichthin. »Das kleine Shuttle hat Platz genug.«

»Er hat mich nicht gefragt.«

»Verstehe.« Der Dicke schien zu überlegen, ob Clarkes Dilemma ihm nahe gehen oder ihn amüsieren sollte. Unschlüssig stand er da und sah zu, wie die Mechanikerin das abmontierte Neumann-Gestänge mit dem Kran packte und an das kleinere der beiden Shuttles heranfuhr, das im hinteren Bereich des riesigen Decks vertäut war.

»Komm schon, Papa«, keuchte sie. »Du musst ausnahmsweise mal mit anfassen!«

In diesem Augenblick schrillte der Alarm.

Blutiges Licht überschwemmte das Maschinendeck, bildete auf dem verkratzten Stahlboden ölig wirkende Lachen und warf harte Schlagschatten über die titanischen Aufbauten der Manufaktoren und der Neumann-Sonden. Überall im Schiff donnerten die Schotte, die sich selbsttätig mit metallischem Lärm schlossen. Auch der Durchgang vom Maschinendeck zum Mittelgang der *Scardanelli* krachte ohrenbetäubend zu und verriegelte sich automatisch luftdicht. Eine Sirene schrillte. Irgendwo liefen Pumpen an. Ein tiefes Dröhnen verriet, dass die Aggregate hochgefahren wurden, um die Speicherzellen zu entlasten und die Energieversorgung sicherzustellen.

»Was ist los?« Clarke war mit drei Schritten bei der kleinen Konsole des Decks, die den Zugang zum allgemeinen Bordsystem herstellte. Sie schaltete die Sirene ab. Dann versuchte sie, den Status abzufragen.

Papadopoulos stand wie vom Donner gerührt da und sah ihr zu, als ginge ihn das alles gar nichts an.

»Feuer im vorderen Teil des Schiffes«, meldete Clarke.

»Was?«, fragte Papadopoulos träge.

»Warte mal!« Clarke fragte sich, warum die Informationen nur so spärlich kamen. Die Protokolle bauten sich nur quälend langsam auf. Waren die Systeme schon in Mitleidenschaft gezogen?

»In der Kombüse«, verkündete sie dann. »Sieht aus, als wäre einer der Syntheks explodiert.«

»Oh oh«, machte Papadopoulos.

»Was siehst du mich so an?«, fauchte die Technikerin. »Überleg dir lieber, wie wir helfen können.«

Ihr Blick ging zum heruntergelassenen Schott. Mit fliegenden Fingern wischte sie auf den Kontrollen herum. Aber sie war zu fahrig, ihr Hände zitterten nach der schweren körperlichen Arbeit.

»SCARDY, Herrgott«, brüllte sie die Bordautomatik an. »Öffne das Schott zu den vorderen Decks!«

Es vergingen einige Sekunden. Dann war tatsächlich die Stimme der Schiffsintelligenz zu hören.

»Negativ. Im Brandfall müssen alle Schotte an Bord geschlossen bleiben.«

»Werd' nicht albern, SCARDY«, tobte Clarke. »Wir müssen nach vorne und bei den Löscharbeiten helfen.«

»Negativ«, verkündete die Stimme emotionslos. »Nur der Kommandant ist autorisiert, den Alarm aufzuheben und die Schotte freizugeben.«

»Dann weck ihn!«

»Das gesamte Schiff steht unter Alarm«, gab SCARDY durch. »Alle Besatzungsmitglieder wurden geweckt und über die Situation informiert.«

»Vielen Dank«, fauchte Clarke. »Ist denn schon jemand dort?!«

»Wo, Technikerin Clarke?«

»In der Kombüse! Was ist überhaupt passiert?«

»Feuer im Bereich der Synthetisatoren«, meldete die Bordentität. »Und um deine Frage zu beantworten: Ja, es sind bereits mehrere Crewmitglieder eingetroffen, um mit den Löscharbeiten zu beginnen.«

»Das ist ja tröstlich.« Clarke konnte sich kaum noch beherrschen. »Wer ist denn da?«

»Derek war als Erster vor Ort. Inzwischen sind auch Morton und Manuel dort.«

»Gut zu wissen.« Die Technikerin sah unschlüssig auf die Konsole. Dann versuchte sie, auf eigene Faust ins System zu kommen und eine Übertragung zur Küche aufzubauen. Als das Bild sich widerstrebend auf dem Schirm manifestierte, war vor lauter Rauch kaum etwas zu erkennen. Dort vorne schien das vollendete Chaos zu herrschen.

Dann fiel ihr noch etwas auf.

»Was ist eigentlich mit den automatischen Löschvorrichtungen?«

»Sie wurden gestern Abend deaktiviert.«

»Von wem?«, fragte sie, obwohl sie es eigentlich wusste.

»Ich bin nicht autorisiert, dir das zu sagen, Technikerin Clarke.«

»Ja, ich weiß schon«, schnauzte sie. »Kommandantenebene.«

»Exakt.«

»Was ist denn mit dem Kommandanten?«

»Er ist jetzt wach und zieht sich in seiner Kabine an.«

»Verfluchte Scheiße.« Clarke wechselte einen scheuen Blick mit Papadopoulos, der vielsagend die buschigen Brauen hochzog.

»Wenn ich mir die Bemerkung erlauben darf«, fügte SCARDY noch an, »er wirkt etwas desorientiert.«

»Das dauert alles zu lange.« Clarke sah sich Hilfe suchend auf dem Maschinendeck um. Dann kam ihr eine Idee. »Hier rüber, Papa«, rief sie. »Schnell, du musst mithelfen!«

»Immer muss ich dir helfen«, lamentierte der Dicke. »Eigentlich bin doch ich der Schichtführer!«

»Schwätz nicht! Beweg deinen fetten Arsch!«

»Ein bisschen mehr Respekt, bitte!«

»Dafür haben wir keine Zeit!«

Clarke war zu der Neumann-Sonde gesprintet, die abschussbereit vor der Schleusenkammer hing.

»Wir müssen sie ablassen«, sagte sie.

»Warum?«, fragte Papadopoulos begriffsstutzig. »Gerade haben wir sie so schön aufgebockt. Die ganze Arbeit umsonst!«

»Na, deine Arbeit war es ja nicht!«

Clarke ließ die Sonde ab, während Papadopoulos zusah und offenbar keine Ahnung hatte, was das Ganze sollte. Dann turnte sie an dem tonnenschweren Automaten herum, bis sie ein kleines Kästchen fand, aus dem sie ein einfaches manuelles Eingabemodul herausklappte. Sie tippte mit zitternden Fingern ihre ID ein und nahm die Sonde online.

»Neumann-Sonde bereit zur Kalibrierung«, sagte eine unmodulierte Stimme, die auf eine reduzierte KI hindeutete.

»Ich will dich nicht kalibrieren«, haspelte Clarke hervor. »Es handelt sich um einen Notfall.«

»Definiere Notfall.«

»Feuer an Bord. Die Schotte und Schleusen sind gesperrt.«

»Verstehe.«

Clarke musste einige Sekunden warten, bis die Systeme der Sonde sich mit dem Schiffscomputer abgeglichen hatten.

»Bestätige Notfall«, sagte sie dann.

»Sondermaßnahmen einleiten«, platzte Clarke hervor.

»Sondermaßnahmen unterstehen dem Kommandanten«, nörgelte die KI.

»Der Kommandant ist verhindert!«

»Begründung?«

»Er hat sich heute Morgen bei mir krankgemeldet«, log Clarke. »Komm schon, das ganze Schiff ist in Gefahr.«

»Bestätige Sondermaßnahmen«, sagte die Sonde. »Override-Codes zur Entsperrung freigegeben.«

Am anderen Ende des Decks entriegelte sich das Schott mit scharfem Zischen und fuhr dann mit dem grauenhaften Kreischen einer ungeölten stählernen Apparatur auseinander.

»Ich danke dir«, stöhnte Clarke, als sie sich von der stumpfen Kirchturmspitze der Neumann herunterließ.

In der Kombüse der *Scardanelli* herrschte das pure Chaos. Dichter schwarzer Rauch hüllte alles ein. Die Absauger schafften es nicht, die Atmosphäre zu reinigen. Entweder hatten sie sich zu spät aktiviert, oder, was wahrscheinlicher war, liefen sie nur noch auf einem Bruchteil ihrer ursprünglichen Kapazität – wie alle Systeme an Bord.

Der beißende Gestank von verbranntem Gummi und verschmorter Elektronik war unerträglich, ohne Schutz ein längerer Aufenthalt in dem Raum lebensgefährlich. Funken sprühten, und Schwelbrände arbeiteten sich an Kabeln und Leitungen entlang. Kurzschlüsse hatten die Beleuchtung und sämtliche elektrischen Einheiten lahmgelegt. Löschschaum bedeckte alles mit seifigen, schmutzig weißen Gebilden.

»Habt ihr ein Glück, dass ich ein bisschen fixer bin als ihr!« Derek feuerte noch eine Ladung Schaum aus seinem Handfeuerlöscher in den Raum und kehrte in den Gang zurück, wo der Rauch nicht ganz so dicht hing.

»Was soll das heißen«, grunzte Morton, der mit rußverschmiertem Gesicht im Gang stand.

»Wer hatte denn die letzte Wache?«, fragte Derek herausfordernd.

»Ich war auf der Brücke, als der Alarm losging«, verteidigte sich der Erste Offizier gereizt. »Und fünf Sekunden später war ich hier!«

»Und?«

Morton schien zu überlegen, ob er sich dem Maschinisten gegenüber überhaupt rechtfertigen sollte.

»Ich erwartete natürlich, dass die Löschautomatik anspringen würde.«

»Das hat sie aber nicht getan, wie's aussieht!«

»Du klingst, als würdest du dich darüber freuen!«

»Was habe ich davon, wenn uns allen das Schiff unterm Arsch abfackelt?«

»Bist du nicht für die Hardware zuständig«, fiel Morton ein. »Warum ist der Sprinkler nicht angegangen? Was ist mit den Löschbots?«

Derek schleuderte ihm einen vernichtenden Blick entgegen.

»An der Hardware hat es nicht gelegen«, sagte Cooper. Er stand drei Schritte weiter unten im Gang und prüfte auf seinem tragbaren Display den Status der Systeme.

Derek setzte ein zufriedenes Feixen auf.

»Woran dann?«, fragte der Erste Offizier und Wachhabende.

»Die Hardware ist okay«, näselte Cooper gedehnt, während er sich durch die verschiedenen Menüs und Subroutinen arbeitete. »Also was hier halt als okay durchzugehen hat!« Er warf Morton einen Blick zu.

»Schwätz nicht«, herrschte der ihn an. »Warum ist das Löschsystem nicht angesprungen!«

»Es wurde abgeschaltet«, antwortete Cooper lapidar.

»Wann und von wem?«

»Vom Kommandanten höchstpersönlich.«

»Was ist hier los?« Butch kämpfte sich mit offenstehender Hose und freiem Oberkörper den Gang herauf. Der Alarm musste ihn in einer Mischung aus Vollrausch und Tiefschlaf erwischt haben, der einem Koma gleichkam.

»Da haben wir ihn ja schon«, keckerte Cooper.

Der Kommandant schaffte es endlich, die Hose zuzumachen. Mit rot verquollenen Augen drängte er sich an seiner Crew vorbei, die mit Ausnahme von Clarke und Papadopoulos vollzählig versammelt war und auf der Höhe der Kombüse im Mittelgang herumstand. Als er den Rauch einatmete, der immer noch vom Brandherd drang, wölbten sich seine unrasierten Backen auf, als wolle er sich übergeben.

»Heilige Scheiße!«, stöhnte er. »Das hat uns gerade noch gefehlt!«

Er fasste Derek scharf ins Auge, der mit dem Handlöscher posierte, als sei er für den *Man of the Year* nominiert.

»Was ist passiert?«

»Das kannst du uns vielleicht erklären«, gab der Maschinist zurück. »Du hast gestern Abend global die Rauchmelder ausgeschaltet.«

»Mag sein.« Butch presste sich eine Hand auf den Mund und zog sich ein paar Schritte zurück. »Ich hab' eine geraucht.«

»Soll man nicht machen«, war Coopers ätzende Stimme zu hören.

»Halt's Maul, Cooper«, brachte der Kommandant hervor. »Aber das erklärt immer noch nicht, was hier vorgefallen ist.«

»Einer der Syntheks ist explodiert«, erklärte Morton. »Und wie es aussieht, wurden die anderen beiden bei den Löschmaßnahmen schwer beschädigt.«

»Kommt Arbeit auf dich zu!« Butch zwinkerte seinem Hardware-Spezialisten freudlos zu.

»Danke, Derek, dass du so beherzt eingegriffen und uns allen das Leben gerettet hast!«, gab der Maschinist mit schneidendem Sarkasmus zurück. Dann beugte er sich über Coopers Display. »Sieht nicht so aus, als ob da noch viel zu retten wäre«, sagte er.

»Feuer plus Löschschaum plus Kurzschluss.« Auch Morton schüttelte hoffnungslos den Kopf. »Wenn wir nicht verhungern wollen, müssen wir Neue bauen.«

»Kriegen die Manufaktoren das hin?«, fragte Butch unumwunden.

»Wird sich zeigen«, brummte Derek.

»Notfalls müssen wir mit ein bisschen Neumann-Kybernetik nachhelfen«, keckerte Cooper.

»Ihr schafft das schon«, grunzte Butch. »Was wir immer noch nicht wissen: Warum ist das Scheißding explodiert?«

In diesem Moment kam Clarke atemlos den Mittelgang heraufgesprintet. Papadopoulos hechelte ihr mit deutlichem Abstand hinterher.

»Was ist los?«, keuchte die Technikerin.

»Ah!« Cooper sah interessiert von seinem Display auf. »Noch jemand, den wir fragen können!«

»Was?«

»Wie es aussieht«, wandte Cooper sich an die Allgemeinheit, »wurde eine Routine in den Synthetisator geladen, die nicht den werksmäßigen Bestimmungen entspricht.«

»Wo kommt ihr jetzt überhaupt her?«, fragte Derek, als auch Papadopoulos schwer atmend die Gruppe erreichte.

»Wir waren eingesperrt«, brachte Clarke hervor. »Die Schotten!«

»Guter Versuch, Clarke«, zischte Cooper. »Aber es wird dir deinen Arsch nicht retten!«

»Was soll das heißen«, fragte Butch.

»Die Protokolle«, begann Cooper triumphierend, »weisen aus, dass Technikerin Clarke um fünf Uhr siebzehn heute Morgen eine Herstellungsroutine an den Synthek geschickt hat, die nicht zum serienmäßigen Repertoire der Maschine gehört!«

Butch riss ihm das Display aus der Hand.

»Was erhebst du da für Anschuldigungen?«

»Sie hat einen Brandsatz anfertigen lassen«, folgerte Cooper schlicht. »Und sich dann hinter dem Schott verschanzt!«

»Das ist doch Unsinn!« Butch versuchte hilflos, mit den komplexen Darstellungen auf dem Gerät klarzukommen.

»Wer weiß?«, warf Derek ein. »Gestern Abend wurde das Rauchmeldesystem abgeschaltet. Von Butchs Kabine aus. Wir sehen natürlich nicht, wer den Knopf gedrückt hat.«

Er warf einen vielsagenden Blick zwischen dem Kommandanten und der Technikerin hin und her.

»Kann es sein, Butch, dass Clarke heute Nacht bei dir war?«

»Das geht dich gar nichts an«, schnaubte der Kommandant.

»Es geht uns alle an«, sagte Derek. »Sie wollte uns alle abfackeln, das Schiff übernehmen und den Kristall auf eigene Rechnung ausbeuten!«

»Das ist dummes Zeug, Derek«, meldete Morton sich wieder zu Wort. »Und du weißt das.«

»Hast du eine bessere Erklärung, Mortimer?«

»Ich frage mich die ganze Zeit, warum du so schnell hier warst – und warum du wusstest, dass du einen Handlöscher brauchen würdest!«

»Das ist jetzt also der Dank dafür, dass ich euch allen den Arsch gerettet habe!«

»Wer hier wen gerettet oder in Gefahr gebracht hat, werden wir klären«, sagte Butch. »Sowie wir diese Sauerei hier im Griff haben!«

Manuel verstand überhaupt nichts mehr. Sowie der Brand gelöscht war und die Reinigungsbots damit begannen, die Kombüse in Ordnung zu bringen, war er auf die Brücke gelaufen und hatte sich von seinem Bedienplatz aus in die Systeme eingewählt. Alles war, wie Cooper gesagt hatte. Um kurz vor Mitternacht war das Rauchmelde- und Feuerlöschsystem global für das gesamte Schiff deaktiviert worden. Das konnte nur der Kommandant, und der entsprechende Befehl war auch aus der Kabine des Kommandanten gekommen. Wie Manuel selbst wusste, war Clarke zu dieser Zeit bei Butch gewesen. Weitere Protokolle gab es nicht. Der Status der Kabine war eine knappe Stunde vorher auf *Privat* gesetzt worden, was sämtliche Audio-, Video- und Elektroniksensoren unterdrückte. Manuel wusste nicht, ob sie in diesem Zustand tatsächlich nichts mehr aufzeichneten oder ob die Aufzeichnungen lediglich zurückgehalten wurden. In den Protokollen stand nichts darüber. Es würde gegebenenfalls herauszufinden sein.

Und am frühen Morgen, mehrere Stunden vor Beginn der eigentlichen Schicht, hatte Clarke sich mit ihrer ID über das System an die Syntheks gewandt und ihnen einen Herstellungsaufforderung geschickt. Clarke hatte als Neumann-Technikerin eine relativ hochrangige ID, die es ihr ermöglichte, auf einer Ebene auf die Systeme zuzugreifen, die eine unter der des Kommandanten oder des Wachhabenden lag.

Manuel war kein Chemiker. Anhand der chiffrierten Routine, die dem Protokoll angehängt war, konnte er nicht feststellen, ob Clarkes Anfrage den Synthek tatsächlich dazu gebracht hatte, einen Brandsatz oder eine Bombe herzustellen. Wahrscheinlicher schien ihm, dass es etwas anderes war, dessen Synthese außer Kontrolle geraten war und dadurch das Feuer ausgelöst hatte. Ein solches Ereignis war unwahrscheinlich, da die Syntheks eigene Sicherheitsroutinen hatten, die sie normalerweise vor Überhitzung und Durchbrennen schützten. Es musste ein unglückliches Zusammentreffen mehrerer Faktoren gewesen sein: zum einen die Deaktivierung des Feuermeldesystems. Man würde in den Herstellerangaben nachsehen müssen, inwieweit das die internen Schutzmechanismen der Synthetisatoren betraf; zum andern die neuartige Anforderung. Das Gerät »wusste« nicht, was es da herstellte, und Clarke oder wer immer es war, hatte die Konfiguration nicht richtig gewählt, sodass es zu einer Selbstentzündung der in der Herstellung begriffenen Substanz gekommen war.

Soviel konnte er auf die Schnelle und aus den offen einsehbaren Daten entnehmen. Er musste sich eingestehen, dass es verzweifelt wenig war und dass es unter dem Strich mehr Fragen aufwarf als beantwortete. Allerdings passten die Dinge einfach zu gut zusammen. Alle Fäden schienen bei Clarke zusammenzulaufen. Und der Triumph, mit dem Derek und Cooper sich – wieder einmal – die Bälle zugespielt hatten, machte ihn ebenfalls stutzig. Die Sache war faul. Daran zweifelte niemand. Es ging nur darum, was wirklich dahinter steckte.

Auf einem zweiten Monitor verfolgte er die Vorgänge in der Kombüse. Als die Absauger es endlich geschafft hatten, die Atmosphäre zu dekontaminieren, konnten die Reinigungsbots daran gehen, die Unordnung zu beheben. Sie beseitigten den Löschschaum und räumten Splitter und andere Rückstände auf. Der Synthek, der sich in Betrieb befunden hatte, war förmlich explodiert. Auf den Videoaufzeichnungen des Bordsystems sah man, wie eine helle Stichflamme aus der Vorderseite schoss, das Türchen zersprengte und dann rasch auf den zweiten Synthetisator übergriff, ehe die Rauchentwicklung die optische Überwachung wertlos werden ließ.

Derek und Morton begannen damit, die Schäden aus der Nähe zu besehen. Zwei Syntheks waren irreparabel zerstört. Der Dritte war ebenfalls in Mitleidenschaft gezogen. Aber er ließ sich mit ein wenig Improvisationstalent, über das sowieso jeder an Bord der *Scardanelli* verfügen musste, soweit herrichten, dass er einfache Dinge wie Getränke und Grundnahrungsmittel in geringen Mengen und der gewohnt miserablen Qualität zubereiten konnte. Es war inzwischen eine Stunde nach Schichtbeginn, und alle dürsteten nach einer Tasse Kaffee.

Nach und nach fanden sich alle auf der Brücke ein. Jeder hatte einen Becher in der Hand, in dem eine lauwarme, ölige Plörre schwappte. Die meisten hatten sich der guten alten Panzerplatten erinnert und kauten mit sauren Mienen auf den steinharten Keksen herum. Immerhin gehörten diese zum geringen Vorrat an verzehrfertigen Lebensmitteln, den sie dabei hatten. Wenn die Syntheks nicht ersetzt werden konnten, würde das ihre Ration der nächsten Woche sein. An abgestandenes Spülwasser erinnernder »Kaffee« und vollkommen geschmacksneutrale Kekse, bei deren Genuss man Gefahr lief, sich die Kiefer zu brechen.

»Es ist, wie es ist«, sagte der Kommandant salomonisch. »Nicht dass wir einen solchen Zwischenfall jetzt noch gebraucht hätten.«

Er biss krachend in einen Keks und würgte mit fahlem Gesicht einen Schluck Kaffee herunter.

»Clarke«, sagte er dann. »Es tut mir leid, aber wir müssen deine ID sperren.«

Die Technikerin nickte zerknirscht, sagte aber nichts.

Es fiel Manuel auf, dass Butch bestrebt war, es nicht so aussehen zu lassen, als ob er sich vor sie stellte.

»Das ist zunächst eine reine Vorsichtsmaßnahme, bis wir wissen, was wirklich vorgefallen ist.«

Beinahe hätte er gesagt *Wer wirklich dahinter steckt.* Aber der Kommandant gab sich im Moment betont offiziell. Er sprach fürs Protokoll, und gleichzeitig war er bemüht, sich gegenüber Derek und Cooper keine Blöße zu geben, die nur darauf warteten, ihm in die Parade zu fahren.

Manuel überlegte im Stillen, ob es möglich war, die ID zu hacken. Neumann-IDs hatten eine ähnliche hohe Verschlüsselung wie die Kennungen des Kommandanten und des Ersten Offiziers. Natürlich war es nicht unmöglich, sie trotzdem zu knacken. Aber es war extrem aufwendig, sie zu knacken, ohne dass das seinerseits Spuren im System hinterlassen hätte. Im Grunde gab es nur einen an Bord, dem er das zutraute, sowohl was die technische Finesse, als auch was die erforderliche kriminelle Energie anging.

»Wir haben Spuren der auslösenden Substanz gefunden«, sagte Butch gerade. »Die Analyse bietet uns in gewisser Weise einen Grund, sich zu entspannen. Es handelte sich nicht um Sprengstoff. Wir haben also keinen Terroristen unter uns.«

Der Kommandant grinste humorlos und blickte übellaunig von einem zum anderen.

»Was der Synthek heute Morgen herstellen sollte, war allem Anschein nach ein Derivat von Kokain.«

»Hej, Clarke«, höhnte Cooper. »Gar nicht gewusst, dass du sniffst!«

»Kein Derivat«, sagte die Technikerin schlicht. »Die Rohsubstanz.«

»Wie bitte?« Butch fiel fast von seinem Sessel.

»Ich ...« Die hagere Sondenexpertin wand sich. »Ich nehme manchmal Koka.«

»Dieses Zeug, das du immer kaust!« Cooper tat, als würde er dies nicht bereits wissen.

»Keine Droge«, warf Papadopoulos unvermutet ein. »Die Indios haben das schon zur Inkazeit in den Bergwerken genommen. Es hält wach und vertreibt das Hungergefühl.«

Alle Augen richteten sich auf den dicken Techniker, der nicht dafür bekannt war, sich an allgemeinen Diskussionen zu beteiligen.

»Weiß doch jeder«, sagte er noch.

»Ihr steckt sowieso unter einer Decke!« Cooper schien die Untersuchung an sich ziehen zu wollen.

»Was soll das nun wieder heißen?«

»Warst du nicht mit ihr auf dem Maschinendeck? Im sicheren Schutz des Feuerschotts!«

»Natürlich war ich auf dem Maschinendeck«, brauste der Dicke auf. »Hör mal, ich arbeite da!«

»Die Bedeutung des Wortes *arbeiten* müssen wir dir bei Gelegenheit noch mal erklären«, keckerte Cooper. »Aber das ist jetzt nicht der Punkt!«

»Leck mich am Arsch, Coop!«

»Du bist ihr Komplize«, höhnte der Nachrichtenspezialist.

»Mach so weiter«, grollte der übergewichtige Techniker. »Eines Tages brech' ich dir noch den Hals!«

»Ruhig, Kinder!« Butch nahm wieder das Wort. »Also gibst du zu, den Synthek manipuliert zu haben?«, wandte er sich dann an Clarke.

»Ja«, stammelte die Mechanikerin. »Das heißt nein!« Sie kämpfte mit sich. Dabei lag ihr Blick noch mit einem ganz seltsamen Ausdruck auf Papadopoulos, der ihr so unverhofft beigesprungen war. »Ich meine: Früher habe ich mir ab und zu was machen lassen. Diese Datei existiert.«

»Ha!«, rief Derek und verschränkte zufrieden die muskulösen Oberarme vor der Brust. Er sah aus wie ein Türsteher vor einem Klub, der einem Gast zu verstehen gab, dass er in diesem Leben diese Tür nicht passieren durfte.

»Aber das war auf früheren Flügen. Diesmal habe ich noch Vorrat genug.« Sie blickte scheu von einem zum anderen. »Wir sind ja erst ein paar Tage unterwegs. Also wach.« Als niemand etwas erwiderte, setzte sie noch gereizt hinzu:

»Kommt schon Leute, Eigenbedarf ist erlaubt. Das steht sogar in der Satzung der Hegemonie!«

»Darum geht es jetzt nicht«, sagte Butch leise.

»Du kannst von uns aus so viel von dem Zeug kauen, wie du willst«, warf Morton ein. »Aber wir müssen wissen, ob du heute Morgen von deiner Kabine oder dem Maschinendeck oder irgendeiner Station aus den Synthek angefahren hast.«

»Hab ich nicht, Mortimer«, giftete Clarke.

»Dann war es ein Phantom«, warf Derek sarkastisch ein.

»Ich kann das schwören, unter Eid und so!«

»Ist gut, Clarke.« Butch hatte es plötzlich eilig, die Sache abzuschließen. »Wir sind ja hier nicht vor Gericht.« Er sah auf die Uhr. »Es bleibt dabei. Deine ID wird für den Rest der Mission geblockt.«

Clarke schob den Unterkiefer vor und verschoss trotzige Blicke, sagte aber nichts mehr.

»Gut.« Der Kommandant atmete durch, als sei die Sache damit erledigt. »Derek, du kümmerst dich um die Syntheks. Vielleicht können die Manufaktoren welche herstellen, notfalls in Einzelteilen.«

»Aye!«

»Die anderen bereiten die Neumann-Mission vor. Clarke, Papa, aufs Maschinendeck!«

Die technische Crew verschwand zum Heck des Schiffes. Die Brückenbesatzung nahm ihre Plätze ein. Auch Guardes, der der Auseinandersetzung um Clarke schweigend beigewohnt hatte, verband sich mit den Bordsystemen. Die Mission trat in ihre entscheidende Phase. Die Anspannung war mit Händen zu greifen.

Während Derek und Cooper den Bausatz eines Synthetisators aus dem bordeigenen Speicher luden und einen der großen Manufaktoren auf dem Maschinendeck entsprechend umprogrammierten, schleusten Clarke und Papadopoulos die präparierte Neumann-Sonde aus und feuerten sie ab. Der riesige Automat, der normalerweise selbsttätig Asteroiden und Kometenkerne ausbeutete und sich dabei auch selbst replizierte, schoss auf dem blauen Strahl eines Ionentriebwerks davon. Die Neumanns brachte es auf eine Beschleunigung von 10 g, die sie, im Gegensatz zu den Isotopenraketen, für lange Zeit aufrechterhalten konnten. Ihre Endgeschwindigkeit lag nur geringfügig unter der der *Scardanelli*.

Die Sonde bewegte sich auf den Kristall zu, der, für das bloße Auge unsichtbar, in hunderttausend Kilometer Entfernung vor ihnen im Raum hing. Sowie sie dort angekommen war, umkreiste sie ihn einmal über der Längsachse und dann über einer senkrecht dazu stehenden Achse, die sie selbst definieren musste, da das Phänomen weder Rotation noch Rotationssymmetrie aufwies. Sobald die hereinkommenden Daten sich zu einem komplexen dreidimensionalen Bild zusammenfügen ließen, definierte Morton willkürlich die längste feststellbare Ausdehnung als Achse und schlug davon ausgehend einen Äquator und ein Meridiannetz um die Struktur, um zu allgemeingültigen Koordinaten zu kommen.

Was sie in der holographischen Darstellung des Hauptschirms vor sich sahen, war eine Ansammlung von kristallmorphen Trümmern, zwischen denen sich gigantische Klüfte auftaten. Die Abtastung ergab im Übrigen nichts, was nicht bereits bekannt gewesen wäre.

Nach einem Seitenblick zu Butch, der gebannt auf die Projektion starrte, wies Morton die Sonde an, ins Innere der stellenweise mehrere Hundert Meter weit aufklaffenden Zwischenräume einzufliegen. Die Neumann-Drohne verschwand im Schatten des größten bisher ausgemessenen Einzelkörpers, der zwanzig mal drei mal fünf Kilometer maß – und im selben Moment verschwand sie von den Schirmen.

»O lala!« Morton pfiff durch die Zähne. Es klang beinahe anerkennend.

»Damit war zu rechnen«, sagte Butch gelassen.

»Sollen wir Relaisdrohnen absetzen?«, fragte Nola.

»Ich glaube nicht.« Der Kommandant betrachtete die verwitterte Struktur, die sich räumlich über seinem Kopf manifestierte. »Warten wir ein paar Minuten.«

Die Sonde befand sich im Funkschatten der großen Kristallfragmente. Dennoch war es ungewöhnlich, dass der Kontakt augenblicklich abgerissen war. Körper von dieser Größe – und sie erzeugten keinerlei Echo oder Reflexion!

»Sie absorbieren restlos alles«, sagte Guardes aus den Tiefen der Schiffskybernetik heraus. »Das ist irgendwie beeindruckend.«

»Wie ein schalltoter Raum«, nickte Manuel. »Es ist nicht einfach, so etwas zu bauen.«

»Glaubst du, das Ding ist gebaut?«, fragte Nola.

»Ein schalltoter Raum«, versetzte er. »Das Ding da? Keine Ahnung!«

Ihm war aufgefallen, dass sie ihre Hondh-Devotionalien mit Beginn der offiziellen Schicht hatte verschwinden lassen. Sie musterte alle eingehenden Bilder mit beinahe religiöser Scheu, schien aber gleichzeitig bemüht, sich nichts anmerken zu lassen. Butch und Morton hingen sowieso nur noch am großen Schirm und hatten Goldgräbermienen.

Nach einigen Minuten tauchte die Neumann-Sonde aus dem Funkschatten des Kristalls und überspielte die in der Zwischenzeit gesammelten Daten. Die holographische Darstellung bekam mit einem Schlag ein Innenleben. Mächtige Klüfte, Canyons, Zwischenräume waren zwischen die einzelnen massiven Körper eingelassen. Manche dieser Abstände waren mehrere Hundert Meter breit und viele Kilometer lang. Sie verzweigten und verästelten sich zu Rissen und Gängen, die das opake Material durchzogen. In Anbetracht des Maßstabs mussten sie sich aber sagen, dass auch diese immer noch Dutzende von Metern breit waren.

Insgesamt unterschied sich die Massenverteilung und -anordnung im »Inneren« des Kristalls jedoch nicht von seiner Außenseite. Geometrisch wirkende Winkel von vierzig, sechzig oder neunzig Grad. Glatte Flächen, die bei höherer Auflösung verwittert und abgeschuppt aussahen. Wie eine monolithische mineralische Struktur, die einer starken Erosion ausgesetzt war, gleichzeitig aber so fest und kompakt schien, dass sie ihre innere Symmetrie, die möglicherweise auf einem Kristallgitter basierte, beibehielt. Es gab keine Splitter, die kleiner waren als fünf Meter, und das galt auch für die Sprünge und Brüche, die das ganze durchzogen. Auch hier waren die feinsten, Haarrisse in Bezug auf die Kubikkilometer des Ganzen, nicht schmaler als mehrere Meter. Man hätte in sie eindringen, in die meisten sogar mit dem kleineren ihrer beiden Shuttles einfliegen können.

Auch die Neumann-Sonde war inzwischen erneut ins Innere der Struktur getaucht und folgte diesen Gängen und Klüften mit der Akribie eine Bergmanns, wobei sie eine Hierarchie nach der lichten Weite der einzelnen Freiräume aufstellte.

Minutenlang geschah auf den Schirmen nichts, bis die Sonde wieder aus dem Funkschatten kam, wie ein Wal, der zum Blasen an die Oberfläche kommt, und neue gewaltige Datenmengen überspielte. Die Struktur wurde immer komplexer, wobei es weder den menschlichen Beobachtern noch den nachgeschalteten Systemen gelang, ein Muster oder eine Regelmäßigkeit der Form zu erkennen, die über eine vage kristallartige Analogie hinausgegangen wäre.

»Was hältst du von der Gestalt?«, fragte Butch seinen Ersten Offizier.

Morton zuckte die Achseln.

»Diese große Kluft hier in der Mitte«, dachte er laut nach. »Das sieht doch wirklich aus, als wäre ein ursprünglich kompakter und massiver Monolith entlang seiner Kristallstruktur mitten durchgebrochen.«

»Und den Rest hat es dabei abgesprengt.« Der Kommandant griff auf die Darstellung zu und drehte sie in alle möglichen Richtungen. »Guardes?«

»Mich beschäftigt die Frage«, sagte der Navigator, »ob man die Trümmer virtuell zu einem Block zusammenfügen kann.«

»Und?«

»Ich brauche noch etwas mehr Daten. Aber ich glaube eigentlich schon.«

»Gesetzt, es wäre so, was würde uns das sagen?«

»Es gibt so oder so keinen Sinn«, sagte Guardes.

»Wieso?«

»Na, nehmen wir an, es wäre einmal ein Monolith gewesen, eine Art riesige Basaltsäule, zwanzig mal fünf Kilometer, jetzt mal ganz grob, hexagonale Rotationssymmetrie.«

»Ja.«

»Und irgendetwas hat sie zum Zerbersten gebracht.«

»Ja, Guardes.«

»Warum sind die Trümmer dann genau so weit auseinandergedriftet, wie wir es jetzt sehen, an der weitesten Stelle ein paar Hundert Meter.«

»Keine Ahnung?«

»Die Masse ist gewaltig, wenn wir sie als Exoniumvorkommen sehen, oder gar, wenn wir es als Artefakt betrachten. Aber rein physikalisch ist sie zu gering, um eine nennenswerte Gravitation zu erzeugen.«

»Die Drift muss angehalten worden sein oder es gibt etwas, das ihr entgegenwirkt.«

»Wir können keinerlei Feld feststellen.«

»An diesem Punkt waren wir schon«, schaltete Mortimer sich wieder ein. »Das ganze Ding scheint einer Art Stasis zu unterliegen. Das gilt auch für seine nichtvorhandene Bewegung im Raum, sei es als stellare Drift, sei es als simple Rotation.«

»Kinder, so kommen wir nicht weiter.« Butch stand ruckartig auf. »Wir können hier noch hundert Jahre lang akademische Debatten führen.«

»Was hast du vor?«, fragte Nola.

»Ich sehe mir das Ding aus der Nähe an.«

»Oh Gott, Butch.« Die Pilotin warf ihm einen flehentlichen Blick zu. »Muss das wirklich sein?«

»Es ist die einzige Möglichkeit, in dieser Sache voranzukommen.«

Der Kommandant hatte beide Hände in den Gürtel gehängt und sich breitbeinig hingestellt. *Wie ein Cowboy beim Rodeo*, dachte Manuel.

»Mortimer, du übernimmst«, sagte er noch. »Passt auf die *Scardanelli* auf!«

Mit einem vergnügten Zwinkern blickte er über seine Brückencrew.

»Pass bloß auf«, sagte der Erste Offizier.

Er salutierte und wechselte auf den Hauptbedienplatz.

»In einer Stunde bin ich wieder da.« Butch sah nach oben, als müsse er etwas überschlagen. »Sagen wir in zwei.«

Und damit war er verschwunden.

Auf dem Monitor sahen sie, wie er Augenblicke später aufs Maschinendeck gestiefelt kam. Clarke und Papadopoulos hatten in der Zwischenzeit das abgenommene Neumann-Gestänge an das kleine Shuttle montiert. Es sah aus wie ein PKW, an den man eine Baggerschaufel und mehrere Bohrer aus der Erdölgewinnung geschraubt hatte. Butch zog einen schweren Raumanzug an.

»Willst da draußen aussteigen?«, rief Nola in den Kanal.

»Warum nicht?«, erwiderte der Kommandant gut gelaunt. »Ein bisschen Witterung aufnehmen.«

Die Pilotin atmete schwer durch und sah gequält um sich, ließ Butch aber gewähren.

Es dauerte mehrere Minuten, bis Butch sich in den Anzug gewunden hatte. Clarke und Papa halfen ihm dabei. Dann stieg er ins Shuttle, das ausgeschleust und aus der Druckkammer gestoßen wurde. Es schwebte einige Meter weg und zündete dann das kleine, aber leistungsstarke Triebwerk.

»Yippijeehh!«, hörten sie, als die Übertragung online ging.

»Lass es langsam angehen«, rief Nola, die wider Willen lachen musste. Und halblaut sagte sie zu den anderen. »Ich glaube, er hat auf dem Weg nach hinten noch einen gekippt.«

Vorsichtshalber legte sie sich den Stream seines Anzugs auf den Monitor. Der Kommandant hatte einen erhöhten Puls, und auch sein Atem ging sehr schnell. Er schwitzte. Seine Nervenaktivität war die eines Jugendlichen, der noch rasch etwas eingeworfen hatte, ehe er in die Disco ging.

»Ob Clarke ihm was von ihrem Kraut gegeben hat?«, schmunzelte Morton.

»Das ist schiere Begeisterung!«, sagte Manuel.

Er spürte, wie die Aufbruchstimmung des Kommandanten auf ihn überging, als er jauchzend in einer lang gezogenen Parabel und bei fünf g Beschleunigung dem Kristall entgegenjagte.

»Leider hat er nicht mehr das Herz dafür«, sagte Nola, die als Einzige eine düstere Miene behielt.

»Lass ihn«, grinste Morton. »Gönnen wir ihm die Goldgräberstimmung.«

»Es wäre mir lieber, er wäre etwas vorsichtiger!«

»Was soll denn passieren?«

»Das wissen wir ja eben nicht.«

»Meinst du, die Hondh haben Heckenschützen in dem Ding versteckt?!«

Nola schlug die flachen Hände auf die Konsole und sah genervt auf.

»Wir – wissen – nicht, was es ist, verdammt noch mal!«

Morton wechselte einen spöttischen Blick mit Manuel, ehe er sich wieder den Kontrollen zuwandte.

»Wird schon alles schiefgehen«, sagte er leise.

Dann wurde es still auf der Brücke. Gebannt sahen alle zu, wie das Shuttle sich der Kristallstruktur näherte, die in der nachgeführten Projektion der Instrumente größer und größer wurde. Wie wenn ein kleines Propellerflugzeug auf einen Himalaja zuflog und dabei dessen wahre Dimensionen erkennen ließ.

»Scheiße, ist das Ding groß«, stöhnte Nola.

Das Shuttle war nur noch ein Punkt, ein kleines rotes Symbol, an dem ein Kästchen mit herunterscrollenden Daten und Koordinaten klebte, das vor den gigantischen Ausdehnungen des fremdartigen Phänomens völlig verloren ging. Wie eine Mücke summte es über den kilometerlangen Fluchten, Kanten, Ebenen und Zwischenräumen dahin.

»Was siehst du?«, fragte Morton.

Butch war nahe genug herangekommen, um auch mit dem bloßen Auge etwas erkennen zu können.

»Es ... fantastisch!« Die Übertragung krachte. Auch der Datenstream der Überwachung setzte immer wieder für einen Sekundenbruchteil aus, wie das Herz eines Infarktpatienten, um dann stockend wiederzukommen.

Auf einem zweiten Schirm baute sich das Bild der Shuttle-Kamera auf. Stumpfgraue und anthrazitschwarze Flächen von grober Geometrie und sonderbar abrupt verlaufenden Brüchen. Dolomitentürme aus Rauchquarz, ein Mount Everest aus regelmäßigen Schuppen. Aber immer wenn das Auge ein Muster zu identifizieren schien, an dem es sich festzuhalten versuchte – Bienenwaben oder andere hexagonale Strukturen, Kochsalzwürfel, Amethystrhomben –, glitt es wieder daran ab, dass da kein Muster war. Nur eine verstörende Vielzahl von pseudomathematischen Phänomenen, die eine Wiederkehr vorspiegelten, die sie dem Betrachter am Ende doch vorenthielten. Die Spitzen der einzelnen Quader und Säulen sahen aus wie Berggipfel, auf denen lose Felsbrocken herumlagen. Dann spielte das Unbewusste wieder Bilder aus dem Elektronenmikroskop ein: Blutplättchen in millionenfacher Vergrößerung, die auf abstrakten, in Falschfarben glimmernden Gewebewolken schwebten. Alle diese Assoziationen gingen ins Leere, der Geist quälte sich selbst mit vermeintlichen Déjà-vus, weil er das durch und durch Fremde nicht begreifen und noch weniger akzeptieren konnte.

»Was zur Hölle ist das?« Morton konnte den Blick nicht von der Übertragung nehmen.

»Sagenhaft … wahr?« Ab und zu kam ein Halbsatz von Butch herein, der genau so zertrümmert und gespalten war wie die leblosen Landschaften aus Kristallsplittern, die sich in der Fisheye-Perspektive der Bordkamera vor ihnen dehnten.

»Ich werde später … irgendwo … aufsetzen«, gab er durch. »Jetzt erstmal … großen Canyon!«

»Das Ding absorbiert nicht nur, es stört.« Manuel ließ die einkommenden Signale durch alle möglichen Filter und Algorithmen laufen. Obwohl das Shuttle noch in direktem Kontakt zur *Scardanelli* stand, war die Kommunikation bereits extrem beeinträchtigt. Die Struktur schien nicht nur Informationen, die aus ihrem Inneren kamen, abzublocken, sondern auch solche, die außerhalb ihres Ereignishorizontes entstanden, zu kontaminieren. Als wäre ein Störfeld geschaltet. Aber die Instrumente registrierten nichts dergleichen.

»Wenn es ein Feld ist«, schloss er, »ist es eines, das zugleich sich selbst verbirgt.«

»Ist so etwas möglich?«, fragte Nola.

»Physikalisch bestimmt«, sagte Manuel ausweichend.

»Technisch auch«, schaltete Guardes sich ein. »Wenn wir wissen, mit welchem Technologieniveau wir konfrontiert sind.«

»Oh Gott«, stöhnte die Pilotin. »Wir müssen ihn dort wegholen!«

»Jetzt ist es zu spät«, sagte Morton gleichmütig.

Sie sahen noch, wie das Shuttle im Inneren der Struktur verschwand. Dann riss die stark verunstaltete Übertragung endgültig ab.

»Verdammt«, zischte Manuel. »Wir hätten ihm Relais mitgeben müssen.«

»Der Alte war ja nicht mehr zu halten«, grinste Morton.

»Er ist weg«, sagte Nola düster.

»Ja«, meinte der Navigator. »Wir können nichts anderes tun als warten.«

Butch blieb über eine Stunde lang verschwunden. Das Shuttle war in den riesigen Spalt getaucht, der den Kristall der Länge nach durchzog, ein Canyon von mehreren Kilometern Tiefe, eingefasst von lotrechten Wänden aus glattem schwarzem Material. Die Neumann-Sonde zog nach wie vor ihre Bahnen um das Phänomen. Wie ein beliebiger Erkundungssatellit, der einen Asteroiden kartiert, spulte sie ihr Muster ab, wand ihre Spiralen um den Körper, um jeden Quadratzentimeter seiner Oberfläche mit ihren Spitzer-Sensoren bestreichen zu können, und verschwand dann abermals im Inneren.

Vierzig Minuten, nachdem Butchs Übertragung erloschen war, kam es irgendwo in dem dreidimensionalen Labyrinth des Kristalls zu einem Rendezvous. Die Sonde erfasste plötzlich eine gewisse elektromagnetische Aktivität. Einige Kilometer entfernt, in der Tiefe eines der Gräben, war etwas. Für einen Sekundenbruchteil sah man sogar ein schwaches Licht auf der visuellen Leitung. Dann riss der Stream ab, weil die Neumann in den Funkschatten des riesigen Hauptfragments eingetaucht war. Einige Minuten später kam sie wieder online und überspielte die aufgelaufenen Daten.

Was sie auf dem großen Schirm sahen, war nichts anderes als das kleine Shuttle der *Scardanelli*, das Butch an eine der Klüfte herangefahren hatte. Eine besonders porös wirkende Stelle bearbeitete er nun mit dem titanischen Schürfwerkzeug, das er an sein Gefährt hatte montieren lassen. Man erkannte sogar, wie er kurz aufblickte, als die Neumann-Sonde an ihm vorbeischoss. Aber er war offenbar zu sehr in seine Tätigkeit vertieft, um die Transmitterfunktion zu aktivieren. Er hätte die Sonde als zeitverzögertes Relais einsetzen können, um das Log der letzten dreiviertel Stunde auf das Mutterschiff zu überspielen. Aber offenbar machte es ihm nichts aus, ohne Kontakt zur Brücke zu sein. Er hatte es jedenfalls nicht eilig, den funklosen Zustand zu beenden.

»Goldgräberstimmung«, schmunzelte Morton. »Hab ich doch gesagt!«

Nola zog die Augenbrauen hoch und widmete sich der Analyse der Neumann-Daten. Diese ermöglichten inzwischen zwar eine räumliche Wiedergabe des Kristalls einschließlich seines labyrinthischen Innenlebens in einer Auflösung von unter einem Zentimeter. Aber das war auch alles. Sämtliche Tiefenscans glitten auch aus nächster Nähe an dem Phänomen ab, über dessen Dichte oder chemische Zusammensetzung nach wie vor keine Aussagen getroffen werden konnten.

»Das gibt's doch gar nicht«, zischte die Pilotin. »Kein natürliches Objekt kann sich der Ausspähung derart entziehen. Es sieht aus, als habe jemand etwas vor uns zu verbergen!«

»Langsam mit voreiligen Schlüssen«, sagte Morton. »Exonium ist inert. Solange wir keine Daten haben, können wir einfach gar nichts sagen.«

»Vielleicht findet der Chef etwas«, warf Manuel ein.

Dann saßen sie wieder und warteten.

Plötzlich brach Butchs Stimme über die Brücke herein. Es war ein einziges unartikuliertes Gebrüll. Die Automatik regelte die völlig übersteuerte Übertragung herunter und versuchte sie zu entzerren. Dennoch war kein Wort zu verstehen. Der Kommandant schien ein wildes Indianergeheul auszustoßen.

»Mein Gott, wird er geschlachtet?« Nola hatte sich unwillkürlich die Ohren zugehalten. Sie warf einen finsteren Blick auf den Stream und sah missmutig zu, wie die nachgeordneten Routinen der Bordintelligenz sich damit abmühten, ein verständliches Signal herauszufiltern.

»Butch, beruhige dich!«, rief Morton in die Übertragung. »*Scardanelli* an Shuttle: Wir hören dich. Aber du musst ruhiger sprechen.«

Es krachte und rumpelte. Auf dem Monitor baute sich ein Bild auf. Man sah den Kommandanten am Steuer sitzen und vor sich hintoben. Die Qualität war schlecht, obwohl die Daten durch alles an Aufbereitung gejagt wurden, was dem System zur Verfügung stand.

Morton warf Manuel einen strafenden Blick zu. Aber der junge Offizier hob nur die Schultern. Er hatte schon alles auf den Stream geschaltet, was überhaupt ging.

»Was macht er denn?« Nola schaute fasziniert zum großen Schirm auf, wo man Butch mit geballten Fäusten gestikulieren sah.

Ab und zu waren einzelne Wörter oder Fetzen zu verstehen.

»Sackzement ... alten Tage ... erleben!«

Dann ging alles wieder in einem einzigen Dröhnen unter.

»Ist er besoffen?«, fragte Morton. Nola musste schmunzeln, weil er die Stimme senkte und sein Mikro zuhielt. Eigentlich sah es nicht so aus, als ob Butch sie hören könnte oder an ihnen interessiert wäre.

»Besoffen vor Glück«, sagte sie nach einem Seitenblick auf die medizinischen Daten, die langsam und verstümmelt hereinkamen. Der Puls des Kommandanten war noch höher als am Morgen, nachdem er losgeflogen war, ebenso sein Blutdruck. »Seine Erregungswerte gehen durch die Decke.« Die Pilotin wirkte neidisch. »Sieht beinahe aus wie bei Guardes, als wir ihn aus dem Menger-Koma geholt haben.«

»Das war kein Koma, sondern Ekstase«, korrigierte der Navigator sofort. »Falls du weißt, was das ist, schöne Nola!«

»Jetzt nicht anzüglich werden«, erwiderte sie. »Vielleicht kannst du uns sagen, was er da macht!«

Sie betrachteten wieder das schwankende, von rauschenden Stürmen überflutete Bild. Butch hatte rote Wangen, seine Augen glänzten nass. Er sperrte den Mund auf und brüllte etwas. Sein Helmvisier war entpolarisiert. Dennoch war sein Gesicht nur eine Landschaft aus Reflexen und Spiegelungen.

»Er singt«, sagte Guardes. »Er singt etwas. Es klingt sehr fröhlich. Nicht dass ich ein Wort davon verstehen könnte.«

Er verschmolz wieder mit den Systemen.

»Übrigens kommt er sehr schnell herein. Er müsste allmählich Schub wegnehmen.«

Tatsächlich war das Shuttle mit bloßem Auge sichtbar. Ein plasmablauer Punkt, der sich in leicht einwärts gekrümmter Parabel dem Mutterschiff entgegenwarf. Butch schien sogar noch zu beschleunigen.

»Brücke an Shuttle!« Morton reagierte sofort. »Butch, du musst abbremsen, du bist viel zu schnell.«

Weder die Bildübertragung noch der akustische Kanal ließen erkennen, ob der Kommandant etwas verstanden hatte.

»Butch!«, rief der Erste Offizier in strengem Tonfall. »Butch, kannst du uns hören?«

Die Antwort war eine Mischung aus höhnischem Gelächter und einer ganzen Kaskade an Schimpfwörtern und Flüchen. »Ha! Ihr ... Würstchen ... alle nicht ... glaubt ... Hosenschei ... Angsthasen ...«

»Butch!«, rief Nola, deren Stimme einen Schuss Verzweiflung enthielt. »Butch, beruhige dich, bitte!«

»Würde ... passen!«

»Er ist durchgedreht«, sagte die Pilotin leise, nachdem sie einen skeptischen Blick auf die medizinischen Daten geworfen hatte. »Starker psychotischer Schub. Er ist nicht mehr ganz bei sich!«

»Exonium ...«, hörten sie aus dem Lärm. »... steht ihr? Alles ... -onium ... Frachter ... Hondh ... wir ... -rettet!«

»Ja«, sagte Nola so beherrscht wie möglich. »Ist gut, Butch. Erzähl uns alles, wenn du hier bist. Jetzt beruhige dich und konzentrier' dich auf das Andocken!«

»Er ist viel zu schnell«, stellte Morton mit eisiger Ruhe fest. »Und er zielt auf unsere Steuerbordflanke.«

Mit einem Kopfnicken forderte er Manuel auf, die Kontrolle über das Shuttle an sich zu ziehen. Der junge Offizier hatte es bereits versucht. Aber er konnte keinen Kanal aufbauen, der stabil genug wäre und ausreichend Bandbreite hätte.

»Negativ«, sagte er gepresst. »Guardes!«

»Ich tue was ich kann«, sagt der Navigator. »Wenn ich einen Leitstrahl schalten könnte, hätte ich es längst getan.«

»Wo ist das Problem?«, fragte Morton.

»Er fliegt auf manuell«, sagte Guardes lapidar. »Und da er der Kommandant ist, kann ich ihn nicht blocken.«

»Verdammt!«

Sie sahen hilflos zu, wie das Shuttle ungebremst und in seltsamen Taumelbewegungen auf die *Scardanelli* zuraste.

»Override-Codes«, rief Morton. »Medizinischer Notfall.«

»Zu spät«, sagte Manuel.

Gleichzeitig spürten sie, wie ein Zittern durch das Schiff lief.

»Festhalten«, gab Guardes durch. Er gab Alarm auf dem Maschinendeck, wo die übrigen Crewmitglieder in Panik gesicherte Plätze aufsuchten.

Die *Scardanelli* bäumte sich auf, als der Navigator ein Ausweichmanöver einleitete. Nola hing an der medizinischen Überwachung und versuchte, Butchs integrierten Anzug unter Kontrolle zu bringen. Wenn sie ihm ein Beruhigungsmittel verabreichen könnte!

Auf dem Schirm sahen sie, wir Butchs exaltierte Miene plötzlich einfror, als er im letzten Moment seinen Fehler erkannte.

In quälender Langsamkeit sprangen die Aggregate des Schiffes an. Die Heckdüsen stießen zwanzig Meter lange, eng fokussierte Plasmaflammen aus. Die *Scardanelli* machte einen Satz nach vorne, um dem wie ein Meteor heranschießenden Shuttle auszuweichen.

Aber es war zu spät. Einer der hinteren Kräne erwischte das Gefährt, das von der Wucht zerschmettert wurde. Die Kabine wurde eingedrückt. Ihre Atmosphäre explodierte in den Weltraum.

Auf dem Schirm sahen sie, wie Butchs Helm von einer Strebe getroffen und sofort zerfetzt wurde. Gleichzeitig rammte ihm der ungeheure Aufprall die Armaturen in den Leib. Die integrierte Schwerkraft, die die Beschleunigungskräfte im Inneren kompensierte, brach zusammen. Der Kommandant wurde mit 50 000 Stundenkilometern gegen die Frontscheibe geklatscht, die im selben Moment zu existieren aufhörte.

Der Einschlag erschütterte das gesamte Schiff. Ein Halo aus Plasma und roher Energie hüllte die *Scardanelli* ein, deren Heck wie unter einem Hammerschlag erzitterte. Die Detonation hatte die Wucht eines nuklearen Sprengkopfs. Die Abschirmung sackte für einige Sekunden durch, als sie alle Kräfte aufbot, die Integrität der Schiffshülle zu gewährleisten.

Dann wurde es dunkel und ganz still an Bord.

»Und nun?« Nola setzte sich auf ihre Konsole, das Gewicht auf das rechte Bein gestützt, während sie das linke pendeln ließ. In der Hand hielt sie einen Becher, in dem dünner Kaffee schwappte. Es sah aus, als hätten Kinder Wasser mit Ruß vermischt, um »Kaffeetrinken« zu spielen. Mehr gab der notdürftig reparierte Synthek nicht her, und die Manufaktoren arbeiteten noch daran, die komplexen Module herzustellen, aus denen man neue hätte montieren können.

Aber das war nicht das dringlichste Problem.

»Ich weiß nicht«, seufzte Morton. »Er würde sicher wollen, dass wir die Mission fortsetzen!«

Der Erste Offizier, der aufgrund von Butchs Tod zum Kommandanten der *Scardanelli* geworden war, knabberte lustlos an einem steinharten Keks herum.

»Wir müssen erst herausfinden, was passiert ist«, wandte Manuel ein. »Im Grunde hätten wir schon Butch niemals fliegen lassen dürfen.«

»Wir haben ihn nicht fliegen lassen«, gab Nola zu bedenken. »Er ist einfach geflogen.«

Mit Todesverachtung schlürfte sie einen weiteren Schluck.

Alle sahen auf den großen Schirm, der auf das Maschinendeck geschaltet war. Nach Butchs Tod war Clarke mit einem lauten Schrei zusammengebrochen. Papadopoulos kümmerte sich um sie. Derek und Cooper saßen da und drehten irgendwelches Werkzeug in den Händen. Sie wirkten bemüht, sich nichts anmerken zu lassen. Die Neumann-Sonde war selbsttätig zum Schiff zurückgekehrt und wartete nun, fünfzig Meter hinter dem offenen Hangartor schwebend, dass sie eingeschleust werden konnte. Ihre Daten hatte sie bereits an den Hauptrechner überspielt. Aber es hatte niemand Lust gehabt, sich darum zu kümmern.

»Was ist passiert«, wiederholte Manuel eindringlich. Dann wandte er sich an die Bordärztin. »Du hattest seine Werte auf dem Schirm, Nola!«

»Willst du mir daraus jetzt einen Strick drehen?«

Manuel erschrak, als sie so gereizt reagierte.

»Natürlich nicht«, sagte er leise. »Es geht nur darum ...«

»Wir stehen alle unter Schock«, schaltete Morton sich ein. Dann sah auch er die Unterlicht-Pilotin an. »Aber der Kleine hat recht. Wir müssen wissen, was da los war!«

»Herrgott, ich bin doch keine Ärztin«, sagte Nola. »Im Grunde ist es Anmaßung, was ich hier mache!«

»Niemand gibt dir eine Schuld!«

»Das wäre ja noch schöner!«

»Ganz ruhig.«

Manuel bewunderte Morton für seine Abgeklärtheit. Ihm selbst saß der Schreck noch in den Gliedern. Seine Hände zitterten. Am liebsten hätte er einen Schnaps getrunken oder sich eine Stunde hingelegt. Immer wenn er die Augen schloss, sah er Butchs Mine wie eingefroren vor sich, dieses entsetzliche Begreifen, in was für eine Situation er sich gebracht hatte, zu spät, viel zu spät, ein Sekundenbruchteil vor seinem Tod. Der einzige Trost war, dass die Wucht des Aufpralls ihn verdampft hatte, ehe er noch so etwas wie Schmerz zu spüren bekam.

»Es tut mir leid.« Nola bekam ihre Nerven langsam wieder in den Griff. »Aber wirklich, ich kann die Daten nicht interpretieren. Vielleicht wenn ich sie mit einer medizinischen Kartei abgleiche. Aber ihr wisst ja alle, in welchem Zustand unsere Datenbanken sind.«

»Glaubst du, dass er einen Herzanfall hatte?«

»Er war völlig aus dem Häuschen. Sein Blut bestand nur noch aus Serotonin und Endorphinen.«

»Also Glückshormonen«, hakte Morton nach. »Dann war er mit dem zufrieden, was immer er dort entdeckt hat.«

»Er muss wirklich geglaubt haben, Ali Babas Höhle gefunden zu haben.«

»Er hatte einen Herzanfall«, war die Stimme des Navigators zu hören. Offenbar hatte Guardes die Daten mit dem verglichen, was er in den Speichern der *Scardanelli* finden konnte.

»Kontrollverlust«, sagte Nola düster. »Getrübtes Realitätsempfinden. Vermutlich auch gestörte Zeitwahrnehmung. Das könnte erklären, warum er gar nicht ans Abbremsen dachte!«

»Er war der Meinung, dass er das Ding seines Lebens gemacht hat.« Morton atmete traurig durch. »Aber es war einfach zu viel für ihn.«

»Ja, er hatte nicht viel Zeit, diesen Triumph zu genießen.«

Manuel dachte über die Tragik dieses Schicksals nach. Erst auf dieser Mission hatte er begriffen, was der Alte in ihm sah, was er für ihn war. Und nun dieser Moment der Erfüllung, dem sofort die Vernichtung folgte!

»Die Frage ist ja«, sagte er leise, »ob er die Kontrolle über das Shuttle verlor, weil er einen Herzanfall hatte, oder ob er einen Herzanfall bekam, weil er die Kontrolle über das Shuttle verlor.«

»Was willst du damit sagen?« Nola lauschte seinen Worten nach, als wäre ein geheimnisvoller Sinn darin verborgen.

»Ich weiß nicht genau.« Der junge Offizier sah sie offen an. »Er wirkte doch ganz fröhlich. Aufgedreht, sicher. Aber nicht so, als ob er unmittelbar vor dem Kollaps wäre.«

»Du könntest natürlich recht haben«, sagte die Pilotin. »Er war gut drauf und wollte nach Hause fliegen. Das Shuttle hat er quasi mit links gesteuert. Die Frage ist, warum er überhaupt von Hand geflogen ist. Vermutlich ist das so eine Männersache!«

Morton und Manuel tauschten einen Blick, als hätten sie keine Ahnung, worauf sie anspielte.

»Ist ja auch egal. Und dann merkte er, dass etwas nicht stimmte.«

Sie dachte nach.

»Vielleicht ist es doch die Physik. Hatten wir nicht gesagt, dass wir noch einen Rest an Menger-Geometrie da draußen haben? Das könnte auch die Probleme bei der Kommunikation erklären!«

Die beiden anderen starrten sie an.

»Verdammt, wir hätten ihn einfach nicht fliegen lassen sollen!«

»Das … ist … schwer zu sagen«, stammelte Morton. »Guardes?«

»Wir haben Einsteinbedingungen«, sagte der Navigator sofort. »Aber die schöne Nola hat auch nicht ganz unrecht. Wir registrieren die ganze Zeit eine Art Überhang an Menger-Konditionen, etwa was die Durchlässigkeit des umgebenden Raumgebiets angeht.«

»Könnte das die Steuerung des Shuttles beeinträchtigt haben?«

»Nicht restlos auszuschließen.«

»Oh Scheiße!«

»Es ist nicht so, dass wir Butch nicht gewarnt hätten«, sagte Nola.

»Vorwürfe dieser Art bringen uns jetzt nicht weiter«, wandte Morton ein. »Wir müssen nach vorne sehen. Aber dazu müssen wir wissen, was passiert ist.«

Er nickte Manuel zu. Aber der konnte nur den Kopf schütteln.

»Alles, was an Daten übertragen wurde, haben wir im Backup. Es ist aber in der Sache nicht wesentlich mehr, als was wir selbst mit unseren eigenen Augen und Ohren mitbekommen haben.« Er seufzte und warf den beiden Älteren einen Blick zu, der ihnen nicht gefiel.

»Wir bräuchten die Blackbox des Shuttles.«

Morton stieß ein verächtliches Lachen aus.

»Dieser Aufschlag hatte die Gewalt einer kleinen Atombombe. Wir können von Glück sagen, dass das Mutterschiff nicht restlos zerfetzt wurde. Was an Aufbauten draufgegangen ist, ist entbehrlich oder zu ersetzen.«

Er hielt inne und dachte nach. An seinen Wangen traten die Kaumuskeln hervor, als beiße er auf dem Problem herum wie auf den steinharten Keksen, an denen er knabberte.

»Es ist nicht unmöglich«, sagte Guardes in diesem Moment. »Ich habe den Aufprall rekonstruiert. Das Shuttle wurde in der Mitte nach oben geknickt. Der Bug ist pulverisiert. Aber es wäre denkbar, dass das Heck, in dem der fragliche Speicher sitzt, halbwegs überlebt hat.«

»Am Stück?«, fragte Morton ungläubig.

»Als Trümmerwolke, die über uns hinweggefegt ist und sich jetzt mit Mach 50 in den Tiefen des Weltraums verliert. Auf circa acht Uhr über unserer Backbordseite.«

»Haben wir eine Peilung?«

»Negativ. Aber wir könnten eine Neumann-Sonde aussetzen und dem potenziellen Vektor hinterherschicken.«

»Worauf warten wir?« Dann besann der neue Kommandant sich noch. »Keine weitere Spekulationen in Gegenwart der anderen«, sagte er, die Hand auf dem Anzugsmikrofon. »Wir spielen *Business as usual* und lassen uns nichts anmerken. Ich trau' hier niemand mehr über den Weg!«

Dann drehte er die Übertragung wieder hoch und rief mit fester Stimme: »Brücke an Maschinendeck. Drei Neumann-Sonden fertigmachen zum Ausbringen. Wir starten die Ausbeutung der Struktur!«

Er ließ die Hand in der Luft schweben und lenkte die Aufmerksamkeit der anderen auf den Schirm, der das Geschehen auf dem hinteren Deck zeigte. Die Reaktionen waren interessant.

»Endlich!« Derek und Cooper erhoben sich und rieben vor Arbeitseifer die Hände. »Das wurde auch Zeit. Wir sind doch nicht zum Rumsitzen hier!«

Clarke, die immer noch von Papadopoulos gestützt wurde, brach in ein wildes Geheul aus. »Ihr könnt doch nicht zur Tagesordnung übergehen! Seid ihr komplett bescheuert?«

»Halts Maul, Clarke«, schnauzte Derek. »Fass lieber mit an!«

»Sonst drückt ihr euch alle, wo ihr könnt«, schniefte die Technikerin. »Und jetzt habt ihr's auf einmal eilig!«

»Wir sitzen seit Tagen hier rum und kommen nicht voran.« Cooper flüsterte mit trockenen Lippen, dass seine Worte auf der Brücke kaum zu verstehen waren. Je ruhiger er sich gab, umso bedrohlicher wirkte er.

»Fick dich, Coop«, schnauzte Clarke. »Da draußen ist gerade jemand gestorben!«

»Fick dich selber«, gab Cooper zurück. »Was sollen wir jetzt machen. Ein Trauerjahr einlegen?«

»Sieh es doch mal so, Clarke«, sagte Derek, »einer weniger, mit dem wir teilen müssen!«

»Halts Maul!«

»Und wo du jetzt niemand mehr zum Vögeln hast«, warf Cooper keckernd ein, »kannst du heute Nacht ja zu mir kommen!«

Clarke hatte eine Entgegnung auf der Zunge, schlucke sie aber herunter. Mit einer wegwerfenden Handbewegung ging sie an die Arbeit. Dabei warf sie einen Blick zur Kamera, als könne sie die Brückencrew durch die Übertragung fixieren. Ihre Miene schwankte zwischen Zweifel und Anklage.

»Das ist grausam«, sagte Nola leise zu Morton.

»Ja«, gab er unumwunden zu. »Aber vielleicht erfahren wir so etwas.«

Die technische Crew setzte zwei vollständige Neumann-Sonden aus, die darauf programmiert wurden, den Kristall auf Schürfmöglichkeiten zu erkunden. Die riesigen, mit Kybernetik vollgestopften Automaten würden dann selbstständig das Vorkommen ausbeuten, das Exonium anreichern und in große Containments einlagern, zu denen sie die dabei anfallenden Schlacken verspinnen würden. Je nach Größe der Lagerstätte konnten die Neumanns sich aus dem vorhandenen Material selbst replizieren und so nach und nach eine ganze, von rudimentären KIs gesteuerte Abbauflotte freisetzen, die auch ein nach Milliarden Tonnen zählendes Vorkommen innerhalb einiger Monate verhütten und zum Abtransport aufbereiten würde.

Allerdings wurden die Sonden angewiesen, vorerst nur einige Probebohrungen vorzunehmen und dann eine Rückmeldung abzusetzen. Daraufhin sollten sie auf Bestätigung seitens der Brücke warten, bis sie mit der eigentlichen Arbeit beginnen sollten. So hoffte Morton, sich Zeit zu verschaffen und die Kontrolle über den Prozess zu behalten.

Die modifizierte Neumann-Sonde, die den Kristall bereits oberflächlich kartiert und vermessen hatte, wurde eingeholt. Sie wurde mit einem einfachen Greifarm ausgestattet, der es ihr ermöglichen würde, die Blackbox zu bergen, falls sie noch existierte. Dann wurde sie in der entgegengesetzten Richtung abgefeuert, wo die Partikelwolke aus Shuttle-Trümmern inzwischen ähnlich weit entfernt war wie der Kristall auf der anderen Seite. Guardes hatte seine Berechnungen noch einige Male verfeinert und mit den Daten der äußeren Sensoren der *Scardanelli* nachgeführt. Er kam auf eine Wahrscheinlichkeit von einem immerhin ganzzahligen Prozentsatz, dass der Chip noch intakt war. Das abzusuchende Raumgebiet war inzwischen riesig, da sich die Teilchenwolke mit großer Geschwindigkeit ausdehnte, während sie sich vom Mutterschiff entfernte. Aber da die Blackbox auch über einen schwachen Peilsender verfügte, war die Sache vielleicht nicht ganz hoffnungslos. Mit den hochsensiblen Spitzer-Sensoren an der Vorderseite schoss auch diese Sonde davon und verschwand in den unangenehm düsteren Weiten dieses sonderbar sternarmen Sektors. Dann begann wieder die Zeit des Wartens.

Irgendwann hielt er es auf der Brücke nicht mehr aus. Mit einem Blick zu Morton erhob er sich. Der Erste Offizier nickte ihm einfach zu. Es war schön, wie sie sich inzwischen verstanden, ohne Worte. Sie waren wie Brüder, besonders wenn sie hinter Nolas Rücken solche Blicke des Einverständnisses tauschten. Wenn sie über »Männer« lästerte. Zwei Brüder und eine Schwester. Dass Nola ihn mit dem schönen Mortimer betrogen hatte, war für Manuel nicht existent. Etwas sagte ihm, dass es nichts Bedeutendes gewesen und auch schon wieder vorbei war. Etwas schweißte die drei zusammen, jetzt wo Butch tot war. Sie waren nicht nur die drei verbliebenen Offiziere, die klägliche Brückencrew. Sie waren die Einzigen, die einander vertrauten. Ein eingeschworenes Häuflein, um das sich die Schlinge enger zusammenzog.

Er ging zum Maschinendeck, wo Derek und Cooper in ihrer aufreizenden Art herumlungerten. Manuel sah, dass sie auch die vierte und letzte Neumann-Sonde schon aus dem Magazin geholt und fürs Ausbringen vorbereitet hatten, obwohl dazu noch kein Auftrag seitens des Kommandanten vorlag.

Als sie sahen, dass er es sah, wurden ihren Mienen lauernd. Derek bohrte die muskulösen Arme noch herausfordernder ineinander als sonst. Cooper folgte ihm mit stechenden Blicken, seine spitze, reptilienhafte Zunge bearbeitete unablässig seine zerrissenen Lippen. Ein Wort, und sie wären über ihn hergefallen. Aber er tat ihnen den Gefallen nicht.

Ganz am anderen Ende des riesigen Decks saß Clarke auf einer Werkzeugkiste. Sie hatte eine Flasche Cidre-Bier in der Hand und kaute auf etwas herum. Ihr Gesicht war leer. Tränenspuren führten von ihren Augen zu ihrem harten Kinn. Papadopoulos stand ein paar Schritte abseits und sah durch das Hangartor und sein leise schimmerndes Kraftfeld in den Raum hinaus.

Niemand sagte etwas.

Nur Derek und Cooper fingen an, sich halblaut zu unterhalten, als Manuel sich weit genug von ihnen entfernt hatte. Er hätte den akustischen Zoom des Bordsystems benutzen können, um sich ihre aggressiv hervorgezischten Worte heranzuholen. Aber das war nicht nötig. Er hatte in ihren Mienen gelesen, worum es ging. Es waren Masken der Gier und des Trotzes. Sie wollten endlich mit dem Abbau der Struktur beginnen, die in ihren Augen eine einzige riesige Goldmine war. Und vermutlich würden sie irgendeinen Vorwand suchen, um sich gegen Mortons Kommando aufzulehnen. Vermutlich das Ausbringen der vierten Neumann.

»Geh wieder nach vorne, Kleiner«, sagte Clarke. Es wunderte ihn, dass ausgerechnet sie es war, die sich direkt an ihn wandte. »Hier gibt es für dich nichts zu holen. Du gehörst auf die Brücke. Dort sind deine Freunde.«

»Es tut mir so leid, Clarke«, sagte er mit belegter Stimme. »Butch ...« Er konnte nicht weitersprechen.

»Du brauchst nichts zu sagen.« Sie sah ihn an, aber als er ihrem Blick begegnen wollte, drehte sie sich weg.

»Ich ... wir«, stammelte er hilflos. »Wir werden herausfinden, was passiert ist.«

Seine Beharrlichkeit zwang sie, ihn wieder anzuschauen. Ihr asketisches Gesicht war von Erschöpfung und tiefer Trauer gezeichnet. Trotzdem fand er, dass sie schön war. Tief unter der rauen Schale, die sie sich in dieser brutalen Männerwelt zugelegt hatte, war ein ganz zarter, weicher Kern.

»Das kann ich dir sagen«, presste sie hervor.

»Wir werden es beweisen«, sagte er ruhig.

Sie musterte ihn, wie man jemanden mustert, den man falsch eingeschätzt hat.

»Du gehörst nicht hierher«, sagte sie noch.

Aus dem Augenwinkel nahm er wahr, wie Derek und Cooper einige Schritte in ihre Richtung gekommen waren.

»Was wird da getuschelt?«, brüllte Derek, dass es in der hallenartigen Weite des Decks dröhnte.

Manuel wandte sich ihm zu und hielt seinem Blick gelassen stand.

Derek hielt mitten in der Bewegung inne. Manuels Haltung irritierte ihn.

»Wer hat angeordnet, die vierte Neumann-Sonde vorzubereiten?«, fragte der Offizier.

»Es wird Zeit, dass wir mit dem Schürfen anfangen«, blaffte der Maschinist.

»Das habe ich nicht gefragt!«

»Du hast hier gar nichts zu sagen, Jüngelchen.«

»Wer es angeordnet hat, will ich wissen!«

»Niemand«, grunzte Derek herausfordernd.

»Wir wollten nur gewappnet sein, wenn der Befehl von oben kommt.« Cooper schob sich aalglatt an seinem Kameraden vorbei und holte ihn vorerst aus der Schusslinie. »Das Bodenpersonal denkt mit!« Er funkelte Manuel giftig an, der den Sarkasmus überhörte.

»Niemand weiß, was der nächste Schritt sein wird.« Er wartete ab, welche Reaktion dieses schmucklose Eingeständnis seiner Ratlosigkeit bei den beiden hatte. Zumindest waren sie für einen Moment sprachlos. Manuel entwand sich ihrem Zugriff wie ein glitschiger Fisch, der auch aus der stärksten Pranke wieder herausflutscht.

Er nutzte den Augenblick und wandte sich direkt an den Nachrichtenoffizier.

»Haben wir noch Kontakt zu der Suchdrohne?«

»Aye«, bellte Cooper. Es sollte zynisch klingen. Aber er konnte nicht verhindern, dass er sich wieder auf die Position des reinen Befehlsempfängers hatte drängen lassen.

»Und?«

»Was und?«

Er ging nicht auf den äffenden Tonfall ein, sondern sah Cooper unverwandt an.

»Äh, wir haben Kontakt, selbstverständlich. Die Suchalgorithmen werden abgearbeitet. Erste Trümmerstücke wurden geortet. Von daher dürfte die grobe Richtung schon mal stimmen. Aber bis jetzt ...« Der Nachrichtenspezialist verzog das Gesicht und hob die Arme. »Leider Fehlanzeige.« Er sah aus, als wäre er darüber froh.

»Meldung an die Brücke, sowie ihr etwas habt!«

Manuel ließ die beiden stehen und ging zur vorderen Schleuse des Decks. Er spürte ihre Blicke in seinem Rücken, aber er zwang sich, das unangenehme Gefühl dabei auszuhalten. Derek unterdrückte ein Prusten nur unzureichend und klatschte Cooper die Hand auf die Schulter. Manuel wich der Versuchung aus, sich neugierig nach ihnen umzusehen. Der Weg zum Mittelgang war sehr lang. Er konnte nicht verhindern, dass ihm der Schweiß ausbrach. Aber dann trat er durch das schwere Schott und marschierte tief durchatmend zur Brücke.

»Was war das?« Nola empfing ihn mit einem amüsierten Schmunzeln.

»Kleiner Besuch bei Kollegen.« Er ließ sich an seinem Platz nieder und studierte die Protokolle der letzten fünf Minuten.

Wenig später kam die Meldung. Das Statuszeichen der Neumann-Sonde auf dem großen Schirm begann zu blinken. Die KI hatte das schwache Peilsignal der Blackbox aufgefangen und sich darauf ausgerichtet.

»Maschinendeck an Brücke!«, hörten sie Coopers keckernde Stimme.

»Wir sehen's schon selber«, sagte Morton herablassend.

Gebannt verfolgten sie, wie die Karman-Entität, die die Sonde steuerte, sich einen Weg durch die gefährliche Trümmerwolke bahnte, die von dem Shuttle übrig geblieben war. Kein Teil war größer als eine menschliche Faust, aber es waren äußerst scharfkantige Splitter dabei, und sie bewegten sich mit 50-facher Schallgeschwindigkeit.

Die Neumann-Sonde hatte die Herkunft des Signals identifiziert und bewegte sich intelligent darauf zu. Es war dem Automaten anzumerken, dass er dazu geschaffen war, selbsttätig in komplexen und gefahrvollen Umgebungen zu arbeiten, in Asteroidengürteln oder auf aktiven Kometenkernen.

Wenige Augenblicke später war der Peilsender geborgen. Ein verschmorter Kompositklumpen von der Größe eines menschlichen Daumens. Die Sonde fasste ihn mit ihrem Greifarm und bugsierte ihn in eine ihrer Materialtaschen. Dann manövrierte sie behutsam aus dem Teilchenschwarm heraus, richtete sich auf die *Scardanelli* aus und gab zwanzig Sekunden lang vollen Schub auf ihr leistungsstarkes Ionentriebwerk. Einige Minute später ging sie auf der Höhe des hinteren Hangars herunter und wurde eingebracht.

»Finger weg!« Diesmal war Morton selbst aufs Maschinendeck geeilt, um die Blackbox persönlich in Empfang zu nehmen.

Derek und Cooper hatten sich schon an der Sonde zu schaffen gemacht. Aber sie hatte sich nach dem Einschleusen selbsttätig versiegelt und gab den Inhalt des Probenbehälters erst preis, als Morton sich mit der Kommandantenkennung in die manuelle Steuerung der Neumann eingeloggt hatte.

»Immer dieses Misstrauen!«, grinste Cooper.

»Ich glaube nicht, dass da noch was drauf ist«, knurrte Derek.

»Wir werden sehen.« Morton gab Clarke und Papadopoulos ein Zeichen, sich um die Sonde zu kümmern. Dann lief er mit seiner kostbaren Fracht wieder nach vorne.

Sie trafen sich im Labor, wo normalerweise Gesteinsproben analysiert und Bohrkerne ausgewertet wurden. Es war ein wenige Gramm schwerer Klumpen aus verglastem Kunststoff, schwarz und steinhart, wie mattes Obsidian.

»Also los«, sagte Morton.

Er legte den Brocken unter das Lesegerät. Aber der Scan konnte das durch die Hitze des paranuklearen Aufschlags verbackene Material nicht durchdringen. Es war ein Wunder, dass der Peilsender noch funktioniert hatte.

Eine Weile hantierte Manuel mit einem Taschenmesser an dem wulstigen Etwas herum, bis er auf Metall stieß. Dann schickte er eine der intelligenten Fasern hinein, wie sie auch die Navigatoren benutzten, um sich mit dem Schiff zu verbinden. Künstliche Nerven, die sich selbsttätig ausrichteten und um eine Informationsquelle herumwuchsen.

»Bingo!«, sagte er aufgeregt, als sich wenig später ein Protokoll auf die Bordrechner herunterzuladen begann.

Die Aufzeichnungen schienen vollständig, und sie waren so gut wie nicht korrumpiert.

»Bei Gelegenheit müssen wir dem Konstrukteur der Blackbox einen ausgeben«, murmelte Morton beeindruckt.

»Sie hätten ja das ganze Shuttle aus dem Zeug bauen können«, sagte Nola düster.

»Seht her«, rief Manuel.

Der Upload in den Schiffscomputer war abgeschlossen. Die Daten wurden entpackt und aufbereitet.

»Das Log des Shuttles hat nur teilweise überlebt«, las Manuel laut mit, was er interpretieren konnte. »Aber wir haben den kompletten Voicerekorder. Fast drei Stunden in Echtzeit!«

»Sollen wir Clarke holen?«, fragte Morton unbedarft.

»Lieber nicht.« Nola richtete ihren Blick auf die offenstehende Tür des Labors, die zum Mittelgang hinausging. Nach einer Weile begriff Morton und schloss sie.

Nola schaltete den Status des Labors auf *Vertraulich*. Alle externen Leitungen wurden geblockt.

Eine Stunde verbrachten sie damit, Butchs letzte Lebensmomente nachzuvollziehen. Der Kommandant hatte während der ganzen Mission laut mit sich selbst gesprochen. Fast als hätte er gewusst, dass dieses mündliche Protokoll das Einzige sein würde, was von ihm übrig blieb. Anfangs hatte er sich zur Ruhe gemahnt, sich wie ein hochkonzentrierter Programmierer immer wieder selbst gesagt, was er machen musste.

»So, nun hier hinein, woll'n doch mal sehen. Die Kante da. Bohrgestänge ausfahren, hoppala. Jawohl! Und jetzt gehen wir der Sache mal auf den Grund!«

Als die Schnellanalysen des Neumann-Gestänges ergaben, dass die Struktur tatsächlich aus hochreinem Exonium bestand, hatte er seiner Begeisterung freien Lauf gelassen.

Ab und zu ein paar Minuten überspringend hörten sie mit traurigem Lächeln zu, wie Butch vor sich hin jubilierte und krähte. Die meiste Zeit sang er laut und dröhnend, aus voller Kehle, wenn auch mit scheppernder Stimme und falschen Tönen.

»Das ist es«, sagte er immer wieder ungläubig zu sich selbst. »Leck mich am Arsch, Alter. Das ist es wirklich. Du hast es geschafft!«

Er stellte Überschlagsrechnungen an, wie viel die ganze Struktur wert sein mochte.

»Sagen wir zwanzig Kilometer mal vier mal fünf, das sind 400 Kubikmeter, das sind vierhundert Milliarden Raummeter, die Tonne zu wenigstens 20 000, wenn wir uns durch das Ding nicht selbst den Markt versauen, das sind ... Leck mich am Ärmel. Wir können uns nicht nur ein Häuschen auf Athena kaufen, wir können den ganzen beschissenen Planeten kaufen!«

Dazwischen erkundete er wieder angespannt die komplexe Geometrie des Kristalls.

»Was mag das sein, Herrgott? Ein Artefakt. So viel steht fest. Das kann unmöglich natürlichen Ursprung ... Vielleicht ein Frachter. Ein Hondh-Frachter, der im Mengerraum vom Kurs abgekommen und verschollen ist …«

Aber dann wurde er der Spekulationen wieder leid. Schließlich wandte er sich zum Rückflug.

Laut singend und jubelnd, aus purem Übermut vor sich hinfluchend, verließ er das labyrinthische Innere der Struktur und beschleunigte in Richtung *Scardanelli*.

»So klingt niemand, der gleich einen Schlag kriegt«, sagte Nola, die sich das ganze mit wehmütigem Schmunzeln angehört hatte.

»Wir können ja daneben legen, was wir an sonstigen Daten haben«, schlug Manuel vor.

Rudimente des automatischen Logs sowie der medizinischen Überwachung wurden dem Zeitstrahl des Voicerekorders zugeordnet. Butchs Puls ging schnell, aber hart und regelmäßig, wie bei einem Marathonläufer im Zieleinlauf, als er mit rasender Geschwindigkeit auf das Mutterschiff zuhielt.

»Warum war er so schnell?«, fragte Morton.

Butchs Stimme nahm einen gehetzten Ton an. Seine Flüche waren nicht mehr Kraft und gute Laune, sondern echter Zorn.

»Etwas stimmt nicht«, sagte Nola. Sie lauschte mit gerunzelter Stirne.

Ihre eigenen Stimmen tauchten auf, als sie das Shuttle gerufen und zum Abbremsen aufgefordert hatten, furchtbar fern, fremd und verzerrt.

»Da stört was«, stellte Manuel fest. Er spielte an den Filtern herum. Dann sah er von Nola zu Morton und zurück zur Pilotin. »Fällt euch nichts auf?«

»Hm?«

»Solange er im Inneren war, war alles ganz klar. Wir haben jedes Wort verstanden.«

»Da hat er nicht extern kommuniziert«, sagte Morton lapidar. »Wir wissen doch, dass der Kristall funktot ist!«

»Es ist nicht nur die externe Kommunikation.« Manuel blendete den Stream der äußeren Übertragung aus. Eigentlich hätten sie nur Butch hören müssen, wie er sich im Shuttle selbst angehört hatte. Wie sie ihn über eine Stunde lang gehört hatten. Doch auch diese Aufzeichnung war extrem zerrissen und zerhackt.

»Du hast recht«, flüsterte Morton.

Sie lauschten Butchs letzten Sekunden.

»Was ist denn das?«, schien er in Panik zu schreien. »Nicht doch! So! Warum macht das das Scheißding nicht? Herrschaftszeitengottsakrament!«

»Das Shuttle hat ihm nicht mehr gehorcht«, sagte Nola ganz leise.

In einem Schreien und Gurgeln, das abrupt abriss, endete die Aufzeichnung.

Die Stille, die sich im Labor ausbreitete, war unerträglich.

»Glaubt ihr …« Manuel brachte den Satz nicht zu Ende.

»Wir müssten es beweisen können.« Morton, der sich mit den Händen auf den kleinen Untersuchungstisch gestützt hatte, richtete sich auf und sah ernst von einem zum anderen.

»Aber wie?«

Morton verschränkte die Arme hinter dem Rücken und ging in dem winzigen Raum hin und her. Drei Schritte in die eine, drei in die anderen Richtung.

»Ich kann es nicht glauben«, fluchte er. »Im Übrigen kann ich mir auch nicht vorstellen, wie es möglich ist!«

Manuel hatte sich einen Stuhl an den Tisch gezogen. Er vertiefte sich in die Protokolle. Nach und nach ging er die Tiefenschichten und Subroutinen durch.

»Etwas wurde manipuliert«, sagte er konzentriert. »Aber ich kann es nicht sehen.«

Nach einer Weile ließ er von dem Display ab, das nicht für solche Arbeiten konzipiert war. Er fuhr sich mit der Hand über die Augen. Sie waren rot, und der Tunnelblick, den sie angenommen hatten, verlieh ihm etwas Maulwurfhaftes.

»Guardes«, sagte er schließlich.

Nola nickte. Sie hob die Vertraulichkeit auf. Manuel stellte einen verschlüsselten akustischen Kanal zur Brücke her. Der Navigator war sofort online.

»Ihr habt Geheimnisse«, hörten sie seine warme Stimme. Sie strahlte unmittelbar Ruhe aus und dämpfte den latenten Stress, der sich wie eine statische Elektrizität im Labor ausgebreitet hatte.

»Jemand hat Geheimnisse vor uns«, sagte Manuel. Er gab Guardes die bisherigen Erkenntnisse durch. Dann überspielte er die Daten der Blackbox in einen gesicherten Bereich des Bordrechners.

»Ich seh' mir das mal an«, sagte der Navigator schlicht.

»Aber Vorsicht«, zischte Manuel.

»Keine Sorge.«

»Was machen die anderen?«

»Hängen auf dem Maschinendeck herum.«

»Haben sie nicht versucht zu lauschen?«

»An der Tür?« Der sanfte Bass des Navigators kräuselte sich zu einem spöttischen Lachen. »So primitiv ist Cooper nun auch wieder nicht.« Er wurde wieder ernst. »Er hat ein paar Suchprogramme hochgeladen.«

»Und? Sind sie gefährlich?«

»Ich lasse sie ins Leere laufen und füttere sie ab und zu mit irgendwelchem Nonsens. Das beschäftigt ihn und ist weniger auffällig, als wenn ich sie eliminieren würde.«

»Ist gut, Guardes«, sagte Nola. »Gut, dass wir dich haben.«

»Keine Angst, schöne Nola. Ich lasse euch nicht hängen!« Er verstummte einige Sekunden. Dann meldete er sich wieder. Seine Stimme klang nicht mehr ganz so zuversichtlich.

»Jemand hat einen logarithmischen Bug aufs Shuttle geladen«, verkündete er bedrückt.

»Was ist das?«, fragte Manuel.

»Ein Störprogramm«, erklärte Guardes. »Es verfremdet alle Eingaben. Steuert man nach Backbord, zieht das Schiff nach Steuerbord, will man abbremsen, beschleunigt es. Mal ganz grob gesagt.«

»Oh Gott, sie haben ihn umgebracht«, jammerte Nola.

»Wer war es?«, hakte Morton nach, der die Pilotin mit einer brüsken Handbewegung zum Schweigen brachte.

»Kann ich noch nicht sagen«, sagte Guardes. »Das erfordert einiges an Aufwand.«

»Sie haben das Shuttle gehackt«, seufzte Nola.

»Diese Bugs sind psychologisch sehr gemein«, führte der Navigator aus. »Ihr Effekt ist anfangs minimal und schaukelt sich dann hoch. Man fängt an, an sich selbst zu zweifeln, und wird dann plötzlich sehr hektisch. Meist sind auch randomisierende Elemente drin, die das Muster durchbrechen, sodass man keine Chance hat, dahinter zu kommen.«

»Und du kannst nicht sehen, wer es hochgeladen hat?« Morton hatte das Kinn in die Faust gestützt.

»Wer soll es schon gewesen sein«, fuhr Nola auf.

»Gebt mir ein wenig Zeit, Kinder.« Guardes klang wie jemand, der Spaß an einer kniffligen Aufgabe gefunden hatte. Die Implikationen schienen ihm für den Moment gleichgültig zu sein.

»Wir haben keine Zeit.« Morton ließ die Faust in die linke Handfläche sausen. »Sollen wir hier sitzen und warten, dass sie uns einen nach dem anderen umbringen?«

»Das ist deine Entscheidung«, hörten sie Guardes' sonore Stimme.

»Was willst du tun?« Manuel stand ebenfalls auf.

»Keine Übersprungshandlungen«, sagte der Navigator noch.

»Sieh nach, was du für uns tun kannst«, rief Manuel. Dann lief er Morton nach, der schon in den Mittelgang hinausgestürmt war.

»Männer!« Nola ließ den verschmorten Klumpen der Blackbox in ihrer Brusttasche verschwinden. Dann beeilte sie sich, den beiden zu folgen.

»Derek!« Morton marschierte mit entschlossenen Schritten aufs Maschinendeck.

»Oh, Mortimer!« Derek wirkte amüsiert. »Was verschafft uns die Ehre?«

»Wir müssen reden!«

»Aber gerne doch, Morty!«

»Lass den Mortimer stecken«, blaffte der Erste Offizier gereizt. »Ich bin jetzt der Kommandant dieses Schiffes!«

Der Maschinist deutete ironisch einen Diener an.

Cooper stand ein paar Schritte abseits und folgte den Vorgängen mit der Neugier eines intelligenten Vogels.

»Butch ist tot«, begann Morton.

»Das haben wir mitbekommen.«

»Was hast du dazu zu sagen?«

»Tragisch.« In Dereks Miene war keine Regung zu erkennen.

»Wir haben Hinweise darauf, dass es kein Unfall war.«

»Der Alte hat einen Herzkasper gekriegt«, sagte Derek.

Nola und Manuel kamen auf das Deck gelaufen. Sie postierten sich hinter Morton.

»Oh, Verstärkung«, höhnte Cooper.

»Der Alte ist tot«, sagte Derek. »Lass uns nach vorne sehen!«

»Wir haben Grund zu der Annahme, dass es kein Herzanfall war«, warf Nola ein.

Sie sah sich ängstlich auf dem riesigen Deck um. Drei gegen vier. Noch verhielten Clarke und Papadopoulos sich passiv. Sie standen weit hinten in der Nähe der Schleusenkammer und sahen aufmerksam herüber.

»Er hat die Kontrolle verloren«, sagte Cooper gleichgültig. »Vielleicht war er auch besoffen!«

»Wir haben die Blackbox abgehört«, erklärte Manuel ruhig. »Butch war so nüchtern wie in seinem ganzen Leben nicht!«

»Ihr haltet es ja richtig konspirativ«, zischte Derek.

»Offiziersbesprechung«, sagte Morton kalt.

»Habt ihr Geheimnisse vor uns?«

»Nein, haben wir nicht.«

Ihre Blicke bohrten sich ineinander wie die Flammen zweier Schneidbrenner, die man gegeneinander richtete.

»Lass die Spielchen«, sagte Morton. »Wir wissen, dass das Shuttle manipuliert war.«

»Aha.« Derek schien zu überlegen, wie er darauf reagieren solle.

»Ihr habt ihn umgebracht«, sagte Nola anklagend.

»Wer sagt, dass wir es waren?« Cooper spitzte die trockenen Lippen, auf denen Hautfetzen klebten. »Vielleicht hat Clarke ja an dem Ding herumgepfuscht.«

Nola zog nur die Brauen hoch.

»Und wenn schon!« Derek änderte abrupt die Strategie. »Ihr könnt uns nichts nachweisen. Was wollt ihr tun? Uns vor Gericht stellen? Hier draußen?«

»Also gibst du es zu?« Nola war schockiert.

Selbst Cooper wirkte überrumpelt. Derek begegnete seinem fragenden Blick mit einer wegwerfenden Handbewegung.

»Was ändert das jetzt noch?« Der Maschinist trat die Flucht nach vorne an. »Der Alte ist weg. Na und?«

»Ihr seid Mörder«, zischte Nola.

Manuel nahm wahr, wie Clarke und Papadopoulos neugierig näher kamen. Er vermochte nicht einzuschätzen, auf wessen Seite sie standen.

»Du wirst noch wünschen, wir wären nur das«, zischte Cooper drohend.

»Du glaubst doch nicht, dass du damit durchkommst«, wandte Morton sich an Derek.

»Pass auf!« Der Maschinist gab sich souverän und herablassend. »Im Grunde ist es doch ganz einfach.« Er deutete zum offenstehenden Hangartor hin. Auch wenn der Kristall mit bloßem Auge nicht zu sehen war, wussten alle, was er mit der Geste meinte. »Da draußen ist Exonium. Bares Geld. Wenn ich das Gebrabbel des Alten richtig deute, ist es mehr, als wir alle zusammen in unserem ganzen Leben ausgeben können!«

»Was willst du damit andeuten?«, knirschte Morton.

»Wir beuten das Ding zusammen aus und fliegen nach Hause«, sagte Derek lapidar.

»Niemals!«

»Du darfst meinetwegen sogar weiter – *Kommandant* spielen.«

»Du bist wahnsinnig.« Morton holte tief Luft.

»Wenn ich du wäre, würde ich kooperieren«, keckerte Cooper von der Seite.

Manuel fiel auf, dass Morton ausschließlich mit Derek sprach und den Nachrichtenspezialisten komplett ignorierte.

»Derek«, sagte er. »Als Kommandant dieses Schiffes nehme ich dich fest. Du stehst unter dem Verdacht ...«

»Wie du meinst«, brummte der Maschinist nur.

»Morton«, schrie Clarke plötzlich, die inzwischen bis auf wenige Schritte herangekommen war. »Pass auf!«

Im selben Moment hielt Derek eine Waffe in der Hand.

»Vielleicht willst du es dir noch einmal überlegen?«, sagte er ruhig.

Manuel konnte nicht begreifen, wo er die Pistole herhatte. Und wie er so schnell auf Morton anlegen konnte. Und er konnte ebenfalls nicht verstehen, wieso der Erste Offizier so gelassen blieb. Lächelnd hielt er Dereks Blick stand.

Der Maschinist warf einen Seitenblick zu Cooper. Dieser nickte ihm zu. Er hatte Clarke und Papadopoulos unter Kontrolle, sollte das heißen.

»Er hat uns verarscht«, jammerte die Technikerin in seinem Rücken. »Sie haben meine ID gehackt. Keine Ahnung wie. Das Feuer in der Kombüse. Das waren alles sie!«

»Halts Maul, Clarke«, höhnte Cooper. »Du kommst auch noch dran!«

Und dann ging plötzlich alles ganz schnell. Morton hatte Derek so lange fixiert, als wolle er ihn hypnotisieren. Der

Maschinist hatte versucht, seinem stechenden Blick standzuhalten. Plötzlich stieß Morton Nola zur Seite und machte gleichzeitig einen Ausfallschritt in die andere Richtung.

Derek feuerte. Der Schuss ging zwischen ihnen hindurch und verpuffte an einer der stählernen Aufbauten.

Morton hatte ebenfalls eine Waffe in der Hand. Niemand vermochte zu sagen, wo sie herkam. Er erzwang ein Patt.

Gleichzeitig hatte Clarke sich wie eine Tigerin auf Derek geworfen. Der Maschinist wehrte den Angriff lässig mit der Linken ab. Die Technikerin flog wie eine Puppe durch die Gegend. Sie prallte hart auf den Metallboden. Derek legte auf sie an. Er feuerte.

»Morton!«, brüllte Nola in wilder Panik.

Aber der Schuss traf Papadopoulos, der seine Leibesmasse in unbegreiflicher Schnelligkeit vor die Kollegin gebracht hatte.

»Papa!«, schrie Clarke, als sie sich hinter ihm abrollte.

Morton feuerte und traf Derek in der Brust.

»Oh mein Gott.« Nola stand wie vom Donner gerührt.

Derek gab unkontrolliert ein paar Schüsse ab, die unter der Deckenkonstruktion detonierten. Glühende Metallsplitter und blendend helle Funken regneten herunter.

Dann brach er zusammen.

»Oh, Papa«, heulte Clarke. »Bitte nicht.« Sie robbte sich an den Mechaniker heran. Aber jede Hilfe kam zu spät. Der Treffer hatte ihm das Herz zerfetzt.

»Keine Faxen!« Morton hatte auf Cooper angelegt, der während des Schusswechsels vorgesprungen war, und zog sich mit fadem Grinsen wieder zurück.

Manuel hob die Pistole auf, die Derek im Todeskampf aus der Hand gefallen war. Aber er zitterte zu sehr. Als sie es bemerkte, nahm Nola die Waffe an sich. Gemeinsam hielten sie Cooper in Schach, der mit höhnischem Lachen die Hände hob.

»Hier ist ja was los!«, keckerte er schrill.

»Sieh' nach Papa«, sagte Morton zu Nola, als er erkannte, dass von Cooper keine Gegenwehr mehr kam.

Die Pilotin eilte zu Clarke, die weinend über dem fülligen Leichnam zusammengebrochen war. Ihre Hilfe kam zu spät. Zwei Tote lagen auf dem Maschinendeck.

Morton stieß schwer den Atem aus. Dann deaktivierte er seine Waffe. Manuel sah, dass es keine gewöhnliche Pistole war, sondern ein militärisches Implantat, das sich selbsttätig wieder in seinen Unterarm versenkte.

»Glückwunsch, Mortimer!« Cooper pfiff anerkennend durch die Zähne. »Dein Anteil hat sich soeben wieder um ein Viertel erhöht!«

Wie lange saß er schon da? Er hatte jedes Zeitgefühl verloren. Das Licht in der Kabine war gedimmt. Die Kommunikationseinheit spielte halblaute Musik. Er versuchte an gar nichts zu denken, was ihm auch gelang. Nur die Bilder bekam er einfach nicht aus dem Kopf. Der staunende Ausdruck in Dereks Gesicht, als seine Ringerbrust sich in einen rauchenden Trichter verwandelte. Und im Gegensatz dazu das friedliche Glück, das Papa ausstrahlte, nachdem er sich für Clarke geopfert hatte.

Er hatte auch Coopers letzten Satz noch im Ohr. Seit Stunden grübelte er darüber nach. Die höhnische Anerkennung in der Stimme des Nachrichtenspezialisten, der seinem Gegner diesen Punkt bereitwillig überließ. Konnte etwas daran sein? Mortons paramilitärische Ausstattung hatte nicht nur Cooper und Derek überrumpelt, sie hatte auch Manuel überrascht. Er wusste wenig über die Vergangenheit des Ersten Offiziers, der erst vor kurzem Kommandant der *Scardanelli* war. Offenbar hatte er aber eine Ausbildung genossen und eine Ausrüstung erhalten, die über das gewöhnliche Maß weit hinausging.

Welche Strategie verfolgte der schöne Mortimer? Hatte er Dereks und Coopers Meuterei kommen sehen? Sie womöglich provoziert, um sie in einem solchen Handstreich hinwegfegen zu können? Die *Scardanelli* gehörte endlich ihm. Und dort draußen lag ein unabschätzbar gewaltiges Vorkommen, das nur darauf wartete, ausgebeutet und in ein astronomisches Vermögen umgemünzt zu werden.

Mortons Verhalten, nachdem sie die Blackbox ausgelesen hatten, war auffällig gewesen. Der sonst so ruhige, abwartende, besonnene Brückenoffizier war plötzlich losgestürmt und hatte sich auf Derek gestürzt, als habe er die ganze Zeit nur auf dieses Signal zum Losschlagen gewartet.

Vermutlich, musste Manuel sich sagen, hatte auch Morton von Anfang an nichts anderes vorgehabt. Er hatte geduldig zugesehen, wie sich Butch ins Abseits manövrierte, und als die Stunde zum Handeln da war, hatte er ohne weiteres Zögern zugeschlagen. Er konnte Cooper den Behörden übergeben, ihn, Manuel, und die arme Clarke mit einem goldenen Handschlag nach Hause schicken und sich dann den Traum erfüllen, den sie alle an Bord seit jeher träumten: auf Athena oder Kermadec oder Logus ein neues Leben anfangen. In materieller Hinsicht würde es ihm an nichts mehr fehlen. Und Nola würde vermutlich nicht lange überlegen, ob sie der Einladung Folge leisten sollte.

Manuel seufzte. Er stellte die Musik ab, die ihm auf die Nerven ging. Dann stand er wieder einmal vor der Frage, wie er seinen Körper dazu bringen konnte, in dieser Nacht zu schlafen. Plötzlich spürte er, wie die Kabine, die nicht abgeschlossen war, sich selbsttätig verriegelte. Sein tragbares Display und die Konsole, über die er sich ins System einloggen konnte, gingen *offline*. Ein starker Kraftfeldkäfig baute sich auf, ähnlich dem, den sie um Coopers Arrestzelle gelegt hatten.

War er gefangen?

Hatte Cooper sich wider jede Wahrscheinlichkeit befreit?

Aber dann war es Guardes' Stimme, die aus dem kleinen Modul kam, das eben noch *Easy Listening Classics* gespielt hatte.

»Hallo Manuel«, sagte der Navigator.

»Guardes?«

Er sah nach dem Schirm, aber der blieb schwarz. Nicht einmal das kleine Smiley-Symbol, das sonst den Status des Navigators repräsentierte, wenn er mit den Bordsystemen online war, war zu sehen.

»Dies ist eine ultrasichere Verbindung«, sagte Guardes.

»Ist etwas passiert?«

»Heute ist eine ganze Menge passiert, finde ich.«

»Ich meine jetzt, aktuell?«

Manuel fiel auf, dass Guardes immer logischer und KI-förmiger dachte, je mehr er mit der *Scardanelli* verschmolz. Wie ein Bot, dachte er, der immer alles wörtlich nimmt und nicht versteht, was man *meint*. Oder wie ein Kind.

»Ach so«, sagte der Navigator. »Nein. Keine Sorge.«

»Wie ist der Status?«, fragte Manuel trotz allem. Es machte ihn nervös, von allem abgeschnitten zu sein.

»Morton hat die Wache übernommen. Nola ist bei Clarke und kümmert sich um sie.«

»Coop?«

»Ist unter Kontrolle. Mach dir da keine Gedanken!«

»Ist gut.«

»Ich habe etwas herausgefunden, Manuel.«

Er horchte auf. Irgendetwas musste ja hinter dem ganzen Brimborium stecken.

»Sprich, Guardes!«

»Erinnerst du dich an die Sache mit den Syntheks?«

»So lange ist es ja nun noch nicht her.«

»Ich bin dem noch einmal nachgegangen.«

»Was hast du gefunden, Guardes?«

»Clarke hat tatsächlich hin und wieder Naturkoka herstellen lassen«, erklärte der Navigator. »Aber nicht heute. Noch nicht auf diesem Flug. Ich vermute, dass sie einen kleinen Vorrat mitnimmt und ihn dann später mit den Synthetisatoren ergänzt, wenn die Mission sich hinzieht.«

»Das hat sie so auch gesagt.«

»*Jemand* hat diese Anforderung heute Morgen hochgeladen.«

»Weißt du, wer es war?«

»Negativ. Obwohl wir es uns alle denken können. Aber hier geht es um Beweise.«

»Also, was hast du?«

»Der Produktionsroutine hing ein geheimes, stark verschlüsseltes Unterprogramm an. Es ist tatsächlich äußerst raffiniert gemacht. Kurz gesagt, musste es dazu führen, dass der Synthek überhitzt und durchbrennt.«

»Was ja auch geschehen ist.«

»Des Weiteren wurde das Ganze zwar unter Clarkes ID abgeschickt, aber weder aus ihrer noch aus Butchs Kabine.«

»Sondern?«

»Magst du raten?«

»Nein.«

»Richtig. Die Sache kam von Coopers persönlicher Konsole.«

»Aber was hat das für einen Sinn? Warum schieben sie Clarke diese Koka-Sache in die Schuhe, die sowieso jeder weiß, bis hinauf zum Kommandanten, und sorgen dann gleichzeitig dafür, dass es schief geht und der Synthek abraucht? Hätte man das nicht einfacher haben können?«

»Ich war noch nicht fertig«, sagte Guardes. Seine tiefe, für gewöhnlich durch nichts zu erschütternde Stimme klang ein klein wenig ungehalten.

»Entschuldige. Fahre fort!«

»Danke. Das Ganze war nur vorgeschoben. Eine Finte.«

»Das denke ich mir auch. Worum ging es wirklich?«

»Als Clarke auf dem Maschinendeck festsaß, aktivierte sie eine Notfallsequenz der Neumann-Sonde.«

»Die Codes! Oh verdammt!«

»Sehr gut, Manuel.« Der Navigator lächelte zufrieden in sich hinein. »Die ganze Koka-Sache war nur ein Trick, um über Clarkes ID einen Trojaner einzuschleusen, der die Override-Codes extrahierte!«

»Scheiße!« Manuel schlug sich mit der flachen Hand vor die Stirne. »Und damit konnten sie wiederum das Shuttle manipulieren, den Bug aufspielen und dafür sorgen, dass Butch vor unseren Augen krepiert!«

»Man kann ihnen nicht vorwerfen, dass sie nicht große Sorgfalt darauf verwandt hätten, das Ganze einzufädeln.«

»Die Sache war mit Risiken behaftet!«, wandte Manuel ein, nachdem er eine Weile darüber nachgedacht hatte.

»Sicher«, sagte Guardes leichthin. »Aber ich sage mal so: Eine gewisse Menschenkenntnis kam ihnen zu Hilfe!«

»Sie wussten, dass Butch um diese Zeit im Vollrausch auf seiner Kabine liegt.«

»Genau. Wäre er ein bisschen schneller darin gewesen, den Alarm aufzuheben, hätte Clarke die Codes nicht aktivieren müssen.«

»Und sie schätzten Clarke richtig ein, dass sie nicht untätig auf dem Deck herumstehen und zusehen würde, wie vorne das halbe Schiff abbrennt.«

»Denn Clarke wusste besser als wir alle, wie Butch in dieser Nacht drauf war, sie wusste, dass die Rauchmelder ausgeschaltet waren, sie wusste, dass man ihr zumindest eine Mitschuld an der Sache in die Schuhe schieben würde, da sie wusste, dass alle wussten, dass sie Butchs Betthäschen ist!«

»Verdammt«, stöhnte Manuel. »Sie haben uns alle auf unsere Psychomacken durchleuchtet und dann von langer Hand alles geplant.«

»Wie dem auch sei«, sagte Guardes salomonisch, »es ist vorüber.«

»Wie konnten sie Clarkes ID hacken?«, fragte Manuel noch. »Sie hat nicht den allerhöchsten Status, aber immerhin!«

»Dem gehe ich noch nach«, antwortete der Navigator. »Aber ich denke, für jemanden mit Coopers Fähigkeiten dürfte es keine allzugroße Sache sein.«

Obwohl er ihn nicht sehen konnte, glaubte Manuel wahrzunehmen, wie Guardes ihm zuzwinkerte.

»Das würde ich sogar dir zutrauen!«

»Oh, danke«, feixte der junge Offizier. »Soll ich das jetzt als Kompliment werten?«

»Wenn du magst.« Der Navigator wurde wieder ernst. »Es war die schwächste Stelle in der Kette. Von daher entbehrt es nicht einer gewissen Logik, dass sie den Hebel hier ansetzten.«

»Sicher«, sagte Manuel müde. »Sag mir Bescheid, wenn du noch etwas herausgefunden hast.«

»Aye«, brummte Guardes mit gütigem Bass.

»Und danke!«

Manuel registrierte, wie der starke Feldkäfig, der sich um seine Kabine geschlossen hatte, wieder verschwand. Die Türverriegelung klickte. Sogar die Musik ging wieder an.

»Darf ich?« Die Pilotin steckte fragend den Kopf durch die Tür der kleinen Kabine.

»Die schöne Nola ...«

»Hast du fünf Minuten für mich?«

»... bei der unansehnlichen Clarke!«

Nola wartete nicht weiter ab, ob sie förmlich hereingebeten werde, sondern trat ein und schloss die Tür hinter sich.

Clarke saß auf der Kante ihrer Liege und starrte leeren Blickes vor sich hin. Es war dunkel in der kleinen Kammer, in der die Technikerin hauste. Das Deckenlicht war ausgeschaltet, nur die kleine Lampe über dem Kopfende des schmalen Bettes verströmte ein trübes, indirektes Licht.

»Lass uns vernünftig miteinander reden.« Nola setzte sich unaufgefordert neben Clarke und sah sie warm an. Ihre Hand suchte tröstend den Unterarm der Kameradin, aber diese zog ihn zurück.

»Diese Vernünftig-miteinander-reden-Scheiße kann ich nicht mehr hören!«

»Wir sind die einzigen Frauen an Bord.« Nola suchte noch nach dem richtigen Einstieg.

»Ja, wir sind die Fotzen«, sagte Clarke giftig. »Wir wissen, wie man's den Kerlen besorgt!«

»Warum bist du so aggressiv?«

»Das kannst du nicht verstehen, ha?«

»Ich will dir nur helfen.«

»Ich glaube nicht, dass du mir helfen kannst.«

»Warum nicht, Clarke?«

»Sieh dich doch an!«

»Was hat das damit zu tun?«

»Wenn du an den Jungs vorbeigehst, kommt's ihnen schon vom Hinsehen.«

»Ja und?« Nola hatte nicht die geringste Ahnung, worauf die Technikerin hinauswollte. Aber sie wusste auch nicht, wie sie einen Zugang zu ihr finden konnte.

»Nichts und«, äffte Clarke. »Mich schauen sie gar nicht erst an!«

»Butch«, versuchte Nola.

»Toll«, höhnte die hagere Drohnenspezialistin.

»Du hattest ... eine Affaire.« Die Pilotin tastete nach den richtigen Worten. Bisher war alles falsch gewesen, was sie gesagt hatte.

»Das weiß inzwischen ja wohl jeder!«

»Hast du ihn geliebt?«, fragte Nola unumwunden.

»Wir hatten Sex. Ab und zu.«

»Das habe ich nicht gefragt.«

»Er hat das gebraucht«, sagte Clarke grimmig. »Wie seinen Whisky, wie all das andere Zeug, das er in sich reingestopft hat.«

»Das war es nicht, was ich gefragt habe, Clarke!«

»Er war ein Wrack, verstehst du.« Zum ersten Mal gab die Technikerin es auf, vor sich ins Leere zu starren. Sie sah Nola offen an, und die Pilotin erschrak über die Verzweiflung, die in dem ausgemergelten Gesicht wütete. »Er war am Ende.

Und doch war er so voller – Kraft! Er hat an diese Mission geglaubt!«

»Ich will wissen, was du für ihn empfunden hast«, sagte Nola mit Nachdruck.

Clarke schwieg. Sie fiel wieder in die ursprüngliche Verstocktheit zurück.

Nola sah sich in der winzigen Kabine um, die kaum halb so groß war wie eine der Offiziersunterkünfte. Nicht dass diese besonders luxuriös gewesen wären! Ein süßlicher Geruch hing in der Luft, die schwer von dem Aroma viel getragener Wäsche und dem Schweiß der körperlich hart arbeitenden Technikerin war. Clarke kaute auf etwas herum. Man kannte sie im Grunde nicht anders, und seit diesem Morgen wussten sie, dass es kein Kaugummi war.

Nola bemerkte einen einfachen Leinenbeutel, der auf dem winzigen Bord neben dem Bett lag. Ein paar grüne Blätter sahen daraus hervor.

»Magst du?« Clarke bot ihr in einem Anfall gleichgültiger Gastfreundschaft von ihren Schätzen an.

»Nein danke«, sagte Nola. Vielleicht war es ein Fehler, dachte sie im selben Moment. Sie mussten sich ja nicht gerade verbrüdern, aber irgendwie ins Plaudern kommen, um dem Gespräch das Verhörmäßige zu nehmen.

»Es beruhigt«, erklärte Clarke. »Und dämpft den Schmerz. Wenn auch nur den körperlichen.«

»Bist du verletzt?«, fragte Nola rasch. Sie sah wieder vor sich, wie Derek ihren Angriff abgewehrt und sie wie eine Puppe durch die Luft geschleudert hatte. Die Technikerin war wenigstens fünf Meter weit geflogen und hart auf dem Stahlboden aufgeschlagen, auch wenn sie sich mit der Gewandtheit einer Judokämpferin abgerollt hatte.

»Es ist nichts«, sagte sie. Ihre Mundwinkel zuckten spöttisch, als wolle sie Nolas Anteilnahme wieder mit einem hämischen Kommentar überziehen. Aber sie behielt es für sich.

Nola fiel auf, dass Clarke in einer unnatürlichen Haltung da saß, das rechte Bein über die Bettkante gehängt, während sie das linke lang ausstreckte. Beim Hereinkommen war es zu dunkel gewesen, als dass sie es hätte bemerken können, und dann hatte die ganze Situation sie befangen gemacht.

»Es ist wirklich nichts«, sagte die Technikerin noch einmal. »Ich bin grün und blau, das stimmt. Und das Knie ist ein bisschen verdreht. Aber das ist nichts, worüber du dir Gedanken machen müsstest.«

Nola nickte. Mit einer gewissen Befriedigung stellte sie fest, dass die andere ihre anfängliche Abwehrhaltung allmählich aufgab und sich entspannte. Ihr Blick war nicht mehr so lauernd, ihre Körperhaltung nicht mehr so verkrampft. Sie zog auch das zweite Bein auf das Bett und versuchte, sich etwas weniger verkrümmt hinzusetzen. Nola schob ihr das Kopfkissen unter das lädierte Knie und tastete die Knochen ab. Wenigstens schien nichts gebrochen zu sein.

»Ich glaube, aus unserer Crew hat er nur einen wirklich gemocht«, sagte die Technikerin irgendwann.

»Und wen?«

»Manuel«, sagte Clarke. »Ich glaube, er hat ihn an seinen verstorbenen Sohn erinnert.«

»Manuel erinnert uns alle an die Kinder, die wir hatten oder hätten haben können.«

»Die wir waren«, murmelte Clarke nachdenklich. »Er ist der Einzige von uns, der rein ist, der noch nicht verdorben ist!« Sie blickte die Pilotin melancholisch an. »Für Butch war er einfach sein Junge!«

Nola nickte und atmete einige Male durch.

»Es ist schwer, nicht wahr?«, schmunzelte die Technikerin bitter.

»Für dich ist es schwer«, sagte Nola ganz leise.

»Deshalb ist er mit dem Shuttle raus«, fuhr Clarke im Berichtston fort. »Nicht wegen Derek. Sondern um zu verhindern, dass Manuel fliegt!«

»Manuel hat sich freiwillig gemeldet«, erinnerte sich Nola. »Er wollte unbedingt fliegen. Er wollte beweisen, dass er es kann.«

»Er wollte es dir beweisen, Nola.«

Die Pilotin schloss die Augen. Lange Zeit saß sie einfach nur da, ein unhörbar atmendes Standbild. Als wolle sie einfach nicht mehr sein.

»Darf ich dir auch eine Frage stellen?«, sagte Clarke nach einer Weile.

»Hm?«

»Du und Morty ...«

Nola beschrieb eine wegwerfende Geste. Dann schlug sie die Augen wieder auf und sah die andere mit einer Mischung aus Spott und Müdigkeit an.

»Du hast es selbst gesagt«, murmelte sie. »Vorher legen sie dir die Welt zu Füßen ...«

»Und wenn sie abgespritzt haben, drehen sie sich um und schlafen ein.« Die Technikerin lachte.

»Butch hat ein hohes Risiko auf sich genommen«, nahm Nola den Faden wieder auf.

»Man kann ihm nicht vorwerfen, dass er feige war.«

»Er hat Derek das Leben gerettet.«

»Seinem Mörder, ja.« Clarke nahm ein Blatt aus dem Beutel, stopfte es in den Mund und kaute wild darauf herum.

»Clarke«, wagte Nola sich noch etwas weiter vor. »Weißt du, woher Butch den Tipp hatte?«

»Welchen Tipp?« Die Technikerin stellte sich begriffsstutziger, als sie war.

»Der uns hierher gebracht hat.«

»Was weiß denn ich?!« Unvermittelt nahm ihr ganzes Wesen wieder eine aggressive Grundhaltung ein.

»Vielleicht habt ihr euch ja einmal darüber unterhalten.«

»Wir haben ab und zu gevögelt«, sagte Clarke. »Wir hatten keine Beziehung oder so was.«

»Es könnte ja sein.« Nola ließ nicht locker.

Die Technikerin starrte sie giftig an. »Du bist ein harter Brocken, weißt du das?« Ihre Miene entspannte sich etwas. »Und dabei so wunderschön. Eigentlich bist du viel zu schade für die Jungs!« Sie seufzte. »Ich wäre so gerne wie du!«

»Lass das jetzt«, sagte Nola hart. »Wir müssen wissen, woher Butch seine Informationen hatte. Und was er wirklich wusste.«

»Du kannst ja in seinem Tagebuch nachschauen!«

»Clarke!«

»Herrgott, ich weiß es doch auch nicht!« Clarke warf die Arme in einer Geste der Kapitulation in die Luft. »Er hatte seine Kontakte, irgendwo auf den Asteroiden.«

»Schmuggler?«

»Da ist alles Mögliche unterwegs«, sagte die Technikerin geringschätzig. »Agenten, Mittelsmänner, Gesetzlose, Verbrecher. Und Schwerverbrecher. Und dann noch solche Typen wie Coop!« Sie grinste fahl.

»Was weißt du noch?«

»Mann, bist du stur.« Clarke kämpfte mit sich. Es war nicht zu erkennen, ob es sie so viel Anstrengung kostete, sich zu erinnern, oder ob sie sich schwertat, die Erinnerungen preiszugeben. »Letztlich«, sagte sie nach einer Weile, »kam der Tipp wohl von der Den-Haag-Stiftung.«

»Kermadec!«, stieß Nola hervor.

»Ich glaube.« Die Technikerin wirkte erschöpft. »Details weiß ich wirklich nicht!«

Nola holte tief Luft. »Ein Agent der Hondh?«

»Kann sein.« Clarke hob die Schultern. »Wenn an diesen Gerüchten etwas dran ist.«

»Es könnte schon sein«, dachte Nola nach.

»Und was würde das bedeuten?«

»Die Hondh schicken uns vor, um diese Region zu erkunden.« Die Pilotin musste ein Schaudern unterdrücken.

»Und was haben sie davon?«

»Nützliche Idioten, die man unbedenklich verheizen kann.«

Clarke überlegte eine Weile. »Das würde aber bedeuten …«

»Genau!« Nola musterte sie sehr aufmerksam.

»Dass das Ding da draußen ihnen selbst nicht ganz geheuer ist.«

»Sonst würden sie nämlich einfach selbst hinfliegen«, brachte Nola den Gedanken zu Ende.

»Ich dachte, es ist eines ihrer Schiffe«, sagte Clarke verwirrt. »Butch war der Meinung, es sei ein Exonium-Frachter.«

»Ja«, erklärte Nola düster. »Die Frage ist aber, warum sie ihn hier zurückgelassen haben!«

Clarke pfiff leise vor sich hin.

»Das Ding«, sagte sie dann. »Dieser Kristall oder was immer es ist – es macht dir Angst, nicht wahr?«

»Ja.« Nola erhob sich. »Versuch zu schlafen, Clarke!«

Die Technikerin wiegte nachdenklich den Kopf hin und her.

Nola zog lautlos die Tür hinter sich zu.

Als er am nächsten Morgen auf die Brücke kam, bot sich ihm ein vollkommenes Idyll.

Guardes war offline. Das Rückenteil seiner Liege war hochgefahren. Und da saß der Navigator nun, wach und munter, als habe er sich endlich einmal tüchtig ausgeschlafen. Aus seinen ozeanblauen Augen blickte er sich zufrieden um. In der Hand hielt er ein Glas Milch. Er kaute die ewigen Steinzeitkekse. Nein! Als Manuel näher kam, erkannte er, dass es ein frisches Butterhörnchen war, das trotz der riesigen formlose Pranke ein wenig zu sehen war. Ein göttlicher Duft ging davon aus.

»Gehen die Syntheks wieder?«, fragte er verschlafen.

»Wir haben die Einheit aus dem großen Shuttle vergessen«, sagte Nola fröhlich.

Sie hatte den Hauptbedienplatz kurzerhand zum Frühstückstisch erklärt. Auf einer kitschigen weißblau karierten Tischdecke prangte eine Mahlzeit, die jedem Hotel auf Athena zur Ehre gereicht hätte. Kaffee, Tee, Milch und verschiedene Fruchtsäfte, Croissants, Hörnchen und frische Brötchen, eine große Wurst- und Käseplatte, dazu eine Auswahl an Marmeladen, Honig, gekochte Eier, mehrere Obstschalen. Es war alles da!

»Das große Shuttle«, echote Manuel. Richtig. Es war darauf ausgelegt, dass eine vierköpfige Crew mehrere Wochen darin überleben konnte. Neben den entsprechenden Schlafplätzen und einer kleinen Nasszelle gab es natürlich auch eine Küchenzeile mit einem Standard-Synthetisator darin. Manuel hätte sich ohrfeigen können, dass er nicht selbst daran gedacht hatte. So wie es aussah, und so wie es duftete, war die Einheit sogar besser in Schuss als die drei, die auf der Kombüse des Mutterschiffs gestanden hatten.

Auch Morton und Clarke waren da. Alle griffen hungrig zu. Das Ganze bot das Bild einer Familie am Sonntagmorgen, ein schöner Sommertag, später würde man gemeinsam einen Ausflug unternehmen.

»Ja«, sagte Nola ungewohnt fröhlich. »Wir haben uns das jetzt einfach mal gegönnt. Guardes hat die Programmierung von hier aus vorgenommen. Und Clarke war so freundlich, die Laufarbeit zu übernehmen.«

Die Technikerin reckte die Faust, als wolle sie ihrem Proletarierstolz Ausdruck verleihen.

Eigentlich fehlten nur noch Servicebots, die die Bedienung übernahmen.

Manuel rangierte seinen Sessel in den Gang und stellte sich ein Frühstück zusammen.

»Das große Shuttle mussten wir so oder so in Betrieb nehmen«, erklärte Morton. »Das kleine ist nun definitiv hinüber, und irgendwann wollen wir uns das Ding da draußen doch einmal aus der Nähe ansehen.«

Manuel nickte und biss in einen Buttercroissant. Herrlich!

»Wer fliegt?«, fragte er mit vollem Mund.

»Wir drei«, sagte Nola. »Clarke bleibt auf der Brücke, und Guardes natürlich auch.«

Manuel nickte abermals. Er glaubte in Clarkes Miene lesen zu können, dass sie sich ein wenig unwohl bei dem Gedanken fühlte. Aber andererseits war sie viel zu trotzig, um so etwas zuzugeben.

»Die Neumanns haben durchgegeben, dass sie startbereit sind«, fuhr Morton fort, der über den gedeckten Tisch hinweg eine Art Morgen-Briefing abhielt. »Sie haben Ansatzstellen gefunden, wo sie mit dem Gestänge durchkommen. Wenn wir ihnen das *Go* geben, verwandeln sie den gesamten Kristall in zehntausend sauber abgepackte Schiffsladungen hochreinen Exoniums!«

Obwohl er sich Mühe gab, das Goldgräberfunkeln in seinen Augen zu verbergen, konnte er seine Ungeduld kaum noch im Zaum halten.

»Sowie du fertig bist, fliegen wir los«, sagte er noch. »Ich möchte gerne in der Nähe sein, wenn sie anfangen, das Ding zu zerlegen.«

Manuel fühlte sich wie der halbwüchsige Sohn einer Familie von furchtbar vernünftigen Erwachsenen, deren Aktionismus ständig durch seine Trödelei hintertrieben wurde.

»Negativ«, wandte Nola ein. »Guardes hat noch eine Bitte.« Als sie Mortons unwirschen Gesichtsausdruck bemerkte, setzte sie noch hinzu: »Ich denke, an der halben Stunde wird es nun nicht hängen.«

»Guardes?«, fragte Morton streng.

Manuel fand, dass er rasch in die Rolle des Kommandanten hineinfand. Auch wenn er im Mengerschwamm schon einmal ein paar Stunden Erfahrung gesammelt hatte.

»Ich würde gerne noch einmal aufstehen und ein paar Schritte zu Fuß gehen«, sagte der Navigator schlicht.

»Ist das alles?«, herrschte Morton ihn an.

»Ich wusste, dass du es nicht verstehen würdest.«

»Geht das denn?« Morton warf Nola einen skeptischen Blick zu.

»Seine Leibesmasse ist ein wenig über normal«, sagte sie lächelnd. »Und seine Muskulatur ist größtenteils atrophiert. Aber wenn ihr zwei ihn stützt, sollte es möglich sein.«

»Von mir aus«, schnaufte Morton genervt.

»Es wäre mein sehnlichster Wunsch«, erklärte Guardes. »Ihr wisst nicht, wie es ist, wenn man keinen Körper mehr hat.«

Nola nickte ihm über ihren Kaffeebehälter hinweg zu.

»Wir können die Schwerkrafterzeuger um 20 oder 30 Prozent herunterfahren«, sagte der Navigator noch. »Es dauert nur ein paar Minuten.«

»In Ordnung, ja!« Morton schüttelte den Kopf.

Nachdem sie ihre fürstliche Morgenmahlzeit beendet hatten, begann Clarke damit, die Überreste in die verunstaltete Kombüse zu räumen. Manuel beeilte sich, ihr zu helfen. Es war eine Sache, wenn sie ihm bei technischen Vorgängen assistierte. Aber er wollte definitiv verhindern, dass sie ihn in Alltagsdingen bediente. Auch wenn sie nicht so aussah, als ob es ihr etwas ausgemacht hätte.

Als sie auf die Brücke zurückkamen, hatten Nola und Morton damit begonnen, Guardes loszustöpseln. Es waren eine Menge Kabel und Schläuche, die in seinen unförmigen Körper hineinführten. Aus manchen suppte ein wenig eitrige Flüssigkeit, als sie die Verbindungen lösten, und ekelhafte Gerüchte stiegen auf.

»Ganz schöner Kladderadatsch, was!« Guardes sah an sich selbst herunter, als ginge ihn das gar nichts an.

Clarke nahm seine Beine und führte sie behutsam über den Rand der Liege. Guardes saß auf der Kante. Mit dicken Fingern nahm er selbst an einem ausfahrbaren Display die Einstellungen vor, die die künstliche Schwerkraft an Bord auf 60 Prozent herabsetzten.

»Vorsicht jetzt, die Nicht-Behinderten«, sagte er mit fröhlichem Sarkasmus. »Keine unbedachten Bewegungen, sonst muss ich euch noch von der Decke kratzen.«

»Wir passen auf uns auf«, versetzte Morton. Er hatte seine Ungeduld überwunden und beteiligte sich aufmerksam und geduldig an dem ungewöhnlichen Vorgang. Vermutlich sah er das Ganze einfach als Experiment. Wer konnte wissen, wozu man eine solche Erfahrung später einmal gebrauchen konnte?

»Auf drei«, sagte Guardes. »Achtung!«

Manuel und Morton packten ihn von beiden Seiten unter den Achseln. Dann ließ er sich die letzten paar Zentimeter vom Rand der Liege heruntergleiten. Seine formlosen Füße, die in dicken Socken steckten, berührten den Boden. Nach einem Moment des Durchatmens richtete er sich auf.

»Gehen wir ein Stück«, sagte er fröhlich.

Manuel und Morton geleiteten den Mann, der unter Erdbedingungen mehr als drei Zentner gewogen hätte, den Mittelgang hinunter. Nola und Clarke gingen vor ihm her und beobachteten jede seiner Bewegungen.

»Gott, was für eine Wohltat«, seufzte er. »Ihr könnt euch nicht vorstellen, wie herrlich das ist!«

»Tut es nicht weh?«, fragte Nola.

»Es sind höllische Schmerzen«, sagte Guardes selig. »Aber es ist mein Körper, der schmerzt!«

»Übertreib es nicht.« Die Bordärztin wirkte plötzlich nicht mehr so glücklich über die Aktion, die sie da angestoßen hatte.

»Keine Sorge.« Guardes ächzte. »Das wird der einzige Spaziergang dieser Art bleiben.« Es schien ihn übermenschliche Kräfte zu kosten, die Beine voreinander zu setzen. Aber er absolvierte das Ganze mit der Verbissenheit eines Rehapatienten, der unbedingt wieder ins normale Leben zurück will.

Seine Normalität war längst das Innenleben der *Scardanelli*, dachte Manuel. Und er begann zu ahnen, weshalb Guardes diesen Versuch noch einmal unternommen hatte. Es war keine Rückkehr, sondern ein Abschied.

»Okay?«, fragte Morton, als sie den Durchgang zu den anderen Stationen erreicht hatten.

»Eine Sache noch«, keuchte Guardes. »Noch kurz einen alten Freund besuchen.«

Sie quetschten sich durch das Schott, was zu dritt nebeneinander, den torkelnden Koloss in der Mitte, nicht einfach war. Dann wanderten sie den zentralen Korridor des Schiffes hinunter. Auf der Höhe der Medizinstation blieb Guardes stehen. Clarke schlüpfte an ihnen vorbei.

»Nastow, alter Kumpel«, sagte der Navigator, als er den wie leblos aufgebahrten Körper des einstigen Chefkybernetikers auf seine Liege ruhen sah. »Was haben sie dir angetan?«

»Er hat alles sich selbst zuzuschreiben«, knurrte Morton sofort.

»Er wurde Opfer seines Ehrgeizes«, nickte Guardes. »Aber Ehrgeiz ist doch eigentlich nichts Schlechtes, oder?!«

Niemand erwiderte etwas darauf. Nola nutzte die Gelegenheit, sich auf die Krankenstation zu drücken und die Daten der Überwachung zu überfliegen.

»Seine Entzündungswerte sind kritisch«, sagte sie dann. »Ich würde ihn wirklich gern so bald wie möglich in eine der Schlafkojen überführen.«

»Warum habt ihr es nicht längst getan?«, fragte der Navigator. »Ich stimme euch zu: Man muss ihn im Koma lassen, bis sein Zustand unter ärztlicher Aufsicht geklärt und stabilisiert werden kann.« Er blinzelte. »Nichts gegen dich, schöne Nola!«

»Kein Problem«, sagte sie. »Ich weiß ganz genau, dass ich keine richtige Ärztin bin.«

»Aber hier könnt ihr ihn nicht liegen lassen. Diese Überwachungseinheiten sind nur für kurze Aufenthalte bis maximal 24 Stunden konzipiert. Und wenn ich richtig gerechnet habe ...«

»Ich wollte ihn längst in eine Schlafkammer packen«, fiel Nola ihm ins Wort. »Aber Derek sagte, sie müssten erst überholt werden, weil sie nach den Gravitationsanomalien im Mengerschwamm …« Sie erstarrte. »Oh mein Gott!«

»Seit wann geben wir etwas darauf, was Derek sagt«, brummte Guardes väterlich.

»Nein, warte!« Die Pilotin ruderte in der Luft herum als seien ihre Gedanken flüchtige Vögel, die sie nicht recht zu fassen bekomme.

»Ich behaupte mit dem Status des Schiffes einigermaßen vertraut zu sein«, sagte Guardes. »Und soweit mir bekannt ist, sind die Schlafkammern einsatzbereit.«

»Sie sind für Mengerpassagen konzipiert«, erklärte Morton streng. »Für nichts anderes.«

»Oh ja«, jammerte Nola. »Ich war so dämlich.« Sie blickte sich Hilfe suchend um. Aber alle waren damit beschäftigt, Guardes aufrecht zu halten. »Wir fahren ihn gleich nach drüben!«

»Die Frage ist«, seufzte der Navigator, »was dahintersteckt. Ich habe auch schon so einen Verdacht.«

Sie brachten ihn auf die Brücke zurück und hievten ihn auf seine Liege, wo er wieder mit den Systemen verbunden wurde.

Dann gingen sie zur Medizinstation. Nola programmierte Nastows Liege, in den Kryoraum zu fahren. Dort lösten sie den in tiefem Koma liegenden Kybernetiker von der Überwachung und hoben seinen hageren Körper in eine der Schlafkojen, wo sich die Systeme selbsttätig mit ihm verbanden. Obwohl sie die Schwerkraft inzwischen wieder auf Normal geschaltet hatten, war Nastow wie ein ausgemergeltes Kind im Vergleich zu dem elefantösen Guardes. Nola wartete, bis die Anzeigen auf Grün waren. Der Kybernetiker wurde sanft in eine andere Form des Tiefschlafs überführt, in der die Gefahr des Wundliegens und des Atrophierens nicht mehr gegeben war. So konnte er Monate und zur Not Jahre überdauern.

»Ich mache mir Vorwürfe«, sagte Nola mit einem letzten Blick in den gläsernen Sarg. »Er hätte uns beinahe alle auf dem Gewissen gehabt. Aber jetzt bin ich für ihn verantwortlich. Ich hoffe, er hat dadurch keine dauerhaften Schäden davongetragen.«

Unter dem Einfluss der reduzierten Gravitation im Inneren der Box, der abgesenkten Temperatur, der stark heruntergefahrenen Körperfunktionen und des Cocktails aus dämpfenden und heilenden Substanzen, die in sein Blut fluteten, gingen die Entzündungswerte rasch zurück.

Sie beeilten sich, auf die Brücke zurückzukehren.

Guardes war noch wach, aber schon mit den Systemen verbunden. Silbrige Drähte erklommen selbsttätig seinen wulstigen Nacken und versenkten sich in seinen Hinterkopf, um sein Gehirn online mit dem Bordrechner zu verknüpfen.

»Der Tipp war heiß«, sagte er, als Nola mit zerknirschter Miene vor ihm stand.

»Hast du etwas herausgefunden?«

»Gut, dass du den Namen Derek erwähnt hast.«

»Es tut mir leid, ich war so dämlich!«

»Da wissen wir zumindest, in welcher Richtung wir suchen müssen.«

Der Navigator schloss für eine Weile die Augen, als er komplexe Suchalgorithmen durch die Schiffscomputer jagte.

»Erinnerst du dich an unser Gespräch von heute Nacht«, fragte er Manuel.

Manuel hätte nicht sagen können, ob seine Stimme noch aus seinem Mund oder aus den Bordlautsprechern kam.

»Ja«, sagte er nur. Beim Frühstück hatte er die anderen über das informiert, was Guardes ermittelt hatte.

»Wenn Derek will, dass Nastow auf der Liege bleibt und nicht in die Kryobox kommt, müssen wir uns fragen, was die Medizinliege so interessant macht. Was hat sie, was die Kryokammer nicht hat?«

Er schlug die Augen wieder auf und sah herausfordernd von einem zum anderen. Ihr schimmerndes ozeanisches Blau war unheimlich. Es verströmte eine Tiefe des Wissens, die fast nicht mehr menschlich war.

»Das hier«, sagte er dann und strich mit grotesker Eitelkeit sein Haar aus dem Nacken. Alle starrte auf die intelligenten Faserkabel, die erst Augenblicke zuvor in seinem Schädel verschwunden waren. »Die Kryobox misst die Hirnströme holistisch per EEG, aber sie hat nicht die invasiven Kontakte, um direkt an den Geist des Insassen anzudocken. Wozu auch. Er ist bewusstlos und liegt in einem traumlosen Tiefschlaf!«

»Das heißt?«, fragte Morton. Sein Gesicht verriet, dass er keinen Schimmer hatte, wohin die Reise ging.

»Dieses System verbindet Gehirne mit Computern«, sagte Guardes. Er ließ sein fettiges Haar wieder über den wulstigen Hals herabfallen. Die Fasern wurden unsichtbar. »Ich steuere darüber das gesamte Schiff.«

»Aber ich verstehe nicht«, ächzte Nola. Das Nachdenken schien sie körperlich anzustrengen. »Worauf willst du hinaus?«

»Natürlich ist es ein Zweiwegesystem«, führte Guardes weiter aus. »Ich empfange Rückmeldungen. Ich kann spüren, was an Bord vor sich geht. Es gehen also auch Informationen hinein.«

»Sie haben ihn infiltriert«, sagte Manuel. »Aber wozu? Sein Coup mit der Karman-KI war aufgeflogen. Sie selbst hatten dazu beigetragen, Nastow zu enttarnen.«

»Es gehen Programme hinein und Informationen hinaus«, sagte Guardes geheimnisvoll.

»Die ganze Karman-Sache war auch nur eine Finte«, stöhnte Manuel. »Zumindest ihre Aufdeckung. Sie wollten, dass Nastow auffliegt. Sie wollten, dass er in diesem Zustand ist.«

»Aber wozu?« Nola atmete schwer durch.

Guardes war wieder einige Sekunden nicht ansprechbar. Dann glitt ein Lächeln über sein aufgedunsenes Gesicht.

»Tatsächlich«, sagte er leise. Er wandte sich wieder an die anderen.

»Es ist, wie ich gedacht habe. Sie haben ihn mit Suchprogrammen infiltriert. Sie sind direkt in sein Hirn gegangen und haben sich geholt, was sie brauchten.«

»Und was war das?«

»Butchs Kommandanten-Codes!«

»Aber das verstehe ich nicht«, sagte Manuel. »Sie haben Clarkes ID geknackt. Und sie als Trojaner eingesetzt, um an die Neumann-Overrides zu kommen.«

»Wir wussten nicht, wie sie Clarke gehackt haben«, erklärte Guardes. »Jetzt sehe ich es. So war es natürlich gar kein Problem. Als Chefkybernetiker hatte Nastow Zugang zu allen Passwörtern et cetera. So hatten sie Butchs Kommandantenkennung. Damit konnten sie Clarke ganz nebenbei erledigen.«

»Ist das logisch«, dachte Morton laut nach. »Es kommt mir vor, als würde man eine Armee einsetzen um … einen Würstchenstand zu erobern.«

»Von Clarke aus gesehen, mag es so sein.« Guardes ließ sich nicht aus dem Konzept bringen. »Aber Butch öffnete ihnen Tür und Tor im gesamten Schiff. Die ganze Sache mit den Syntheks war nur ein Vorwand. Ein Ablenkungsmanöver.«

»Butch hat den Feueralarm manuell ausgeschaltet«, fiel Clarke ein. »Ich sehe es genau vor mir. Und nur für seine Kabine.«

»Richtig«, bestätigte der Navigator. »Aber mit seinen Codes konnten Derek und Cooper die Ausschaltung globalisieren und auf das gesamte Schiff ausdehnen.«

»Aber warum hat Butch das nicht gesagt?«, fragte Nola.

»In dem Chaos hat er wahrscheinlich selbst nicht daran gedacht«, sagte Guardes.

»Er hat es verdrängt«, erklärte Clarke schlicht. »Irgendwo war es ihm ja peinlich, dass er … so war.« Sie sah mit Tränen in den Augen von einem zum anderen. »Er hatte ein schlechtes Gewissen, weil er das Schiff und die Crew so vernachlässigte.«

»Das haben sie schamlos ausgenutzt«, sagte Nola. »Diese Schweine.«

»Es ist jedenfalls gut«, sinnierte Guardes mit schwerfälliger Bewegung, »dass Morton die Sache so schnell bereinigt hat. In Kürze hätten sie die Kontrolle über das ganze Schiff übernommen.«

Der neue Kommandant nickte.

»Und jetzt?«, fragte Manuel.

»Jetzt gehen wir an die Arbeit«, sagte Morton unternehmungslustig.

»Cooper?« Clarke sagte nur dieses eine Wort.

»Er ist in Gewahrsam«, erklärte Guardes. »Sämtliche Codes wurden neu konfiguriert. Seine Kabine ist hermetisch gesichert. Er ist offline und verfügt über keinerlei Kybernetik mehr, mit der er sich irgendwo einhacken könnte.«

»Mach dir keine Sorgen, Clarke.« Nola berührte die Technikerin beruhigend am Arm. »Wir sehen uns das da draußen kurz an und sind in einer Stunde wieder da. Guardes hat alles unter Kontrolle.«

»Viel Glück«, seufzte Clarke.

»Magst du tauschen?!« Nola wirkte, als sei sie nicht sicher, was ihr selbst mehr Angst einflöße: der unter Arrest gestellte Cooper oder der rätselhafte Kristall.

»Ich bin keine Pilotin«, sagte Clarke nur.

»Du musst fliegen«, schaltete Morton sich ungeduldig ein. »Und zwar jetzt.«

»Seid vorsichtig«, rief Clarke ihnen noch nach.

Dann liefen sie den Mittelgang nach hinten zum Hangar, wo das große Shuttle auf seinen Einsatz wartete.

»Oh Gott, ist das Ding groß!« Nola sah für einen Moment von ihren Kontrollen auf und starrte mit offenem Mund nach vorne.

»Beeindruckend, nicht wahr!«, sagte Morton mit dümmlichem Stolz, als habe er das Ding gebaut.

»Habt ihr so was schon mal gesehen?« Manuel hasste es, dass er sich neben den beiden immer wie ein Teenager fühlte, der mit seinen Eltern einen Ausflug unternimmt.

»Nein«, erwiderten sie gleichzeitig.

Alle schauten gebannt nach vorne, wo sie den Kristall zum ersten Mal mit eigenen Augen sehen konnten. Eine kilometerhohe zerklüftete Struktur, schwarz und vor der Nacht des Weltraums fast unsichtbar. Die Oberfläche schien samtig oder wie mit Kohlestaub bedeckt, dann wieder völlig opak wie mattes, glanzloses Metall. Die weiter entfernten Splitter und Trümmer konnte man nur wahrnehmen, weil sie den dahinter liegenden Sternenraum verdeckten. Lachen aus Schwarz und tiefer Finsternis, die selbst in der Dunkelheit des Kosmos etwas Unheimliches hatten. Die auf sie zuragenden Türme und Brocken, die wie unter gewaltigen Hammerschlägen zerborstene Berggipfel und Felsmassive waren, hoben sich etwas besser ab. Ein gewaltiger Schiffsbug, dessen Planken von Alter schwarz und von titanischer Müdigkeit zerspleißt waren. Balken wie morsche Hochhäuser, Rammsporne wie gefrorene Eruptionen, Kegel, Rhomben, Platten und stadtgroße Scherben, die in einer beängstigenden Stille und Regungslosigkeit im Sein hingen, ein vergessenes Schweben, als habe ein Gott etwas schmieden und mit Überkräften zusammenhämmern wollen, sei der Sache überdrüssig geworden und einfach davon gegangen.

Nola nahm weiter Vortrieb weg. Bei kleiner Fahrt schlichen sie sich an das zerfetzte Gebirge aus saugender Schwärze heran. Manuel fiel auf, dass sie immer wieder flüchtig das kleine holografische Votivbildchen berührte, das halb aus ihrer Brusttasche hervorragte, und das an einen Rosenkranz erinnernde Kettchen, an dem fremdartige Gemmen und Symbole baumelten, hatte sie sich um das rechte Handgelenk gewickelt. Manchmal schien sie unhörbar etwas vor sich hinzuflüstern, als formten ihre Lippen panische Stoßgebete.

»Die Größe als solche ist nicht weiter beeindruckend«, versuchte Morton sich geschäftsmäßig zu geben. »Ein Kometenkern oder ein Asteroid ...« Er hob die Schulter und tat unbeteiligt. Aber Manuel merkte, dass das nur Schau war. Auch der neue Kommandant der *Scardanelli* war eingeschüchtert.

»Wenn Butch recht hatte, ist es aber ein Artefakt«, gab Nola zu bedenken. Sie konzentrierte sich wieder auf das Shuttle, das sie in einer lang gezogenen Kurve über die vorderen Spitzen und Ausläufer der Struktur hinweg steuerte.

»Haben die Hondh solche Schiffe?« Manuel fiel auf, dass Nola jedes Mal unmerklich zusammenzuckte, wenn er die Aliens nur erwähnte.

»Keine, von denen wir wüssten«, sagte Morton.

»Wir wissen überhaupt nichts.« Das war das Mantra, das sich Nola für die ganze Sache zugelegt hatte.

»Deshalb sind wir ja hier«, gab Morton sich wieder aufgeräumt.

»Und was willst du jetzt tun? Aussteigen und Guten Tag sagen?« Manuel hatte Nola noch nie so angespannt erlebt. Umso beeindruckender war es, wie sie sich gleichzeitig auf das Shuttle zu besinnen vermochte. Die auf sie zuragenden Dorne waren nur noch einige Hundert Meter entfernt. Zerklüftete Nadeln, amorphe Zylinder, steilwandige Kuben und Trapeze. Nola zündete die Bremsraketen und brachte das Shuttle zum Stehen. Wie auf einer Aussichtsplattform schwebten sie vor den tiefschwarz im Raum hängenden Brocken und Trümmern.

»Ich meinte eher die Struktur«, sagte Manuel.

»Negativ«, gab Morton augenblicklich zurück. »Wir haben es ja durchgerechnet. Im Grunde ist es unmöglich, dass ein solches Phänomen auf natürliche Weise entsteht.«

»Ein Artefakt«, sagte Nola schlicht. Sie nahm die Hände von den Kontrollen, als sie sich vergewissert hatte, dass das Shuttle keinerlei Drift mehr in Relation zum Kristall hatte. Dann wandte sie sich direkt dem neben ihr sitzenden Morton zu. »Weitere Anweisungen, Herr Kommandant!«

Irgendwie gefiel Manuel der Spott in ihrer Stimme. Mit einem Schmunzeln auf den Lippen wandte er sich seiner eigenen Konsole zu, auf der alles an Daten zusammenlief, was über die Sensoren des Shuttles hereinkam.

»Das Ding ist kalt«, sagte er, nachdem er sämtliche Informationen abgeglichen hatte.

»Das wissen wir!«

Ihm fiel auf, dass Morton keine Gelegenheit ausließ, ihm zu widersprechen. Zumindest in Nolas Gegenwart. Zwei Jungs, die um ihr Mädchen rangelten. Wie albern das im Grunde war! Und vor allem einer Frau wie Nola unwürdig.

»Sehr kalt«, sagte er aus purem Trotz. »Ungewöhnlich und – unerklärlich kalt.«

»Kannst du das ein bisschen quantifizieren, bitte?«

Manuel schaltete zwischen den verschiedenen Darstellungen hin und her. Dann überblendete er sie. Und mit einer schnippischen Handbewegung gab er sie Morton auf dessen Bedienplatz.

Er schmiss sie ihm förmlich hin.

Am beeindruckendsten war die Infrarot-Perspektive. Der Kristall hob sich schwarz vom Hintergrund ab, in dem die Sterne ihrerseits nur ausdehnungslose Punkte in einem alles umfassenden Dunkel waren. Eine reine Silhouette, die noch um eine winzige Nuance finsterer als der Rest war. In Kombination mit den sonstigen Werten, den anderen Spektren und Frequenzen sowie den räumlichen Parametern ergab sich ein Bild von einschüchternder Negativität.

»Kälter als die Hintergrundstrahlung«, sagte er schlicht.

»Das ist in der Tat kalt«, schmunzelte Nola.

Morton war damit beschäftigt, die Daten zu studieren.

»Es ist wie ein Schwarzes Loch«, stellte er fest. »Es emittiert absolut nichts.«

»Aber wie kann das sein«, fragte Nola. »Ich meine: kälter als das Hochvakuum? Schließlich sind wir hier im interstellaren Raum. Das ist schon ein extrem reines Nichts da draußen!«

»Gute Frage«, sagte Morton. »Manuel?«

»Physikalisch«, begann er zögernd, »ist das ähnlich sinnwidrig wie die totale Nicht-Drift seiner äußeren Gestalt. Es müsste, wenn es kälter ist als der Raum, eigentlich die Hintergrundstrahlung absorbieren.«

»Das tut es auch«, warf Morton ein. »Es schluckt einfach alles!«

»Aber dann muss es sich aufheizen«, hielt Manuel dagegen. »Zumindest wenn wir davon ausgehen, dass dieser Zustand nicht erst seit gestern oder vorgestern so ist.«

»Es muss den Temperaturunterschied ausgleichen«, sagte Nola. »Und wenn es nur ein oder anderthalb Kelvin sind.«

»Das ist – richtig.« Morton sprach wie gegen einen körperlichen Widerstand. Sie alle waren, im Angesicht der Struktur, wie gelähmt. Ihre Gedanken schienen zäher dahinzufließen, als übe der Kristall einen schädigenden Einfluss auf sie aus.

»Das kann man ja durchrechnen.« Manuel aktivierte einige einfache Programme. »Angesichts der extrem porösen Materie«, sagte er dann, »und der riesigen Oberfläche dürfte es nur wenige Hundert Jahre dauern, gesetzt, dass die übrigen Rahmenbedingungen so sind und auch immer konstant so waren, wie wir sie angetroffen haben.«

»Wie viel genau?«

»Ungefähr fünfhundert Jahre unserer Zeit.«

Auf dem Shuttle wurde es so still, dass man die Instrumente ticken und picken hörte.

»Fünfhundert Jahre?« Nola hatte einen Kloß im Hals.

»Das ist der Abstand von einer Expansion zur nächsten«, sagte Morton düster.

Sie schwiegen und starrten nach vorne, wo der Kristall wie der Rumpf eines riesigen zerborstenen, von unvorstellbaren Gezeitenkräften zertrümmerten Kriegsschiffes in der ewigen Nacht hing. Ein Kreuzer in einem Wellental der Geschichte. Wohin würde die nächste Flut ihn spülen?

»Oh Gott, ich habe Angst«, stöhnte Nola.

Manuel bemerkte, wie ihre Hände zitterten. Er fragte sich allmählich, ob ihre mentale Kraft, so bewunderungswürdig sie war, noch ausreichen würde, sie alle zum Mutterschiff zurückzubringen.

Morton legte ihr begütigend die Hand auf den Oberarm.

»Aber was macht es?«, fragte er fasziniert.

»Es lädt sich auf«, sagte Manuel lapidar. Seine Berechnungen, die er mithilfe intelligenter, sich selbst programmierender Algorithmen durchführte, ließen keine andere Möglichkeit offen. Es sei denn, die Fundamente der Physik selbst kamen hier draußen ins Wanken. »Es entnimmt dem Vakuum Energie.«

»Und wo bringt es sie hin?« Morton dachte erschreckend praktisch. Er war und blieb ein Ingenieur.

»Vielleicht gibt es Akkumulatoren.« Manuel hob die Schultern, auch wenn die anderen es nicht sehen konnten, da er wie ein Schulkind hinter ihnen saß. »Tief im Inneren der Struktur. Wir haben kein Sonar, keine Tiefenscannings!«

»All das würde Technologie voraussetzen«, gab Morton zu bedenken, »nicht nur ein schieres passives Massevorkommen. Und keine Technologie kann so vollkommen ohne Emission funktionieren. Irgendeine noch so geringe Quantenfluktuation würden wir sehen.«

Er drehte sich zu Manuel um.

»Wir können in eines der Dinger eindringen. Die Neumanns machen richtig große Löcher, wenn man sie nur lässt.«

»Um Gottes willen«, stieß Nola hervor.

»Oder eines aufbrechen?« Morton schien es Spaß zu machen, die Pilotin zu ärgern.

»Seid ihr wahnsinnig?«

»Die Antimaterie-Detonatoren für seismische Tiefenscans an Asteroiden. Ich könnte mir vorstellen, dass selbst die größeren von unseren Freunden hier glatt auseinander fliegen, so porös wie das Zeug ist.«

»Wagt das bloß nicht!« Nola sah aus, als würde sie die Integrität des Kristalls zur Not mit Klauen und Zähnen verteidigen.

»Was soll passieren?« Morton provozierte sie trotzdem weiter.

»Eben das wissen wir ja nicht!«

»Hast du Angst, dass kleine grüne Männchen rausgekrabbelt kommen und ihre Laserpistolen zücken?«

»Das ist nicht witzig!«

»Die Hondh sind keine kleinen grünen Männchen!«

»Weißt du das?«, fauchte Nola. »Kein Mensch hat jemals einen Hondh gesehen!«

»Wir müssen näher ran«, schaltete Manuel sich wieder ein, um die pubertäre Streiterei der beiden Älteren zu unterbinden.

»Warum?«

»Ich habe hier noch etwas.« Er legte auch diese Daten auf den Hauptbedienplatz, über den sich die beiden anderen sofort beugten. »Erinnert ihr euch an den Strahlungswind, der uns in den Mengerraum gedrückt hat?«

»Stimmt«, sagte die Pilotin. »Was ist damit?«

»Er schien von hierher zu kommen.« Manuel beschrieb eine vage Geste über den vor ihnen ragenden Kristall. »Aber er ist immer schwächer geworden, je näher wir der Struktur gekommen sind.«

»Schon wieder ein Mysterium?«, fragte Morton müde.

»Wir haben inzwischen genug Spitzer und andere Sensoren im Raum, um ein holografisches Profil erstellen zu können«, führte Manuel aus. »Der Strahlungswind hat seinen Ursprung jenseits des Kristalls. Er wird um ihn herumgelenkt, wie der Sonnenwind um das Magnetfeld der Erde.«

»Aha.« Morton klang nicht sonderlich beeindruckt.

»Und wo kommt er letztlich her?«, wollte Nola wissen.

»Nirgends.« Manuel kam sich allmählich vor, wie ein Zauberer, der sein bereitwilliges Publikum mit billigen und paradoxen Tricks verblüfft.

»Was soll das heißen.«

»Er mündet in einem Radius von mehrere Astronomischen Einheiten in sich selbst zurück. Wie ein Wasserfall, der sich aus seinem eigenen Abfluss speist.«

»Escher-Geometrie«, sagte Nola sofort.

»Menger-Geometrie!« Manuel ließ das Wort einige Sekunden wirken. »Wir hatten ja die ganze Zeit den Verdacht, dass auch hier draußen noch Reste von Menger-Physik herrschen. Dieser Partikelstrom liefert den Beweis. Er ist mit einer euklidischen Geometrie nicht zu erklären.«

»Alles läuft in sich selbst zurück«, sinnierte Nola halblaut.

»Der Raum hier«, fuhr Manuel fort, »ist etwas wie eine Lichtung oder eine Blase innerhalb des Menger-Raums.«

»Das verstehe ich alles nicht«, stöhnte Morton.

»Man kann es nicht verstehen«, sagte Manuel altklug. »Menschliche Gehirne sind nicht dazu geschaffen, so etwas wirklich zu begreifen. Wir können es nur berechnen und zur Kenntnis nehmen.«

»Wenn dieser Sonnenwind, der keine Sonne hat, in sich selbst zurückläuft«, fragte Nola. »Von was wird er dann gesteuert oder angetrieben?«

»Das wissen wir nicht«, erklärte Manuel schlicht. »Ich kann euch nur sagen, was genau im Zentrum dieser paradoxen Bewegung liegt wie die Nabe eines zehndimensionalen Rades.«

Keiner sagte ein Wort. Stattdessen sahen alle nach vorne, wo der Kristall sie anzustarren schien. Eine Sphinx aus Milliarden Tonnen hochenergetischen Gesteins, das zugleich den Eindruck hinterließ, vollkommen inert zu sein.

»Kannst du das exakt bestimmen?«, fragte Morton nach einer Weile.

»Hier«, sagte Manuel wie aus der Pistole geschossen. In dem holografischen Abbild der Struktur, die sich vor ihnen aufbaute, glühte eine winzige Koordinate auf, genau in der Mitte der riesigen Kluft, die Butch den großen Canyon genannt hatte, dem Zwischenraum zwischen den beiden größten Einzelkörpern der mächtigen Trümmerwolke.

»Nola bringt uns hin«, verkündete Morton.

»Oh nein«, jammerte die Pilotin. »Ihr seid beide wahnsinnig!«

»Wir werden äußerste Vorsicht walten lassen«, versprach der Erste Offizier.

»Wir müssen uns bei Guardes abmelden«, warf Manuel ein.

Morton rief die *Scardanelli*.

»Wir verabschieden uns für eine Weile«, sagte er in die bedenklich rauschende Übertragung. »Shuttle an Mutterschiff. Wir fliegen jetzt in den Funkschatten der Struktur ein. Geplanter Aufenthalt ...« Er sah sich fragend um. Manuel zuckte mit den Achseln. Nola reagierte gar nicht.

»Ach was, wenn wir wieder da sind, sind wir wieder da.«

»Aye«, kam die Stimme des Navigators aus dem kleinen Monitor. »Viel Glück da draußen. Und passt auf euch auf!«

Clarke war mit sich zufrieden. Sie hatte die Spitzer-Sensoren von der dritten Neumann-Sonde gelöst, sie gereinigt, sämtliche Selbsttests hindurchgejagt und sie dann in den Futteralen verstaut, die dafür vorgesehen waren. Die hochempfindlichen Instrumente waren erst im Lauf der Mission von den Manufaktoren hergestellt worden. Aber das hieß ja nicht, dass man sie nach dem Einsatz wegschmeißen musste. Man konnte nie wissen, wofür man sie noch einmal brauchen konnte.

Die Neumann selbst war ebenfalls durchgesehen und für den nächsten Flug vorbereitet worden. Allerdings konnte Clarke das Bohrgestänge nicht allein montieren. Dazu hätte sie Hilfe gebraucht. Aber Papadopoulos war tot. Sie hatten seinen durchsiebten Körper in einen der kleineren Hangars geschleift, die an das Maschinendeck angrenzten. Dort hatten sie ihn in eine der größeren Materialkisten gesteckt, die annähernd die Form und Größe eines Sarges hatte. Die kapellengroße Halle war versiegelt und anschließend auf Weltraumtemperatur herabgekühlt worden. Hier konnte Papa ruhen, bis sie ihm ein ordentliches Begräbnis geben konnten.

Die Neumann musste also vorerst ohne Gestänge auskommen. Dafür hing sie betankt und durchgecheckt in einem der Schlitten des fahrbaren Magnetkrans und wartete darauf, dass sich einige hilfreiche Hände fanden, die sie endgültig flottmachten.

Auch die vierte Neumann-Sonde, über die die *Scardanelli* verfügte, war betankt und durchgeprüft. Sie war noch an Ort und Stelle verankert, konnte aber innerhalb weniger Minuten ausgeschleust werden, wenn die entsprechende Anforderung von der Brücke kam.

Dann war Clarke eine Stunde lang auf den Magnetschienen des Beförderungssystems herumgeklettert, 15 Meter über dem Hallenboden, hatte den Rost heruntergekratzt, schlecht leitende Stellen poliert, defekte Kontakte ersetzt oder überbrückt und das ganze wieder zum Funktionieren gebracht. Die Schlitten liefen wie in Butter!

Schließlich hatte sie allgemein noch ein bisschen Ordnung gemacht. Die Manufaktoren hatten ja damit begonnen, Ersatzteile für die Küchen-Syntheks herzustellen. Clarke verstand das System nicht, und sie hatte auch nicht die Muße, sich anhand der Anleitungen, die im Bordrechner hinterlegt waren, einzuarbeiten. Sie hatte einfach alles genommen und säuberlich aufgestapelt. Es war ein ganzes Regal voller Kleinteile.

Sie hatte ein paar Reinigungsbots losgeschickt und das ganze Deck wienern lassen. Der Boden glänzte, die Blutflecken waren weggeschrubbt, der Gestank von verbranntem menschlichen Fleisch endgültig ausgemerzt, und alles war penibel aufgeräumt.

Clarke stand an der hinteren Rampe und sah durch das schwach flimmernde Kraftfeld des Hangartors in den Weltraum. Es war vollkommen dunkel. Das Licht aus dem Deck blendete die Sterne aus, die in diesem Sektor sowieso sonderbar vereinzelt und lichtschwach waren.

Und nachdem sämtliche Bots und Maschinen zur Ruhe gekommen waren, wurde es auch ganz still. Clarke fiel wieder ein, dass sie in gewisser Weise allein auf der *Scardanelli* war. Zwar waren noch drei weitere Besatzungsmitglieder da. Aber Guardes war physisch im Grunde nicht mehr anwesend. Sein Geist war mit den Systemen des Schiffs verschmolzen. Nastow lag in der Tiefschlafkoje. Und Cooper saß in der Arrestzelle, die er erst wieder verlassen würde, wenn die *Scardanelli* einen Planeten anflog, auf dem es eine Polizeistation gab.

»Guardes?«, rief sie in die hallenartige Leere des Decks hinein.

»Ich bin hier, Clarke!« Die tiefe Bassstimme des Navigators wirkte unmittelbar beruhigend.

»Alles klar, Alter?«

»Mir geht es gut«, sagte Guardes. »Und dir?«

»Ich bin okay«, erwiderte die Technikerin. »Schon Nachricht von den anderen?«

»Negativ«, sagte er Navigator. »Sie sind vor 55 Minuten ins Innere der Struktur eingeflogen, das einem totalen Funkloch gleichkommt.«

»Ja, das habe ich mitbekommen.« Clarke winkte mit ihrem tragbaren Display, auf dem sie sich von Zeit zu Zeit über den Status der Erkundungsmission auf dem laufenden hielt.

»Möchtest du ihnen eine Nachricht zukommen lassen?«

»Nein, wieso?«

»Ich dachte nur.«

»Nein, Guardes, danke. Ich habe nur so gefragt.« Clarke ließ die Blicke über die riesigen Kräne und Aufbauten des

Decks schweifen. Überall saßen Sensoren, überall waren Kameraaugen und Lautsprecher, auch Netzknoten und Rooter von hoher Bandbreite, mit denen das Schiff auf die geparkten Shuttles, Drohnen und die komplexe Neumann-Kybernetik zugreifen konnte. All das wurde von Guardes kontrolliert. Es war Guardes, und sie konnte keinen Schritt tun, ohne dass er es registriert hätte.

»Wäre es denn möglich?«, fragte sie.

»Wenn es dringend wäre, könnte ich die beiden Neumanns in Marsch setzen, die vor dem Kristall auf Stand-by verharren«, erklärte Guardes. »Sie könnten versuchen, eine Richtfunkstrecke zu etablieren.«

»Nein, lass!« Clarke beschrieb eine burschikose Geste.

»Natürlich weiß ich nicht, wo das Shuttle sich zum gegenwärtigen Zeitpunkt genau befindet. Das Innere der Struktur ist ebenso weiträumig wie zerklüftet. Und es gibt dort keinerlei Echos. Es wäre also möglich, dass zwei Punkte gar nicht reichen, eine Verbindung aufzubauen.«

»Es ist nicht wichtig«, sagte Clarke. »Irgendwann werden sie ja wieder da rauskommen!«

»Das denke ich auch, Clarke.«

Die Technikerin atmete einige Male tief durch. Sie überlegte, was es noch zu tun geben könnte. Aber es fiel ihr nichts ein. Langeweile war eine schlimme Sache, dachte sie. Zumindest wenn man der einzige normale Mensch auf einem so riesigen Schiff war.

»Clarke«, begann Guardes von sich aus. Das war ungewöhnlich!

»Guardes?«

»Hast du Angst?«

»Ich!« Clarke hätte fast laut aufgeschrien. »Quatsch!«

»Es gibt nichts, weswegen du dir Sorgen machen müsstest.«

»Ich weiß, Kumpel!«

»Dann ist es gut, Clarke.«

»Halt' mich auf dem Laufenden, ja!«

»Selbstverständlich, Clarke.«

Sie ging nach vorne, wo ihr Beutel mit den persönlichen Dingen lag. Ein Cidre-Bier wäre gut. Sie hatte mehrere Stunden lang körperlich schwer gearbeitet. Und vielleicht würde sie doch noch etwas kauen, nur zur Beruhigung.

»Clarke.«

»Ja, Guardes?«

»Es ist nur so: Ich habe gesehen, was du auf dein Display programmiert hast.«

»Das kannst du sehen, Alter?«, lachte sie. »Und ich habe mich für so clever gehalten.«

»Du bist clever«, versetzte der Navigator ruhig. »Aber du kannst mir nichts verheimlichen, solange du dich an Bord dieses Schiffes befindest.«

»Ich wollte dir nichts verheimlichen«, sagte sie gereizt. »Entschuldige, Mann!«

»Du hast eine Reihe von Notfallmaßnahmen auf dein Pad gelegt.«

»Ja und?«

»Misstraust du mir?«

»Guardes«, stieß sie hervor, »du bist der Einzige hier an Bord, dem ich vollstes Vertrauen entgegenbringe.« Sie musste unwillkürlich grinsen, als sie daran dachte, mit welchen Zombies sie sonst noch zusammen waren.

»Dann ist ja alles gut.«

»Lass mich einfach in Ruhe, ja!«

Der letzte Satz hatte genervter geklungen, als es beabsichtigt gewesen war. Es tat ihr leid. Aber was musste Guardes auch in allem und jedem herumschnüffeln?! Gab es denn gar keine Privatsphäre mehr?

Sie hatte den vorderen Arbeitsbereich erreicht, wo ihre Tasche lag. Zuerst knackte sie ein Bier und zischte es in einem Zug. Dann kaute sie krachend ein paar Kekse. Schließlich schob sie zwei Blätter Koka in die Backentasche und genoss, wie sich erst der milde, süßliche Geschmack in ihrem Mund ausbreitete und wenig später die angenehm beruhigende Wirkung in ihrem ganzen Körper. Weniger Müdigkeit als Gleichgültigkeit. Es war alles nicht mehr so wichtig!

»He Kumpel, so war das nicht gemeint«, sagte sie schläfrig.

Stille.

»Bist du jetzt beleidigt?«

Clarke sah sich in der Halle um und überlegte, durch welchen Sensorcluster Guardes sie wohl gerade musterte.

»Komm schon«, rief sie. »Wir sind alle ein bisschen überarbeitet, deswegen musst du nicht gleich eingeschnappt sein.«

Der Navigator antwortete nicht.

»Guardes?!«

Von einem Moment auf den anderen war die drahtige Technikerin wieder hellwach.

»Oh Scheiße«, zischte sie in sich hinein. »Bitte, bitte nicht!«

Sie lief zur Konsole, auf der alle Vorgänge zusammenliefen und manuell gesteuert werden konnten. Trotz des Koka, auf dem sie wie wild biss, zitterten ihre Finger, als sie ihre Abfrage eingab.

Plötzlich spürte sie, dass jemand hinter ihr stand.

Die Tränen schossen ihr aus den Augen, als sie begriff, dass sie einen Fehler gemacht hatte. Warum hatte sie sich keine Waffe besorgt?

»Hallo Clarke«, sagte eine keckernde Stimme.

Sie sah einen Mund vor sich, von dessen trockenen Lippen sich tote Hautfetzen lösten.

»Wird Zeit, dass wir beide auch mal ein bisschen Spaß miteinander haben.«

Ihre trainierten Muskeln strafften sich. Ihr Finger drückte in Panik den Auslöser für die Notsequenz. Dann traf sie der Injektor, der ihr aus fünf Metern Entfernung direkt in den Hals gefeuert wurde.

Clarke brach zusammen. Ihre Augen quollen in Todesangst hervor, als Cooper über sie trat und ihr Pad mit einer verächtlichen Bewegung beiseite kickte.

Sie war bei vollem Bewusstsein.

Aber sie hatte jegliche Kontrolle über ihren Körper verloren.

Von innen war es tatsächlich ein Canyon! Staunend sahen sie zu den kilometerhohen Fluchten aus tiefschwarzem Material hinauf, die rechts und links von ihnen dahinglitten, als Nola das Shuttle behutsam durch das Innere des Kristalls steuerte. Die große Kluft reichte einmal entlang der Längsachse durch die gesamte Struktur, ein Abgrund von zwanzig Kilometern Tiefe, der beiderseits von himalajahohen Wänden eingefasst war. Oder eine fünfhundert Meter hohe Halle, deren Boden und Decke aus einschüchternd dunklen, parallelen Ebenen bestanden, die sich nach allen Richtungen in der Ewigkeit verloren. Alles eine Frage des Bezugspunktes.

»Mein Gott«, stöhnte Nola. Die Konzentration auf die Funktionen des Fahrzeugs hatte sie etwas aus ihrer Befangenheit gelöst, die zuletzt eine regelrechte Versteinerung gewesen war. Sie war wieder ernst und gefasst. Bei kleiner Fahrt bugsierte sie das Shuttle durch das steinerne Labyrinth, das das Innenleben des Phänomens darstellte.

Anfangs waren es enge Gänge, Stollen und Schächte gewesen, die schmalsten eben noch breit genug, sodass sie mit ausreichend Sicherheitsabstand hindurchschlüpfen konnten. Dann hatte sich der Horizont schlagartig geweitet, und obwohl sie durch das Koordinatenhologramm vorbereitet waren, hatten sie alle den Atem angehalten. Sie flogen in einen riesigen Hangar ein, einen abgeschlossen wirkenden Raum, der alles in den Schatten stellte, was Menschen je geschaffen oder auch nur zu Gesicht bekommen hatten. Die Halle wirkte hermetisch, obwohl sie wussten, dass sie nach allen Seiten offen war. Aber die tiefe Finsternis löschte jede Orientierung aus. Das Material absorbierte einfach alles. Das Licht ihrer Scheinwerfer, die Nola auf höchste Leistung geschaltet hatte, glitt daran ab wie Regen an einer Glasscheibe. Ab und zu verrieten die harten Schlagschatten, die ein Vorsprung oder eine Bruchkante warf, dass da etwas existierte und keineswegs von fugenloser Glätte war, aber dann versank wieder alles in dieser konturlosen Dunkelheit, bei der man irgendwann nicht mehr wusste, ob man die Augen eigentlich offen oder geschlossen hatte.

Es war, als wenn zwei riesige Monolithe übereinander schwebten, deren quadratkilometergroße Flächen einen Abstand von einem halben Kilometer einhielten. Der Zwischenraum war völlig leer. Nur zum Nord- und Südpol hin, wie sie die Enden der Struktur willkürlich definiert hatten, wich die einschüchternde Reinheit der Konzeption einem Durcheinander kleinerer und weniger regelmäßiger Brocken und Fragmente.

»Kannst du noch navigieren?«, fragte Manuel irgendwann besorgt.

»Schwer«, gab Nola offen zu. »Wir haben aber auch nicht die geringste Abtastung. Unterm Strich ist die manuelle Steuerung auf Sicht noch das Beste. Wenn die Scheinwerfer abkacken, sind wir gefickt!«

Morton und Manuel wechselten einen Blick ob dieser Ausdrucksweise, sagten aber nichts.

»Ich würde gerne mit der *Scardanelli* herkommen«, sinnierte Manuel. »Mit Guardes, und mit richtigen Detektoren.«

»Nichts gegen unser Shuttle.« Nola tätschelte ihre Konsole wie den Hals eines treuen Reitpferdes.

»Oder wir müssen eine Neumann umrüsten. Der Neutrinofluss hier drin würde mich doch zu sehr interessieren. Oder die Gravitonendichte.«

»Das Ding gehört uns«, sagte Morton salopp. »Wir können wieder kommen, wann immer und so oft wir wollen.«

Nola fixierte ihn mit strafender Miene. »Ihr seid ja wohl beide völlig bekloppt!«

»Wenn das Ding wirklich zur Hälfte aus Menger-Physik besteht«, sagte der Erste Offizier noch, »kann es ja nicht exotisch genug sein.«

Manuel horchte plötzlich auf, als Morton eine Taste berührte, die sie noch nicht zum Klingen gebracht hatten.

»Da bringst du mich auf eine Idee!«

»Sprich dich aus, Kleiner.«

»Wir reden hier von Exonium, nicht wahr.«

»Ja.«

»Beim Isotopenzerfall öffnet jedes Exonium-Atom ein Null-Ausdehnungs-Wurmloch. Ein geometrischer Punkt ohne dreidimensionale physische Realität, der in die Raumzeit gestanzt wird und sofort wieder verschwindet.« Manuel haspelte das herunter, als habe er es auf der Akademie auswendig gelernt. Vermutlich war es auch so.

»Das prädestiniert das Zeug für Wurmlochgeneratoren«, sagte Morton zustimmend, »und darauf basieren alle Menger-Antriebe. Deshalb sind wir ja hier. Das Zeug ist einfach zu genial!«

»Ja«, fuhr Manuel fort, »aber hier reden wir von Milliarden Tonnen, möglicherweise in einer uns unbekannten Reinheit.«

Obwohl er nicht nach vorne sah, sondern wie wild auf seiner Konsole arbeitete, konnte er körperlich spüren, wie sie in tiefes Nachdenken sanken.

»Du meinst?«, fragte Nola zögernd.

»Auch hier fehlt es uns an den exakten Daten«, seufzte Manuel verzweifelt. »Wir müssten den Reinheitsgrad und die Isotopenmischung kennen. Aber angesichts der schieren Menge ...«

»Oh mein Gott!« Nola holte tief Luft. Die Blicke, mit denen sie die ringsum in die Unendlichkeit ragenden lichtlosen Wände fixierte, wurde noch um eine Spur furchtsamer.

»Richtig!« Manuel schnappte zu, als habe er einen Moskito erschlagen. »Das Zeug frisst sich in die Raumzeit wie ein Spritzer Fett in eine heiße Herdplatte.«

»Was bedeutet das?« Morton kam für den Augenblick nicht mehr mit.

»In jeder Sekunde öffnen sich zehn hoch ich weiß nicht wie viel Null-Durchmesser-Wurmlöcher, unzählige Nadelstiche, die die Raumzeit porös machen.« Manuel schloss die Augen, um sich besser konzentrieren zu können. »Jedes von ihnen ist, schätze ich mal, eine Nanosekunde stabil. Aber das reicht aus, um etwas hindurchzuschleusen. Zum Beispiel einen Teil eines virtuellen Elektron-Positronen-Paars.«

»Dann würde Schwarzschildstrahlung auftreten«, wandte Morton sofort ein, »wie am Ereignishorizont einer Singularität.«

»Ja und nein.« Manuel ließ sich nicht aus dem Konzept bringen. »Das übrige Teilchen wird nicht abgestrahlt, sondern verschwindet in der nächsten Nullpunkt-Singularität, die sich eine Nanosekunde später einen Nanometer weiter öffnet.«

»Es strahlt nichts ab«, sagte Nola, »sondern es saugt an. Im Gegensatz zu einem Schwarzen Loch aber ganz langsam und kontrolliert. So sanft es überhaupt nur geht. Wir reden über ein Gefälle von einem Kelvin, vielleicht anderthalb.«

»Das Ding ist ein Schwamm.« Morton kratzte sich am Kopf.

»Ja«, rief Manuel aus, »und zugleich ein Puffer, ein Ventil, ein kristallomorphes Bran. Es saugt die Vakuumenergie der Umgebung ab und leitet sie in den Mengerraum weiter.«

»Und wenn es aktiviert wird«, brachte Morton den Gedanken zu Ende, »kann es die Energie nutzen.«

»Ein Kraftwerk, ein Speicher.« Nola schien der Sache überdrüssig zu werden. »Was ist es alles noch?«

»Ein Schiff!« Manuel sah seinen Worten nach, als habe er ein kostbares Gefäß vom Tisch gestoßen. Gewiss, auch

Butch hatte den Verdacht bereits geäußert, wenn sie seine letzten Worte richtig verstanden hatten. Aber im Inneren dieses schluchtenreichen Gebirges, das vernünftig zu erkunden Monate dauern konnte, war der Gedanke gar zu phantastisch!

»Verdammt soll ich sein!« Morton sah ehrfürchtig zu den kilometerhohen Wänden hinauf, an denen sie immer noch bei gedrosselter Geschwindigkeit dahinglitten.

»Ein Schiff«, verkündete Manuel, »das über die ausgeklügeltste Technologie gebietet, die wir je zu sehen bekommen haben.«

»Ich wusste nicht, dass die Hondh über solche Technik verfügen.« Morton hatte den Satz so dahingesagt.

»Wir wissen überhaupt nichts über die Hondh«, spulte Nola ihr Mantra ab, »wenn wir ehrlich sind.«

»Aber wenn es ein Schiff ist?«, fragte Morton.

»Ja?« Manuels Blick nahm einen lauernden Ausdruck an.

»Wo ist die Besatzung?«

»Es ist auf Stand-by«, erklärte Manuel, ganz als ob er es wissen könne. »Eine Art selbsttätiger Wartungs- und Auflademodus.«

»Fünfhundert Jahre lang?«, fragte Nola ungläubig.

»Wer kann das sagen?«

Sie beschrieben einen Halbkreis von mehreren Kilometern Radius und bewegten sich dann wieder auf den Nordpol zu, in dessen Nähe sie in das Innere der Superstruktur eingedrungen waren. Einige Minuten vergingen in tiefem Schweigen, während jeder seinen Gedanken nachhing und dabei seine Instrumente kontrollierte.

Irgendwann sah Manuel auf.

»Da vorne ist es übrigens«, verkündete er lapidar.

»Was um alles in der Welt?«, fragte Nola wie vom Donner gerührt.

»Das Zentrum des Ganzen.« Manuel weidete sich an dem Schock, den er den beiden anderen verpasst hatte.

»Die Nabe, um die das Rad schwingt. Der Knoten, um den sich die zehnfache Dimensionsenergie dieses Phänomens schürzt.«

Er gab Nola die Koordinaten auf den Schirm, und sie steuerte das Shuttle an die wie eine Bergfestung vor ihnen aufragende Klippe heran. Die Basis war hundert Meter breit, und das ganze verlor sich, konisch zulaufend, einige Hundert Meter über ihnen in der wattigen Dämmerung. Natürlich handelte es sich um kein festes Gebilde. Es war ein einzelner Brocken, von insgesamt etwa einem Kubikkilometer, wie sie den Daten der Neumanns entnehmen konnten.

Nola brachte sie an eine Art Dach oder Balkon heran, das im unteren Drittel aus der stark zerklüfteten Flanke hervorbrach. Ein Absatz oder Sims von zehn Meter Breite und vielleicht zwei Meter Tiefe. Das Ganze schien in eine Höhle zu führen. Aber als Nola die Scheinwerfer darauf richtete und so über die Kanten strich, dass sie die Schatten zum Peilen benutzen konnten, stellten sie fest, dass die Höhle eigentlich nur eine Kammer von kaum fünf Meter Tiefe war.

»Kannst du auf diesem Vorsprung landen?«, fragte Morton.

»Ich bin ja wohl nicht bescheuert!«

In der Rückwand der wohnhausgroßen Aussparung schimmerte etwas. Das Material schien dort eine Nuance weniger opak zu sein.

»Da ist etwas«, zischte Manuel, der unwillkürlich den Atem anhielt.

»Dann geh längsseits«, sagte Morton, mit Befehlston in der Stimme, »und lass uns aussteigen.«

Nola stieß die Luft aus. Dann drehte sie das Shuttle behutsam ein und brachte es seitlich an den Vorsprung heran. Im Licht ihrer herumschwenkenden Scheinwerfer hatten sie alle deutlich die hexagonale Struktur im Zentrum der Rückwand ausmachen können. Seltsame Symbole oder Hieroglyphen befanden sich darauf.

»Der Eingang«, sagte Manuel lapidar. Mit einer gewissen Bestürzung stellte er fest, dass alle Angst von ihm gewichen war.

Nola ließ das Shuttle in einem Meter Abstand neben dem Vorsprung schweben. Manuel und Morton setzten ihre Helme auf und aktivierten ihre Anzüge. Dann kletterten sie durch die winzige Schleuse, hangelten sich auf die Steuerbordseite und sprangen in einer weichen Bewegung nach drüben.

»Das ist es«, sagte Morton noch. Mit routinierten Bewegungen schritt er durch die Schwerelosigkeit auf das exotische Portal zu und untersuchte, wie es zu öffnen war.

Nachdem Cooper mit Clarke fertig war, begab er sich wieder auf die Brücke. Er betrachtete Guardes Leiche, die von mehreren Einschüssen durchlöchert war. Überall leckten ekelhafte Flüssigkeiten aus dem toten Körper und aus den Schläuchen, die ihn während der ganzen Zeit am Leben erhalten hatten. Cooper riss aus purer Zerstörungslust noch ein paar von ihnen ab und ignorierte den Gestank der fäkalienfarbenen Pfützen, die sich unter der Liege des Navigators ausbreiteten. Er ging ans Kopfende, hob den beeindruckend schweren Schädel des Toten hoch, tastete unter dem fettigen Haar nach den Fasern, die in seinen Nacken eingewachsen waren, und riss sie ebenfalls heraus. Es ging schwerer, als er erwartet hatte. Eine Menge Haare und Hautfetzen kamen mit heraus, aber es blutete kaum noch. Die Leiche war schon kalt und steif.

Cooper schritt unbeeindruckt durch die Sauerei, in die er den vorderen Teil der Brücke verwandelt hatte, und baute sich vor dem Hauptbedienplatz auf. Mit dem Kommandantenpasswort meldete er sich beim System an.

Es dauerte eine Weile, bis das Schiff auf ihn reagierte. Guardes' Verschwinden schien im Inneren einiges durcheinandergewirbelt zu haben. Aber dann stieß er doch auf Resonanz. Sie war positiv, wie er das auch nicht anders erwartet hatte.

Cooper stieß einen dünnen Pfiff durch die trockenen Lippen, an denen noch ein wenig getrocknetes Blut hing. Dann ließ er die vorbereiteten Programme aus seinem Handgelenksimplantat, das ihm den Ausbruch aus der sträflich primitiven Arrestzelle ermöglicht hatte, in die Bordrechner fließen. Es war ein Bündel von Kontrollroutinen. SCARDY, die schmächtige Entität, die einmal über die *Scardanelli* geherrscht hatte, wurde aus ihrer Unterdrückung durch den elefantösen Guardes befreit. Zugleich aber an die Kandare gelegt und Cooper direkt unterstellt. Die Kommandanten-Codes verliehen ihm ausreichend Autorität. Außerdem war seine Software in das System eingedrungen wie ein Spezialkommando in ein Terroristennest. Es bestand jedenfalls kein Zweifel mehr, wer der Herr im Haus war.

Zufrieden ging Cooper den Status des Schiffes und seiner externen Einheiten durch. Das Shuttle war immer noch im Funkschatten tief im Inneren des Kristalls verschwunden. Auch die beiden Neumanns, die eigentlich irgendwo dort draußen auf Stand-by sein sollten, waren *offline*. Vielleicht waren sie ja in den Schatten der Struktur geflüchtet, als sie seinen Coup bemerkt hatten. Ganz, als ob sie etwas von ihm zu befürchten hätten!

Er studierte Clarkes kindlichen Notruf. Zu schade, dass ihn niemand gehört hatte!

Dann ging er durch das ganze Schiff. Vor Nastows Koje blieb er eine Weile stehen und dachte nach. Er konnte die Kammer einfach ausschalten. Aber er konnte den Kybernetiker auch noch am Leben lassen. Vielleicht konnte er mit ihm auch noch einmal richtig Spaß haben!

Der Rest lag in tiefem Schweigen. In zwei separaten Kammern rotteten Derek und Papadopoulos vor sich hin. Das Maschinendeck war gewissenhaft gereinigt und aufgeräumt.

Cooper holte sich etwas zu trinken und löschte seinen animalischen Durst. Er kontrollierte gewissenhaft die Manufaktoren, die seit einer Stunde damit beschäftigt waren, die benötigte Ausrüstung herzustellen. Alles lief nach Plan! Dann setzte er sich auf eine Werkzeugkiste und wartete.

»Was hältst du davon?«

»Keine Ahnung, Junge.« Morton war vollkommen überwältigt. »So etwas habe ich noch nicht gesehen.«

»Vermutlich hat noch niemand etwas Vergleichbares zu sehen bekommen.«

Der Erste sah zwischen den unsagbar fremdartigen Objekten hin und her, die die Kaverne ausfüllten.

»Ich weiß nicht einmal, ob es während des Hegemonie-Krieges direkte Kontakte zwischen Menschen und Hondh gegeben hat. Ich meine solche, die jemand von unseren Leuten überlebt hätte. Aber was die letzten fünfhundert Jahre angeht, dürften wir die Ersten sein, die ihnen so nahe gekommen sind.«

»Glaubst du wirklich, dass es ein Schiff der Hondh ist?« Manuel hatte im Gegensatz zu seinem älteren Kollegen noch nicht einmal gewagt, eines der Artefakte zur Hand zu nehmen. Staunend bewegte er sich durch die Kaverne, durch die Schwerelosigkeit zusätzlich zur Vorsicht bestimmt, und betrachtete die Gegenstände, deren Bedeutung oder Funktion vollkommen rätselhaft war. Wie in einem Museum für Kunst und Kultur einer untergegangenen Rasse. Vielleicht war es das ja auch!

»Ich weiß nicht viel darüber«, sagte Morton. »Man weiß ja so gut wie nichts. Aber alles, was wir bis jetzt haben, passt perfekt ins Bild.«

Er ließ eines der Objekte in seinem Materialsack verschwinden und beschrieb dann eine Geste über den ganzen zerklüfteten Raum und seine unangenehm nicht euklidische Geometrie.

»Die Trägerstruktur ist Exonium. Aber diese – Kleinteile basieren auf Silizium.«

Er sah Manuel durch das Visier seines entpolarisierten Helmes aufmerksam an.

»Es ist denkbar, dass Organismen ihren Metabolismus auf Silizium statt wie wir auf Kohlenstoff aufbauen. Was wir hier sehen, deutet in diese Richtung.«

»Sind das Organismen?«, fragte Manuel mit Blick auf die seltsam durchbrochenen Kuben und Tetraeder.

»Nein«, sagte Morton bestimmt. »Irgendwelche Artefakte. Technische Module, vielleicht Kultobjekte. Aber sie weisen die gleiche Chemie wie ihre mutmaßlichen Erbauer auf.«

Er ließ noch einige Male den Handscanner über die Gegenstände gleiten. »Eine solche Silizium-Biologie könnte im Prinzip genau so funktionieren wie unsere auf Kohlenwasserstoffe gestützte. Mit einem Unterschied.«

»Und der wäre.«

»Die inneren Prozesse würden sehr viel langsamer ablaufen als bei uns.«

»Sie leben in einer anderen Zeit«, flüsterte Manuel ehrfürchtig.

»Absolut.« Morton sah sich um. »Ihre Wahrnehmung wäre eine vollkommen andere. Und so gesehen wären auch 500 Jahre für sie gar nicht viel. Vielleicht wirklich nur das Intervall zwischen zwei Zellteilungen.«

Ein Krachen in ihren Helmen ließ sie zusammenfahren, als sich die Verbindung zum Shuttle aktivierte.

»Ich störe eure Unterhaltung nur ungern«, sagte Nola. »Aber ich bekomme hier gerade etwas herein!«

Trotz der Argus-Drohnen, die sie auf ihrem Weg verteilt hatten, war der Kontakt brüchig. Das Signal musste per Engstrahl von einem Relais zum anderen geführt werden, und dennoch ließ sich nur ein dünner akustischer Kanal aufrechterhalten.

»Wie kann das sein?«, fragte Morton ungläubig.

»Die Neumanns«, sagte die Pilotin, die im Shuttle auf die Rückkehr der beiden Entdecker wartete. »Sie haben sich so positioniert, dass sie eine Richtfunkstrecke aufbauen.«

»Das ist unmöglich«, gab Manuel augenblicklich zurück. »Wir sind tief im Inneren dieses Labyrinths. Zwei Fixpunkte reichen niemals aus.«

»Du hast recht«, antwortete Nola. »Es ist nur eine der Sonden. Sie ist uns selbsttätig gefolgt.«

»Dann muss es ja wichtig sein«, witzelte Morton.

»Oh mein Gott!« Nolas Aufschrei ließ sie zusammenfahren.

»Was ist?«

»Es ist eine Botschaft von Clarke«, stöhnte sie. »Ein Hilferuf!«

»Scheiße«, rief Manuel. »Was ist passiert?«

»Das schreibt sie nicht«, sagte Nola. »Sie hat den Notruf auf Verdacht vorformuliert und dann ausgelöst, als ihre Befürchtungen wahrgeworden sind.«

»Was ist denn das jetzt wieder!« Morton sah gequält zwischen den rätselhaften Artefakten, die er gerade zur Hand genommen hatte, und dem Ausgang der rätselhaften Kammer hin und her.

»Wir müssen ihr helfen«, rief Nola aus dem Shuttle. »Schnell!«

»Wir sind schon unterwegs!« Manuel raffte einige der Gegenstände zusammen, deren Entschlüsselung ein ganzes Team ein Leben lang beschäftigen konnte, und begann damit, sich zur Rampe zu bewegen. In der Schwerelosigkeit war es gar nicht so einfach.

Auch Morton hatte noch schnell ein paar Artefakte an sich gebracht. Er war geübter, was das Vorankommen unter Null-G-Bedingungen anging. Mit rudernden, raumgreifenden Bewegungen schob er sich an Manuel vorbei.

»Dies ist ein Hilferuf«, erschien in ihrer holografischen Projektion, »ich weiß nicht, was geschehen ist, aber wenn ich dieses Signal auslöse, ist es ernst. Kommt bitte schnell! Clarke.«

»Ob es ein Trick ist?«, fragte Manuel, während er sich vorwärts mühte. Es war wie in einem Albtraum. Je mehr er sich anstrengte, umso langsamer kam er vom Fleck. »Wir wissen, dass ihre ID gehackt wurde!«

»Nein«, sagte Nola sofort. »Es ist die neue, die wir ihr frisch konfiguriert haben. Die Botschaft ist authentisch!«

»Was mag da passiert sein?«, fragte Morton. Er hatte den Balkon erreicht und hangelte sich zur Einstiegsschleuse des Shuttles.

»Das kann ich dir ganz genau sagen«, knurrte die Pilotin, die vom Hauptbedienplatz aus zusah, wie die beiden Männer umständlich einstiegen.

Auch Manuel hatte das Shuttle erklommen und turnte ungeschickt darauf herum. Während er sich noch durch die Schleuse hineinfallen ließ, zündete Nola das Triebwerk und legte ab. Sie scherte rücklings aus und gab dann vollen Schub. In einer einzigen lang gezogenen Parabel zog sie das Shuttle bei höchster Beschleunigung aus dem Labyrinth im Inneren des Kristalls heraus, indem sie sich die größten und am wenigsten verwinkelten Klüfte an dessen Längsseite zunutze machte.

Augenblicke später flogen sie in den freien Raum hinaus. Sie passierten die Neumann-KI, die mit blinkenden Positionslichtern auf Stand-by verharrte.

»Ein so autonomes Verhalten hätte ich den Dingern gar nicht zugetraut«, brummte Morton, während er sich noch neben Nola in den Sessel plumpsen ließ.

»Clarke hat sie umprogrammiert«, erklärte die Pilotin.

Sie drückte die Schnauze des Shuttles nach unten und richtete es auf die *Scardanelli* aus.

»Wenn sie so viel Akribie darauf verwandt hat«, überlegte Manuel, »warum hat sie sich dann nicht um ihre Sicherheit gekümmert?«

»Sie muss vor Angst wie gelähmt gewesen sein«, sagte Nola mitfühlend. »Da treibt man oft das absurdeste Zeug und kommt nicht auf das Naheliegende!«

»Was sollen wir tun?« Morton war von der Situation völlig überfahren. Gerade hatten sie eine Entdeckung gemacht, die der Geschichte der Menschheit eine völlig neue Richtung geben konnte! Und nun mussten sie alles stehen und liegen lassen, weil die Rest-Crew mit dem Mutterschiff nicht klarkam!

»Lass den Helm gleich auf«, knurrte Nola, die eine grimmige Entschlossenheit ausstrahlte. »Ich schmeiß dich an der Steuerbordschleuse raus!«

»Okay.« Der Erste Offizier war noch nicht ganz im Bilde.

»Manuel und ich gehen über den Hangar rein. Dann haben wir ihn in der Zange.«

»Von wem um alles in der Welt sprichst du eigentlich?«, fragte Morton verwirrt.

Nola sah für einen Augenblick von ihren Kontrollen auf und funkelte ihn zornig an. »Ihr Männer kapiert aber auch überhaupt nichts, was?!«

Morton wechselte über die Schulter hinweg einen Blick mit Manuel, der wie wild auf seinem eigenen Display arbeitete. Seine Miene verhieß nichts Gutes.

»Oh Scheiße!« Das Begreifen erhellte das Gesicht des Ersten Offiziers wie ein Blitz eine nächtliche Landschaft.

»Eben«, fauchte Nola.

In der Tiefe tauchte die *Scardanelli* vor ihnen auf.

»Ich hoffe, wir kommen nicht zu spät«, sagte Manuel.

»Beschrei es nicht.« Die Pilotin fing das Shuttle einige Hundert Meter vor dem Mutterschiff ab und ließ es sanft über dessen vordere Aufbauten und das Brückendeck hinweggleiten. Dabei achtete sie peinlich darauf, dass keinerlei Sichtkontakt zu einem der Fenster bestand. Was die anderen Sensoren anging, hatte sie das Shuttle auf volle Passivität geschaltet. Sie waren praktisch unsichtbar. Dabei konnte sie nur hoffen, dass ihnen das die paar Sekunden Vorsprung verschaffte, die sie zur Ausnutzung des Überraschungsmoments benötigten.

Auf der Höhe der Steuerbord-Personenschleuse stieg Morton aus. Er hangelte sich an den Griffen entlang, die zuletzt Derek während seines Außenbordeinsatzes benutzt hatte. An der Schleuse hielt er an und reckte den Daumen in die Höhe, ehe er sich in den Einstieg duckte.

»Alles klar?«, fragte Nola den hinter ihr sitzenden Manuel.

»Versuchen wir's.« Er konnte nicht verbergen, dass ihm ein wenig mulmig war.

Mit einem gewissen Staunen verfolgte er, wie Nola eine Offizierspistole zog. Dann leitete sie die gesamte Abschirmung auf die Backbordseite, während sie die Atmosphäre entweichen ließ und die Luke auf der Steuerbordseite entriegelte.

»Tun wir für die Kleine, was wir können!«

Manuel atmete tief durch, als sie das Shuttle in einer einzigen schleifenförmigen Bewegung über das Heck der *Scardanelli* hinausjagte, eine Hundertachtziggradkurve flog, dabei eine Rolle über die Längsachse beschrieb und frontal in den weit offen stehenden Hangar des Maschinendecks hineinraste. Das Fahrzeug durchbrach den prickelnden Energievorhang, der die Atmosphäre im Inneren hielt, und setzte auf dem Stahlboden auf. Nola schlug hart nach Steuerbord ein und ließ das Shuttle seitlich ausbrechen. Quer zur Fahrtrichtung kam es in der Mitte des hallengroßen Decks zum Stehen.

Sie sprangen durch die Luken der Steuerbordseite, die sich selbsttätig öffneten, und duckten sich in den Schutz des Fahrzeugs. Der Donner ihrer Landung dröhnte auf dem Deck und rollte noch eine Weile darin hin und her, als habe man in einer Kathedrale eine Haubitze abgefeuert.

Dann wurde es ganz still.

Fünfzig Meter vor ihnen, in der Nähe der Manufaktoren, stand Cooper. Er hatte sich gemächlich von seinem Platz auf den Materialkisten erhoben und kam langsam auf sie zu.

Dabei hob er die Arme zu einer halb vorwurfsvollen, halb einladenden Geste.

»Die schöne Nola«, rief er keckernd. »Was für ein Auftritt!«

Er kam langsam näher und leckte sich die rissigen Lippen.

»Hattest du Sehnsucht, mich zu sehen?«

»Wo ist Clarke?«, brüllte Nola.

»Oh, wir hatten viel Spaß!«, sagte Cooper.

»Du Schwein! Was hast du mit ihr gemacht?«

»Ich konnte ihren Körper an- und ausknipsen wie eine Glühbirne«, grinste der Nachrichtenspezialist. »Du kannst dir nicht vorstellen, wie sie geschrien hat, wenn ich den Schmerz wiederkommen ließ!«

Nola warf sich über die Schnauze des Shuttles, legte an und schoss.

Der Energiestrahl verpuffte einen Meter vor Cooper wirkungslos in der Luft.

»Ups!« Er grinste immer noch breit. »Auch wir zwei könnten viel Freude miteinander haben, schöne Nola! Es gibt Grade der Qual, die von Wollust kaum zu unterscheiden sind.«

Nola feuerte noch einige Male. Das Ergebnis war dasselbe.

»Er hat einen Schutzschild«, stöhnte sie, indem sie sich wieder hinter das Shuttle zurückzog. »Kannst du nichts dagegen tun?«

Manuel hockte im toten Winkel des Triebwerks und schob in fliegender Hast Symbole auf seinem Display hin und her.

»Guardes, zum Teufel«, quetschte er zwischen den Zähnen hervor. »Wo steckst du?«

Cooper hatte alle Systeme unter seine Kontrolle gebracht und alle Codes geblockt.

»Hej Nola«, rief Cooper. »Warum versteckst du dich vor mir?«

»Zur Hölle!« Sie schlich unter dem Heck hindurch und gab ein paar Schüsse ab, die wirkungslos abprallten. Dann lief sie wieder zur Schnauze.

»Wo ist eigentlich Mortimer?«

»Er ist im Kristall geblieben!«

»Guter Versuch«, keckerte Cooper. »Aber du glaubst doch nicht, dass ich darauf reinfalle?«

Dennoch sah er sich irritiert um, als er erkannte, dass Mortimer tatsächlich nicht an Bord des Shuttles war.

»Ich bin hier!« Der Erste Offizier tauchte im vorderen Durchgang auf und eröffnete sofort das Feuer.

»Wow!« Cooper schien begeistert.

Auch Nola sprang wieder vor. Sie nahmen Cooper ins Kreuzfeuer, aber sein Schutzschirm wies alle Salven, die auf ihn einprasselten, mühelos ab.

»Manuel, um alles in der Welt«, zischte Nola aus dem Mundwinkel. »Er macht uns fertig!«

»Eine Sekunde!« Es war nicht einfach, aber es war möglich. Clarke hatte ihnen einen Nachricht geschickt, die mit ihrer neuen Kennung codiert war. Die ID war zwar von Cooper sofort geblockt worden, aber die Neumanns draußen beim Kristall hatten sie empfangen und auf sie reagiert. Also war sie autorisiert. Also ließen sich die Override-Codes rekonfigurieren. Er wünschte sich, er hätte einen Abgleich vorgenommen, als sie an den Sonden vorbeigeflogen waren. So musste er sie neu anwählen, und die Verbindung, nur über die Antennen des Shuttles, das diesseits der Abschirmung der *Scardanelli* stand, war alles andere als optimal. Es dauerte quälend lange, bis der Kanal etabliert war und die Informationen übertragen wurden.

»Hej, ist das alles?!« Cooper stand da, die Arme hoch erhoben, während sein Körperschild unter den Einschlägen kochte. Plötzlich hatte auch er Waffen in den Händen. Er erwiderte das Feuer. Morton sprang in Deckung einiger großer Materialkisten, die unter dem Hagel großkalibriger Einschläge zerfetzt wurden und in Flammen aufgingen. Dann wandte Cooper sich um und bedachte Nola mit einer mächtigen Salve. Die Abschirmung des Shuttles wehrte einiges davon ab. Aber die

Luft rings um sie herum wogte und brüllte von den gewaltigen Energien, die sich aneinander abglichen.

»Ich will nicht ungeduldig sein«, zischte Nola. »Aber wofür haben wir dich studieren lassen?!«

Manuel warf ihr einen seltsamen Blick zu.

Dann aktivierte er einen Patch, der sich endlich in leuchtendem Grün präsentierte.

Fünfzehn Meter über ihnen ruckte der Schlitten des Beförderungssystems an.

»Gute Idee, Junge!«, rief Cooper, der weiter vorne im Sperrfeuer zweier Energiewaffen badete. »Aber was willst du damit anstellen?«

»Ich weiß nicht«, gab Manuel zurück.

In der magnetischen Aufhängung baumelte eine der Neumann-Sonden. Cooper sah mit gespieltem Interesse zu, wie sie über ihn hinwegfuhr.

»Willst du sie mir auf den Kopf fallen lassen«, höhnte er. »Wir sind doch nicht beim Zeichentrick!«

Er hatte recht. Es war technisch unmöglich, die Sonde während der Beförderung auszuklinken. Aber etwas anderes war möglich. Es war sogar ganz einfach.

»Brave Clarke«, knurrte Manuel. »Alle Systeme sind gewartet und einsatzbereit!«

Er aktivierte das Triebwerk.

Aus wenigen Metern Abstand fauchte ein mannsdicker, stark fokussierte Ionenstrahl auf Cooper ein.

»Holla!« Der Mann wirkte erheitert. Zwar konnte die Plasmaflamme den Schutzschirm nicht durchdringen. Aber ihr Andruck war so stark, dass Cooper taumelte. »Na!« Erstmals schien er verärgert, als sei er nicht mehr Herr der Situation. Seine unangenehme Stimme ging im Gebrüll des Feuerstrahls unter. Manuel musste das Triebwerk drosseln, da die Sonde sich sonst losgerissen hätte und unkontrolliert im Deck herumgerast wäre. Bei voller Leistung brachte ihr Antrieb immerhin 10 *g* und war FTL-fähig!

Cooper vollführte einen Ausfallschritt und brach dabei in die Knie. Er entzog sich der Flamme, die mit Tonnengewicht auf seinem Schild gelastet hatte. Aber das ungute Flackern und Flimmern des Schirms verriet, dass die Energiezelle überlastet war. Als Cooper auf den Boden stürzte, knisterte der Schild wild auf und zischte in der ionisierten Luft, als er sich neu konfigurierte.

»Jetzt!«, keuchte Manuel.

Nola feuerte. Von der anderen Seite hielt Morton dagegen. Im Kreuzfeuer brach Coopers überlasteter Schirm zusammen.

Mit einem staunenden Ausdruck sah Cooper zu ihnen her. Er klappte den Mund auf, ohne ihn wieder zu schließen. Dann fiel er vornüber und schlug hart mit dem Gesicht auf den rot glühenden Stahlboden, ohne sich noch mit einer Reflexbewegung abzufangen.

Manuel schaltete das Triebwerk der Neumann-Sonde ab. Die Atmosphäre im Maschinendeck war kochend heiß und vor Ozon fast nicht mehr atembar. Er beeilte sich, das Visier wieder zu schließen, das er während der Tipperei geöffnet hatte.

»Ist er tot«, fragte er nach einigen Sekunden.

Nola machte ihm ein Zeichen, im Schutz des Shuttles zu bleiben. Dann lief sie in geduckter Haltung nach vorne, die Waffe im Anschlag. Neben Cooper ging sie in die Hocke und legte die Hand an seinen Hals.

Er hatte im Niederstürzen beide Waffen verloren, die sie nun an sich nahm, als sie langsam wieder aufstand.

»Herzstillstand«, sagte sie. »Vermutlich bei der Überladung seines Körperschirms.«

Manuel erhob sich und ging um das Shuttle herum.

»Ihr könnt rauskommen«, rief die Pilotin. Als Manuel auf sie zukam, lächelte sie ihm schmerzlich zu. »Das war knapp!«

Der junge Offizier trat neben Coopers leblosen Körper, der unverletzt war. Der Mann schien friedlich zu schlafen. Es war, wie Nola gesagt hatte, die Energiezelle seines Schutzschildes war unter der Überlastung kollabiert und hatte sich nach innen entladen. Er war das Opfer eines ebenso simplen wie tödlichen Stromschlags geworden.

»Morty«, rief Nola in Richtung des vorderen Durchgangs. »Es ist vorbei. Komm raus!«

Der Erste Offizier antwortete nicht. Er lag auf dem Boden, halb in den Schutz der stählernen Aufbauten auf der Backbordseite geduckt, und rührte sich nicht.

Mit fünf Schritten waren sie neben ihm.

In Brust, Bauch und Oberschenkel seines Anzugs klafften mehrere tiefe Einschusslöcher. Er lag in einer Blutlache, die sich ernüchternd schnell vergrößerte. Nola ging neben ihm auf die Knie und betätigte den äußeren Mechanismus seines Visiers. Als der Helm sich öffnete, sahen sie, dass der neue Kommandant der *Scardanelli* noch lebte. Aber sein Gesicht war aschfahl, und sie konnten zusehen, wie die Kraft aus seinem Blick wich.

»Oh Morty«, stöhnte Nola. »Es tut mir leid.« Sie sah sich Hilfe suchend um. »Wir bringen dich auf die Medizinstation ...«

Er legte ihr die Hand auf den Unterarm und zwang sie, ihn anzusehen.

»Es ist zu spät«, brachte er mit einer letzten Anstrengung hervor. »Das Schwein hat mich erwischt.«

Er stöhnte. Blutige Blasen erschienen auf seinen farblosen Lippen. Morton verblutete, von zahlreichen Treffern zerfetzt, innerhalb weniger Sekunden.

»Manuel, Kleiner«, flüsterte er noch. »Versprich mir eines.«

Manuel kauerte neben ihm und sah ihn an, selbst kreidebleich und im Begriff, das Bewusstsein zu verlieren.

»Pass auf sie auf!« Morton beschrieb ein schwaches Nicken in Richtung Nolas. Dann kippte sein Kopf zur Seite.

Er war tot.

Sie schleiften Morton in den Nebenraum und betteten ihn neben Papadopoulos. Dann schmissen sie Coopers Leichnam über den von Derek, der in einer anderen Kammer lag. Die Systeme des Schiffes waren tot. Auf der Brücke angekommen, sahen sie auch den Grund. Guardes war durch mehrere Schüsse in Brust und Bauch getötet worden. Wie ein Nilpferd, das von Wilderern abgeschlachtet worden war, ruhte der riesige formlose Leib des Navigators auf seiner Liege. Alle Kabel, Schläuche, Drähte und Fasern waren aus seinem Körper gerissen worden. Ein Tümpel aus stinkenden Flüssigkeiten nahm die ganze vordere Hälfte der Brücke ein.

Die Armaturen und Kontrollen, Konsolen und Bedienplätze waren von zahlreichen Einschüssen in Mitleidenschaft gezogen.

»Purer Vandalismus«, stöhnte Nola. »Zerstören um des Zerstörens willen.«

»Wir kriegen das wieder hin«, sagte Manuel ohne rechte Überzeugung. Er war noch immer bleich. Nola rechnete jeden Moment damit, dass er sich übergeben oder bewusstlos werden würde. Aber er biss die Zähne zusammen und hielt sich tapfer aufrecht.

Angesichts der ganzen Schweinerei hier, dachte sie, wäre es auch keine Schande, ohnmächtig zu werden. Sie selbst empfand das Bewusstsein zunehmend als Last. Was alles musste sie noch sehen, hören, *riechen*?!

»Später«, zischte sie. »Wir sind noch nicht durch.«

Sie fanden Clarke in Coopers Kabine. Nola war die blutverschmierte Tür aufgefallen. Sie ließ sich sogar öffnen. Die Pilotin schob den Kopf hinein und zog ihn augenblicklich wieder zurück.

»Was?« Manuel wollte an ihr vorbeigehen, aber sie packte ihn mit einer Kraft, auf die er nicht vorbereitet war, und drückte ihn zur Seite.

»Nein.« Er sah, wie sie grün wurde, dann totenblass. Sie atmete einige Male rasselnd ein und aus. Dann hatte sie sich wieder in der Gewalt. »Dieses Schwein«, keuchte sie nur. »Dieses elende Schwein.«

Manuel stand unschlüssig da.

»Geh nicht hinein«, sagte Nola eindringlich. »Glaub mir, du willst das nicht sehen.«

Sie schien sich unter Kontrolle zu haben. Aber sie rührte sich nicht vom Fleck, sondern glotzte mit stierem Blick vor sich hin. Manuel war nicht neugierig zu erfahren, welche Bilder sie dabei vor ihrem inneren Auge hatte.

Der Aufenthalt auf der Brücke war ihnen verleidet, und die Kabinen lagen zu nahe an dem Ort des Grauens, in den Cooper die seine verwandelt hatte. Bisher hatte Nola nicht den Mut gefunden, das zu bergen, was von der armen Clarke übrig geblieben war. Sie versiegelte die Tür, um zu verhindern, dass Manuel sie versehentlich oder aus falschem Eifer öffnete.

Dann richteten sie sich auf dem Maschinendeck ein provisorisches Lager ein. Derek und die anderen hatten sich hier zwischen Kisten und Ersatzteilen ein romantisches Schmugglerversteck gebaut. Hier installierte Manuel sich nun mit seinem tragbaren Display und versuchte sich in die Systeme der *Scardanelli* zu hacken.

»Es ist nichts mehr da«, gab er Nola nach einiger Zeit einen Zwischenstand. »Der Zustand der Hardware alleine kann das nicht erklären. Ein Großteil der Kapazitäten befindet sich im Rumpf, ich glaube nicht, dass Coop Zeit hatte, das alles physisch zu zerstören.«

»Sicher nicht«, sagte die Pilotin. »So lange waren wir nun auch wieder nicht weg. Allein, was er mit Clarke gemacht hat …« Sie bekam den Satz nicht zu Ende.

»Er hat SCARDY eine Fessel umgelegt und ihn auf sich selbst konditioniert wie ein dressiertes Tier.« Er vertiefte sich wieder in seine Anzeigen. »Scheinbar war der Zwang so stark, dass SCARDY aufhörte zu existieren, als sein Herrchen starb.«

»Ist er einfach verschwunden?«

»Ich kann's nicht sagen. Da drin herrscht ein heilloses Chaos.«

»Und Guardes ist tot.«

Nola seufzte. Seit Mortons Tod war sie in eine Art von Apathie verfallen, über die Manuel gar nicht weiter nachdenken wollte.

»Einige Grundfunktionen habe ich mir hier aufs Pad gelegt«, sagte er schließlich. »Beleuchtung und Lebenserhaltung, Atmosphäre, Schwerkraft.« Er tippte auf dem holografischen Bedienfeld herum. »Mit ein bisschen Geduld müssten wir die Manufaktoren zum Laufen kriegen. Die haben weitgehend autonome Arrays. Und der Rest ist dann wiederum nur eine Frage der Zeit.«

»Wir haben alle Zeit der Welt«, erklärt Nola müde.

»Was ich hiermit nicht kann, ist das Schiff steuern.«

Die Pilotin musterte ihn mit einem melancholischen Lächeln.

»Niemand«, sagte sie, »niemand von uns kann das Schiff durch den Mengerraum steuern.«

Manuel sah sie an.

»Eins nach dem anderen. Oder willst du dir gleich die Pistole in den Mund stecken?«

Nola verkniff sich eine Erwiderung. Mit dem Interesse eines Erwachsenen, der dem konzentrierten und doch völlig sinnlosen Spiel eines Kindes zusieht, betrachtete sie den jungen Offizier, der mit unbegreiflichem Eifer seine Symbole hin und her schob und Programme arrangierte.

Schließlich stand Manuel auf.

»Oh«, rief Nola spöttisch. »Fertig?«

»Es hilft alles nichts«, gab er zurück, ohne ihren Sarkasmus wahrzunehmen. »Wir müssen noch mal hin.«

»Wo hin?«

»Zum Kristall.«

»Bist du verrückt?«

»Wir wurden unterbrochen«, sagte er ernst. »Und vielleicht finden wir etwas, das uns nützen kann.«

Aus einem Reflex stand sie ebenfalls auf.

»Du willst den Kladderadatsch hier mit Hondh-Kybernetik überbrücken?«

»Ich weiß es nicht«, antwortete er ganz ruhig. »Auf alle Fälle müssen wir so viel von diesen Artefakten mitnehmen, wie wir transportieren können.«

»Definiere mitnehmen«, sagte sie bitter. »Manuel, das Schiff ist tot!«

»Darum kümmern wir uns später.« Er sah sie an. »Wenn du nicht willst, fliege ich allein.«

Nola seufzte. »Unverbesserlich! Rückhaltlose Neugier ist das Vorrecht der Jugend!«

»Du sollst nicht immer so tun, als ob du Gott weiß wie viel älter wärst als ich!«

»Manuel, ich könnte deine Mutter sein.«

»Rein biologisch«, sagte er gleichgültig. »Es sind keine zwanzig Jahre!«

»Du bist so süß!« Sie stand vor ihm und strich ihm mit der Hand das Haar aus der Stirn.

»Wenn du magst, darfst du mich jetzt in den Arm nehmen.«

»Neulich wolltest du mich zum psychologischen Dienst schicken.«

Er legte die Arme um sie.

»Den hätten wir beide dringend nötig.« Ihr Kopf war an seiner Brust.

Ihm fiel wieder auf, wie klein sie war, wie leicht sie sich an ihn schmiegte. Wie gut sie roch, auch wenn ihr Haar bitter von Schweiß war und ihr Atem sauer von Todesangst.

Während er sie hielt, konnte er spüren, wie ihr Widerstand in sich zusammenbrach.

»Ist gut«, sagte sie. »Schauen wir, was die Hondh für Ersatzteile haben.«

»So gefällst du mir schon besser!« Ihm war aufgefallen, dass sie den Namen der Aliens erstmals ohne Scheu aussprach, ohne dieses ehrfürchtige Absenken der Stimme. »Fünf Minuten.«

Sie bestiegen das Shuttle und brachen wieder auf. Hinter ihnen fiel die *Scardanelli* nach achtern ab und schmolz in die Schwärze des Weltalls ein, ein Schiff, auf dem es faktisch kein Leben mehr gab.

Vor ihnen lag Finsternis. Obwohl sie wussten, worauf sie zuflogen, und obwohl sie es in holografischen Falschfarbendarstellungen auf den Schirm projiziert bekamen, dauerte es lange, bis sie etwas mit bloßem Auge erkennen konnten. Langsam schälte sich die riesige Struktur aus der tiefschwarzen Dunkelheit. In dieser sternenarmen Region, düster wie eine wolkenverhangene Nacht auf der Erde, hob sich kaum ab, was vor ihnen lag.

Ein lang gezogener Schatten, wie ein Bündel kilometerlanger Stäbe, eine Gruppe von Türmen oder ein Gebirge aus zersplitterten Basaltsäulen. Manuel erkannte die kristallomorphen Kanten und Winkel wieder. Es war kaum auszumachen, ob es lose nebeneinander schwebende oder miteinander verbundene Körper waren. Schweigend ragten die riesigen Kristalle in den Raum. Es gab keine Emissionen. Aber so gewaltig sie nach menschlichen Maßstäben auch sein mochten, waren sie doch zu klein, um nur durch ihre Schwere so dicht zusammenzuhängen. Seit wie vielen Jahren mochten sie so durch die lichtlose Leere treiben?

Sie hatten die Strecke fast hinter sich gebracht und suchten wieder nach dem rechten Einschlupf in das dreidimensionale Labyrinth aus geronnener Nacht, als die Instrumente anschlugen.

»Die *Scardanelli*«, rief Nola.

»Was ist?« Manuel studierte irritiert die hereinkommenden Daten.

»Sie verschwindet!«

»Das kann nicht sein.«

»Sie verschwindet von den Schirmen!«

»Als hätte jemand einfach den Stecker rausgezogen.« Manuel musste der Pilotin widerwillig recht geben. »Alle Positionsdiagramme und Peilstrahlen sind offline!«

Nola warf das Shuttle herum und beschleunigte auf volle Leistung.

»Das Schwein hat uns noch ein Kuckucksei ins Nest gelegt!«

Sie schossen wieder auf das Mutterschiff zu, das bei dieser Geschwindigkeit nach wenigen Minuten vor ihnen auftauchte.

»Scheiße!«

Das Erste, was ihnen auffiel, war das Hangartor.

»Es ist zu!«

»Warst du das?«, fragte Nola, die augenblicklich Vortrieb wegnahm.

»Nein, du?!«

»Bestimmt nicht.«

»Coop muss irgendetwas programmiert haben!«

»Der Dreckskerl!« Nola legte allen Hass in ihre Stimme, dessen sie fähig war. »Selbst über den Tod hinaus drangsaliert er uns noch!«

»Es nützt nichts.« Manuel sah von der Konsole des Kopiloten auf, die er während des kurzen Fluges innegehabt hatte. »Das Schiff ist tot. Es hat sich komplett versiegelt.«

»Was kann das zu bedeuten haben?«

»Ich weiß es nicht.«

»Was sollen wir tun?« Nola klang ratloser, als Manuel sie je erlebt hatte. Das machte ihm Angst.

»Ich weiß nicht«, wiederholte er gereizt. »Gibt es gar keine Möglichkeit?«

»Die manuellen Kupplungen. Es gibt welche an der Personenschleuse, die man von Hand aufmachen kann!«

Manuel nickte. Er rief sich den Aufriss der *Scardanelli* ins Gedächtnis.

»Ich gehe raus.«

Nola sagte nichts. Er hörte nur, wie sie tief durchatmete. Ihr Blick lag warm auf ihm.

»Sei vorsichtig.«

Manuel hatte sich schon vom Sitz des Kopiloten erhoben und war zu der winzigen Ausstiegsluke des Shuttles gegangen. Er überprüfte den Sitz seines Anzugs. Das hatte man ihnen auf der Akademie eingebimst. Auch wenn er ihn gar nicht ausgezogen hatte. Auch wenn der letzte Einsatz erst Minuten zurücklag. Gerade dann!

Dann stieg er aus.

Er hatte kein gutes Gefühl dabei, Nola allein im Shuttle zurückzulassen. Irgendwie erfüllte ihn alles hier draußen mit Angst. Aber es wäre leichtsinnig gewesen, gemeinsam rauszugehen. Sie musste auf der Brücke des winzigen Fahrzeugs bleiben. Und wie winzig es von außen betrachtet war, als es mit wenigen Metern Abstand vor der rüsselförmigen Andockschleuse der *Scardanelli* schwebte!

Manuel ging mithilfe der Magnetsohlen nach vorne. Dann deaktivierte er die Magnete und stieß sich ab. Einige Körperlängen freier Flug. Ein Schweben entlang der pockennarbigen Außenhaut der *Scardanelli*. Er bekam die Sprossen einer Leiter zu fassen und hangelte sich an ihr weiter bis zu der Personenschleuse. Dort angekommen, stemmte er sich breitbeinig gegen den dafür vorgesehen Wulst und aktivierte die Magnetsohlen.

»Ich bin da«, sagte er.

Nola verfolgte jede seiner Bewegungen vom Cockpit des Shuttles aus.

»Es gibt ein Eingabefeld.«

»Ich sehe es.«

»Gib deine Kennung ein!«

»Das Feld ist aktiv. Also hat das Schiff Energie.«

»Die Schleuse ist an ein Notfallaggregat angeschlossen. Eine Thermium-Batterie. Aber du hast recht: Solange es aktiv ist, besteht noch Hoffnung.«

Manuel tippte seine persönliche Kennung in das Ziffernfeld und bestätigte die Eingabe. Nichts geschah.

»Cooper« fiel ihm ein. »Er hat die Codes gelöscht!«

»Und jetzt?«

»Warte!«

Manuel hing in der engen Kanzel, die wie ein absurder Windfang vor der eigentlichen Schleuse auskragte, und fragte sich, was er hier eigentlich machte. Wie hatte er in diese Situation gelangen können?

»Die Override-Codes«, sagte Nola. »Ich überspiel sie dir!«

Auf Manuels Unterarmdisplay tauchte eine Zeichenfolge auf. Er übertrug sie in das Eingabefeld der Schleuse. Dann drückte er ENTER.

Nichts.

»Dieser Scheißkerl!«

Nola war so sexy, wenn sie fluchte!

Aber dieses schwere Durchatmen, das sich jedes Mal anschloss, wenn sie etwas sagte, ließ in Manuel jeden Mut sinken.

»Er muss alle Codes gelöscht haben. Wir hätten das Schiff nicht verlassen dürfen.«

»Das Schiff ist manövrierunfähig.«

»Das ist nicht sicher. Und es hat größere Kapazitäten als dieses Ding hier.«

»Was sollen wir tun?«

»Du bist näher dran als ich. Es muss auch einen manuellen Mechanismus geben.«

Manuel tastete an der Schleusenvorrichtung herum, die ihm unnötig kompliziert vorkam. Schließlich fand er etwas wie ein versenktes Handrad. Er klappte es aus. Es klemmte.

»Das war ja auch nicht anders zu erwarten!« Nolas Kommentar troff von Sarkasmus. »Hast du Werkzeug?«

Er trug den Standardgürtel für Außenbordeinsätze. Darin war auch ein Universalwerkzeug. Ein labbriges Ding wie ein unterarmlanges Stück Gartenschlauch. Aber als er es aktivierte, härtete es aus und nahm die Form eines schweren Schraubenschlüssels an.

Er drosch damit auf die Handkurbel ein. Sie reagierte nicht. Erst mit einigen Sekunden Verzögerung fiel ihm etwas auf.

»Hast du das gehört?«

»Es scheppert ziemlich«, sagte Nola. »Nicht, dass du was kaputt machst. Vielleicht wenn du es mehr wie ein Stemmeisen einsetzt?«

Manuel schlug wieder mit dem Universalschlüssel gegen das Rad.

Klong.

»Wie kann das sein? Ich bin im Raum!«

»Du hast recht.«

Was er an Nola mochte, war die völlig unexaltierte Art, in der sie einen Denkfehler kassierte und sofort die entsprechenden Konsequenzen daraus zog.

»Also ist das Schiff doch nicht ganz so tot.«

Er konnte hören, wie sie auf ihrer Konsole tippte.

»Aber ich habe doch schon alles an Codes, Spezialcodes, Override-Codes und Notfallcodes, Kommandanten-Kennungen und Hersteller-Chiffren auf das Ding abgeschossen.«

Sie bombardierte die *Scardanelli* mit einer weiteren Breitseite an Zugangscodes. Aber sie waren alle geblockt.

Manuel klopfte mit dem Schraubenschlüssel am stumpfen, stählernen Bullauge der Schleuse herum.

Ein dumpfes Dröhnen kam aus dem Helmlautsprecher.

»Irgendein nachgelagerter Audiokanal ist noch aktiv.«

»Ja, ich versuche ihn zurückzuverfolgen.«

»Kannst du dich nicht irgendwie in das Videosystem hacken?«

»Negativ. Alle direkten Eingaben werden geblockt.«

»Das ist wirklich seltsam.«

Manuel schlug in fehlgeleitetem Spieltrieb auf den verschiedenen Elementen der Schleusenöffnung herum. Kling, klang, klong!

»Du bist wie ein kleines Kind!« Diese Zurechtweisung hatte er eigentlich nicht gebraucht.

»Hast du eine bessere Idee?«

»Moment, lass mich überlegen!«

Er hielt still und sah sie vor sich, wie sie die schöne Stirn in Falten legte.

»Was ist das Besondere am Audiokanal?«, dachte sie laut nach.

»Dass er nicht verschlüsselt ist.«

Er hatte das einfach so gesagt, weil es ihm eben eingefallen war. Ohne besonderes Nachdenken.

»Du hast recht.«

Also hatten sie einen einfachen Zugang zum Schiff. Wenn nun dort jemand wäre, denn sie hätten rufen können ...

»Shuttle an *Scardanelli.*« Nola versuchte es einfach. »Hier sprechen die Pilotin und der Zweite Offizier. Hört mich jemand? *Scardanelli* bitte kommen!«

Manuel stellte sich unwillkürlich das menschenleere Innere des riesigen Schiffes vor, wo hier eine zerfetzte Leiche in einer Lache getrockneten Blutes lag und dort in einer zerschossenen Konsole noch ein paar Kabelbrände glosten. Und das Ganze wurde nun in seiner Todesruhe gestört durch Nolas Stimme, die aus Dutzenden von Lautsprechern tönte und in den langen Gängen, den Versammlungsräumen, den Lagerhallen, Drohnendecks und Wartungsanlagen widerhallte.

»*Scardanelli* bitte kommen.«

War das Verzweiflung oder Albernheit?

In einem Anfall blinder Wut gegen diese verfahrene Mission, bei der von Anfang an alles schief gegangen war, was schief gehen konnte, drosch Manuel wieder mit dem Schraubenschlüssel auf das Handrad der Schleusenkupplung ein, das sich in seinem Gewinde verkantet haben musste.

»*Scardanelli*! Hier spricht die verbliebene Besatzung. Als ranghöchste überlebende Offizierin übernehme ich das Kommando. Alle Codes und Schlüssel sind auf mich zu überschreiben.«

»Das hat doch keinen Zweck!«

»Halt den Mund!«

»Da drin sind alle tot. Mit wem willst du denn reden?«

»Sei still!«

»Du kannst ja Nastow rufen. Vielleicht macht er dir auf.«

»Sehr witzig!«

»Ich kann doch nichts dafür. Nola, ich komme wieder rein, und dann müssen wir uns was anderes überlegen.«

»Sei still, sag ich!«

»Was ist denn?«

»Da ist irgendwas!«

Und dann hörten sie eine menschliche Stimme. Es war so ganz und gar unmöglich, dass sich ihnen die Haare aufstellten.

»Nicht so laut.« Es war ein Flüstern, das bewusst an der untersten Hörschwelle gehalten war. Aber es war kein Zweifel möglich.

»Guardes!«

»Psst.«

Manuel hätte sich im Eifer beinahe von der Schleuse abgestoßen, als er impulsiv mit den Armen ruderte. Er hörte, wie Nola geistesgegenwärtig den Kanal fokussierte und stabilisierte. Dann kam die Stimme des Navigators leise, aber kristallklar aus seinem Helmlautsprecher.

»Wo bist du«, zischte Manuel, der nun seinerseits unwillkürlich flüsterte.

»Hier drin«, sagte Guardes.

»Definiere *hier*!«

»Hier!« Er konnte das schelmisch Grinsen des Mannes vor sich sehen, dessen Körper tot auf der Brücke lag. »Im

Array dieser Schleuse. Mir war klar, dass ihr es hier versuchen würdet.«

»Hier drin?« Manuel starrte ungläubig auf das winzige Display. Ein Ziffernfeld und ein primitive Anzeige.

»Es war der einzige Knoten im Schiff, in den ich mich zurückziehen konnte«, erklärte Guardes. »Ich bin auf ein Promille meiner Kapazität gepackt. Aber ich bin sicher.«

»Was ist passiert.«

»Cooper hat seine Höllenhunde durch das System geschickt. Sie haben alles vernichtet, was nicht ins Programm passte.« Der Navigator kicherte. »Das war jetzt doppeldeutig.«

»Hast du dich runtergeladen?«, fragte Manuel.

»Ich hatte schon vorher Back-ups und diverse Sicherungskopien von … sagen wir … technischen Funktionen von mir im System abgelegt. Nach den Erfahrungen der Anomalien schien es mir zu riskant, dass ihr alle von meiner physischen Existenz abhängig seid.«

»Das ist großartig, Guardes. Und weiter!«

»Als Cooper ausbrach, habe ich mich endgültig hochgeladen und mich in diesen gesicherten Bereich zurückgezogen. Es war knapp. Wenige Sekunden später tötete er meinen Körper, und dann schickte er seine kybernetischen Suchhunde los, die das gesamte System desinfizierten. SCARDY haben sie – nun ja.«

»Ich kann es mir vorstellen.«

»Er hat einen Zombie aus ihm gemacht.«

»Und jetzt?«

»Jetzt ist er tot. Eine Auto-Terminierungsroutine. Als die Signale aus Coopers Körperüberwachung erloschen, wurde SCARDY eliminiert.«

»Mein Gott!« Manuel dachte eine Weile nach. »Kannst du dich wieder über das Schiff ausbreiten?«

»Negativ«, sagte Guardes. Es kam so schnell, dass Manuel stutzte.

»Warum?«

»Ich bin so weit komprimiert, wie es überhaupt geht. Ich habe keinerlei Kontrolle mehr über die Funktionen des Schiffes, seine Sensoren, Antennen, Aggregate. Momentan stecke ich hinter einer supersicheren Firewall, die ich von dieser Seite selbst nicht öffnen kann. Es ist eine Decodierung, die sich selbst verschlüsselt. Sonst hätte ich euch gewarnt.«

»Wir holen dich da raus«, versprach Manuel. Dann hielt er inne. »Gewarnt wovor?«

»Ach das wisst ihr noch gar nicht?«

Manuel hielt die Luft an. Am Knistern und Rauschen, das an seinem Ohr bedrohlich anschwoll, merkte er, wie Guardes die akustische Übertragung bis zum Anschlag hochfuhr. Wenn tatsächlich noch jemand an Bord sein sollte und nun beispielsweise mit der Hand an einen Gegenstand stieße, würde ihm das Trommelfell durchbrennen.

Stattdessen hörten sie ein Wimmern und Keuchen, das nichts Menschliches mehr an sich hatte.

»Da ist was!«, flüsterte Nola, die der ganzen Unterhaltung vom Shuttle aus zugehört hatte.

Ein Winseln und Stöhnen, und dabei schleifende Geräusche. Unwillkürlich sah Manuel einen großen räudigen Hund mit zottigem Fell und heraushängender Zunge vor sich, der einsam und winselnd über die verlassenen Decks der *Scardanelli* streunte.

»Jemand lebt noch«, zischte Nola.

»Morton?«

»Nein«, sagte sie rasch. »Das ist nicht seine Stimme.«

Manuel fragte sich, wie sie aus diesem unartikulierten Rasseln und Pfeifen ein Stimmmuster erkennen konnte. Und wie gut hatte sie Morton gekannt, wenn sie ihn anhand dieses Stöhnens identifizierte oder eben nicht?

»Ich versuche den Raum einzugrenzen, aus dem das kommt«, sagte sie auf dem internen Kanal. Einige Sekunden vergingen, die ganz von dem gequälten Ächzen ausgefüllt waren. »Ich denke, es ist in der vorderen Messe.«

Das Hintergrundrauschen schwoll an und wurde dann gefiltert. Auch Manuel war es so, als ob er eine menschliche Stimme erkennen könne. Nola hatte recht: Es war nicht Morton.

»Würde euch so passen«, hörte er. »Das wollen wir mal sehen, wer hier das Kommando übernimmt.«

»Cooper!«, entfuhr es Manuel.

»Der Dreckskerl lebt«, sagte Nola auf dem abgeschotteten Kanal.

»Aber wie kann das sein? Er war doch tot!«

»Interessant, nicht?«, schaltete Guardes sich wieder ein. »Er muss ein Implantat haben. Ein integrierter Defibrillator, der ihn nach dem Herzstillstand zurückholte. Ich habe gehört, dass es so etwas gibt.«

»Wow, bestimmt nicht billig.«

»Nein«, sagte Nola. »Und es stellt sich die Frage, was für krumme Touren man plant, wenn man sich vorsorglich so eine Rückholnummer einbauen lässt!«

»Vielleicht war sogar dieser Herztod inszeniert«, überlegte Guardes. »Wenn er sich wirklich derartig hat aufrüsten lassen, ist alles möglich.«

»Was macht er da drin«, fragte Manuel.

»Ich bin so schlau wie ihr«, sagte der Navigator. »Nur dass ihr Bewegungsfreiheit habt und über mehr Sinne verfügt.«

»Tolle Hilfe«, knurrte Nola vom Shuttle aus.

»Kannst du die Schleuse öffnen?«, erkundigte sich Manuel.

»Das kriege ich hin.«

»Also gut. Dann gehe ich rein.«

Nola atmete schwer durch.

»Okay«, sagte sie. »Ich komme von hinten. Irgend so ein manuelles Dingsbums hat die Heckschleuse auch.« Sie überlegte. »Gib mir fünf Minuten.«

Die vorderen Korrekturdüsen schoben das Shuttle sanft von der *Scardanelli* weg. Dann drehte es ein und verschwand hinter der auskragenden Heckkonstruktion des Schiffes.

Vor ihm sprang die Kontrollleuchte der Schleuse auf Grün. Manuel sah auf die Uhr. »Guardes«, sagte er. »Kannst du mein Anzugsarray als Relais nutzen, um dich wieder auf den Bordrechner hochzuladen?«

»Frag mich noch mal, wenn du drin bist.«

»Wäre gut, dich bei mir zu haben.«

»Ich denke, wir kriegen das hin.«

Fünf Minuten waren furchtbar lang. In die Luftschleuse geduckt wie in den Eingang eines einsames Hauses in einer kalten Nacht im Hochgebirge. Und er wusste nicht, ob drin nicht vielleicht schon Cooper stand, die Waffe im Anschlag, um ihn zu empfangen.

Auf dem akustischen Kanal hörte er nur diese schleifenden und zerrenden Geräusche. Und wie Cooper unablässig mit sich selbst sprach. In seiner unangenehm keckernden Stimme zischte und spuckte er vor sich hin. Es waren kaum einzelne Worte zu verstehen. Und der manische Unterton dieser Monologe deutete daraufhin, dass Cooper den Scheintod nicht ganz unbeschadet überstanden hatte. Wenn er in geistiger Hinsicht je gesund gewesen war!

Die Zeit war um, aber nichts geschah. Manuel wünschte sich im Nachhinein, sie hätten irgendein Zeichen verabredet. Ein Codewort! Oder eine Signalrakete! Zu gehen, nur weil eine bestimmte Zeitspanne abgelaufen war, kostete ihn unmenschliche Überwindung.

»Kannst du etwas hören?«, fragte er Guardes.

»Ich glaube, sie ist an der hinteren Schleuse. An der manuellen Verriegelung des Hangartors.«

»Hat sie es geöffnet?«

»Das kann ich dir nicht sagen.«

Manuel horchte sich die Ohren aus dem Schädel. Er wagte nicht mehr, Nola direkt zu rufen. Der Engstrahl war nicht um das Heck der *Scardanelli* herum nachgeführt worden, was bedeutete, dass er automatisch stark streute, wenn er einseitig Kontakt aufnahm.

»Du musst jetzt gehen«, mahnte Guardes.

»Ich weiß.« Für eine Sekunde blitzte der Verdacht in ihm auf, dass das Ganze eine Falle war. Konnte dieser »Guardes« korrumpiert sein? Aber was für einen Sinn würde es machen, eine Marionette an der Schleuse zu postieren, um sie hereinzulassen, wenn man das Schiff auch versiegeln konnte. Andererseits: Was war noch rational an dem, was Cooper während der letzten Stunden getrieben hatte!

»Manuel«, sagte die warme Bassstimme, »du kannst sie nicht mit diesem Irren allein lassen!«

»Ich komme schon.«

Er drückte die Schleuse so behutsam auf, wie es möglich war, und schlüpfte hinein. Unwillkürlich wappnete er sich mit dem Gedanken, dass jeden Augenblick das Feuer auf ihn eröffnet werden konnte. Nicht, dass er etwas dagegen hätte tun können. Auch diesmal war er unbewaffnet.

Er betrat die Dekompressionskammer und schloss das äußere Schott.

»Bist du da?«, zischte er in sein Helmmikro.

»Noch«, sagte Guardes. »Aber es wird dünn.«

Es dauerte einige Sekunden, bis der Druckausgleich hergestellt war. Er rechnete damit, dass Alarm losgehen würde. Aber nichts geschah. Das Schiff war tatsächlich vollkommen tot.

Dann schob er vorsichtig das innere Schott auf und schlich in den Seitengang, der die Schleuse mit dem zentralen Korridor verband.

»Guardes?«

»Hier!«

»Würde es dir etwas nützen, wenn ich hier eine Weile stehen bleibe? Dort drüben ist der nächste Knoten, du könntest dich über mich herüberladen.«

»Ich bin stark komprimiert und die Verbindung hat geringe Bandbreite«, sagte der Navigator. »Kaum mehr als ein Audiokanal. Magst du hier ein paar Stunden stehen bleiben?«

»Muss nicht sein.« Manuel überlegte. »Ich könnte den Helm ausziehen und hier abstellen, als Trittstein sozusagen.«

»Lass den Helm an«, sagte Guardes rasch.

»Warum?«

»Du weißt nicht, was dieser Kerl im Schilde führt.«

»Auch wieder wahr.«

»Mach dir um mich keine Gedanken«, erklärte der Navigator. »Ich komm hier schon irgendwie klar.«

»Ist gut.« Manuel lauschte. Seine Außenmikrofone waren bis zum Anschlag hochgefahren. Jede seiner Bewegungen dröhnte und ließ ihn vor Schreck zusammenfahren. »Wo ist er?«

»Wenn ich die Geräusche richtig interpretiere, im Bereich der Backbordschleuse.«

»Was macht er?«

»Da musst du schon selber nachsehen.«

Manuel stieß die Luft aus. In der Hand hatte er immer noch den plastischen Schraubenschlüssel. Er war schwer und in ausgehärtetem Zustand erstaunlich widerstandsfähig. Jemand wie Derek konnte damit einem Menschen den Schädel einschlagen.

Ein Schatten glitt jenseits der nächsten Wegbiegung dahin. Für einen Sekundenbruchteil war eine verzerrte menschliche Silhouette an der Wand aus dunklem Kunststoff zu erkennen gewesen.

Manuel zog scharf die Luft ein.

In geduckter Haltung, die fragwürdige Waffe leicht erhoben in der Rechten, schlich er zur nächsten Ecke.

Dort war nichts. Aber es schien ihm, als ob zehn Meter weiter vorne huschende Schritte zu hören wären. Irgendwo war eine Bewegung, auch wenn er kaum zu sagen vermocht hätte, mit welchem seiner Sinne er sie wahrgenommen hatte.

»Guardes?«

»Ich bin hier.«

»Ah, gut.«

»Ich breite mich langsam aus, von einem Knoten zum anderen. Kann ein bisschen dauern, bis ich wieder voll da bin, aber ich tu' mein Bestes.«

Wieder Schritte! Sie liefen Richtung Brücke. Eben noch hatte Manuel schwören können, dass die ungreifbare Bewegung sich nach hinten orientierte, zum Maschinendeck.

Er hielt sich in einem der kleinen Servicegänge, die parallel zum zentralen Korridor der Längsachse des Schiffes folgten. Jedes Mal, wenn er durch eine der schmalen Querverbindungen zum Hauptgang spähte, schien dort wieder etwas vorbeizuhuschen.

»Wo ist er?«, zischte er.

»Ich kann es nicht sagen«, gab Guardes zurück. »Ich empfange widersprüchliche Hinweise.«

»Verdammt!«

Er schlich langsam weiter. Die Anspannung war unerträglich. Wenn Cooper vor ihm auftauchten sollte, würde er laut schreiend in einen Starrkrampf verfallen und sich dabei noch in die Hose scheißen!

»Wo ist Nola«, fragte er.

»Du mutest einem alten Mann ganz schön was zu!«

»Die Schleusen sind untereinander verbunden«, sagte Manuel streng. »Wenn du dich in einem Netzwerkknoten etabliert hast, kannst du automatisch auf die anderen zugreifen.«

»Keine Belehrungen, bitte.« Der Navigator ächzte, als koste es ihn körperliche Anstrengung, sich im engen Schiffsinneren voranzubewegen. »Und, ja. Das hintere Hangartor ist offen!«

»Sehr gut.« Manuel schöpfte wieder etwas Hoffnung. »Das heißt, dass Nola an Bord ist.«

»Was wollt ihr tun?«

»Ihn in die Enge treiben.«

»Und dann?!«

»Stell nicht so viele Fragen.«

»Es könnte sein, dass er auf der Brücke ist.«

»Oh, bist du schon so weit?«

Ihn selbst trennten nur noch zwei Durchgänge von der Zentrale der *Scardanelli*. Vorsichtig lugte er durch das Schott. Vorne brannte die Notbeleuchtung, und auch von ihr nur ein Teil. Die Lampen schienen teilweise beschädigt. Sie erloschen und kamen flackernd wieder, wodurch das Ganze in eine unruhige Beleuchtung getaucht wurde. Irgendwo knisterten noch immer Kurzschlüsse und kleine Kabelbrände. Nicht weiter schlimm. Aber so überreizt seine Nerven und so hochgedreht seine Sensoren waren, kam jedes Geräusch einem verstörenden Lärm gleich.

Auf der Brücke war jemand! Daran war kein Zweifel mehr möglich. Er hatte sich bis ans letzte Schott herangeschlichen. In dem fahlen, flackernden Licht erkannte er eine menschliche Silhouette.

Manuel packte den Griff seines Werkzeugs so fest, dass ihm die Hand wehtat. Er war bereit, die ganze Kraft, die in seinem Körper war, in einen einzigen Schlag zu stecken, seinen ganzen Hass, seine ganze Furcht, seine ganze Liebe.

Der Schatten gehörte Nola! Er erkannte es am Helm.

Aber es waren zwei.

Er sprang vor. Eines der Deckenelemente blitzte hell auf. Keine fünf Schritte vor ihm stand Cooper, die Arme in einer höhnisch einladenden Geste ausgebreitet, ein keckerndes Lachen auf den spröden Lippen.

Von der anderen Seite kam Nola herangestürmt. Die Waffe im Anschlag.

»Bleib weg!« Ihre Stimme kam über die Kommunikation, und sie war so laut, dass er meinte, sein Helm müsse bersten.

Sie feuerte.

Cooper schrie grell auf.

Und verschwand.

Der Raum, zwei Meter diesseits des Hauptbedienplatzes, war leer. Aber vor einer Sekunde hatte dort noch der Nachrichtenspezialist gestanden.

»Fahr doch zur Hölle!« Nola feuert noch einmal auf die Stelle. Der Energiestrahl bohrte sich mit einer Stichflamme in die dahinter liegende Konsole.

Wenn es ein Schutzschild war, das gleichzeitig unsichtbar machte, konnte es nicht auch noch durchlässig sein.

Sie sahen sich an. Ein Blick genügte, um einander zu vergewissern, dass sie beide das Gleiche gesehen hatten.

»Hol mich der Teufel.«

Nola ließ die Waffe sinken, ebenso Manuel sein groteskes Werkzeug für Außenbordeinsätze.

»Guardes«, rief er. »Kannst du ihn sehen?«

»Oh, ich bin hier«, sagte der Navigator. »So ist das also, wenn man seine eigene Leiche sieht.«

»Wo ist Coop, verdammt?!« Manuel rechnete jeden Moment damit, dass der Nachrichtenspezialist sich aus dem Nichts heraus wieder manifestierte.

»Erzählt man sich das nicht von Nahtoderfahrungen?«, schwätzte Guardes.

Manuel beugte sich über den Hauptbedienplatz und versuchte das System in Betrieb zu nehmen. Er hatte es an diesem Tag schon einmal probiert und war damit gescheitert. Aber wenn SCARDY und die Würmer, die Cooper hinterlassen hatte, verschwunden waren ...

Nola sicherte mit ihrer Pistole zum Schott hin, während er sich in die Anzeigen vertiefte. Die Computer schienen tatsächlich wiederzukommen. Er konnte verfolgen, wie Guardes sich in quälender Langsamkeit im System etablierte.

»Dauert das noch lange?«, sagte er ungeduldig.

Seine Blicke zuckten immer wieder über die Schulter zum Durchgang und den zentralen Korridor hinunter. Nola stand direkt hinter ihm, Rücken an Rücken, die Waffe auf die Tür gerichtet.

»Es ist nicht immer alles so einfach, wie ihr jungen Leute euch das vorstellt«, quetschte Guardes hervor. Sein Smiley-Symbol erschien auf dem Schirm und zwinkerte ihm zu.

Aber die Statuszeile wies aus, dass er noch nicht einmal zu einem Prozent herübergeladen war. Die Bandbreite der über mehrere Relais laufenden Verbindung war einfach viel zu gering.

»Wo … ist … Coop?«, zischte Nola zwischen den Zähnen. »Und was war das gerade?«

Manuel hatte sich davon überzeugt, dass er im Moment nichts mehr ausrichten konnte. Der Prozess dauerte seine Zeit. Er löste sich von der Konsole und wischte durch den leeren Raum, den Coopers Abbild hinterlassen hatte.

»Oh Gott, natürlich«, entfuhr es ihm plötzlich.

»Was?«

»Ein Hologramm!«

Nola starrte ihn vollkommen ausdruckslos an.

»Er hat ein Hologramm von sich abgenommen. Vielleicht sogar mehrere.«

»Kam es dir auch so vor, als ob mehrere Personen im Schiff unterwegs wären?«

»Allerdings.« Manuel rief sich die schattenhaften Bewegungen in Erinnerung, die ihn so gepeinigt hatten. »Manche liefen nach vorne, andere wieder nach hinten.« Er sah sie an. »Zum Maschinendeck.«

»Die Frage ist, welches der Richtige war.«

Nolas Miene verriet, dass sie sich diese Frage soeben selbst beantwortet hatte.

»Das Shuttle!«

Sie rannten los, den Mittelgang hinunter. Fast zweihundert Meter.

»Guardes«, schrie Manuel hechelnd. »Hast du was für uns?«

»Aye!« Wie immer ließ der Navigator sich nicht aus der Ruhe bringen. »Coop ist auf dem Maschinendeck.«

Auf dem holografischen Display, das er sich ins Visier projiziert hatte, konnte Manuel verfolgen, wie Guardes sich immer schneller im System etablierte. Er breitete sich über das Schiff aus. Aber was er sah, schien ihm nicht zu gefallen.

»Er setzt sich ab«, rief er.

In rasendem Lauf erreichten sie das Maschinendeck. Gerade noch rechtzeitig, um die blaue Ionenflamme zu sehen, die jenseits der Schleusenkammer gezündet wurde und sich rasch in der Schwärze des Alls verlor.

»Den sind wir los«, keuchte Manuel, der stehen blieb und sich auf die Oberschenkel stützte, wie nach den Fünftausendmeterläufen auf der Akademie.

»War es diesmal wenigstens der Echte?«, fragte Nola in freudlosem Sarkasmus.

»Sieht so aus.« Guardes klang beinahe beeindruckt von Coopers Coup.

»Aber was ist das?«

Indem sie aus purem Schwung noch ein paar Schritte weiterging, kam Nola um die Aufbauten herum, hinter denen Morton sich beim letzten Schusswechsel verschanzt hatte. Ihr Blick war auf das riesige Deck gerichtet.

Das Shuttle stand da, so wie sie es wenige Minuten zuvor geparkt hatte!

»Womit ist er geflogen«, stöhnte sie. »Und warum?«

»Um deine erste Frage zu beantworten, schöne Nola, er hat etwas sehr Raffiniertes gemacht.« Der Navigator ließ sich die einzelnen Wörter förmlich auf der Zunge zergehen.

»Klärst du uns bitte auf.«

»Die *Scardanelli* verfügt über primitive Rettungskapseln.«

»Das ist bekannt«, schnauzte die Pilotin.

»Aber was will er damit«, warf Manuel ein, der ebenfalls langsam weiter nach hinten ging, auf das harmlos dastehende Shuttle zu. »Hier ist weit und breit nichts.«

»Er hat die vierte Neumann-Sonde als Booster anmontiert«, erklärte Guardes. »Für sich genommen schon mal eine Leistung. Und dann hat er die Karman-KI, die sie meinem alten Freund und Widersacher Nastow buchstäblich aus dem Schädel geprügelt haben, als Navigator-Routine aufgespielt.«

»Glaubst du, das funktioniert?« Manuel sah immer noch ungläubig in den Weltraum hinaus.

»Irgendjemand wird ihn auffischen«, sagte der Navigator philosophisch.

»Und dann wird er hierher zurückkehren und den Kristall in großem Stil ausbeuten«, schloss Nola düster. »Ich verstehe nur eins nicht.«

»Ja.«

Manuel schleuderte sein Werkzeug in hohem Bogen davon. In der Luft verlor es seine Form und fiel als Gummischlauch mit labbrigem Geräusch zu Boden.

»Was, mein Kleiner.«

»Warum er uns das Shuttle dalässt.«

Das gummiartige Werkzeug sprang wieder hoch und hüpfte weiter nach hinten. Auf das sperrangelweit offen stehende Hangartor zu.

»Weil er noch eine Überraschung für uns hat.« Nola reagierte sofort, während Manuel noch ein, zwei Sekunden brauchte.

»Das Kraftfeld ist abgeschaltet«, rief Guardes. »Die Atmosphäre entweicht.«

Manuel spürte es auch so. Sie hätten es längst gemerkt, nur die Tatsache, dass sie in den Anzügen steckten, hatten es verhindert.

»Und da ist noch etwas.« Zum ersten Mal klang der Navigator aufrichtig besorgt. »Ach du Scheiße!«

»Was kann noch schlimmer sein?« Nola sprintete auf das Shuttle zu, als die Schwerkraft erlosch. Mit rudernden Bewegungen flog sie durch die Luft und wurde vom Sog der entweichenden Atmosphäre unweigerlich auf die riesige Heckklappe zugetrieben. »Manuel!«

»Bringt eure Ärsche hier weg«, hörten sie Guardes. »Das Schiff ist vermint!«

Manuel rannte los, aber seine Füße hatten keine Haftung mehr. Er aktivierte die Magnetsohlen. Das brachte wieder ein bisschen Reibung. Sowie er einen kurzen Spurt hingelegt hatte, schaltete er die Magnete wieder ab und überließ sich der Strömung. Das Shuttle schwebte ebenfalls davon. Und Nola segelte in einer gedehnten Flugbahn darüber hinweg.

Dann umgab sie der Sternenraum. Das Shuttle glitt träge weiter, sich langsam rückwärts überschlagend. Nola schaffte es, eine der Antennen am Bug zu fassen zu kriegen und sich daran auf die Schnauze zu ziehen. Manuels Hände rutschten ab. Er zappelte panisch durch die Leere, während er in wenigen Metern Abstand an Nola und dem Fahrzeug vorbeischoss.

Irgendwie schaffte er es, sich herumzuwälzen.

Die *Scardanelli* war schon erschreckend klein.

Dann wurde das Schiff von einer gewaltigen Explosion zerrissen.

Dritter Teil - Die Kaverne

»Darf ich Ihnen ein paar Fragen stellen? Nur fürs Protokoll?«
»Wenn's sein muss.«
»Es dauert nicht lange.«
»Also gut.«
»Ihr Name.«
»Enola Rita Rodriguez Garcia.«
»Aus?«
»Buenos Aires. Argentinien. Auf der Erde.«
»Alter?«
»38.«
»Familienstand?«
»Getrennt lebend.«
»Ihr Status auf der *Scardanelli*?«
»Unterlichtpilotin und kommissarische Bordärztin.«
»Verstehe. – Kommen wir zu Ihnen.«
»Manuel Nazar.«
»Wohnort.«
»San Diego. Kalifornien.«
»Alter?«
»21 Jahre.«
»Stand.«
»Verliebt.«
»Das ist sehr romantisch. Aber für die Papiere ...«
»Ledig.«
»Danke.«
»Gerne.«
»Was war Ihre Aufgabe an Bord?«
»Systemoffizier.«
»In Ordnung. Und Sie beide sind die einzigen Überlebenden?«

»Unser Navigator, Ramon Guardes, er ist körpertot, aber er hatte sich auf den Bordrechner heruntergeladen.«

»Ja, ich weiß. Unsere Experten sind an der Sache dran. Mal sehen, was wir für ihn tun können.«

»Danke.«

»Den genauen Hergang der Ereignisse können Sie uns später schildern. Wenn Sie möchten auch in Form eines schriftlichen Berichts. Die Artefakte, die wir im Frachtraum Ihres Shuttles gefunden haben, haben wir in Stasiskammern gebracht, wo sie bis zur wissenschaftlichen Auswertung in Sicherheit sind.«

»Das sind keine Artefakte.«

»Bitte?«

»Es handelt sich nicht um Artefakte.«

»Ach so, ja, das Große. Ha ha, Ihnen ist klar, dass Sie damit in die Geschichte eingehen werden.«

»Von mir aus.«

»Sie haben's gleich geschafft, Enola. Ich kann verstehen, dass Sie müde sind.«

»Danke, Sir!«

»Eine Sache beschäftigt mich. Vor fünf oder sechs Jahren ereignete sich ein ähnlicher Fall. Eine unserer Patrouillen griff eine Rettungskapsel auf, noch wesentlich weiter draußen, jenseits von Logus. Sie war so ähnlich, äh, zusammengeschustert wie Ihr Fahrzeug.«

»Hat der Insasse überlebt?!«

»Das habe ich jetzt nicht im Kopf, Manuel. Ich müsste in den Akten nachsehen. Vermutlich wäre ich auch gar nicht autorisiert, Ihnen die Informationen zu geben, selbst wenn ich sie denn hätte. Glauben Sie, dass ein Zusammenhang zu Ihrem Fall besteht?«

»Sie sagten vor fünf Jahren. Welches Datum haben wir denn?«

»Heute ist der 26. März 3154.«

»Oh mein Gott!«

»Ja, Sie waren mehr als zehn Jahre unterwegs!«

»Scheiße!«

»Sie machen sich Gedanken wegen Ihres Alters, Enola? Da brauchen Sie sich keine Sorgen machen. Biologisch sind Sie so alt, wie Sie es angegeben haben. Mehr oder weniger.«

»Sehr witzig!«

»Sie waren beide klinisch tot. Aber wie ich sehe, haben Sie die Reanimation gut überstanden.«

»Wir würden dann wirklich gerne gehen.«

»Selbstverständlich. Ich kann verstehen, dass Sie sich ausruhen möchten. Sie haben ja auch in der Tat einiges hinter sich. Seien Sie unsere Gäste, hier auf Kermadec. Die Den-Haag-Stiftung wird alles in ihrer Macht Stehende tun, um Ihnen den Aufenthalt so angenehm wie möglich zu gestalten. Wie gesagt: Auf den Bericht wären wir sehr gespannt. Aber lassen Sie sich damit ruhig Zeit.«

»Danke sehr, Sir. Das alles ist sehr freundlich.«

»Sie haben Großes geleistet. Ihre … Fundstücke sind von kaum zu überschätzendem Wert für unsere Stiftung. Aber ich sehe schon, das interessiert Sie im Augenblick nicht so sehr. Wenn Sie mir dann bitte folgen wollen? Dann zeige ich Ihnen jetzt zunächst einmal Ihre Unterkunft.«

Wie anders der Kristall sie plötzlich angesehen hatte! Plötzlich war die riesige Struktur ihre einzige Zuflucht gewesen, der einzige sichere Hafen weit und breit, eine Insel des Seins in einem Ozean der Leere.

Nola hatte das Shuttle physisch mit dem weit auskragenden Sims verbunden. Dann waren sie beide hineingegangen. Das hieroglyphengeschmückte Portal hatte noch offen gestanden. Die Argus-Sonden gruppierten sich selbsttätig und arrangierten die geometrisch optimale Verbindung, mit der sie via nachgeführtem Engstrahl jederzeit online auf dem Shuttle blieben. Nicht, dass es viel ausgemacht hätte. Das winzige Fahrzeug war nicht in der Lage, sie durch den halben

Galaktischen Sektor zurück zum Gebiet der Hegemonie zu bringen. Aber es war ihre einzige Heimat. Für einige Wochen konnten sie darin überleben. Und danach würde die Kälte des Weltraums sie auf astronomische Zeiträume hin konservieren.

Sie hatten die große Kaverne durchquert, in der Morton die seltsamen würfelförmigen Artefakte gefunden hatte, und dahinter hatten sie eine weitere, noch viel beeindruckendere entdeckt. Und dahinter abermals Räume über Räume, einer prachtvoller und verstörender als der andere. Der Kristall war in seinem Inneren kaum weniger zerklüftet als nach außen hin.

Sie hatten sich diesmal der Magnetschuhe bedient. Die Substanz, aus der die Struktur bestand, war leicht magnetisch, und sie konnten die Aggregate in ihren Sohlen mit den Schwerkrafterzeugern koppeln. Das reichte aus, eine vage Vorstellung von unten und oben zu gewinnen.

So hatten sie das Labyrinth zu erkunden begonnen, wobei ihnen bewusst gewesen war, dass hundert Menschenleben nicht ausreichen würden, tatsächlich bis in jeden Raum und jeden Winkel des gigantischen Artefakts zu gelangen.

Hinzu kam die vernichtende Finsternis. Die Scheinwerfer ihrer Helme und Schulteraufsätze strahlten frontal die porösen Wände und Fluchten an, aber ihr Licht drang in sie ein und wurde verschluckt, ohne etwas von ihrer Beschaffenheit zu verraten. Obwohl alle Lampen bis zum Anschlag aufgedreht waren, hatten sie sich mit den Händen die Gänge und Stollen entlang getastet, als wären sie blind. Es war ein bedrückendes Gefühl gewesen. Als seien die Höhlungen im Inneren des Kristalls gar keine lichten Räume, sondern die ganze Substanz habe sich wie ein kohlschwarzes Gallert um sie zusammengeschlossen. Wie Insekten vom Bernstein waren sie von sirupartiger Dunkelheit umflossen worden.

So waren sie hintereinander hergestolpert, nebeneinander, wo die Durchgänge breit genug waren. Anfangs hatten sie noch wahllos die kleineren der durchbrochenen würfelförmigen Objekte in die Materialsäcke gestopft, die sie mit sich führten. Irgendwann hatten sie die sonderbaren Hallen, die sich in einer komplexen, dem menschlichen Verstand nicht zugänglichen Geometrie in sich selbst verwunden hatten, nur noch durchschritten, staunend und stumm, Hand in Hand, schweigend und mit offenen Mündern, den Atem des anderen nah und intim im Lautsprecher, unfähig, ein Wort zu sagen. Ihnen war der Sinn dafür abhandengekommen, die vollkommen rätselhaften und fremdartigen Artefakte mitzunehmen. Wozu? Stattdessen hatten sie es beim Schauen belassen. Ihre Helmkameras schnitten alles mit, soweit es den Strahlern gelang, es der saugenden Finsternis zu entreißen. Aber selbst daran hatten sie keinen Gedanken mehr verschwendet. Sie waren wie Kinder gewesen, die in Ali Babas Höhle getaumelt waren. Bei den meisten der Dinge, die hier angehäuft waren, verstanden sie nicht, wozu sie gut sein sollten, und den Wert des Ganzen vermochten sie ebenfalls nicht zu ermessen. Ihre Blicke waren an den Gegenständen abgeglitten wie die Lichtkegel ihrer Lampen an dem opaken Material, aus dem sie beschaffen waren.

Was hätten sie auch sagen sollen? Es gab keine Worte für das, was sie sahen. Wie im Traum, wo wir Wesen begegnen, die es nicht gibt, und Sprachen sprechen, die noch niemand erfunden hat, waren sie durch den Wald eines Phänomens gewandert, das sich menschlichem Begreifen entzog. Hin und wieder hatten sie etwas zur Hand genommen. Die sonderbaren papierdünnen schwarzen Platten etwa, die den Boden bedeckten, als habe ein Windstoß einen Stapel Blätter vom Tisch geweht, hexagonale Platten von einer Elle Kantenlänge, unfassbar dünn, mit winzigen Hieroglyphen beschrieben, aber sowie sie sie berührt hatten, waren sie zersplittert, nein – verdunstet! Sie hatten sich aufgelöst zu einer Art schwarzem Rauch. Und dann hatten die Zeichen und Symbole sich über die Wände der Kaverne verteilt, als ob sie dort Zuflucht suchten. Plötzlich war es ihnen geschienen, als ob der ganze Kristall aus solchen Ablagerungen aschiger Hieroglyphen bestand, die über Äonen hinweg die komplette zerborstene Struktur mit ihren Milliarden Tonnen aufgebaut hatten, wie Sinter in einer Tropfsteinhöhle, der in Jahrmillionen Paläste schuf, die nicht für menschliche Augen bestimmt waren.

Dann waren da die Würfel gewesen, seltsam wabige Kuben, die von verkleinerten Negativen ihrer selbst durchbrochen waren, aber wenn man hindurchblickte, sah man nicht, was dahinter war. Das Licht einer Lampe, das sie hineinschickten, kam auf der anderen Seite nicht an. Und als Manuel einen Finger in eine der quadratischen Öffnungen gesteckt hatte, verschwand er darin, ohne anzustoßen und ohne drüben wieder herauszukommen, wie er es allem Augenschein nach hätte tun müssen. Nola hatte seine Hand in einem panischen Reflex zurückgezogen!

Da waren die Zylinder gewesen, die massiv wirkten. Sie sahen porös und leicht aus, wie schwarz lackiertes Balsaholz. Aber als sie sie anhoben, schien ihre Trägheit auf ein Gewicht von vielen Zentnern zu deuten. Und etwas schien sich in ihrem Inneren zu verschieben, als rolle eine Kugel aus schwerem Metall in einem Rohr hin und her.

Und dann die Hologramme. Sie sahen aus wie räumliche Darstellungen von lebenden Lungenflügeln, fein verästelt, purpurrot und in sich pulsend. Seltsame Störungen liefen darüber hin, dann wand und krümmte sich die Struktur, als werde sie von schmerzhaften Reizen gepeinigt, die sich wahllos und punktuell in ihrem Inneren entluden. Das in sich selbst zurücklaufende Geflecht aus hauchdünnen Arterien arbeitete und pumpte, seine Adern, Stränge, Fibern und Knoten unterlagen einer rätselhaften Peristaltik. Plötzlich hatten sie begriffen: Dies war der Mengerschwamm. Er rekonfigurierte sich. Und er lebte!

In der letzten Kaverne – der letzten, die sie erkundeten, da Nola schon zur Umkehr mahnte, aber es schien tatsächlich die letzte in diesem Teil des Kristalls zu sein, zumindest gingen keine weiteren Gänge mehr von ihr ab –, in der letzten Kaverne waren sie auf die Mumie gestoßen. Es war kein Zweifel möglich. In einer Art Cocon, aufrecht schwebend, umgeben von trapezförmigen Quadern, die drei Seiten eines Hexagons bildeten, zwischen denen jeweils eine Seite ausgespart war, hing ein nicht annähernd humanoides Wesen. Es war nicht festzustellen, ob der Panzer, in dem es steckte, eine Außenhaut war, vergleichbar dem spindelförmigen Hinterleib einer Wespe, oder ein Anzug, also ein künstliches Exoskelett, das sich die mutmaßlichen Erbauer und/oder Betreiber des Kristalls gegeben hatten, um im Weltraum überleben zu können. Die tiefe Kälte im Bereich der Struktur, kaum zwei Kelvin über dem absoluten Nullpunkt, hatte die Entropie zum Erliegen gebracht. Es hätte fortgeschrittener Analysemethoden bedurft, um das Alter des mumifizierten Aliens zu bestimmen oder etwas über seine innere Anatomie auszusagen. Sie mussten es dabei bewenden lassen, es zu filmen und zu scannen. Die quallenartigen Tentakel, die über den Kragen des Cocons hinaussahen, verrieten nur wenig von seiner Biologie. An eine Autopsie war im Moment nicht zu denken.

Nola hatte sich augenblicklich abgewandt und die schleifenförmige Bewegung vor der Brust vollführt, die bei den Hondhisten das Gegenstück zum Sichbekreuzigen war. Manuel hatte ihr Zeit gegeben, die Situation innerlich anzunehmen. Für sie musste es sein, als wenn ein Gläubiger seinem Gott gegenübertritt oder einem Christen der Auferstandene erscheint. Sie hatte die Untersuchung ihm überlassen. Aber dann hatte er sie immerhin überreden können, die Mumie ins Shuttle zu schaffen. Der insektoide Unterleib war am Boden festgewachsen. Sie hatten ihn abbrechen müssen. Dabei war Manuel gegen eine der mutmaßlichen trapezförmigen Konsolen gestoßen, hatte sich darauf gestützt, um einen Hebelpunkt zu gewinnen, gegen den er Kraft ansetzen konnte. Und in diesem Moment hatten sie gespürt, wie sich die gesamte Struktur *aktiviert* hatte.

Der Kristall war zum Leben erwacht. Die Instrumente des Shuttles hatten einen gewaltigen Ausbruch von Kräften und Energien in nahezu allen Spektren und Dimensionen registriert, die ihnen zugänglich waren. Über den Ariadnefaden der Sonden war ihnen diese Manifestation übermenschlicher Macht zugeleitet worden. Manuel war fasziniert gewesen. Er hätte diese letzte Kaverne, die also wohl Schaltzentrale oder Cockpit des ganzen Phänomen war, noch gerne weiter untersucht. Aber Nola war nicht mehr zu halten gewesen. Mit Mühe hatten sie die Mumie in den Frachtraum des Shuttles geschafft, die Säcke mit den willkürlich eingesammelten kleineren Artefakten dazu geschmissen, und abgelegt.

Außerhalb des Kristalldickichts hatte Nola nicht geruht, bis sie nicht einige Tausend Kilometer zwischen sich und die Struktur gebracht hatte. Sie hatte den Frachtraum hermetisch versiegelt, als ob zu befürchten stünde, dass ihre Mitbringsel zum Leben erwachten und in die Kabine eindrangen. Dann hatten sie beratschlagt, was für Möglichkeiten ihnen noch geblieben waren. Nach Coopers Vorbild riefen sie die beiden Neumann-Sonden, die noch immer darauf warteten, das *Go* für den Abbau des Exonium-Vorkommens zu bekommen. Sie hatten sie darauf programmiert, sich beiderseits des Shuttles zu montieren, sodass sie als Booster wirken konnten. So war ihr Fahrzeug bedingt FTL-fähig. Allerdings fehlte ein Navigator. Nola hatte sich außerstande gesehen, das zusammengestückelte Konstrukt durch den Mengerraum zu steuern.

Doch dann hatten sie plötzlich eine vertraute Stimme aus den Bordlautsprechern gehört. Guardes hatte sich, als er Coopers letzten zerstörerischen Akt erkannt hatte, blitzschnell multipliziert und so viele Kopien von sich auf alle Netzwerkknoten und Arrays der *Scardanelli* verteilt, wie es möglich war. Nachdem das Schiff der Länge nach wie eine geplatzte Bratwurst aufgerissen worden war, hatte er sich in unterschiedlichen Stadien des Gepacktseins wiedergefunden, disloziert auf zahlreiche Reserven, die wie Ganglien in einem Insekt, das man in mehrere Teile geschnitten hatte, eine sinnlose Fortexistenz fristeten. Indem er die Neumanns als Relais nutzte, über die er sich hin und herladen konnte, bekam er eine halbwegs authentische Fassung seiner selbst zusammen. Und als das Shuttle aus dem Funkschatten des Kristalls hervorkam, konnte er sich auf dessen Systemen etablieren. Er erklärte sich bereit, die beiden Überlebenden der Katastrophe durch den Menger-Schwamm nach Hause zu navigieren.

Die Tür glitt sanft hinter ihnen ins Schloss und verriegelte sich selbsttätig. Ein Appartement wie in unzähligen Wohnanlagen auf ebenso vielen Welten. Eine Garderobe, an der sie die Helme aufhängten und die Stiefel auszogen. Dahinter der Hauptraum, mit Sitzecke, Unterhaltungs- und Kommunikationsport und Bett. Seitlich ging die Tür zur Nasszelle ab, die nicht übertrieben komfortabel, aber adäquat sein würde.

Ein Doppelbett.

»Sie gehen davon aus, dass wir ein Paar sind.«

»Sind wir das nicht?« In Nolas Stimme war kein Raum für Ironie.

»Stand es so in den Papieren?« Über das Log des Shuttles waren Fragmente der Aufzeichnungen der *Scardanelli* gerettet worden. Zumindest hatten die Fragen des Mannes von der Stiftung darauf hingedeutet, dass er über wesentlich mehr Informationen verfügte, als er sich während des Verhörs hatte anmerken lassen.

Nola antwortete nicht. Er ließ es auf sich beruhen.

Mechanisch ging er zur linken Seite des Bettes. So hatten sie es gehalten, wenn sie zusammen waren. In gar nicht so vielen unwiederbringlichen Nächten. An Bord der *Scardanelli* hatte jeder eine eigene kleine Kabine gehabt.

»Wie heißt das hier?«, fragte er, während er sich aus dem Anzug schälte.

»Kermadec.« Nola war müde und geistesabwesend. Sie legte den Anzug ab und setzte sich in einem feinen hellgrauen Unterzeug aus selbstregulierender Seide auf das Fußende des Bettes.

»Nie davon gehört.«

»Doch, das kennt man.«

»Bist du je hier gewesen?«

»Das nicht.«

»Und diese Stiftung?«

»Den Haag?«

»Heißt sie so?«

»Tragen alles zusammen, was es zu den Hondh so gibt.«

Sie wich aus. Das Thema war ihr unangenehm. Diese Stiftung musste für sie eine Ansammlung von Gottlosen sein.

»Die Hondh ...« Ihm war bewusst, dass in den Annalen der Stiftung in diesen Stunden ein neues Kapitel geschrieben wurde. Und es begann mit ihren Namen.

Es war ihm gleichgültig. Alles, was sich dort draußen zugetragen hatte, war fern und unwirklich. Der riesige schwebende Kristall. Die unvorstellbar überlegene Technologie. Die ekelhafte Mumie.

Lange Zeit saßen sie schweigend nebeneinander auf dem Fußende des Bettes. Manuel starrte geistesabwesend auf ihre nackten Füße, deren Nägel schwarz lackiert waren. Er spürte ihre körperliche Gegenwart. Sie beide verströmten den warmen Dunst von Menschen, die lange nicht geduscht und ebenso lange nicht die Kleidung gewechselt hatten. Sie waren tot gewesen, schockgefroren in der Kälte des Weltraums, viele Jahre lang. Sie hockten nebeneinander auf der Bettkante eines sterilen Appartements auf einer Welt, deren Namen er nie zuvor gehört hatte. Er hätte den Arm um sie legen, sie an sich ziehen, ihr Haar an seinem Hals spüren können.

»Das mit Morty.«

»Lass jetzt, Manuel.«

»Es tut mir leid.«

»Geh ins Bett, Junge.«

»Ich wollte sagen: Es tut mir leid, was mit ihm passiert ist. Ich habe ihn gemocht. Er war wie ein großer Bruder für mich.«

»Er hat dich auch gern gehabt, Manuel.«

»Er hat sich für uns geopfert.«

»Ja, ohne ihn säßen wir jetzt wahrscheinlich nicht hier.«

»Ich wollte nur, dass du das weißt.«

»Danke, mein Kleiner.«

»Ich bin euch nicht böse – wegen …«

»Es gibt nichts, weswegen du uns grollen müsstest.«

»Nein?«

»Nein, Manuel.«

»Aber ich dachte …«

»Da war nichts. Lass uns jetzt schlafen, ja?!«

Irgendwann stand sie auf, riss sich das selbstreinigende Unterzeug herunter, knüllte es zusammen und warf es auf den Boden. Sie ging in die Nasszelle. Augenblicke später hörte er, wie die Dusche ansprang. Er blieb noch eine Weile so sitzen. Dann ließ er sich nach hinten sinken. Als er die Augen schloss, sah er Mortimer vor sich. Der Erste Offizier schwebte in der großen Kaverne und hielt ein weißes Silizium-Artefakt in der Form einer Buckminster-Fuller-Sphäre in der Hand. Sein Blick, der ihm aus dem entpolarisierten Visier des schweren Raumanzugs entgegenstand, war pure Fassungslosigkeit.

Nadine Boos
Der Schwarm
der Trilobiten

ISBN 978-3-935556-013-3

Trixi Darjeeling denkt, sie hätte alle Probleme gelöst: Mit ihrem selbstgebauten Raumschiff Skolopendra will sie ihrer arrangierten Ehe und der Verantwortung für das Familienimperium entkommen. Aber das ist nicht so einfach, denn die Welten des Konsortiums riegelten ihr Herrschaftsgebiet bereits vor einem halben Jahrtausend ab, die Fähigkeit, andere Systeme zu erreichen, ging verloren.
Als die Skolopendra in einen Unfall mit einem fremdartigen Raumschiff verwickelt wird, eine Revolution ausbricht und die Nachricht von der besetzten Erde eintrifft, ist die Hochzeit bald Trixis geringstes Problem.

Nadine Boos, geboren 1981 in Südwestdeutschland, lebt mittlerweile mit ihrer Familie an der Grenze zur Elfringhauser Schweiz. Sie hat Informationswirtschaft studiert und arbeitete mehrere Jahre lang in öffentlichen Bibliotheken.
Sie wurde mehrfach mit Kurzgeschichten für den Kurd Laßwitz-Preis, den Deutschen Science Fiction-Preis und den Deutschen Phantastik Preis nominiert.

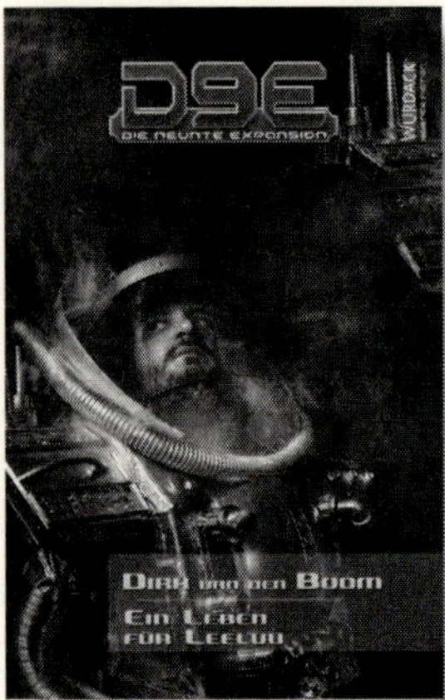

Dirk van den Boom
Ein Leben
für Leeluu

ISBN 978-3-935556-014-0

Niklas Peinecke
Die Seelen
der blauen Aschen

ISBN 978-3-935556-015-7